DES LOUPS ORDINAIRES

SETH KANTNER

DES LOUPS ORDINAIRES

Traduit de l'anglais (États-Unis)
par Anne Pouzargues

BUCHET • CHASTEL

Titre original : *Ordinary Wolves*
Éditeur original : Milkweed Editions, Minneapolis

ISBN : 978-2-283-03974 8

À ma mère, qui était là

PROLOGUE

Sur la neige accumulée au-dessus d'un lac de la toundra, une louve se meurt. Des gouttes de sang trahissent sa trajectoire, descendent d'un promontoire jusqu'au lac. Ses pattes laissent des traces chancelantes. Elle est allongée sur le côté et halète, un œil ouvert vers le ciel. Un avion à ski plane dans le bleu. Il descend, aigle géant venu cueillir la louve en bourdonnant. Dans l'œil de la louve, la toundra devient de plus en plus aveuglante, au point que ni la terre ni le ciel n'aient de détails, et puis une aile vient s'immobiliser au-dessus d'elle. Son ombre est noire. Le bourdonnement est insensé désormais, un blizzard dérisoire, en colère, qui soulève la neige. Il bégaye, puis se tait. À travers le silence, la louve entend ses petits du printemps dernier, leurs gémissements endeuillés et perdus, de l'autre côté de la terre, loin de la mort qui approche.

Deux humains se penchent sur elle. Le plus imposant porte un surpantalon, une parka recouvre sa large poitrine et son ventre. Une fourrure de loup est cousue sur sa capuche. Autour de son cou sont suspendues à des fils de laine des moufles en peau d'orignal. La femme à ses côtés porte des *mukluks* en caribou à semelle en *ugruk*.

Elle aussi a une bande de fourrure de loup sur sa parka. Elle est maigre, ses cheveux sont noirs et son regard hagard. Ses yeux humides se détournent, filent vers le sud et l'horizon orangé, impatients de remonter dans le ciel, de s'échapper vers des terres que le soleil n'abandonne pas.

L'homme se penche et touche les yeux de la louve. « Elle est morte. » L'œil ne cligne pas, mais l'homme se demande si la louve voit toujours. Il s'est déjà posé la question pour d'autres loups, des centaines d'autres loups. Il se gratte la gorge. Il tire la bâche de protection du fuselage pour la rabattre sur le capot. « Encore du chemin. Pas de place pour toi et pour cet animal de cinquante-cinq kilos. Vaut mieux la dépecer. » Son regard parcourt l'horizon, puis revient sur la femme. Il déplie un couteau. « Dans quelques jours, plus de soleil. Seulement cette maudite Obscurité. » Il se penche et ouvre la louve, de la patte avant à l'épaule, et au travers de la poitrine.

La femme se détourne, indifférente à l'homme et à ses remarques. Quelle ironie que cet homme qui porte le nom du mois le plus froid de l'année, qui vit à la pointe nord d'un pays libre, se plaigne de l'hiver. Elle grelotte. Pendant qu'il dépèce la louve, elle court sur le lac pour ne pas geler. Ses pas s'enfoncent dans la neige. Elle déteste la neige. Elle retire sa capuche, retient son souffle et écoute pour la dernière fois, espère-t-elle, la toundra.

À sa grande surprise, elle entend des loups. Elle voit des taches lancées dans une course saccadée. Des jeunes loups, qui attendent leur mère. Un sanglot la prend au dépourvu. Son cœur rugit dans sa poitrine. Elle se précipite vers l'avion au loin, sa seule porte vers la civilisation sur cette planète sauvage, glaciale, cette planète de la nuit démesurée. Elle fredonne pour ne pas entendre les plaintes des loups, et, instinctivement, pour les protéger du pilote. Au loin, les frêles silhouettes se tournent vers le nord et s'enfuient.

PARTIE 1

Le Territoire

UN

L'année du trop-plein de souris – deux ans après que les magazines eurent annoncé qu'un homme blanc avait laissé une trace sur la Lune – Enuk Wolfglove apparut un jour devant chez nous, dans les bourrasques de neige et le crépuscule de l'hiver sans soleil. Son attelage de chiens se volatilisait puis réapparaissait dans la tempête. Abe se posta soudain à la fenêtre, tel un ours flairant une piste. « Des voyageurs ! » Il attrapa sa cigarette à moitié fumée, l'éteignit sur l'établi et essuya la cendre de ses doigts sur son surpantalon en phoque. Nous les enfants, nous suivions l'arc de sa cigarette – nous pourrions la fumer plus tard, derrière les congères, et feindre d'être des artistes, comme lui.

« Vous pouvez raviver le feu ? » Abe avait le rictus d'un grand frère, de notre meilleur ami, pas du tout celui d'un père. « Et cachez la vanille. » Sa tête et ses larges épaules disparurent lorsqu'il s'enfonça dans sa parka en peau de jeune caribou. Il donna un coup contre la porte pour faire tomber les morceaux de peau qui se détachaient, puis bondit dans la tempête.

Jerry mit la cigarette dans sa poche. Il leva les yeux derrière ses cils. « Je partagerai », grommela-t-il. Iris et moi trépignions sur le plancher, impatients de voir les voyageurs. Nous avions les pieds nus et les orteils rouges. La nuit arrivait, l'orage aussi – sans quoi nous aurions tous enfilé nos parkas pour nous précipiter dehors. Jerry glissa une bûche dans le poêle. La seconde se coinça et il dut la retirer, étincelante et enfumée. « Bon sang d'bonsoir ! » dit-il, profitant de l'absence d'Abe pour s'entraîner. Il était grand, avait dix ans – deux fois mon âge – et les cheveux noirs comme il fallait. En plus, il se souvenait des villes, des voitures et des pelouses, des pommes rouges dans les arbres – si tant est que tout ça existait vraiment. Jerry laissa la porte ouverte jusqu'à ce que les flammes lèchent le tuyau rougeoyant et que la fumée s'échappe des interstices. Il suivait chaque étincelle pour la noyer de son doigt humide. Puis il essuyait son doigt sur une bûche, le fixait, l'humectait de nouveau. Abe ne rigolait pas lorsqu'il s'agissait du feu. Et de nos pleurnicheries non plus.

« C'est Enuk Wolfglove ! » s'écria Iris. « Un seul voyageur ! » La bâche qui servait de fenêtre s'agitait ; à travers, nous regardions Abe et l'homme, courbés contre le vent, attacher les chiens aux saules, près des nôtres. Enuk habitait à l'ouest, en aval, dans le village de Takunak. Mais, pareil au vent, il arrivait toujours d'une direction différente. Iris plissa ses yeux myopes et compta les chiens. Abe serait trop généreux, il irait puiser dans le stock de nourriture des nôtres, qui devait durer jusqu'à la Débâcle, et en sortirait plein de poisson et de caribou. Iris avait de la peine quand nos chiens devenaient trop maigres et devaient manger leur merde. Elle avait huit ans désormais, les cheveux noirs elle aussi, et les yeux bleus – mais elle ne voyait pas bien. Deux printemps plus tôt, elle avait été aveuglée par la neige, un jour où, assise sur le traîneau en revenant des montagnes Dog Die, elle ne portait pas son masque de l'armée. Abe prévoyait de lui commander des lunettes un jour.

Je cassai un morceau de fine glace qui se trouvait à l'intérieur de la fenêtre et le suçotai. « Comment ça s'fait qu'ils les attachent là ? » La glace avait un goût d'haleine gelée et de poils de caribous humides.

Jerry jeta un coup d'œil par-dessus son épaule. « Tu parles déjà l'anglais du village. Alors que la compagnie est toujours sur la glace. » Sa voix était crispée. Les gens le rendaient nerveux. Les gens nous rendaient tous nerveux – sauf Iris. Notre famille vivait dans la toundra. Abe avait creusé un trou, à la manière des anciens Eskimos, et construit un igloo avec des bûches et des poutres, avant mes premiers souvenirs. Les Eskimos ne vivaient plus comme ça, mais nous, oui, allez savoir pourquoi. L'unique grande pièce, cinq mètres sur cinq, était enterrée jusqu'à l'avant-toit dans le sol protecteur. Au fond, au-dessus de nos lits, les arbres s'enfonçaient dans le sol jusqu'au toit, et pendant les orages nous entendions leurs racines gémir, lutter contre le vent pour survivre. Nos murs et notre toit, Abe les avait isolés avec de la tourbe. Dans cette terre, les souris et les musaraignes bruissaient, se battaient, mastiquaient et construisaient leur propre maison, siphonnant la chaleur et de pleines bouchées de notre nourriture, avant de la métamorphoser en petites crottes noires. Abe avait fui quelque chose, les routes et les règles, probablement. Les broutilles ne l'intéressaient pas ; il aimait la viande séchée, cuite, crue ou congelée. Les œufs de mouches ne le gênaient pas – du moment que les petits asticots ne remuaient pas.

À une époque, nous avions une mère. Elle ne reviendrait pas. Selon Iris, c'était ce qu'elle avait dit à Jerry le jour où elle s'était envolée. Elle avait une guitare à douze cordes et préférait visiblement la musique aux caribous, aux ours et au toit moisi plein de fuites. Elle nous avait laissés seuls, sans aucune de ces mille et une choses réconfortantes que ne comptent plus les enfants qui ont une mère. Abe ne parlait jamais d'elle. Il ne la peignait jamais. Son départ était le socle de mes souvenirs.

Iris gratta la glace sur la vitre, l'ongle caché dans la manche. Son épaule décharnée sortait de sa chemise. « Ils attachent ses chiens sous les saules pour que les congères ne les engloutissent pas. » Elle se mit à papillonner, accrocha nos parkas aux clous fixés au-dessus de la boîte en bois, repoussa dans les encoignures et sous nos lits nos *mukluks* et nos vêtements. Les poils de caribous collaient à tous nos habits. Avec une aile d'oie, elle chassa dans les recoins les poils, les copeaux de bois du rabot d'Abe et la sciure.

Le vent du nord balayait la toundra dégagée et hurlait dans les épicéas, sur la rive où notre maison de tourbe était enterrée dans le pergélisol. Dans le ciel, la lumière frémissait. La neige s'accumulait sur les berges de la rivière, la laine grise des rafales masquait l'horizon. La nuit teintait de violet le ciel glacé, et au-dessus du vent et de la frénésie des branches s'accrochaient des étoiles vaporeuses. Sous la glace, la grande rivière Kuguruk coulait devant notre porte, traversant cette région arctique de l'Alaska que les manuels que nous recevions par la poste appelaient *le désert de glace*. Elle me faisait honte, cette description rapide, bâclée, envoyée par l'Est lointain et opulent, ratifiée par les lettres noires et blanches d'un livre d'écolier. Face à mes protestations, Abe se contentait de hausser les épaules.

La fenêtre artisanale frissonnait et claquait. Les hommes découpèrent un caribou gelé pour le donner aux chiens, qui déchirèrent l'épiderme avant de dévorer des morceaux de viande. Ils gardaient la peau, la coinçaient sur le sol avec leurs griffes. Après le dernier os, après le dernier cristal de viande flairé sur la neige, ils arrachèrent les poils et mangèrent la peau. Puis ils se roulèrent en boule pour protéger leur museau et leurs pattes.

Nous entendîmes les hommes se frayer difficilement un chemin dans la congère, là-haut sous l'avant-toit, puis en bas, dans la tranchée qui menait à la porte. La neige couinait sous les coups de pelle d'Abe. Soudain, il tambourina contre la porte en peau. « Enlevez la glace, en bas, le long de la porte. Compris ? » Jerry chercha la petite hache. « Maintenant, reculez ! » Sa voix, déchiquetée par les bourrasques et assourdie par les peaux, était comme folle. Je me cachai derrière le baril d'eau. Abe et Enuk jaillirent dans un tourbillon de neige. Leur visage était blanchi, ovale de peau gelée couvert de débris de glace. Je les dévisageai. J'avais hâte d'avoir des engelures, moi aussi – les cicatrices des héros. Abe retira sa capuche et ses cheveux jaunes et bouclés s'échappèrent ; ses yeux turquoise luisaient au-dessus de sa barbe. « Y a du vent. »

« *Alappaa*, c'vent-là. » Enuk faisait quelques centimètres de moins qu'Abe. Son large visage était crispé, sa barbiche glacée. Avec un rictus, les hommes secouèrent leur parka et chassèrent la neige de leurs *mukluks*. Puis ils enlevèrent la glace qui recouvrait leur barbe. Iris dansait pieds nus entre eux, elle souriait et ramassait la neige avant de la jeter dans le seau à ordures. J'aurais bien aimé savoir bouger comme elle, avec légèreté, avec le sourire. Derrière le baril d'eau, je restais debout sur la poussière et les crottes de souris humides, ravi d'avoir de la compagnie.

Le regard d'Enuk se balada à travers la pièce et me repéra. « Salut, Ch'veux-Jaunes ! Ça grandit ! Quel âge ? » Son visage était sombre et gonflé par le froid.

Tous les voyageurs arrivaient avec un surnom pour moi, comme un courrier recommandé. Aucun ne me plaisait. Je me faufilai près du poêle embrasé, les yeux baissés. « Cinq ans. » Après n'avoir vu personne pendant des semaines, j'avais du mal à regarder Enuk dans les yeux – ou n'importe quel autre voyageur. Sur son visage, les engelures trahissaient des mystères et des temps difficiles et romantiques qui captivaient un enfant de cinq ans aux rêves démesurés. Il avait les avant-bras musclés, un peu comme un carcajou dépecé. Il ne mangeait presque rien que l'on trouvait dans les magasins, sauf de la confiture de mûres de Boysen de la marque Nabob. Quand il partait chasser avec son attelage et ses raquettes, il en emportait une conserve. Il la découpait et, après avoir mangé de la viande séchée, gelée ou cuite, il léchait des éclats de confiture glacée près de son feu de camp. Il transportait aussi son petit boursicot en peau d'orignal. À l'intérieur, ses trésors : une fois, il nous avait laissé prendre dans nos mains des pépites d'or grumeleuses, du diamètre d'une pièce de dix centimes. Lorsque nous les lui avions rendues, elles avaient disparu dans les méandres du cuir. Quand j'aurai l'âge d'être grand, je serai comme Enuk. De petites anomalies subsistaient bien dans mon esprit, comme le fait que lui était Eskimo et que, moi, je serais peut-être pour toujours un *naluaġmiu*. Mais il restait encore bien des années, et elles semblaient me promettre qu'un jour je serai guéri.

Le dernier humain à nous avoir rendu visite, c'était Woodrow Washington, un mois auparavant. Woodrow avait une moustache, une dent en haut et une dent en bas. Pas alignées du tout. Ses relations terrestres les plus étroites étaient avec la bouteille, ce qui le rendait instable et fragile. Il chassait, comme tout le monde, mais sa concentration et ses coups avaient tendance à s'égarer. Quand il arrivait, Jerry cachait toujours la vanille. Sobre, il était gentil et super poli. « Ce gamin Feathers, suicidé. » Woodrow avait apporté des nouvelles et n'était resté que le temps d'un café du matin réchauffé. « Pistolet double canon, dehors, vers les chiottes. T'as pas cinquante balles ? J'ai vraiment b'soin… t'es d'accord ? » Abe lui donna l'argent, puis il s'appuya à son établi et se frotta les oreilles. Harry Feathers était – ou avait été – un adolescent gauche qui clignait trop des yeux et avait de l'acné. Il parlait à Abe lorsqu'Abe donnait à manger à nos chiens devant le bureau de poste des Feathers. Peut-être que personne d'autre n'écoutait Harry.

La compagnie de Woodrow s'était révélée décevante. L'argent, nous n'avions que celui qui était dans la boîte de conserve Hills Bros ; mais je lui en voulais surtout de ne pas être resté dormir. Et de ne pas avoir apporté notre courrier.

Jerry servit du pelvis de caribou bouilli dans la marmite, des crackers, des baies de ronce, du *qusrimmaq*, et de la margarine que d'autres voyageurs avaient laissée – de la margarine sans colorant. Abe n'autorisait pas le superflu. Le colorant jaune, c'était du poison ; qu'est-ce qu'on pouvait bien en avoir à faire de la couleur de la nourriture ? Nous avions tous, dans leur fourreau, des couteaux aiguisés fabriqués à partir de vieux burins et de vieilles limes ; nous nous en servîmes pour découper le gras et la viande du pelvis. Et puis, lorsqu'Enuk se pencha en arrière sur le canapé en peau d'ours, j'oubliai un moment mes méprisables yeux bleus et mes cheveux jaunes. Il cala son pouce sous son menton. Son regard s'échappa, au-delà des bûches penchées du mur du fond. Sur son agréable visage, on aurait pu lire quelque chose comme *aarigaa taikuu* – mais ce qu'il dit, ce fut : « Même vent que l'aut' fois. Bon Dieu, c'te fois où j'tué mes chiens. » J'essuyai mes mains grasses sur mon pantalon et grimpai sur ses mots comme sur un long attelage qui m'entraînait vers une région de force, une région d'adultes.

Il se tailla un cure-dent dans un bout de petit bois. Les débris tournoyèrent dans l'obscurité, sous la table, et allèrent se mêler aux poils de caribous et aux crottes de souris noires qui tapissaient notre plancher. Les Eskimos n'étaient pas comme Franklin, ou comme Crazy Joe, ou comme les autres *naluaġmius* qui remontaient parfois la rivière ; les histoires d'Enuk servaient uniquement à remplir la nuit, et il ne craignait pas de laisser le silence s'installer entre les mots. Le temps pour lui était pareil au méandre d'un ruisseau ; il s'installait confortablement sur la berge et profitait de ce que le courant apportait.

Avec son bout de bois, Enuk se cura les dents. Il les avait encore presque toutes, car il n'avait jamais aimé le « tord-boyaux » ou la « bibine », comme il disait. Je ne savais pas ce que ça voulait dire, la bibine, et j'avais peur de demander, vaguement convaincu que c'était sûrement quelque chose d'affriolant que les femmes de la ville commandaient dans la première moitié du catalogue Sears. Assis sur le morceau de tronc qui nous servait de socle pour couper du bois, je scrutais son visage.

Abe jeta une bûche dans le poêle. Les étincelles rouges enroulèrent leur queue sifflante autour de sa tête hirsute, avant de s'éparpiller dans l'obscurité, contre les piliers du plafond bas. Ceux qui entouraient le bidon d'essence de secours étaient décorés des motifs poussiéreux des feux précédents. La fumée et l'odeur huileuse des flammes se répandirent dans la pièce. Abe remplit une bouilloire et prépara de l'eau chaude pour le thé. Des souris et des musaraignes faisaient cliqueter les cuillères sur le plan de travail.

« Trop d'vent, c'te nuit-là, j'me perds. Ça te gèle plus que rien. » Enuk fit un signe de tête derrière lui, vers notre fenêtre en plastique gonflée, blanche et dure sous la neige accumulée. En haut, une ligne de nuit noire, de plus en plus petite. « Chien d'tête, mord les autres. J'les attache à un saule. J'les laisse, laisse s'enfouir. Je dors sur l'traîneau, sur *qaatchiaq*. C'te nuit, pas beaucoup dormi. »

Il ricana et m'observa. « T'entends ça, Ch'veux-Jaunes ? Rien d'possible à voir, trop d'vent. » La lèvre inférieure d'Enuk était épaisse, sombre, et bombée en permanence. Je rigolai, timide, puis frappai mes pieds rouges dégoûtants contre le sol froid et essayai de faire ressortir ma lèvre trop fine.

Dans le coin, sur le sommier en épicéa d'Abe, Jerry et Iris étaient allongés sur le *qaatchiaq* en peau de caribou et jouaient aux dames. « La rage », murmura Jerry. « Son histoire va parler de la rage. »

Iris le pinça. « À toi de jouer. » Une musaraigne cavala sur le sol, suivie par les yeux noirs d'Enuk. Il ramassa le tas de branchages et attendit. Derrière la boîte en bois, les musaraignes sifflèrent.

Jerry déplaça un pion en bois d'orignal au-dessus de ceux d'Iris. Le haut de ses pièces était colorié au marqueur noir, les autres en rouge. « Ouais, d'accord. Dame. » Ils portaient des pantalons en velours côtelé, effrités aux genoux, aux cuisses et aux fesses. Deux boucles de ceinture reliées par une ficelle retenaient le pantalon trop grand d'Iris. Abe ne nous incitait pas à changer de vêtements plus d'une fois par mois. Se changer plus de deux fois rajoutait un fardeau à tout le monde. Il ne disait pas non, mais, dans cette maison basse, à une pièce – le seul endroit à des kilomètres à la ronde où s'abriter du climat – le plus petit reproche pouvait rester suspendu dans l'air.

Les pieds du lit d'Abe étaient faits de bûches que les intempéries avaient rendues argentées ; elles étaient creusées par les coups de hache et les cigarettes. Au pied de son lit, son établi en désordre était couvert de cartouches de fusil vides, de morceaux de ramures et d'os, de boulons rouillés, de copeaux de bois et de tableaux abandonnés, leurs toiles et papiers pliés, déchirés par les burins et les rabots. Abe Hawcly était un artiste gaucher. C'était aussi notre père. Mais nous ne savions pas quel autre nom lui donner, plus générique ou paternel ; nous l'appelions seulement Abe. Les voyageurs l'appelaient comme ça. Lorsque plus tard nous réalisâmes ce que faisaient les gens normaux, les années avaient passé et étaient gravées dans l'histoire. L'appeler Papa, c'était pire que de lui serrer la main.

« Enuk. Tiens. » Abe fit glisser une tasse sur le plan de travail accidenté, jusqu'au milieu de la table. Il frotta son genou endolori, s'assit, puis se roula une cigarette avec une seule main. « Les enfants, pas besoin de faire vos devoirs ce soir. » Il agita son allumette pour l'éteindre. Deux phalanges de son annulaire avaient été avalées par un treuil de pêche à la baleine à Barrow. Ses mains étaient épaisses, rouges, avec de la peinture sèche dans les crevasses. Elles sculptaient des visages dans des morceaux de bois et dessinaient sur des cartons des vallées entières où rôdaient des animaux.

« Ah, *taikuu.* » Enuk aspira bruyamment le thé brûlant qui aurait transformé la bouche d'un enfant en caverne à ampoules. « Mes chiens, bizarre c'te nuit-là. Grognements, beaucoup. »

Une nuit de plus passa dans son récit.

« Quel âge avais-tu ? » Mes mots dégringolèrent comme les gants d'un fou qui tournoient dans le vent. Le sang colora mes joues. Interrompre quelqu'un, c'était pire que pisser dans son pantalon devant l'école du village.

« Chut, Cutuk », dit Jerry. Iris gloussa et fit semblant de se ronger les ongles, les deux mains à la fois. Abe tenait entre les doigts une ficelle en tendon de caribou, et il commença à passer des boucles dans d'autres boucles. Un chien de tête apparut. Abe diminua la flamme de la lampe. Les ombres des histoires s'étendaient bien au-delà des coins moisis. Le vent soufflait en rafales. La maison était à demi enterrée. Je pensai à ces pépites de métal jaune et me demandai si elles se trouvaient dans la poche d'Enuk. Et quel âge il avait lorsqu'il avait trouvé la première.

Enuk but une gorgée. « Cutuk, tu vas être chasseur ? » Il donna une pichenette sur mon bras, sans avoir conscience de la puissance de ses doigts épais. Les larmes emplirent mes yeux. « C'est bien. T'as tout'la vie. C'est beaucoup. Dépêche-toi pas trop, sinon tu s'ras fatigué. »

Abe sourit. Il tira un bout de la ficelle. Dans ses mains, le chien de tête disparut.

Je me recroquevillai et entortillai les fils décousus sur les genoux de mon pantalon. Au moins, il avait utilisé mon nom eskimo. Mon nom de Blanc, c'était Clayton – un nom morne, grisâtre. J'avais appris à mes oreilles à ne pas l'entendre, jusqu'à ce que les gens comprennent qu'il ne fonctionnait pas. *Cutuk*, ça voulait dire *fall*, pas dans le sens de l'*automne*, l'époque où les baies sont mûres et où les ours sont assez gros – mais dans le sens de *tomber*, le moment où tu chutes d'un arbre sans le vouloir. Sauf qu'en inupiaq, ça s'écrivait *katak* ; mais ni nous, ni Enuk, n'aurions su l'écrire. La manière dont Iris le prononçait l'avait emporté. Ce n'était pas mon premier choix, il était mal orthographié et même pas facile à prononcer, mais Enuk me l'avait attribué avant que je sois en mesure de défendre un meilleur nom. Alors je justifiais sa noblesse en imaginant qu'il abritait un potentiel unique et inattendu.

« Nuit, neige encore, j'entends des grognements. Jour, j'vais voir les chiens. Juste là, sang dans la neige. Quand j'trouve mon chien d'tête, il essaye d'mordre. » Il passa ses doigts dans ses cheveux, longs jusqu'aux épaules. Le haut d'une de ses oreilles était percé d'un trou de la taille d'une trachée d'oie. Les cheveux gris s'enroulaient au travers. « Cinq chiens. À l'époque, bonne taille pour attelage, pas grand-chose pour manger ici. Pas comme maint'nant, les Blancs avec la nourriture pour chiens, dans un sachet. J'en tue trois avant la nuit. Et là, je sais qu'ça va mal se passer. C'était mille neuf cent… mille neuf cent trente et quelques, avant le combat entre Kennedy et Hitler. J'avais p't-être vingt-cinq ans à l'époque. »

« Cutuk. À l'époque, les gens avaient pas autant d'cartouches, comme maintenant. J'avais plus qu'une. J'y vais, je tue les deux derniers chiens. »

La splendeur des paroles d'Enuk fondit sous le sort brûlant jeté par la réalité. Je repensai à mon chien, Ponoc, à son sourire de chiot étourdi – le *boum* d'un fusil, et il s'effondra. Le sang éclaboussa son museau argenté et s'échappa d'un trou rouge avant de s'évaporer au contact de la neige, comme le dernier renard enragé qu'Abe avait tué. Ma gorge se serra et je dus avaler ma salive.

« Combien de nuits, j'attends. Même je fais une lance en épicéa. Ensuite je vois des collines. Juste là. » Enuk haussa les épaules, fit un sourire crispé et s'agita. Son gros doigt traça une ligne ascendante sur la paume de sa main. « J'pars en raquettes. Pas d'chiens. Peut-être que j'suis dev'nu fou, déjà. J'vois des loups. Juste là. Tout près. Plus d'munitions dans la poche. Il y a longtemps, c'était difficile, toujours. Plus d'munitions dans la poche. »

Enuk resta assis un instant puis, traînant des pieds, il alla jeter le marc de son café dans le seau à ordures, près de la porte. Il attrapa sa parka et ses *mukluks* accrochés à un clou derrière le poêle. Les souvenirs n'adoucissaient plus son visage ; finie, l'histoire – celle-ci, comme les vieux récits que j'avais entendus chez les Wolfglove, à Takunak, avait commencé au milieu et s'était terminée au moment où le narrateur avait fatigué.

Enuk secoua les gouttes d'eau de sa collerette de loup. J'essayais de réfléchir, comme le faisaient les adultes, d'accorder à chacun de ses mots une attention aiguisée.

Je me demandais s'il reprendrait son histoire la nuit suivante – ou l'année prochaine. Je sentais qu'il y avait quelque chose de profond à comprendre derrière ce récit de chiens abattus, et je ne pouvais m'empêcher de penser que les livres sur les étagères au-dessus du lit d'Abe, l'eau de vaisselle savonneuse et le marc de café dans le seau à ordures – ainsi que nos chiens qui dormaient enfouis sous la neige près de la rivière – étaient autant de preuves flagrantes que nous possédions trop, que nous vivions trop confortablement. Pour devenir Eskimo, j'allais avoir besoin de temps plus rudes.

Notre porte basse était construite avec des troncs d'épicéas fendus et isolée par d'épaisses peaux d'automne de caribous mâles, attachées des deux côtés, la peau vers l'extérieur. Les charnières étaient en *ugruk*. « Vaut mieux enlever la glace en bas », suggéra Abe. Il alla prendre la hache dans la boîte en bois. Enuk frappa la porte de ses gros poings jusqu'à ce que la glace causée par la condensation ne s'effrite. Il tira vigoureusement vers l'intérieur. Le vent et les bourrasques de neige hurlèrent, un trou vers un monde en furie ; le vent fit tressaillir la flamme de la lampe. À hauteur de la taille, une couche lisse et blanche, miroir de la porte, lui barrait le passage. Enuk bondit par-dessus la congère et disparut dans les rafales de la nuit.

Un peu de neige dégringola. Soudain, un souvenir me revint – l'été, les feuilles vertes. Enuk et un homme bizarre, avec les cheveux peignés et un trou entre les dents de devant, que son sourire laissait voir – il nous avait montré comment cracher à travers. Il berçait un animal dans un tissu en calicot. *Un bébé porc-épic !* L'homme était peut-être le fils d'Enuk, Melt. Mais comment cela était-il possible ?

Melt était méchant, il souriait comme s'il avait une indigestion. Enchevêtrées dans mes pensées, les images du bébé porc-épic mort dans un sac de farine en coton, un avion à ski qui décolle et moi, en pleurs, incapable d'expliquer la tragédie de mon Lego bleu qui tourbillonne au fond de nos toilettes extérieures. Ces souvenirs semblaient avoir autant de valeur qu'en avait eu ce Lego irremplaçable, mais le rugissement du vent aspira mon attention qui se perdit dans l'obscurité.

Abe gratta la neige sur les côtés de la porte pour tenter de la refermer. « Besoin du petit coin ? » demanda-t-il.

Iris en avait besoin, moi aussi. Nous nous dépêchâmes. Il n'y avait nulle part où se cacher – c'est comme ça qu'Abe nous avait expliqué le sens du mot *vulnérable* – et Enuk pouvait revenir d'un instant à l'autre. Pour se frayer un chemin jusqu'à nos toilettes extérieures, il aurait fallu déneiger la porte, s'habiller entièrement, surpantalons et parkas, trouver notre chemin, déneiger la porte des toilettes, essayer de ne pas chier sur nos vêtements lourds. Et puis ramener de la neige dans la maison ; avoir les fourrures mouillées ; essayer de refermer la porte à nouveau ; raviver le poêle. Abe n'encourageait rien de tout ça. La gêne, c'était rien du tout. Pour lui, c'était aussi important que la couleur de la margarine.

Abe claqua la porte à plusieurs reprises. Ses cheveux et le col de sa chemise en flanelle étaient saupoudrés de neige. Il eut un rictus. « Content de pas devoir aller bosser demain matin. »

« Y va faire quoi ? » demandai-je. J'eus immédiatement honte de l'excès d'anglais du village dans ma voix.

« Il va voir les chiens. » Jerry claqua les pions les uns contre les autres, sans émotion apparente. « Abe, est-ce qu'un animal qui attrape la rage peut vraiment développer ces symptômes en une nuit seulement ? »

« Peut-être pas. Il faut quelques semaines pour que le virus attaque le système nerveux. » Abe attrapa le livre qu'il lisait ce matin-là – *Le Prophète* – le retourna, fixa pensivement la tranche, puis le reposa. Il jeta un œil sur l'ongle de son pouce et le rongea. « J'ai dû abattre un orignal enragé qui chargeait l'attelage, il y a longtemps, dans les collines Helpmejack. »

« Est-ce que la personne qui a la rage oublie ses amis ? »

Iris roula les yeux. « Jerry, tu ne dépèceras plus d'autres renards. »

« J'ai dégommé seulement le renard enragé qui te faisait peur, grogna Jerry, celui qui rongeait la porte. Sinon, t'allais rester enfermée jusqu'à ce qu'Abe rentre. »

Un second renard enragé avait grogné contre nos chiens et grondé face à son reflet déformé dans la fenêtre. À la suite de cet incident, je revis les renards dans ma tête tout l'hiver, l'année du trop-plein de souris. La mousse dégoulinait le long de leurs étroites lèvres noires. La nuit, les souris et les musaraignes filaient à travers mon oreiller et grignotaient mon *qaatchiaq* en caribou, et je ne parvenais pas à m'endormir, encore plus terrifié maintenant que j'avais conscience que quelque chose d'aussi invisible et dérisoire que la bave de souris pouvait avoir de telles conséquences.

Jerry se mordit l'intérieur des joues, analysant les réponses d'Abe. Lui se souvenait des poèmes, des chansons, des définitions. Je me disais qu'il voulait être le plus en forme, le plus intelligent et le meilleur, au cas où notre mère reviendrait. Et tout cela, il l'était – en plus, il avait les cheveux noirs. Des choses qui auraient dû le faire sourire.

Un éclair traversa le regard d'Iris. « Les gars, je crois que c'est ce qu'il s'est passé il y a six ans. Abe a eu la rage ! Il pensait aller acheter du tabac à Chicago, et tout d'un coup il voit un nouveau bébé, plein de neige, et nous en train de ramasser des *masru*. Peut-être qu'il l'a toujours, la rage. »

Je baissai les yeux, penaud ; moi, je n'avais jamais vu la ville. Jerry ne sourit pas. « T'as gagné. » Il roula le jeu de dames en écorce de bouleau. Une case sur deux avait été décortiquée pour former un plateau blanc pâle et brun. Sous le rugissement sourd du vent, dans le silence qui subsistait, j'eus soudain une révélation : Jerry pensait que notre mère aussi avait dû attraper la rage.

Une rafale ébranla le tuyau du poêle. Abe ferma le régulateur de tirage, alluma une bougie pour la placer à côté de son lit. Il pissa dans le seau à ordures. Frotta son genou. « Un de vous peut sortir un *qaatchiaq* pour Enuk. » De la vapeur s'échappait du seau. Je me levai et fis bouger la lampe sur la table, dérangeant les ombres.

La porte s'ouvrit brusquement et Enuk s'élança à l'intérieur. Une idée me fit tressaillir : est-ce qu'une personne qui a été mordue le dirait ? Cela pourrait faire fuir les gens. Ou bien quelqu'un attendrait dans une vallée pour vous mettre une balle dans la tête. Et moi, je ferais quoi si j'étais mordu par un chien mort peu après ? Aurais-je le courage de l'avouer ? Enuk frotta ses mains l'une contre l'autre près du poêle. Il m'attrapa par le cou et rigola à mon oreille. « Tu sors le *qaatchiaq* pour faire quoi, Ch'veux-Jaunes ? T'vas *nallaq* ? Belle nuit, on va chasser ! »

Deux jours passèrent. Le vent s'esquiva et Abe déneigea la porte de l'entrée. Nous escaladâmes la tranchée de neige et débouchâmes sur une journée immobile, par moins trente degrés. Les vieilles congères abîmées avaient été réparées et repeintes de neige. Un territoire blanc et ondoyant s'étendait jusqu'aux berges de la rivière et à travers la toundra, vers l'horizon orangé. Le ciel froid semblait cristallin, du verre bleu foncé à portée d'une boule de glace qui, bien lancée, pourrait le faire voler en éclat.

Enveloppés dans nos parkas et nos *mukluks*, nous les enfants, nous courions dans tous les sens pour examiner les nouvelles hautes congères et glisser le long des corniches. Abe aida Enuk à retrouver son traîneau et à l'exhumer. La neige dure s'émiettait et couinait sous les coups de pelle. Ils glacèrent les patins avec une bande de fourrure d'ours brun trempée dans de l'eau tiède, en faisant bien attention à ne pas mouiller leurs *mukluks*. Iris et moi les regardâmes passer les harnais des sept chiens. Jerry restait bien à l'abri dans l'enclos des nôtres. Il ne faisait pas confiance aux chiens inconnus. Souvent, ils lui aboyaient dessus, alors qu'il ne perdait jamais son sang-froid et ne les frappait pas avec une pelle ou avec la crosse d'un fusil, comme le faisaient les autres. Je me jurai que quand je serai assez grand pour m'occuper des huskies, je ne manquerai jamais d'aider un voyageur à préparer son attelage.

Enuk était debout sur les patins, un pied sur le frein en métal et les mains, dans ses moufles en loup, accrochées au guidon. Les chiens tiraient sur la ligne de trait, ils glapissaient, pressés de se mettre à courir. Nos chiens à nous aboyaient et grattaient la neige. Dans cette cacophonie, il restait peu d'espace pour les adieux. Enuk dit quelque chose et hocha la tête vers le nord. Nous nous rapprochâmes. « Prochaine, Cutuk ? Sois sage, dans c'pays. » Il s'élança. Le frein transforma la neige en poussière.

Nous nous ruâmes vers la rivière pour le voir devenir un point noir puis disparaître distantes en aval. Des épicéas sombres bordaient les berges lointaines. J'imaginais le village, les chiens qui aboyaient et les gens, là-bas, les petits-enfants d'Enuk, Stevie et Dawna Wolfglove, avec leur mère, Janet, qui pouvait les embrasser et leur faire de la soupe de caribou avec des pâtes jaunes en forme de coquillage.

Jerry donna un coup de pied dans la neige. Abe posa maladroitement sa main autour de mes épaules. Je tressaillis. Abe, Jerry et moi ne nous touchions jamais – sauf de manière un peu bourrue, pour se chatouiller ou jouer à la bagarre au-dessus d'une corniche. Abe se tourna vers la maison. « Si la piste tient… » Il s'essuya le nez. Il aimait bien que nous soyons heureux, et, pour lui, nous tâchions de l'être souvent. « Peut-être que le mois prochain, si la piste est praticable, on pourrait aller au village ? C'était bien d'avoir un voyageur, n'est-ce pas ? »

J'essayai d'ignorer les éclats de réconfort qui m'assaillaient lorsque je pensais à d'autres humains. J'allais devenir chasseur – et les meilleurs voyageaient seuls. Je gardai le silence et éliminai les petites larmes sur mes cils. Abe détestait qu'on pleurniche. Il trouvait que l'excès de confort était nuisible, et les chouineries contagieuses. Des lignes sévères s'amoncelaient aux coins de sa bouche et des creux se formaient au-dessus de l'arête de son nez. « T'es un pleurnicheur, maintenant ? » grognait-il. Alors j'avais envie de voir ma mère, ses cheveux noirs et ses yeux étincelants.

Mais la fâcheuse vérité, c'était que j'avais peu de souvenirs d'elle. Tout ce que je me rappelais avec certitude, c'était cet homme, January Thompson, un Étranger obèse qui chassait les loups contre de l'argent et avait un avion à ski bleu et or, qui rebondissait sur la glace avant de vaciller dans le ciel. Je faisais semblant d'avoir d'autres souvenirs, mais, dans la petite portion honnête de mon esprit, je savais bien que j'avais cannibalisé des pans entiers des histoires de Jerry. Lui avait presque cinq ans lorsqu'ils avaient quitté les États-Unis. « Pour venir, on a pris le camion bleu d'Abe, racontait-il. Sur la plaque d'immatriculation, c'était écrit : Au Nord, vers le Futur. T'avais presque trois ans, Iris. Tu t'souviens ? » C'était tout ce qu'il disait. Mais cela suffisait à me faire du mal, car cette histoire m'excluait. Le passé des Hawcly, avant l'Arctique, s'était déroulé sur une autre planète, un endroit ensoleillé avec des citrons en bouteille et où les raisins verts deviennent des raisins secs – alors qu'ici, c'était la viande qui devenait de la viande séchée –, un endroit où je n'avais jamais mis les pieds et qui ne s'enracinait même pas dans mes souvenirs.

Un jour, Jerry me raconta que ma mère possédait une voiture jaune, avec une radio à l'intérieur. Je me demandais pourquoi il y avait autant de voitures dans ces récits. Et est-ce que toutes les voitures avaient une radio ? Quand il racontait ces choses-là, Iris et moi nous serrions l'un contre l'autre sur le canapé en peau d'ours. Curieux, nous voulions en savoir plus sur cette inconnue, plus bas, qui ne reviendrait pas mais qui continuait de vivre quelque part. C'était à la fois étrange et ordinaire, un conte qui s'embrume chaque fois un peu plus – alors qu'Enuk, lui, même une fois qu'il s'était évaporé en aval, restait aussi net dans mon esprit qu'un corbeau sur le ciel bleu.

Abe, Jerry et Iris se frayèrent un chemin jusqu'à la maison. Je m'attardai dans l'enclos des chiens, jouai avec Ponoc et les autres. Ils fixaient l'aval, hurlaient de temps à autre, abandonnés, affligés de n'avoir pas pu suivre l'attelage d'Enuk. Pour moi, c'était une chance de pouvoir jouer avec les chiens sans me faire griffer ni lécher jusqu'à en tomber à la renverse. Mais je gâchai le moment en glissant à Ponoc un petit bout d'orignal glacé, que j'avais trouvé près du tas de nourriture pour chiens. Les cerveaux des chiens de traîneaux suivaient des chemins de pensée étroits, bien alignés, et au bout de tous ces chemins se trouvait la nourriture. Ils hurlèrent et agitèrent leur museau pour gronder et protester contre cette inégalité alimentaire. Mon cœur s'emplit de reconnaissance à leur égard, mes amis insouciants, toujours heureux de me voir, qui sautillaient et trébuchaient sur leurs chaînes. Comme le territoire serait vide, sans leur compagnie.

J'imaginai soudain l'enclos vide. Les os rongés éparpillés, les stalagmites jaunes d'urine gelée, les cercles ronds et fondus du sommeil, tout cela recouvert de blanc ; seuls les piquets des chaînes sortaient encore de la neige comme les jalons de tombes grises. Une souris s'extirpa en vitesse du tas de viande, se défit d'une crotte puis disparut dans un trou arrondi. Je m'éloignai des chiens agités. Peut-être étaient-ils déjà contaminés.

Ponoc arracha une touffe de poils de caribou sur le sol piétiné et, joueur, la jeta en l'air. Entre ses dents, sa langue rose tressautait dans sa bouche salie par les poils. Je crachai entre mes dents. Dans mon si vaste futur, peut-être devrai-je abattre un de mes attelages tout entier. L'idée des années à venir déferla comme une vague chaude dans ma poitrine. Je me précipitai vers notre igloo, vers mon frère, ma sœur et mon père qui, là-bas, mangeaient du *paniqtuq*, de l'huile de phoque et de la confiture rouge. Cette nourriture qui ferait de moi un Eskimo.

DEUX

Quand j'avais dix ans, une nuit peu après le retour du soleil, une meute de loups dévalisa notre tas de nourriture pour humains. Le long de la berge, vers l'est, au-delà de notre réserve en bois, ils engloutirent tout – sauf un caribou gelé, une carcasse décharnée que, nous aussi, nous gardions pour la fin. Nos chiens hurlèrent et aboyèrent dans l'obscurité. À dix heures, aux premières lueurs, la meute s'était volatilisée, laissant derrière elle un cercle piétiné de poussière de viande, des fragments d'os croqués dans la neige rouge et des traces qui menaient dans trop de directions, à travers la toundra battue par le vent.

Une légère odeur de chien propre s'accrochait aux empreintes des pattes. Abe se pencha en triturant sa barbe jaune, plus heureux que s'il avait découvert de l'or dans le gravier au fond de notre trou d'eau. Derrière ses genoux, la neige s'accrochait aux plis de son surpantalon. Il examina une crotte de loup, longue et grise, à laquelle s'entortillaient des poils de caribou. Dans sa main, la merde semblait aussi magique qu'un tube de peinture blanche.

« J'aurais dû sortir voir pourquoi ils aboyaient », murmura-t-il. « Comme ça, j'aurais eu la scène dans la tête. » Il se releva et regarda vers le nord, aspergeant le ciel des bribes de sa puissante imagination. Souvent, il s'appuyait contre les arbres, absorbé par la lueur pastel du soir. « Ça faisait des années que les loups ne nous avaient rien pris. D'habitude, ils sont trop méfiants. Espérons que personne ne viendra nous rendre visite dans les prochains jours. »

Un corbeau traversa le ciel, volant vers le nord. Nous l'observâmes.

« On n'a plus beaucoup de viande. » Jerry dégelait sa joue d'une main nue. Des poils noirs bourgeonnaient sur sa mâchoire. Je tressaillis lorsque sa main s'égara sur la glace qui recouvrait sa moustache duveteuse. « Les loups passent toujours dans le coin. Pourquoi tu voulais les voir ? »

Je frappai le sol enneigé, embarrassé pour eux. J'avais dix ans, et j'avais largement dépassé l'âge auquel j'aurais dû tuer mon premier loup. « Partons à leur poursuite. »

Abe n'entendit pas.

Pendant les deux semaines qui suivirent, il lut sur son lit. Soudain son livre tombait, il se levait et marchait jusqu'au chevalet en nous écrasant presque. Il peignait à l'huile. Les vapeurs de térébenthine nous coupaient la respiration et nous étourdissaient. Ses tubes de peinture avaient gelé contre le mur, sous son établi, et il jurait. Il jetait un œil par-dessus son épaule, vers la lumière pâle, faisait les cent pas, le regard attentif et les lèvres serrées. Le soir, il s'agitait sur son *qaatchiaq*, allumait des bougies, se levait pour regarder son travail en soupirant et, une nuit, il arracha la toile et la fourra dans le poêle.

Son second tableau représenta un attelage de chiens attachés qui observait une meute de loups leur emprunter du caribou. Chacun avait une expression différente. Certains gémissaient à peine et, assis là, subissaient patiemment le pillage. D'autres se levaient sur leurs nerveuses pattes arrière et tiraient sur leurs chaînes, la gueule ouverte en un aboiement outragé. Aucun de ces chiens n'était à nous – ils venaient du passé d'Abe, ou de son imagination. Un chien noir, le plus proche des loups, avait sauté si haut que ses chaînes l'avaient fait retomber sur le dos et Abe peignit ses griffes recourbées, laissant deviner les poils gris et filandreux autour des doigts. Neuf loups se penchaient au-dessus de la viande et faisaient craquer les os entre leurs molaires triangulaires. Une émotion sombre et cristalline se dégageait de la peinture, l'impression que les loups étaient amis – non seulement les uns avec les autres, mais aussi avec la nuit. Les meilleurs tableaux que peignait Abe étaient ceux qui représentaient des loups.

Au cours de ces semaines-là, le feu dans le poêle fut souvent réduit en cendres. Le froid qui attendait derrière la porte et les murs se ruait à l'intérieur. De notre dernier caribou, il ne resta bientôt plus qu'une échine, un cou et une épaule. Nous décollâmes le tendon arrière pour récupérer des fils de couture, et utilisâmes les ligaments pour faire de la viande frite avant de mettre les os à bouillir. Ce qu'il y avait à dîner, Abe s'en fichait. Il buvait de petites gorgées de thé et répondait à quelques-unes de nos questions – pas à toutes. Mais nous n'en posions pas beaucoup. Il était dans son monde d'artistes, un monde dont la langue nous était inconnue. Nous les enfants, nous savions simplement qu'Abe n'irait pas à la chasse et ne ramènerait pas de viande jusqu'à ce que quelque chose change. Il nous laissait prendre quelques cartouches de calibre .22 pour traquer des lagopèdes, des lapins et des renards – si tant est qu'on en trouvait – mais nous n'avions pas le droit d'utiliser le gros fusil ni ses munitions.

Jerry, Iris et moi abattions au lance-pierre les souris qui grignotaient dans nos placards, nous coupions du bois et creusions des trous d'un mètre cinquante dans la glace de la rivière pour remonter des seaux d'eau. Nous la faisions chauffer sur le poêle et frottions notre linge gris dans cette bassine galvanisée ; avec une chemise, nous épongions l'eau qui fuyait par les interstices. Les deux fenêtres s'embuaient. Nous traînions l'eau noire à l'extérieur et la déversions dans le trou approprié. De la vapeur s'élevait, la glace éclatait, craquait. Au cours de la deuxième semaine, nous nous accordâmes un petit plaisir et rapportâmes quelques seaux supplémentaires pour prendre des bains dans la bassine. C'était mon tour d'y aller en premier. J'aurai donc moins d'eau, car nous gardions la dernière marmite bouillante pour la rajouter lorsque l'eau rafraîchissait. Abe fut le dernier à s'accroupir dans la baignoire. Ses doigts et ses avant-bras étaient tachés de peinture. La surface de l'eau devint visqueuse. Puis il se plaça nu devant le feu et se laissa sécher.

Nous étudiions dans nos manuels, et nous faisions mutuellement passer les examens : orthographe, phonétique, maths, anglais, biologie. Jerry, les mains pleines de farine du pain qu'il venait de préparer, dessina des cercles et nous expliqua ce qu'étaient les cellules et les parois cellulaires, les mitochondries et l'osmose. Sur le canapé en peau d'ours, nous lûmes des livres choisis dans la boîte bibliothèque et feuilletâmes les magazines *Harper's*, scrutant les photos satinées qui représentaient des femmes à jambes de girafe qui fumaient des cigarettes et d'élégantes automobiles grises appelées des Cougars.

« Un jour, j'aurai un pick-up Chevrolet, déclara Jerry.

– Trop nul ! » Iris chassa son doigt de la page. « Moi, j'aurai une décapotable bleue comme la mer. Et je fumerai des Virginia Slims !

– T'as jamais vu la mer. Sauf à Crotch Spit, et elle était gelée. Ça compte pas. »

Je gardai le silence. Moi, j'étais né à l'hôpital autochtone de Crotch Split. Je n'avais jamais vu de vraies voitures – à part la jeep rouge bousillée dans laquelle les enfants de Takunak jouaient au chat et rebondissaient sur les ressorts des sièges calcinés.

Nous rangeâmes les magazines et grattâmes les cuirs de caribou avec l'*ichuun*. Il fallait toujours placer un autre cuir sous celui que vous grattiez, pour rembourrer la peau et empêcher l'*ichuun* de faire des trous. Ensuite, nous étalâmes le levain et repliâmes peau contre peau avant de mettre le tout sous le *qaatchiaq* d'Abe. Le levain s'imprégnait durant la nuit, puis séchait, et il fallait ensuite gratter de nouveau les peaux pour terminer le tannage. De la condensation coulait le long des fenêtres. Dehors, de gros flocons de neige tombaient dans le crépuscule. Nous ramenâmes du bois, claquâmes bien fort la porte et fourrâmes un manteau au bas de la porte pour que l'air froid n'entre pas. Abe alluma la lampe à pétrole. Il la pompa, puis l'accrocha, sifflante, à un clou sur la poutre centrale. Les ombres tournoyèrent, avant de se calmer. Nous sortîmes un cuir du début d'automne qu'Iris avait mis à reposer plus tôt. Les poils étaient courts et plus fins, doux. Nous grattâmes et travaillâmes la peau entre nos mains jusqu'à ce qu'elle soit tannée et blanche. Jerry y dessina de nouvelles semelles pour toutes nos chaussures et nos *mukluks* en *ugruk*. Iris les découpa avec le rasoir d'Abe. Sans un bruit, nous cousîmes nous-mêmes nos chaussettes en caribou, puis balayâmes les poils. Abe se pencha sur son chevalet, silencieux. Des poils de caribou s'accrochaient à son pull. Dehors, la neige s'accumulait.

« Est-ce que je fais bouillir de la viande ? » demanda Jerry. Sans un mot, Iris et moi levâmes les sourcils – *oui*, en inupiaq.

Jerry mit des os de cuisses et de l'eau dans une marmite. Le temps qu'elle frémisse, nous pesâmes de la poudre à l'aide de la balance d'Abe et rechargeâmes les munitions de calibre .30 avec le chargeur Lee. Iris termina une cartouche en soupirant. « Un cœur d'orignal frais, ça serait pas mal, non ? » Elle dissimula un rictus et son regard bascula vers Abe.

« Attention ! fit Jerry. T'as oublié d'amorcer celle-là. C'est du *gâchis* ! » Nous jetâmes un œil vers Abe. *Le gâchis*, c'était le pire des gros mots dans notre famille. Jerry plaça le plomb entre ses dents. Il força la balle à s'extraire et fit retomber la poudre sur la balance. La balle en cuivre était cabossée, mais elle suffirait à achever un caribou encore trop vif pour être terminé au couteau. « Comme ça ! T'es pas censée mouiller l'intérieur de l'amorce, tu vois ? »

Je croisai les bras et contrôlai l'état de mes muscles. En fait, on avait encore plein de choses à manger : des condiments, du sucre et un sac de farine de vingt kilos, du lait en poudre, du riz, des haricots. Pour la matière grasse, des pots de graisse d'ours. Plus d'un litre de vanille. Un baril de ventre de saumon salé, et puis des piles de *quaq* dans la réserve de nourriture pour chiens. On pourrait manger ça.

C'était bon avec de l'huile de phoque. Et dans l'huile de phoque, il y avait nos précieuses *masru* et les baies de *tinnik* roses. On n'allait pas mourir de faim.

À la fin du mois de janvier, Abe détacha son fusil du clou derrière le poêle. Nous les enfants, nous rassemblâmes les surpantalons et les parkas. Il souffla sur la culasse pour chasser la poussière et, avec l'ongle de son pouce, gratta la crosse où avait séché de la morve gelée ou de la bave de chien. Ses cheveux et sa barbe étaient en désordre et ses yeux turquoise, plissés, souriaient malicieusement. « Iris ? Ça te dit de venir avec moi ? » Il hocha la tête et déposa l'arme sur le sol, en travers de sa parka et de ses moufles. Jerry et moi fûmes anéantis. Abe fit bouillir de l'eau, remplit sa Thermos et la glissa dans le tube isolant en cuir de caribou. Nous restâmes à l'écart pendant qu'Iris s'équipait pour partir.

Ils attelèrent les chiens et s'en allèrent vers l'est, à la recherche d'un orignal conciliant qui contribuerait à nourrir les chiens autant que les humains. Les troupeaux de caribous étaient bien plus au sud, dans leur territoire d'hiver. Il faisait froid – assez pour que le kérosène se soit solidifié et ne puisse plus être versé dans la lampe – et les chiens n'étaient pas impatients de courir.

Jerry flâna jusqu'à la maison pour réécrire une lettre à sa correspondante de Nouvelle-Zélande, à qui il faisait la cour à distance. Les souris crissaient et filaient sur le sol. Son stylo crissait sur le papier. Il aimait rédiger des lettres et des poèmes. Et écrire dans son journal intime, aussi. Selon moi, il faisait semblant d'avoir du talent. Nous les enfants, nous ne l'aurions jamais avoué – cela nous aurait porté la poisse – mais nous espérions tous avoir hérité d'un peu des singularités d'Abe. Nous grandissions en observant notre père : pendant des mois et des mois, il n'y avait que lui à regarder, que lui pour nous apprendre comment vivre dans notre monde et que lui pour nous enseigner des bribes de celui de la ville. Nous scrutions sa main gauche, celle avec les bons gènes, et attendions de reconnaître les premiers élancements dans nos propres mains.

Je rapportai des brassées entières de bois. Jerry sortit découper de la viande pour le dîner. La maison était calme. Sans personne autour, la table, les chaises et le plancher paraissaient gris et ternes. La curiosité prit le pas sur l'honneur – je glissai l'ongle du pouce entre les pages dont les bords étaient tachés. Mes yeux se précipitèrent sur les mots… *vous seuls qui avez vu des mères s'envoler, après le froid deviendrez mes sœurs et mes frères…* je lâchai le cahier. Vite, je le replaçai sur la table. Je laçai mes *mukluks*. Me débattis dans ma parka. Sortis rapidement et, derrière la pile de bois, prétendis scruter la toundra en quête d'une trace de vie.

Jerry suspendit la scie à archet à un clou. Ses *mukluks* couinaient sur la neige. Il rapportait à l'intérieur des travers de caribou. C'étaient des côtes maigres et fines, qui ne portaient aucune trace de babines de loup ou de crottes de musaraigne. Puis il ressortit, sans manteau. Ses yeux marron semblaient rouler dans leur orbite, pareil à un chien du village retenu par les quinze derniers centimètres de sa chaîne glacée. « C'est personnel. » Le gros poing carré de Jerry se balança. Ce fut comme si mon visage se fendait en deux. Je me penchai au-dessus d'une congère. Le sang forma des glaçons rouges sous mon nez. J'essayai d'oublier les mots dans le journal intime. Ainsi que ma jalousie ; Jerry avait peut-être quelque chose que, moi, je n'avais pas – une part du don d'Abe.

Iris avait un petit truc en plus, elle aussi. Quelque chose de complètement différent, dont il était difficile de parler. Un printemps, une femme blanche, assistante sociale, descendit la rivière à skis en tractant un traîneau en plastique. Elle venait d'Anchorage, cette grosse ville lointaine – comment avait-elle fait pour remonter la rivière, aucune idée. Elle portait un coupe-vent et un pantalon de protection bleu vif, elle avait un sac à dos noir, une couverture de survie pliable orange et des plats lyophilisés pour aller dans l'espace, ainsi que des barres de chocolat suisse. Elle était très belle, avec sa cascade de cheveux bruns bouclés, et n'avait pas l'air d'avoir froid. Elle s'appelait Wax Tiera. On l'adorait – même si on la soupçonnait d'être une extraterrestre. Bizarrement, le jour précédant son arrivée, Iris nettoya l'igloo de fond en comble. Elle balaya les poils de caribou et la poussière, frotta le plancher avec des chiffons fumants pleins de savon, rangea les tableaux d'Abe et, avec un merlin, elle débarrassa les toilettes extérieures des éclaboussures gelées. Elle avait passé la journée à tout décaper, elle avait même astiqué les parois des pots en verre en riant, enthousiaste, tandis que ses yeux myopes scrutaient chaque recoin.

Une autre fois, deux automnes auparavant, avant le Gel, Napoleon Skuq Sr. remonta la rivière dans son bateau en planches d'épicéa. Nippy avait un gros moteur dix-huit-chevaux Evinrude. C'était sa fierté. Tous les deux ans, il sortait le bateau pour son voyage d'automne. Parfois il emmenait un cousin, ou l'un de ses fils, Junior et Caleb.

Nippy portait un bonnet de marin en cuir. Les contours de ses yeux étaient jaunes et boursouflés. Il arrivait saoul, passait la soirée à expliquer à Abe comment chasser et poser des pièges, et repartait le lendemain matin. En quelques jours il retournait en aval, sa mission accomplie et son bateau chancelant doucement entre les premières plaques de glace. Par-dessus les bordés de l'embarcation apparaissaient des cuisses de caribou. Cette nuit-là aussi il resta dormir, et ses mains se mirent à trembloter lorsqu'il sortit sa bible d'un sac en coton. Il étendit sur sa cuisse le livre doux et affaissé, et, sous la mèche de la lampe, commença à sermonner, Jésus, les péchés, l'histoire de ce buisson enflammé qu'on ne pouvait pas éteindre. Puis il raconta à Abe d'autres récits de chasse. Il chanta les louanges de son fils, bientôt diplômé de l'internat Mont Edgecombe, à Sitka.

« Je croyais que ton fils était mort », dit doucement Iris. Les yeux de Nippy se balancèrent vers elle. « Tu dois confondre. » Il était assis à l'extrémité du canapé, là où les poils d'ours étaient le moins abîmés. Il jeta un œil dans la soupière, se servit les morceaux les plus tendres du gras de l'os de poitrine, ajouta à son assiette une cuillerée de sauce de canneberge. Iris se leva de la caisse en bois de la Standard Oil Company sur laquelle elle était assise, un siège qui grinçait et vous pinçait les fesses. Elle laissa tomber les os rongés dans le seau pour les chiens et remplit les bouilloires, sur le poêle, pour chauffer de l'eau de vaisselle. Après le Gel, on apprit que Caleb Skuq avait été poignardé derrière un bar à Juneau et qu'il était mort. Tout le monde connaissait l'histoire à Takunak, mais personne ne la raconta entièrement devant Iris. Et les gens se mirent à la regarder différemment.

Abe avait laissé les chiots turbulents, Plato et Figment. Mon nez ensanglanté les intriguait. Je traînai dans l'enclos des chiens, déneigeai à la hache les chaînes pleines de pisse et le tiers d'un baril de nourriture. La partie supérieure était tranchante et rouillée à l'endroit où Abe l'avait ouverte avec sa massue et son morceau d'acier aiguisé. Je ne prêtai pas attention aux morsures du froid et me perdis dans mes pensées. J'abattais un orignal qui chargeait. La correspondante adorée de Jerry, étendue au milieu du chemin, criait. Jambe cassée. Il ne pouvait rien pour la sauver. Je tirais calmement. La fille prenait l'apparence de cette femme aux cheveux noirs qui faisait la couverture du catalogue JCPenney, et elle n'avait soudain plus aucune difficulté pour se relever et m'embrasser maintes et maintes fois.

Tout à coup, Plato flaira quelque chose et aboya, sa queue inquiète dressée vers le nord. Une nuée de sizerins déguerpit des branches d'un bouleau dans une bourrasque de petites ailes et de cris stridents. Là-bas sur la haute toundra, à l'ouest du ruisseau Jesus Creek, glissait la tache allongée d'un attelage de chiens. *Des voyageurs !* Peu importait de qui il s'agissait, si nous les connaissions ou pas, à quoi ils ressemblaient. Ni ce qu'ils mangeaient, s'ils ronflaient ou pétaient – même s'ils ne parlaient qu'inupiaq ou russe, ce n'était pas grave. Du moment qu'ils parlent et qu'ils nous tiennent *compagnie* !

La tache se sépara en sept chiens et traversa ce que nous appelions le Lac-Au-Nord, le Lac Lucky-Lac ou Le Lac, selon la saison et le sujet de la conversation. Enuk écrasa la crête qui formait une berge étroite entre le lac et la rivière Kuguruk. Il enfonça son ancre dans une congère durcie par la glace. Ses chiens se laissèrent tomber sur le sol, haletants.

Je plantai ma petite hache dans un piquet pour attacher les chiens et courus vers son traîneau dont j'attrapai la glissière.

« Salut, Enuk ! »

Son regard farouche jaillit du cercle argenté gelé formé par sa collerette de loup. Il brisa la glace de sa moustache et de ses cils. Puis il eut un rictus – s'il avait tiré plus tôt, les poils seraient peut-être partis avec. Il sentait le feu de camp et le café. Il saisit son fusil et le suspendit soigneusement au guidon de son traîneau. Son regard fila sur les traces qu'avait laissées l'attelage d'Abe. Je gardai un silence respectueux tandis qu'il frottait le museau gelé de ses chiens et arrachait avec sa bouche les billes de glace coincées entre leurs doigts poilus. Parler trop ou poser des questions, c'était agaçant. Un truc de Blancs. Surtout lorsqu'un voyageur venait d'arriver. Se serrer la main aussi, ça montrait qu'on était Étranger. Enuk portait un nouveau surpantalon marron clair, acheté dans un magasin. Sur l'un des ourlets, la marque rouge du sang gelé. La bâche de son traîneau était rabattue, trop serrée pour que je puisse voir dessous sans passer pour un curieux. Sous les bâches des traîneaux se cachaient toujours des secrets, des colis, des cadeaux, de la viande fraîche ou des cookies industriels. Pas grave, qu'elle soit vieille et rugueuse – les bâches des traîneaux étaient les plus grands de tous les papiers cadeaux.

« Tu r'pars quand, Enuk ? demandai-je enfin.

– Bientôt.

– Pourquoi ? Reste dormir. »

Le regard vers le nord, il pinça pensivement les lèvres. Puis il hocha la tête. « J'vais p't-être bien rester dormir.

– Super !

– J'avais su, j'aurais am'ner l'courrier à vous. »

Ses yeux parcouraient la rivière couverte de neige, les saules, la toundra, à la recherche du moindre signe de vie. Il revint vers moi. « À tous les coups, ils pourraient t'avoir. » Je jetai un œil vers son traîneau. De quoi pouvait-il bien parler ? Des ours ? Des esprits ? « S'ils te veulent, ils peuvent t'avoir à tous les coups. » Il remarqua que j'observais la bâche. « Haha, Ch'veux-Jaunes ! » Il m'envoya un *mukluk* à la figure.

Il détacha la bâche et la déploya. « Eu d'la chance. » Il fit un signe de tête vers les montagnes. « Eux les loups, ont tué un jeune orignal. Pas trop loin. » Je ne suivis pas son regard. L'énorme loup gris argenté faisait deux fois la taille des chiens d'Enuk. Il avait de longs poils au bout noir. Songeur, je caressai l'animal et sentis des aiguilles de sang gelé à travers la fourrure profonde. Je reconnus l'odeur de chien propre. Sur son flanc, des côtes cassées luisaient dans le trou béant. Je vis le loup chanceler ; il entendait crisser ses propres os et son souffle court se battait contre la mort qui emplissait ses poumons.

Je secouai la tête pour déloger les images.

« J'aurais pu avoir plus, ouais. Seul'ment, lui, l'plus malin. A laissé les aut' courir. » Il balança dans son dos ses moufles attachées à un fil. À mains nues il manipula les fines pattes arrière du loup, se méfiant du sang. « *Alappaa !* Glacé. Dur comm' ça d'dépecer. J'amène c'loup d'dans. Attendr' ton vieux. »

Abe et Iris revinrent sans viande. Nous mangeâmes les côtes décharnées que Jerry avait fait bouillir. La viande décharnée, c'était un signe de mauvais accueil ; mais Enuk s'en délecta. Ensuite, il dépeça le loup. Lorsqu'il eut terminé, il plia la peau, fourrure vers l'extérieur. Sur le sol, le loup dépouillé était figé dans un rictus permanent, sous la faible lueur de la lampe ; ses dents et ses tendons blancs tranchaient sur le rouge sombre de ses muscles. L'estomac était dur et des odeurs fétides commençaient à s'en dégager. Enuk avait seulement un peu de sang au bout des doigts. Dans la gorge de l'animal, il avait fait une entaille. « Laisser son esprit r'joindre autres loups, dit-il. Faut respecter. »

« Est-ce que tu aimes les loups ? lui demandai-je.

– Y ont des familles. Intelligents. Prudents. J'les aime plus que tous les animaux. Ton père sait. Fait des beaux tableaux. Qu'les femmes blanches achètent ça plus que n'importe quelle fourrure de loup. Haha ! » Enuk ouvrit la porte. Le brouillard froid s'engouffra à l'intérieur. Il balança la carcasse dans l'obscurité. L'animal sans fourrure s'écrasa dans la neige accumulée, sous le regard perçant des étoiles. Le bruit de chute dans la nuit immobile fit aboyer nerveusement l'un des chiens d'Enuk, dans l'enclos. Un écho solitaire roula depuis les arbres de l'autre côté de la rivière, et le chien lui répondit de trois courts jappements, d'un air de défi.

« Eh ouais, Ch'veux-Jaunes. D'main, t'emmènes ton vieux. » Enuk sourit malicieusement. « R'tourne là-bas, chasser l'orignal. » Son regard s'arrêta sur son couteau – à quoi d'autre pensait-il ? Et si c'était à tuer d'autres loups ?

« Peut-être. » Abe sourit, comme si quelque chose l'intimidait. Il essuya les gouttes de sang tombées sur le sol avec une serpillière faite de vieilles chaussettes. Les engelures qu'il avait attrapées ce jour-là sur la piste formaient des ovales rouges sur ses joues et son nez brûlés. Le visage d'Iris aussi portait des marques rouges. Ils n'avaient pas vu l'orignal qu'il aurait fallu – une femelle sans petit, qui donnerait de la viande bien grasse et dont le cuir ferait de bonnes *babiches* pour les raquettes, des rondelles pour le traîneau et des doublures pour les *mukluks*, quand il faisait froid.

« Peut-être que nous y retournerons demain. » Abe replia le carton qu'il avait sorti pour qu'Enuk puisse travailler. « Tu fais vraiment du beau travail, Enuk. » Il parlait comme quelqu'un qui aurait été incapable de dépecer ne serait-ce qu'une cuisse de caribou. Alors qu'il m'avait appris à dépecer et à faire sécher parfaitement un renard – bien mieux que tous ceux que j'avais vus à Takunak. Leur peau était fine comme du papier ; difficile de ne pas l'arracher avec le tube en métal aiguisé de l'*ichuun*, de ne pas la déchirer en retournant la peau séchée pour remettre la fourrure à l'extérieur. Et même si nous utilisions surtout la fourrure la plus épaisse pour les moufles, il me faisait dépecer jusqu'aux doigts, jusqu'à la queue, jusqu'aux cils – par respect pour l'animal à qui nous avions ôté la vie.

Abe m'aidait souvent à faire des raquettes en bouleau qui s'attachaient avec des *babiches*. Peu de gens à Takunak savaient encore les fabriquer. Une fois, il avait même prêté main-forte pour écrire au président suppléant, Gérald Ford. Mais il ne faisait jamais le dur lorsqu'il soulevait une hache, parlait ou tenait une arme. Il ne se la racontait jamais, ne disait pas : « Cet ours-là, il est pour moi. » Nous n'avions jamais pourchassé un ours, ceux que nous avions eus étaient arrivés tout seuls, et même comme ça Abe ne voulait pas les tuer. En présence de voyageurs, il faisait le modeste et rognait trop sur le gras. Apparemment, son père à lui avait déraillé. Pour Tom Hawcly, la chasse était un sport – ce qui faisait de lui une espèce menaçante pour l'équilibre de la chaîne alimentaire. Il avait laissé notre grand-mère à Chicago et avait déguerpi à Barrow pour devenir pilote ; il possédait deux avions et guidait les chasseurs d'ours polaires. L'histoire avait l'air plutôt palpitante, romantique même – jusqu'au chapitre où il avait été retrouvé raide mort, écrasé sur la mer gelée. Le long de la rivière Kuguruk, les gens détestaient les guides et ceux qui chassaient pour le plaisir presque autant qu'ils détestaient les instituteurs. C'étaient souvent les mêmes. J'étais bien content que Barrow soit loin au nord. Et que les gens pensent que les Blancs n'avaient pas de famille.

Enuk finissait de dépecer les pattes. Il raconta le moment où il avait tué son premier loup, à l'âge de dix ans. Son père l'avait emmené relever un piège à poissons *tiktaaliq*. Un loup solitaire était là sur la glace, à grignoter le sang gelé des poissons de la veille. Le vent soufflait dans son dos. Le père d'Enuk lui avait tendu le fusil.

J'écoutais la voix basse d'Enuk et mourais d'envie d'abattre une meute entière, d'entasser la gloire. Il allait bien falloir que j'apprenne à ne plus me préoccuper de la souffrance des loups. Abe devait arrêter de me mouler dans le costume du non-héros.

Abe tapota son pantalon et fouilla dans ses grosses poches pour trouver son tabac et ses feuilles. Il jeta un œil vers la table, vers son établi, puis finit par abandonner. Il dit à Iris : « Ma loutre, tu peux faire bouillir de l'eau ? Quand Enuk sera nettoyé, peut-être que tu pourras préparer un peu de thé ? »

Iris posa son livre de maths sur la boîte en bois. Elle sourit à Enuk. Sur ses joues et son nez, l'engelure était belle. « Neuf fois huit, Cutuk ! »

« Hein ? Soixante-douze.

– Vingt et un fois onze.

– Deux cent trente et un. » Mes pensées s'apaisèrent ; j'imaginai de joyeuses loutres glisser le long de la glace toute neuve et s'arrêter pour se faire des câlins.

La louche s'égoutta sur ma tête lorsqu'Iris dansa pieds nus vers le baril d'eau. Elle fronça ses yeux faibles pour faire la mise au point. « Cutuk ? Qu'est-ce que tu as, petit gars aux cheveux jaunes ? Tu as l'air aussi contrarié qu'un carcajou pris dans un piège. »

Je donnai une pichenette sur sa jambe. Sur l'affiche de religion – celle qu'Abe avait punaisée dans les toilettes, quand les Gospel Trippers l'avaient déposée lors de leur passage de l'hiver dernier – il était écrit que dans une famille, il fallait le dire : « Je t'aime », murmurai-je, dans mes mains, pour la seule fois de ma vie. Iris, avec ses cheveux noirs et ses étranges yeux bleus pleins de sourires quand les miens n'étaient que tempêtes, ne l'entendit jamais. Elle était dans ses propres pensées. À quoi pouvait-elle bien songer ? J'aurais dû lui demander. Mais les bisous, le mot *amour* et parler des sentiments, ça ne se faisait pas chez les Hawcly, et, embarrassé, je sortis quelques minutes dans le noir où, pieds nus sur la neige, j'écoutai la nuit aux côtés du loup dépouillé.

Le poêle projetait des lueurs orangées qui scintillaient sur les poutres dépouillées du plafond. La couleur fondait à travers mes paupières et encombrait mes rêves de flammes. La braise fumait, douce et résineuse au-dessus du poêle.

Enuk était allongé sur son *qaatchiaq*, les jambes étendues hors de vue, sous la table. Les boucles noires d'Iris recouvraient mon visage. Je les écartai et attrapai nos pantalons et nos chemises pour les réchauffer sous le sac de couchage, dont je serrai fermement les coins pour empêcher la fraîcheur matinale de s'engouffrer. Cela faisait des années qu'Abe promettait de me commander mon propre sac de couchage. Comme les lunettes d'Iris, c'était une chose supplémentaire que nous devrions aller chercher par nous-mêmes dans le monde. Cet hiver-là, Iris prenait plus de place. Elle grandissait. Sa poitrine se développait, ce qui me déconcertait lorsque je la frôlais par hasard.

« Tu m'as donné un gros coup de coude dans l'œil, cette nuit. » Sa voix était endormie. Elle portait une des chemises en flanelle d'Abe, passée et fine – son odeur était celle du coton, de la cire de bougie et de la peau douce.

Le lit de Jerry était tête à tête contre le nôtre, le long du mur du fond. Difficile de savoir s'il était déjà réveillé, sur sa peau de caribou. À part la lumière du feu, la pièce était sombre. Abe frappa le pot à café contre une rondelle de bois. Il jura tout bas lorsqu'un morceau de marc gelé tomba en miettes sur le sol. Il le poussa contre la boîte en bois. Iris posa son menton sur ses poignets. « Papa est un souillon. Comment il va faire, sans nous ? » Ses mots me firent frissonner. La lumière du feu rougeoyait sur sa large poitrine blanche et sur ses bras. Il froissa une peinture et la fourra dans le poêle. Le papier rigide s'enflamma. Pour gagner de l'argent, Abe fabriquait des meubles qu'il vendait à Takunak ; parfois, il envoyait un de ses tableaux à Anchorage. Jamais le meilleur. Je rêvassais ; c'était peut-être un artiste hors-la-loi au passé glorieux, et dont le nom serait légendaire dans les lieux où je voyagerai.

Ses pieds nus raclaient le plancher froid. Dehors, l'obscurité peignait les fenêtres de noir. Le rugissement du poêle s'intensifia et la glace dans le système de sécurité fondit en grésillant. Les bouilloires se mirent à gémir. Enuk bâilla puis se leva. Il portait un jean et un tee-shirt blanc. Son corps était robuste et musculeux. Le soleil ne l'avait jamais vu, sa peau était douce, brune et nacrée comme celle d'un jeune homme – sauf celle de ses mains épaisses et de son visage, que le climat et le temps avaient teintée de leurs histoires.

Ils burent leur café à petites gorgées. Abe alluma la lampe. Il ôta la marmite du poêle et la posa sur la table. Nous découpâmes de la viande chaude et pleine de jus et la mangeâmes avec du pain et des tranches de confiture gelée qu'Enuk avait apportée. Une mouche bourdonnait, l'une de ses ailes collée à la glace qui couvrait l'intérieur de la fenêtre. Les contours de la porte aussi étaient givrés. Il faisait toujours sombre à l'extérieur. Les chiens hurlèrent.

Enuk posa son bol. « Aujourd'hui, je deviens vieux. »

Iris, impassible, tapota ses doigts sur son épaule comme s'il s'agissait d'une étagère. « T'as cent ans ? »

Je fixai sa main ; Jerry aussi la regardait.

« L'vingt et un janvier, mille neuf cent cinq. Fait combien ? Soixante-dix ?

– Soixante et onze !

– Ça va encore. Je chasse toujours mieux qu'mon fils.

– Moi, mon anniversaire, c'était le 4 », dis-je. Naître dix-sept jours plus tard, le même jour qu'Enuk, ça aurait été parfait, pensai-je. « On n'est même pas sûr de l'avoir fêté à la bonne date. Il faisait doux et la neige qui tombait collait… tu t'en souviens ? Est-ce que c'était bien le 4 ? »

poursuivis-je. Les pleines bouchées de chiffres avaient un goût fade.

Enuk m'ignora et sortit récupérer son manteau en loup qui avait gelé derrière la porte. Le brouillard froid s'engouffra à l'intérieur. Il vérifia que la peau n'avait pas été grignotée par les musaraignes. Son boursicot en cuir se trouvait sur la table, à côté de sa tasse. Lorsqu'il l'avait posé, un bruit sourd avait retenti. « C'pour vous, les gars. » Il fit un signe de tête vers le pot de confiture. « Cutuk, les orignaux t'attendent. T'vas chasser ? »

Je scrutai le visage d'Abe en quête d'une réponse.

« Il va sûrement faire froid. » Il aiguisa son couteau sur la casserole, trois coups d'un côté, trois coups de l'autre. « Vraiment très froid.

– Je me cacherai sous la bâche s'il gèle.

– Bravo, mon garçon ! » dit Enuk.

En bas près de la rivière, la température était de moins beaucoup. Une des narines de mon nez gelait constamment. Les chiens se redressèrent et secouèrent leur museau pour se débarrasser du givre. Ils se tenaient sur trois pattes, faisant fondre la glace sous leurs coussinets une patte à la fois pendant que les trois autres gelaient. La chienne de tête d'Abe, Farmer, resta roulée bien en boule, fondue dans la neige compacte. Ses grands yeux bruns émergeaient sous sa queue. Les poils de ses pattes étaient mouchetés de taches brun rougeâtre. C'était une chienne douce. Je l'attirai à l'avant de l'attelage où elle frissonna, l'échine courbée, la queue entre son ventre et ses coussinets frigorifiés. Abe et Jerry attelaient les gros chiens, plus difficiles à gérer. Les crochets avaient gelé et les harnais raidis par la glace prenaient difficilement la forme des chiens. Nos animaux n'étaient pas habitués à avoir de la compagnie ; le froid ne les empêcha pas de faire les malins devant ceux d'Enuk, d'aboyer, de tirer sur les lignes qu'ils emmêlaient.

Quatre cents mètres en aval, Abe fit un grand signe de la main à Enuk. Il guida les chiens vers le nord, le long de la rive sous l'embouchure du ruisseau Jesus Creek. Sur la toundra la neige était dure, le vent la transformait en vagues roulantes et acérées. Elle craquait sous les patins. Le crépuscule du matin bleuissait le ciel austral. Des frissons parcoururent ma peau. J'enlevai une moufle pour réchauffer les plaques glacées sur mes joues. Le froid brûlait l'intérieur de mon nez. Mes doigts commençaient à geler. Je me demandai ce qui pouvait bien traverser l'esprit d'Abe. Je jetai un œil à travers ma capuche en caribou, mon bonnet en castor et ma collerette de loup, et je me sentis aussi engoncé et seul qu'un astronaute sur la lune.

Farmer dirigea l'attelage vers les montagnes Dog Die, une chaîne de montagnes raides, terre de reproduction des ours bruns, des orages et des esprits. Elles avaient l'air de cinq géantes enfoncées dans la neige jusqu'au menton. Nous traversions parfois une rangée de saules, indice d'un bourbier enterré ou de la berge d'un étang ; alors un chien ou deux tirait sur sa ligne de cou et laissait sa trace sur un saule, s'appropriant n'importe quelle femelle errant à quatre mille hectares à la ronde.

« Ce serait pas un orignal ? » demandai-je.

Les chiens se retournèrent, alarmés par mon cri.

« Peut-être un arbre », répondit Abe doucement.

Mon orignal se transforma en l'un de ces arbres solitaires, sombres et bas, qui s'agrippaient à la toundra, accroupis comme des trolls dont les bras noueux sont poussés par le vent. Les yeux d'Abe étaient plus minutieux que les miens ; ils captaient les détails, touchaient les textures, distinguaient les couleurs. Frigorifié dans ma peau de caribou, je m'effondrai d'amour pour mon père. Il n'était pas obligé de dire « Peut-être un arbre », alors qu'il savait très bien que c'en était un. Au village, beaucoup de pères auraient beuglé « Tais-toi. T'veux tous leur faire peur, c'est ça ? »

Abe arrêta les chiens sur une crête. Il sortit son tabac et ses feuilles. Ses mains nues devinrent raides et rouges. Je détournai le regard et prétendis, pour lui, qu'elles étaient brunes. Il était trop naïf pour savoir que le rouge n'était pas la couleur que les doigts devaient avoir. L'odeur réconfortante de la fumée tranchait dans l'air privé de parfum. Au sud, l'horizon se parait de rose et, pendant quelques minutes, un morceau de soleil lança des flammes rouges à travers une brèche entre les montagnes Shield, comme une lampe de poche géante dont la batterie serait sur le point de mourir. La neige brilla, incandescente. Je courus d'avant en arrière pour faire fondre mes doigts et mes orteils. Les yeux d'Abe glissèrent sur le territoire.

« Aaah. La voilà. »

Dans les jumelles, la silhouette immobile de l'orignale, noire comme une eau profonde. Nous nous rapprochâmes sans bruit. Un gémissement caverneux flotta dans l'air. Abe freina et fit taire les chiens, qui retinrent leur respiration et écoutèrent. Puis les plus jeunes gémirent et s'agitèrent, instinctivement stimulés par l'odeur.

« Ce doit être la femelle qui a perdu son petit, dit Abe.

– Elles peuvent faire ce bruit-là ? » J'avais entendu le rire hystérique des huards, les cris de femmes des lynx, les plaintes macabres des porcs-épics, mais jamais je n'avais entendu une orignale en deuil. J'étais fier d'Abe, fier de sa connaissance omnisciente du territoire.

« Je n'avais jamais entendu une chose pareille », dit-il, satisfait.

Nous repartîmes en vitesse.

« Abe, pourquoi tu penses que c'est mal, d'être fort ? » Ma question nous fit sursauter tous les deux. Je me raidis, mortifié. Il brisa la glace sur sa moustache. « Je veux dire... tu brûles tes plus belles peintures. Et tu fais comme si tu ne savais pas chasser, alors que les voyageurs, eux, se la racontent. »

Lorsqu'Abe répondit, ce fut avec sa voix pour-parler-des-problèmes-historiques-du-monde. Il avait un diplôme d'art et d'histoire ; Iris se moquait souvent de lui et disait que ce qui était de l'histoire ancienne, c'était justement son diplôme. « Dans le livre que je suis en train de lire, l'auteur soutient que nos héros ne sont pas du tout des héros, et que traditionnellement... »

J'arrêtai d'écouter et observai filer des brindilles chargées de givre. Abe se plaisait à retourner les problèmes dans sa tête pour bien les compliquer. Parler avec lui, c'était comme rouler une bûche en haut d'une colline dans la neige collante. Les idées s'amoncelaient. Je commençai à avancer mes arguments d'enfant de dix ans, mais les chiens accélérèrent, nous dégringolâmes dans un bourbier et perdîmes le fil de la conversation lorsque l'attelage s'amassa autour des restes du bébé orignal. L'échine, les poils, les sabots, et la tête avec le nez et les yeux mâchouillés, tout cela éparpillé en un cercle rougi. Les fines traces des loups et les profondes tranchées de l'orignale cartographiaient le champ de bataille.

Les chiens mordirent dans le sang gelé et le contenu ligneux de l'estomac. Abe se pencha en faisant attention à ne pas lâcher le guidon. Il effleura une empreinte propre. « Fraîche, dit-il songeur. Ils sont revenus la finir. »

Les chiens filèrent vers l'ouest, remontèrent un bourbier étroit. « Abe, murmurai-je, peut-être qu'on ne devrait pas tuer cette orignale ? Elle a assez souffert. Tu ne voulais pas plutôt abattre une femelle sans petit, pour qu'elle soit plus grasse ? »

J'espérai sortir du couvert des saules avant que l'orignale ne charge. La neige était douce et profonde. Tout le monde savait que les orignaux étaient plus dangereux que les ours. Surtout à traîneau. Enfant, j'étais terrifié que l'un d'entre eux ne chute sur notre fenêtre de toit pendant la nuit. Les violents sabots noirs fissureraient nos crânes. Le vent recouvrirait notre igloo de neige. Les musaraignes creuseraient des tunnels sous notre peau et nous videraient de l'intérieur, et quand des voyageurs découvriraient nos corps nous serions aussi légers que des goélands desséchés. Abe entretenait mon cauchemar et haussait les épaules l'air de dire que, bien sûr, au moment voulu, ma prophétie finirait bien par se réaliser. Il était comme ça, Abe. Réaliste, il disait.

Il courait derrière les patins, évitant les saules qui essayaient de lui griffer les yeux. Il haletait au-dessus de ma capuche. « C'est peut-être le seul orignal dans un rayon de quatre-vingts kilomètres qui n'en a de toute façon plus rien à faire. »

Je savais que j'aurais pu argumenter, et qu'il l'aurait laissée tranquille. Il ne manquait jamais une chance de discuter

– ni d'épargner un animal. Je fermai mes lèvres engourdies. Les saules nous fouettaient au passage. Abe se hissa sur les patins et dirigea l'attelage. Il s'éclaircit la gorge et siffla des encouragements aux chiens. Je plissai les yeux, frustré et pensif. *C'est sûr que je ne vais pas pouvoir tirer.*

« Mes parents se sont séparés après la guerre, raconta Abe. À l'époque, ça ne se faisait pas. C'est bien, Farmer. Doucement. J'avais treize ans. »

Dans le traîneau, je fixai mes *mukluks*, sous le choc – non pas du divorce de ses parents, mais du fait qu'il m'en parle. Son passé semblait toujours aussi éloigné que les villes.

« Un jour je suis rentré de l'école, j'avais eu des ennuis avec Sœur Abigail parce que j'avais dit que je faisais plus confiance aux animaux qu'aux êtres humains. Les chemises en flanelle de Papa avaient toutes disparu du sol et des dossiers des chaises. Je savais que si ses chemises n'étaient plus là, alors lui aussi était parti. Parti chasser la gloire ou la fortune, je suppose. » Abe avait l'air de se raconter également l'histoire à lui-même. Je restai silencieux, feignant l'indifférence. C'étaient ça, les manières qu'on m'avait enseignées – mais je ne me souvenais plus les avoir apprises.

« Même à Barrow, je préférais dessiner des animaux plutôt que de leur tirer dessus. J'aurais bien aimé être un héros. Bien sûr que j'aurais aimé. Mais ça sonnait… faux. Porter les bons habits. Se pavaner, montrer ses muscles. Abattre de pauvres créatures. Ce n'était tout simplement pas moi. »

Avait-il raconté tout ça à Iris, hier ? Sûrement pas. Contrairement à moi, elle n'avait pas cette volonté de savoir à tout prix comment devenir quelqu'un d'autre.

« J'ai fait vrombir le Super Cub pour mon père, le jour du crash. C'est un peu héroïque, ça, pas vrai ? »

Les saules fouettaient mon visage et le creux de son bras. La neige se frayait un chemin le long de mon cou.

« Le moteur faisait un bruit bizarre. J'aurais pu dire quelque chose, mais Papa m'aurait gueulé de dégager le passage. La vie, c'est comme tirer sur un caribou, tu vois ? Tu veux le gros bien gras, mais si tu te retrouves avec le tout maigre, tu ne vas pas le gâcher.

– Les gens laissent les caribous maigres, Abe. Ou bien ils les donnent à manger aux chiens et repartent tuer un traîneau entier.

– *Sacrés gamins !* »

Nous bondîmes hors des saules, sur le lac. Je la vis de l'autre côté de la glace, debout sur ses longues pattes graciles, avec ses énormes épaules noires. L'arrière de ses chevilles était jaune pâle ; sur les poils de son flanc s'étendait une déchirure blanche.

Figment grogna et tira de l'avant, poussant les autres chiens à accélérer. L'orignale galopa dans des broussailles basses. Les freins creusèrent des sillons dans la neige. Le traîneau glissa à travers la glace.

« Monte sur l'ancre ! »

Je bondis, l'ancre à la main, la plantai dans la neige compacte puis la maintint avec mes genoux et mes paumes. L'orignale s'enfonça dans la neige profonde et disparut sous les saules. Abe leva le fusil et tira. L'animal se baissa, et BOUM – le bruit de l'impact de balle fut pareil à celui d'une boîte de clous lâchée d'un avion. De la viande fraîche ! J'en oubliai mes joues givrées. Mais j'aurais quand même préféré avoir tiré. Abe ne changerait donc jamais. Peu importe quel chasseur appuyait sur la gâchette, cela ne faisait pour lui aucune différence. Et puisque c'était lui l'expert, évidemment qu'il tirait toujours.

Je me tenais à quelques mètres des chiens, à côté du tas d'entrailles fumantes. Sous la neige, le lac avait durci sur deux mètres de profondeur, et j'imaginais les brochets et les corégones, léthargiques, serrés dans le silence sombre entre la boue et la glace, attendant avec sang-froid que l'hiver s'en aille. Je me sentais fort, à résister ainsi au froid.

De près, la gigantesque orignale faisait presque peur. Abe et moi chargeâmes les gros quartiers et l'arrière-train sur le traîneau. Il retourna rapidement briser des saules, leurs branches souples volant en éclat comme du verre dans le froid.

« Tu fais une pile de branches pour faire peur aux corbeaux ?

– Va chercher du bois sec. Je vais faire un feu. »

Je réalisai avec stupéfaction qu'un de nous allait attendre avec les restes de viande. Abe s'éloigna du jeune feu et taillada la neige pour nettoyer son couteau ensanglanté.

Je fis semblant d'enlever la glace sur mes cils et scrutai nerveusement les environs. Quelques chiens gémirent et tirèrent sur le traîneau amarré ; leurs pattes et leur museau gelaient, ils avaient hâte de courir vers la maison et le dîner. Les autres s'étaient roulés en boule pour préserver la chaleur. J'avais envie de repartir, tiraillé entre la compagnie de mon père, derrière, sur les patins, et la fidélité des huskies haletant devant.

« Je vais essayer de faire au plus vite. » Abe planta dans la neige le fusil de calibre .30-06. Il faisait attention où il marchait, ses *mukluks* à semelles d'orignal restaient hors du cercle de sang autour de la prise. « À la maison je vais devoir installer le *gee-pole*. Et mes skis. » Le *gee-pole* était une perche qui s'attachait à l'avant du traîneau lorsque la cargaison était trop lourde ou la piste trop profonde ; Abe devait alors skier derrière le dernier chien – devant le traîneau – et il utilisait la perche pour diriger. Je soulevai le fusil. L'acier glacé brûla mes doigts ensanglantés et je m'agenouillai pour les faire dégeler dans la flaque de sang coagulé sur la poitrine de l'orignale. J'essuyai mes mains sur la fourrure épaisse avant de remettre mes moufles.

Soudain tous les chiens retinrent leur souffle. Neuf paires d'oreilles pivotèrent vers le nord. Abe et moi nous retournâmes. Dans le lointain flottaient des frémissements sonores : des loups hurlaient. Abe, tête nue, se redressa. Ses cheveux, que le givre faisait grisonner, m'envoyèrent un aperçu du futur. Nous scrutâmes l'horizon. Enfin, il retira ses moufles et serra bien la corde autour du traîneau. Abe détestait perdre des chargements autant qu'il détestait les enfants qui chouinent. « C'est bien, d'entendre les loups, murmura-t-il. Sans eux, il manque quelque chose. Ça veut dire qu'il y a d'autres animaux dans les parages, Cutuk. »

Je m'agitai ; l'entendre utiliser mon nom me mettait mal à l'aise. Depuis son adolescence à Barrow, Abe avait vu et entendu des centaines de loups. Il ne les chassait pas ; alors pourquoi voulait-il autant les observer ?

Plato leva la gueule et déversa un hurlement parfait dans le ciel gelé. Les autres chiens se joignirent à elle, dans une cacophonie de glapissements et de cris qui déferla à travers la toundra. « Taisez-vous ! » grogna Abe. Il fouetta le tas d'entrailles gonflées avec une branche. Un craquement creux retentit. Nous avions vidé la panse et ramènerions son contenu et les intestins gras à la maison pour nourrir les chiens – deuxième voyage. Nous laisserions les poumons, la trachée, l'intérieur de l'estomac et le sang que les chiens n'auraient pas mâchouillés sur la neige. Les yeux des chiens roulaient, pleins d'excuses.

« Prends ton temps », marmonnai-je d'un air détaché. Je baissai les yeux sur l'arme. La solitude m'envahissait déjà, comme si le cosmos faisait tomber le ciel. Le crépuscule arctique s'éteindrait et Abe se retrouverait sous les étoiles avant d'avoir glissé dans l'enclos des chiens.

Il me jeta une peau de caribou pour que je puisse m'installer dessus, me donna de la viande séchée et un morceau de pemmican aux baies, des canneberges sèches et de la graisse de caribou. « Pas besoin de tuer des loups. Tu m'entends ? On a encore un bout de peau dans la réserve. » Des spasmes traversèrent son visage – la culpabilité de me laisser seul. J'ouvris la bouche pour encourager ce sentiment, mais il avait déjà reculé à grandes enjambées vers les patins.

« Allez ! Debout ! On y va ! » Ils s'en allèrent. Les chiens tractaient le lourd traîneau, les hanches sortant sur les côtés et les queues raidies par l'effort. En quelques minutes ils avaient disparu et n'étaient plus qu'un point noir sur la toundra, des silhouettes sur l'horizon orangé qui s'étendait au sud et prétendait que le soleil avait brillé la moitié de la journée avant d'enflammer ce liseré.

Je retins ma respiration. Écoutai le silence. Le territoire glacial attendait dans une immobilité moléculaire ; le son parcourait de grandes distances, même si peu subsistait encore ici. Mon cœur s'emballa. Une cascade de tintements emplit mes oreilles. Les milliers d'yeux du territoire observaient. Je m'agenouillai et essayai de me concentrer sur le feu et la fumée douce, qui sentait la chaleur et la compagnie. Un bruit me fit sursauter.

Dans un épicéa solitaire, sur la rive éloignée du lac, un corbeau croassa. « Croaaa », répondis-je. Je jetai un regard derrière moi. L'oiseau vigilant croassa de nouveau, m'incitant à lui abandonner la viande grasse. Je l'imaginai posé sur ma figure à se délecter de mes yeux. Puis je pensai au visage d'Abe, fredonnai rapidement et ravivai le feu.

Le ciel pastel s'était assombri. Au sud, une dernière bande orange et bleu-vert s'attardait. Les murs de l'obscurité grandissaient et étendaient leurs bras au-dessus de ma tête pour se rejoindre. Une brise glaciale venue de l'est affaiblissait la fumée. Le froid nocturne était un monstre sans pitié désormais, il piquait mon visage avec ses pinces, glissait ses doigts sous ma parka. C'était comme si mes joues ne pouvaient dégeler, elles givraient encore et encore. Les flammes léchaient les travers de soixante centimètres que j'avais embrochés sur un bâton et faisaient brûler le gras croustillant tandis que gelait l'autre extrémité. Dans la lumière vacillante, ma pile de bois sec diminuait. Je me grattai le cou pour regarder derrière moi à la dérobée. Le corbeau avait disparu.

Lorsque les côtes furent bien grillées, je mordis dans la viande tenue serrée entre mes moufles. Je nettoyai soigneusement les os puis les jetai dans le noir. À la maison, c'était au tour de Jerry de faire du pain ; il était probablement en train de retirer des miches du four au bout de notre poêle à bois, tapant contre les fonds bruns pour entendre le son creux qu'elles produisaient. J'aurais tant aimé une tranche chaude, des murs derrière mon dos et les pincements taquins d'Iris.

Des mâchoires croquèrent un os.

Je lâchai la côte et attrapai le fusil. L'obscurité luisait de points, des murs d'yeux. Un cri déchira la nuit.

Un renard ! Avait-il la rage ? J'imitai un cri rauque de renard. Seul le silence me répondit. Je recommençai. À ma gauche, j'entendis un doux bruit de pattes. Puis des piétinements et le bruit rapide d'une course-poursuite. Mon ventre se serra. Les loups étaient venus !

Si le renard était estropié, il serait dévoré par les loups. J'espérai qu'il lui arrive malheur – puis je me rappelai ce qu'Enuk avait dit : le renard, lui, pouvait aussi souhaiter mon propre malheur. Les aurores boréales frémissaient dans le ciel, fumées vertes et spectrales de l'obscurité, rapides coups de brosse pâle aux queues teintées de rose qui se tortillaient dans le noir. Le feu avait sombré, il sifflait et se changeait en vapeur sur le lac de glace. Je me penchai pour récupérer un peu de charbon. La fumée me piquait les yeux. La neige crissait. Dans l'obscurité, des formes mouvantes. Je tournai lentement la tête. Derrière, d'autres formes encore.

Le *cric-crac* du chargeur du fusil sembla aussi fort que le craquement de la glace d'une rivière. Je visai les formes sombres et ondoyantes. Mes pensées dévalèrent des chemins terrifiants. La meute ne pouvait pas avoir oublié qu'un homme avait tué l'un des leurs hier. Je ne deviendrai jamais Enuk, je ne verrai jamais de 747 et je ne saurai jamais combien d'années le président Nixon allait devoir passer en prison. J'essayai d'imaginer mon futur pour entrevoir un peu d'héroïsme derrière ma malchance, mais tout ce que je distinguai fut un amas d'os et de cheveux jaunes. Une voix que je n'avais pas encore entendue me murmura : « Tire ! *Tire !* » J'agrippai l'arme. J'avais dix ans. C'était l'occasion d'être comme Enuk ! Les gens du village le sauraient la prochaine fois qu'ils se moqueront de moi – « T'as attrapé quoi dans ton piège, Cutuk ? Des belettes ? »

La gâchette en acier était glaciale à travers la doublure en renard de mes moufles. J'appuyai. L'arme fit une embardée. Le loup noir que j'avais visé renifla ses coussinets.

Le cran de sûreté. Je fis basculer le levier. Maintenant le visage déçu d'Abe flottait dans mon champ de vision. Je regardai à travers le canon et tentai de viser. Les aurores boréales s'étaient affaiblies. Distinguer les formes était plus difficile. Abe ne jurerait pas, il ne mettrait même pas de coups de pied alentour. Il m'aiderait à dépecer le loup. Il était comme ça, Abe : il pensait aux autres avant de penser à lui. Et moi, j'étais comme ça : je ne pouvais pas accepter que tout le monde ne soit pas comme lui. Je revis Abe enfant, qui cherchait les chemises de son père. Je replaçai le cran de sûreté. Le loup leva son museau et hurla. La meute se joignit à lui.

La peur et l'euphorie roulèrent sur ma peau. Est-ce qu'ils se réjouissaient ? Est-ce qu'ils votaient ? Je me sentis cruel d'avoir voulu tuer l'un d'entre eux. J'avais déjà mangé ; autour de ma capuche, une chaude collerette de loup – mais à l'intérieur, la démangeaison était nerveuse et imposante, une soif de chasse et de gloire mauvaise et méchante tapissée partout à l'intérieur de moi.

L'harmonie cessa. Les loups écoutèrent. Enfin, à des kilomètres à l'est, contre le vent et à travers la toundra, j'entendis le craquement des branches et, encore plus bas, les patins qui couinaient sur la neige froide ; enfin arriva un faible murmure – les encouragements d'Abe. « Allez. C'est bien, Farmer. À gauche maintenant. À gauche. »

Les loups tournèrent, leurs griffes s'agrippaient à la neige dure. Je visai à mains nues à présent, et le métal brûlait mes doigts. Sous la luminescence verte du ciel la meute de loups se dispersa vers le nord, de l'autre côté du lac. Les animaux que j'avais voulu tuer se mêlèrent et s'effacèrent. Ce loup – combien de kilomètres avait-il parcourus sous cette lumière verte et vaporeuse, et depuis combien d'années ? Il avait eu froid, il avait eu faim pendant les tempêtes, il avait été trempé par la pluie d'été ; il arpentait ce territoire que j'appelais le mien. Il connaissait chaque montagne, chaque sentier le long de chaque butte, bien mieux que je ne les connaîtrai jamais. Et moi, le loup, je le connaissais seulement mort. Je ne voulais pas être un Étranger. Pas ici aussi. Pourquoi n'avais-je jamais pensé de près à ça – qu'un animal possédait infiniment plus de savoirs que moi ?

Le murmure de leurs pattes disparut sous le bruit de l'attelage. Je me faisais intérieurement pincer et égratigner par deux individus. L'un chuchotait, émerveillé : « Ils étaient si près. » L'autre se moquait de moi : « Idiot ! T'as dix ans, le même âge qu'Enuk, mais toi, t'as pas été foutu de tirer ! » Mes doigts criaient sous la douleur d'être réchauffés. Je me penchai sur eux et fredonnai pour masquer mon angoisse. Abe voulait observer les loups, mais c'était un peintre, lui. Il lisait des livres et regardait trop le ciel. Enuk avait dit qu'il fallait respecter les loups, mais il en avait tué autant que possible. Dont un tout récemment. Au fond de moi, je savais trop bien qu'au village un « j'aurais pu » ne voulait rien dire. Seul le manteau d'un animal mort comptait. J'aurais aimé que les étoiles laissent tomber un étranger argenté, un alien, comme Wax Tiera, qui atterrirait pour m'indiquer quoi penser. Mais il n'y avait que l'obscurité, le froid, et ces kilomètres et kilomètres de neige.

TROIS

La lune derrière le territoire, étroit, et rien à chasser. Vers le sud la meute dispersée avance dans le noir, seul ou à deux, vers la prise. La tension dans la meute, un membre manque à l'appel, des grondements rapides. Un loup passe la truffe à travers une rangée de saules. De pâles lueurs bleues ondulent là-haut. Il débouche sur un lac. Trois gros louveteaux suivent sa trace. Souvent ils s'arrêtent, se donnent des coups de museaux et flairent des tunnels de souris. Sur le lac désormais, leur regard perçant fixé sur une danse orangée, trouée dans la nuit, et l'odeur de la fumée, du sang, des humains et des chiens. Les loups l'entourent. Un renard passe promptement. Les louveteaux le pourchassent dans l'obscurité.

La meute s'immobilise avant les lueurs du feu. Elle hume la peur moite de l'humain et les os carbonisés. Elle entend la respiration rapide. Et puis le gros loup sent quelque chose d'autre, un parfum qui le ramène à sa jeunesse et à la perte de sa mère. Ce parfum le fait frémir. Un moment, et il éloigne la meute du danger de cette proie. La leur aussi porte maintenant l'odeur des humains. Partir, loin dans les montagnes.

QUATRE

Bruce Lee avait fait son apparition, en couleurs et en mouvements, sur le mur du fond de l'église de Takunak en février 1978, l'année de mes douze ans. Des missionnaires quakers avaient bien converti le village, mais tous les habitants de moins de soixante-dix ans, qu'ils parlent anglais ou non, firent la queue devant la porte de la cabane pour être baptisés et entrer dans la gloire du ninja. Les récompenses instantanées de Mr. Lee soulevèrent la barrière de la langue et laissèrent John Wayne insignifiant dans la poussière. Ce fut un énorme succès : le film récolta deux cent trente-neuf dollars. La nuit suivante, des jets de porridge gelé brisèrent trois des fenêtres en verre de l'école.

Une semaine plus tard, lorsque nous débarquâmes dans le village sans nous douter de rien, je fis les frais de l'assimilation de Lee au sein de la culture inupiaq.

Nous nous rendions au village deux ou trois fois chaque hiver pour livrer les œuvres d'Abe, ses meubles et ses tableaux, récupérer le courrier et les derniers ragots, de la poudre pour les armes et du lait en poudre, ainsi que de l'extrait de vanille commandé par la poste pour faire des glaces à la neige. Des besoins de première nécessité.

Nous fermâmes bien la porte, glaçâmes les patins et préparâmes les chiens. Nous partîmes sur la piste dès que les premières lueurs de l'aube peignirent les montagnes Shield. « Enlevez vos moufles une minute », nous suggéra Abe – rester mains nues jusqu'à ce que nos mains s'engourdissent forçait le sang chaud à s'écouler dans nos doigts pendant toute la journée.

Deux coudes à l'ouest, la rivière était couverte d'une profonde neige fraîche que le vent n'avait ni dispersée ni tassée. À tour de rôle, Jerry, Iris et moi prenions la place d'Abe. Deux d'entre nous allaient en raquettes devant l'attelage pour dégager la piste. Un troisième courait derrière. Un seul pouvait monter sur les patins, et encore – lui aussi devait souvent courir. Le givre blanchissait nos fourrures et les museaux des chiens. Je laissai mon visage se couvrir de glace au maximum, pour avoir l'air robuste et passer pour un vrai chasseur au village. Lorsque la nuit tomba le premier soir, nous abattîmes un jeune arbre qui servit de mât et coupâmes des branchages d'épicéas pour dormir dessus ; puis nous tendîmes la toile de notre tente là où la piste d'hiver quittait la rivière pendant trois coudes. Pensif, Abe pressa entre son pouce et l'un de ses doigts la toile passée de la tente. Iris s'appuya contre mon épaule et sourit. « Il va faire bouillir de la colle d'os pour badigeonner le sol et le tissu de notre tente, murmura-t-elle. Bientôt il va avoir besoin d'une toile, alors il découpera la tente pour pouvoir peindre. »

Jerry installa le petit poêle et le tuyau. Nous étalâmes des peaux de caribous, mangeâmes des morceaux de pemmican, fîmes fondre de la neige et jetâmes des corégones séchés à nos chiens.

L'après-midi suivant, au milieu de la clameur de centaines d'aboiements, nous arrivâmes à Takunak, engoncés dans nos vêtements vraiment pas cool : parkas et *mukluks*, collerettes d'ours noir et de loups, surpantalons, bonnets en castor, moufles en carcajou doublées de renard, longs sous-vêtements de laine et cagoules. Des cabanes en bois et quelques maisons préfabriquées s'étalaient le long de la rive nord. Des portants à poissons étaient plantés sur la berge, à moitié enterrés dans la neige ; des opercules de conserves de café en étain étincelaient, suspendus à des bouts de ficelle qui tournoyaient dans la brise pour effrayer les corbeaux. Ils ne faisaient pas du bon boulot. Cent cinquante personnes – dont les deux seuls autres garçons blancs que je connaissais – habitaient à Takunak. Le village disposait d'une liaison sûre avec l'Amérique (si le temps s'y prêtait) : le passage hebdomadaire de l'avion postal qui arrivait chaque semaine de Crotch Spit, une ville sur la côte. Tout en haut de la crête, l'église s'accroupissait à côté du toit de l'école. Cette position lui permettait d'aspirer l'électricité du générateur scolaire. Abe commentait généralement ce don à haute tension, qui offrait une vision différente des instituteurs à la mauvaise réputation.

Il guida les chiens sur la pente de la crête, vers la maison des Feathers qui faisait aussi office de bureau de poste. Il planta l'ancre et déboutonna le sac du traîneau. « Prenez un peu de *paniqtuq*. » Il tendit, à nous les enfants, de la viande séchée à grignoter. Abe retira sa parka par la tête et l'étendit sur la bâche. Son pull de l'armée était couvert de poils de caribou. Il disparut avec notre boîte bibliothèque et un sac de sucre rempli de lettres. À l'intérieur brûlait une lampe à pétrole. Autour de nous, les chiens attachés poussaient des cris aigus et donnaient des coups de patte dans la neige. Jerry veillait sur nos huit chiens, le manche d'une hache se balançait dans sa moufle. « Couchés », grogna-t-il. Il était crispé ; le village ne l'attirait pas comme il nous attirait Iris et moi. Il avait pourtant les yeux marron et les cheveux noirs comme il fallait, mais les deux continents qui l'intéressaient – la nature sauvage et l'Extérieur – se trouvaient dans des directions opposées à Takunak, et Jerry ne leur voyait pas de frontières communes.

Les chiens étendus à ses pieds haletaient, oreilles dressées. L'excitation du village leur faisait oublier la fatigue. Iris et moi nous serrâmes l'un contre l'autre pour bavarder, les yeux rivés sur le sol.

« Peut-être que le catalogue des produits Jafco est arrivé.

– Peut-être. » Du bout du pied, je jouais avec une planche en bois pleine d'échardes. Nous nous sentions passés au crible par les yeux dissimulés par les fenêtres des cabanes. Derrière une réserve, nous apercevions celle de Nippy Skuq, encombrée de traîneaux, de machines, de peaux de caribou, de filets de pêche et de tronçonneuses cassées. Plus à l'est, derrière un bosquet de saules, la maison en bûches toute droite de Woodrow Washington, et, le long de la crête, d'autres cabanes que nous ne connaissions pas, au milieu de machines et de bidons de deux cents litres. Grâce à une vigne grimpante mystique de l'Arctique, tout le village savait que nous étions arrivés. Les gens avaient fait craquer une latte du store et nous observaient, pour ne pas manquer un éventuel spectaculaire combat de chiens, un courrier inhabituel ou une mauvaise manière de marcher.

Abe sortit et laissa tomber une brassée de colis sur la bâche. « Des cartons de vêtements envoyés par January Thompson. Il faudra que vous lui écriviez pour le remercier. »

Dans ma tête, je fis défiler les photographies de cet ami d'Abe, un gros homme qui chassait les loups contre des primes, un fusil au bout de doigts poilus. Avait-il été l'ami de mon grand-père ? Était-ce mon grand-père qui lui avait appris à piloter un avion, puis lui, January, qui avait appris à Abe ?

« Abe ! ronchonna Iris. Tu sais bien que c'est la honte de porter des vêtements de l'armée au village.

– Ce sont des vêtements de l'Armée du Salut. Pas des vêtements de militaires. » Abe sourit malicieusement et attacha les *babiches* en orignal du traîneau. « L'avion postal n'a pas pu atterrir hier. Tommy Feathers dit qu'il ne devrait plus tarder. Vous voulez qu'on aille voir ?

– Ouais ! Allons-y ! répondîmes Iris et moi.

– Attendez. Il va y avoir du monde, je vous rappelle », dit Jerry, prudent. Il mâchonna le cordon de sa capuche.

J'imaginais la foule réunie sur la piste d'atterrissage, les enfants qui m'envoyaient des boules de glace à la figure. L'avion de Havilland Twin Otter pareil à un aigle raide et glacé qui glissait dans le ciel, les pattes tendues, son estomac creux prêt à régurgiter des inconnus et des colis de marchandises Sears. Et les regards de tous les autres fixés sur nous, car nous étions les seuls à ne pas habiter au village, et qu'ils n'avaient pas appris que dévisager les gens, ça ne se faisait pas.

« Trop de chance ! » J'essayais d'avoir l'air sûr de moi. « On est arrivés juste à temps. »

Nous glissâmes jusqu'à la lisière du village et nous arrêtâmes près de la piste d'atterrissage, après la dernière cabane. Nos chiens se roulèrent en boule et se reposèrent tandis que nous déchirions le courrier, les lettres et les enveloppes jaunes qui contenaient nos cours par correspondance. Nous passâmes rapidement sur les encouragements manuscrits des professeurs, jetâmes un œil à nos notes puis fourrâmes les feuilles dans le traîneau pour les lire plus attentivement à la maison.

« Bonnes notes ? » demanda Abe.

Figment secoua la tête d'avant en arrière, fit glisser son collier et s'étira prudemment vers le traîneau ; sa queue remua pour quémander un morceau de *paniqtuq*. Les cheveux blonds d'Abe étaient en désordre et il avait la bouche pleine de viande séchée. Un résidu était coincé entre ses dents de devant. Il griffonnait sur la bâche du traîneau comme sur une toile, un bout de craie rose pâle serré dans sa moufle. Il jeta un regard vers Figment et tendit la main, paume vers le bas. Figment pointa le museau vers la neige, lança un dernier regard suppliant à Abe puis se roula en boule.

« Que des A. » Iris gloussa entre ses moufles et tourna les yeux vers Jerry. « Désolée. »

« C en maths. » La voix de Jerry était profonde, dans son cou vibrait sa trachée forte et souple. Il aimait certaines des matières enseignées au lycée, mais n'avait encore trouvé aucun intérêt à l'existence de la géométrie. J'étais en quatrième, et moi aussi le travail scolaire me laissait perplexe. Abe prétendait que dans certaines parties du monde les gens se battaient pour avoir accès à l'éducation. Je ne le contredisais pas, mais, selon ma propre expérience, les gens – ceux de Takunak – se battaient *au lieu de* s'éduquer. J'avais sauté deux classes : l'une parce que Jerry nous apprenait tout ce qu'il apprenait, lui ; l'autre parce que Woodrow Washington Jr. s'était introduit dans le bureau de poste un jour où tout le monde était de l'autre côté de la rivière à attendre qu'un feu de forêt dépasse Takunak, et qu'il avait jeté le colis contenant mon matériel pour le CP au fond d'un trou de toilettes. Lorsqu'enfin j'avais reçu le colis, j'en étais déjà à la moitié du programme de CE1 d'Iris, gelé sur le mur depuis l'année précédente.

Je fis des allers-retours en courant pour que le sang chaud continue à s'écouler dans mes veines ; au village, ne jamais avoir l'air frigorifié était bien plus important qu'une note attribuée par un inconnu dans un endroit appelé Juneau.

« Il vaut mieux apprendre ce que l'on veut savoir. » Abe passa sa jambe par-dessus la glissière. « Ne laissez jamais quelqu'un qui a un diplôme vous faire croire que c'est l'assurance du bonheur. » Nous le fixâmes puis donnâmes des coups dans la neige, gênés. Vers l'ouest, un bourdonnement perça le ciel.

« Là ! » Iris repéra la tache. Au-dessus des cabanes ondulait la fumée des poêles, malmenée par une fraîche brise de l'est. « Ils arrivent ! »

Qui serait ce *ils* ? Peut-être le dentiste qui faisait sa tournée annuelle, avec ses fraises et ses pinces. Un hippie avec un gros sac à dos. Des gens qui rentraient de prison ou qui étaient allés tirer des corbeaux aux jeux de la Garde nationale. Le Twin Otter rugit dans le ciel, oiseau extraterrestre qui déterminait si nous étions assez gros pour être dévorés. Les chiens du village firent déferler une vague de hurlements tonitruants. Le point vira de bord dans le ciel.

Les villageois jaillirent des habitations et des salles de classe. Les enfants se précipitèrent sur notre traîneau, s'appuyèrent sur la glissière et piétinèrent négligemment notre cargaison de courrier, notre poêle et notre matériel. Nos chiens s'agitèrent et s'étirèrent. Les enfants reculèrent.

« Salut, Jerry. Salut, Iris. Salut, Cutuk », disaient-ils. Au village, les jeunes accolaient « salut » au prénom, en un seul mot.

« Salut, Cutuk. L'est où vot' mère les gars ? demanda un petit garçon.

– Arrivés quand ? l'interrompit un autre.

– Aujourd'hui. » Nous répondions avec hésitation, certains de leur nom nous échappaient. Les enfants portaient des manteaux colorés dont le nylon tombait en lambeaux, et des jeans raides et froids. Ils préféraient geler sur place plutôt que de nuire à leur réputation en portant des fourrures et des peaux. Que tout le monde nous connaisse n'était pas très agréable. Nous étions des enfants blancs, n'avions qu'un père et vivions loin, dans ce qu'ils appelaient un « campement » – mais peu savaient vraiment de quelle direction nous étions venus. Vivre hors du village signifiait vivre loin de tout, vivre sans argent, ne vraiment pas avoir de chance. Aucune des familles de Takunak ne vivait dans un « campement ».

Mes joues étaient rouges, aveu ostensible de faiblesse au village. Je tripotai les brûlures causées par les engelures sur mon nez, espérant qu'elles avaient bruni pour devenir ces croûtes distinctives des chasseurs. Je fis passer ma parka en caribou par-dessus ma tête et bombai le torse, expirant comme si j'étais en sueur. Abe leva les yeux vers moi.

Il fourra la craie dans la poche de sa parka. « Ne prends pas froid. »

« T'veux t'battre ? me demanda Elvis Skuq Jr. J'vais t'laisser pleurer. » Il avait élu domicile pour toujours dans mes plus anciens souvenirs du village. Depuis tout jeune il aimait recouvrir mon visage de neige, fouetter mes moufles avec une branche et se moquer de mes doigts rouges et douloureux. Une cicatrice courait de sa lèvre au bas de son nez, et jusqu'à son cerveau, avais-je longtemps pensé. Il avait seize ans et me dominait de toute sa hauteur.

L'avion s'inclina et s'aligna avec la piste. « D'où vous v'nez ? ajouta Elvis.

– Plus haut sur la rivière », marmonna Jerry. Je crachai des poils de caribou qui s'étaient échappés de ma capuche et avaient fini dans ma bouche. Les roues de l'avion se posèrent sur la neige. Iris et moi bondîmes derrière le traîneau lorsque l'appareil déferla sur nous.

« *Aiy*, trop *iqsi*. » Notre naïveté nous attira les railleries des enfants et les sourires des adultes aux yeux sombres. Un gamin fouetta mon oreille avec un bout de corde noueuse. Derrière nous, des rires fusèrent. Une boule de neige s'écrasa contre mon cou. Les moteurs rugirent puis sifflèrent lorsque les pilotes en ajustèrent l'intensité. Autour de moi les villageois s'évaporèrent comme des spectres. Les moteurs gémirent avant de s'arrêter. Tout le monde se rua en avant. Stevie et Dawna Wolfglove nous firent un signe de la main. Moi aussi je faisais partie du groupe – nous étions tous unis dans l'expectative.

Woodrow Jr. me tapa dans le dos. Il avait une vingtaine d'années et portait son fils sur les épaules. « L'est comment, la piste d'puis vot' camp'ment ? T'viens chercher une copine eskimo ? » Une femme ravissante souriait à ses côtés. Son visage sombre et ses cils foncés étincelaient au creux de sa collerette de renard blanc. « J'aurais bien aimé avoir tes yeux, Cutuk, dit-elle. Tu d'vrais v'nir êtr' mon fils. » Les gens rigolèrent. Je gardai les yeux fixés sur le sol et m'agitai nerveusement ; je m'imaginai assurer Woodrow Washington tandis qu'il descendait en rappel les toilettes des Feathers pour voler au secours de mon éducation.

Les portes de l'avion s'ouvrirent brusquement. Les pilotes descendirent ; leur visage était blanc et ils avaient l'air d'avoir froid avec leur casque radio, leur calepin en aluminium et leur Colt 45 accroché à la ceinture. Les villageois déchargèrent les colis et les sacs de lettres.

Dawna se rapprocha et sourit. « Salut, Cutuk. Arrivé quand ?

– Y a un moment. » Je fixai mes moufles. Le visage de Dawna avait la forme d'un cœur. Ses grands yeux suppliants semblaient chercher la réponse à une question que personne n'avait jamais entendue. Elle avait les mains nues et cachées dans les manches de son manteau en nylon blanc. Son jean passé était parfaitement effiloché en bas des pattes d'éléphant. Dawna avait quatorze ans et elle avait tant changé récemment que j'étais désormais gêné de poser les yeux sur certains de ses attributs – mais je ne pouvais pas m'en empêcher. Avant l'année précédente, je la trouvais débile ; son passe-temps favori consistait à découper des images dans le catalogue Sars pour faire des collages, et à observer les photos des femmes dans les magazines en rêvant à des villes bien loin de l'Alaska. Parfois elle regardait les images dans le mauvais sens. Quand il la chopa en train de faire ça, son père, Melt, fut fou de rage. Il lui arracha le magazine des mains, lui mit une gifle et jeta ses collages dans le poêle. « N'essaye plus jamais d'penser comme si tu étais qu'qu'chose d'autre », hurla-t-il.

Je me disais que puisque c'était la petite-fille d'Enuk, elle aurait dû vouloir apprendre à gratter les peaux et à coudre.

Elle se pencha en avant et posa la main sur le revêtement froid de la pile de cartons marron, puis observa, au-delà, les entrailles du Twin Otter. Ses doigts étaient longs et bruns. L'un de ses ongles était étonnement large, et elle le gardait hors de vue. C'était la seule imperfection de tout son être, condensée en un unique point, un défaut de la taille d'un bouton de moustique – et j'étais jaloux, moi chez qui rien n'allait, ni mes cheveux, ni ma façon de parler, ni aucun centimètre carré de ma peau.

Tout le monde se rapprocha de l'avion. Je rêvais qu'Abe s'avance et propose de le faire décoller. Pourquoi pas, après tout ? Il devait bien se souvenir comment faire. Pour lui, ce serait facile – et moi, je gagnerais des amis. Mais Abe était agenouillé et arrachait avec sa bouche la glace entre les doigts de Figment ; attentif, il écoutait les fanfaronnades de Charley Casket, vingt-quatre ans, qui lui expliquait comment abattre des loups avec un .22 Magnum.

« Vous attendez des trucs ? chuchota Dawna.

– Seulement ce qu'Abe a commandé – des choses dont on a vraiment besoin. De la vanille. De la peinture. Des boulons pour le traîneau. » On ne trouvait pas de vanille au magasin. Sinon, les gens l'achetaient dès qu'elle arrivait et se saoulaient.

Le rire de Dawna retentit. « Des boulons ? Comme des rondelles, des machins comme ça ? »

Les gens la regardèrent – elle ne cilla pas. À part Abe, c'était bien la seule personne du village à ne pas sembler se préoccuper en permanence du regard des autres. Ses yeux parcoururent la foule et effleurèrent la dernière cargaison de courrier à être déchargée. Une bouffée d'attendrissement m'étreignit, cette sensation précieuse du désir commun ; une soif d'autre chose, trop exotique pour être nommée. Bien mieux que les boulons et la vanille.

« T'veux faire la course ? » demanda un garçon. Il faisait ma taille et avait les traits larges et sympathiques des Washington. Je jetai un regard à Dawna, puis à Stevie, de l'autre côté, qui parlait à Jerry posté à côté de nos chiens.

« Ouais, d'accord », répondis-je en tâchant d'éviter les deux principaux écueils du village : avoir l'air peureux ou trop intelligent. Nous courûmes jusqu'à l'école. Le garçon portait des baskets légères et rapides. « Mes *mukluks* sont trop lents », haletai-je sur le chemin du retour. Le résultat avait été serré. J'aurais pu le battre facilement si nous avions échangé nos chaussures, mais aucun enfant ici n'aurait voulu être vu avec des *mukluks*.

« *Aiy*, l'excuse. »

Un gros groupe d'enfants m'entourait. « T'veux t'battre ? » demanda quelqu'un. C'était Elvis et son petit frère. J'accélérai.

« T'es qu'un *naluaġmiu*, hein ? ricana Elvis.

– Chai pas. » *Naluaġmiu*, c'était le mot pour qualifier une personne blanche ; et même si, dans le dictionnaire eskimo, ce n'était pas considéré comme une insulte à proprement parler, ici tout le monde savait bien que c'en était une. Les conversations d'Elvis n'étaient jamais très développées – en général, elles s'arrêtaient là.

« *Aiy, kinnaq.* »

Ça, ça voulait dire *idiot.* Je rougis.

« Eh, débile ! raillèrent les enfants. *Aiy* ! L'est tout rouge !

– T'veux t'battre, face de craie ? » Un garçon rabattit ma capuche sur mon visage. Je la relevai, mais le vieil élastique était lâche et détendu. Je ne savais pas ce que *face de craie* voulait dire ; mais j'en étais sûrement un aussi.

« Combien ça fait, six fois six ? » me demanda Lumpy Wolfglove. Je souris, soulagé de le reconnaître. Lumpy avait dix-sept ans et était en quatrième. Trois choses à savoir sur lui : il était bon en maths, tirait bien au fusil et aimait torturer les chiots en leur éclatant la tête avec un marteau. C'était la moitié du frère de Stevie et Dawna.

« Trente-six. » Aussi loin que je me souvienne, Iris m'avait appris les maths pendant les soirées d'hiver, lorsqu'il faisait déjà trop sombre pour entreprendre quoi que ce soit et qu'Abe ne voulait pas allumer la lampe tout de suite – gâchis de kérosène.

« Ouais ! Et sept fois huit ?

– Cinquante ? » Je guettai des sourires autour de moi et bifurquai vers la piste d'atterrissage.

« Et l'ninja, tu l'connais ? » me demanda Elvis. Les garçons attendirent ma réponse.

« Je connais pas beaucoup de mots eskimo.

– *Aiy* ! Connais pas. Trop bête.

– T'es qu'un *kinnaq.* »

Quelqu'un m'attrapa par le cou et m'étrangla. Je tordis son pouce. Il grogna de douleur et me fit tomber sur les genoux.

« Yiii-aaah. » Elvis tournoya sur lui-même. Sa botte devint floue. Elle ne s'immobilisa que lorsqu'elle me frappa l'oreille. Je dérapai derrière une congère, pilonné par d'autres coups de botte dans mon dos, dans mon cou et sur mon visage. Ses bravades résonnaient en moi. « Pas mon p'tain d'problème. » Un goût salé dans la bouche. Je connaissais bien cette facette-là du village – c'était celle dont je voulais m'éloigner. Je ne voyais plus la foule et j'espérais qu'aucun adulte n'ait rien aperçu.

À la lisière de l'attroupement, une femme cria. « Eh ! Qu'est-c'qu'vous faites là ? Arrêtez d'vous battre. » Elle se tourna de nouveau vers l'avion. Mes yeux suivirent les garçons qui, dans un éclat de rire, s'en allaient en courant sur la neige compacte.

Au magasin Native Cache, Jerry proposa de garder les chiens pendant qu'Iris et moi accompagnions Abe à l'intérieur. Ce n'était pas un gros sacrifice – il savait bien qu'il n'y avait pas grand-chose à espérer de ces courses, avec Abe et sans argent. En plus, il était grand, fort, et il avait le manche de hache. Personne ne viendrait l'embêter. Avant d'entrer je passai de la neige sur ma lèvre enflée, que je jetai ensuite, ensanglantée et fondue, sous les marches. Jerry détourna le regard. P'tit Minus, le chien du gérant, aboya sous les planches et goba de pleines bouchées de sang et de neige. Je grognai et il retourna ventre à terre sous le bâtiment, en glapissant. À l'intérieur, il y avait du monde ; une lampe à huile allumée était accrochée à un clou sur la poutre centrale. Derrière le comptoir, des armes alignées ; sur les murs, une multitude d'objets industriels scintillants : des manteaux en nylon, des montres Timex, des leurres pour la pêche, des lunettes de soleil, de l'après-rasage. Du lait en conserve Carnation. Des hologrammes de Jésus dans des cadres. Des pièges à carcajou. Au centre de la pièce, trois hommes se tenaient près du poêle et discutaient ; de temps à autre ils riaient à une blague dissimulée sous le voile de l'inupiaq. J'entendis le mot *naluaġmiu* et m'éloignai du feu.

Au fond, deux tables en bouleau fabriquées par Abe étaient en consignation. Une avait été vendue. Abe attrapa quelques rares produits qui ne nous coûteraient pas moins cher par la poste. Il n'aimait pas venir au magasin. Il trouvait que la plupart des choses ici n'étaient que du bazar inutile qui empêchait de vraiment voir la vie ; il s'y pliait patiemment uniquement pour que nous ne revenions pas de sitôt. Il ne voyait même pas les montres et les manteaux étincelants qui épinglaient nos yeux à Iris et moi. « Bonjour », dit-il aux hommes près du feu. Abe les aimait bien. Selon lui, ce n'était pas ses affaires si Nippy Skuq manquait de tuer sa femme une ou deux fois par mois, lorsqu'il était saoul et la battait ; si Melt Wolfglove parlait des personnes blanches comme s'il avait fait partie de la Gestapo eskimo ; si Tommy Feathers tirait tous les ours qui passaient dans son champ de vision et les laissait pour morts – même quand ils étaient tout maigres ou qu'ils avaient des petits – sous prétexte que, quand il était enfant, un ours s'était servi dans le poisson séché de sa famille et qu'ils en avaient été privés. Jusqu'au lendemain.

Nos parkas coincées sous le bras, Iris et moi fouillâmes dans les cartons WASHINGTON pour trouver des pommes. Mais plus aucune trace de leur délicate odeur de propre ne subsistait sur les mouchoirs bleus dans lesquels elles s'étaient un jour enroulées. Iris humecta l'un des mouchoirs avec sa bouche. Elle souriait bizarrement, comme lorsqu'elle ramassait des myrtilles et plaçait sous sa langue une baie verte et amère, pour ne pas dévorer les autres poignées qui devaient constituer nos réserves d'hiver.

Elle tamponna le sang sur ma lèvre. « Personne ne peut voir ce qu'il y a à l'intérieur de nous. Personne ne peut vraiment nous détraquer, même si, parfois, on en a l'impression. Souris, Cutuk. D'accord ? Pense à ce kaléidoscope que Jerry a fabriqué avec une conserve de concentré de tomate. Tu te rappelles qu'il avait glissé une crotte de souris au milieu des perles ? Imagine un sourire, à l'intérieur de ce kaléidoscope. Allez ! Encore ! Viens, on va voir s'il y a des oranges. »

Tommy Feathers lui jeta un regard concupiscent et essuya son menton. Iris laissa retomber le mouchoir sali dans le carton. Elle trouva un dernier oignon, mis au compost au milieu de fines épluchures brunes qui couvraient le fond d'un sac en maille. Elle me conduisit vers le comptoir.

« Plus de pommes ? » demanda-t-elle d'un air suppliant. Elle fit un joli sourire à Newt Clement, le gérant du magasin. J'essuyai ma lèvre sur mes doigts et me tint bizarrement, comme un câble tordu.

« *Arii.* Plus rien. Désolé, *Bun.* » De la manche de Newt sortait un moignon lisse et musculeux. Il n'avait qu'une seule main. Son bras droit était épais. Les gens disaient qu'il pouvait tenir un fusil. Avant qu'il ne se tire dans la main, c'était un ivrogne, *guuq*. *Guuq* signifiait « il paraît » en eskimo ; un mot bien pratique pour répandre des rumeurs.

New leva les yeux. « Toi l'grand garçon, rigoles pas beaucoup. Pourquoi ? »

Je baissai les yeux et gardai le silence. Qu'est-ce qui pouvait bien pousser quelqu'un à tirer dans sa propre main ? Peut-être de la haine, à l'intérieur – mais pas assez pour mourir ? Personne n'était venu ramasser Newt sur le sol ensanglanté. Il s'était ramassé tout seul et avait serré un bout de fil de pêche autour de son moignon dynamité, *guuq*. Après cette douleur, racontait Abe, Newt avait arrêté de boire et était devenu quelqu'un de bien ; preuve qu'il avait toujours été quelqu'un de bien. Sinon cela aurait eu l'effet inverse, comme un chien qui mord.

Newt serra la main d'Abe. Étrange. Un truc de Blancs. Ils se sourirent malicieusement, comme de vieux amis. Je me dis qu'ils devaient avoir vécu des aventures ensemble, dans le temps. Désormais ils n'allaient plus à la chasse ou camper.

« De l'oignon. » Abe hocha la tête. « Ça sera bon avec un cœur d'orignal frais. »

Iris me frappa le pied. « La saison est fermée, murmura-t-elle. Toutes les règles sont écrites sur l'affiche, au fond, sur le mur. Un seul ours brun tous les quatre ans. Et il y a une saison pour les lagopèdes ! »

« Ouais. C'vrai, bon manger. » Newt s'arrêta. « Voilà tes cinquante pour la table vendue par moi. Et ça… » Il se pencha sur la caisse en fonte, frotta son menton avec son moignon rond et, confus, jeta un œil aux chiffres. Abe attrapa par-dessus le comptoir une barre chocolatée Bit-O-Honey et l'ajouta à notre tas.

Iris leva un sourcil. « Cutuk. Notre cher Vieux ne va pas bien. »

Je l'observai – j'aurais voulu qu'il prenne une barre qui ne contenait rien d'aussi naturel que le miel.

« Soixante-sept cinquante, pour tout ça », New plissa les yeux. « T'as pas d'la monnaie ? Plus d'liquide au village. » Il tenait une pile de chèques à double endossement abîmés dans sa main puissante, prêt à les distribuer à Abe pour faire de la monnaie s'il en sortait un plus gros.

Abe passa son bras autour des épaules d'Iris tout en additionnant les prix. « Chut, ma loutre, dit-il. L'oignon est à combien ? »

« Fais voir. » Newt réfléchit. « L'est p'tit. Un dollar. » Il sourit à Iris et fit glisser un paquet de chewing-gums à la menthe le long du comptoir et jusqu'à ses doigts.

Abe fourra l'oignon au fond de sa parka. « C'est un dollar le litre pour le kérosène ? Est-ce que je te dois cinquante-six ? » La voix d'Abe était lente, innocente et pleine de doutes. Maintenant qu'il avait additionné les chiffres et prononcé le résultat, il n'argumenterait pas si Newt répondait que non, il lui devait quatre-vingt-un. Cela voudrait dire qu'on ne pourrait pas commander une caisse de pommes supplémentaire à l'automne, mais Abe ne contesterait pas. Je ne fis pas attention à l'échange et lus l'étiquette d'un manteau bleu argenté. Je commençais à prendre conscience que la condition pour être cool, pour être Eskimo, c'était ça : WALLS, taille M, extérieur et intérieur 100 % nylon, 97 $. Tissé au creux de ce matériau manufacturé se cachait le secret qui m'échappait, celui qui ferait de moi un Eskimo.

« C'est p't-être bien ça, Abe. » Newt hocha la tête. Les poches sous ses yeux flageolèrent.

Abe fourragea dans son surpantalon, poche après poche, pour trouver son liquide. Les hommes près du feu observaient. Je gardai les yeux fixés sur le manteau, comme si je n'en avais rien à faire que les Blancs n'aient pas le droit d'acheter à crédit.

Dehors, le long crépuscule s'était fondu au nord en une pénombre bleu-noir, et les étoiles scintillaient tandis que l'attelage dévalait la colline jusqu'à la maison en planches des Wolfglove, près des berges enfouies de la rivière. C'était une baraque froide, mais étouffante en juin. À Takunak nous logions là, ou bien chez les Newton, qui étaient instituteurs. Ils habitaient dans un logement appartenant à l'école, possédaient un lecteur de vinyles, une machine à café électrique, un robot pour les gâteaux, et utilisaient les serviettes en papier comme si elles étaient gratuites. Leurs fils, John et William, étaient les seuls garçons du village à avoir un lance-pierre de marque. Jerry disait que les gens aux États-Unis avaient des machines à café électrique Mr. Coffee. J'en déduisis que tous les enfants aux États-Unis avaient aussi des lance-pierres industriels pour tirer sur les écureuils, sur les voleurs de campements, et, plus important encore, pour survivre aux terrifiants combats de lance-pierres de leur village.

Parfois nous logions plus bas en aval, sur l'île de Franklin, dans son igloo sombre avec des poèmes dénués de sens accrochés sur les poutres et des dîners tout-en-un – du riz avec du lapin, du corégone avec du riz, ou de la viande bouillie avec du riz – qui étaient resservis au petit déjeuner et au déjeuner. Pas d'enfants. Pas de bonbons. Pire que rester à la maison. La cabane de Crazy Joe se trouvait un kilomètre plus bas et faisait la taille d'une tente. À l'avant, un trou carré dans lequel il fallait se faufiler, comme une cachette – la maison d'oiseau de Crazy Joe, l'appelait Abe. Joe faisait de la prospection et il n'allait jamais nulle part sans son marteau de roche et sa loupe. Tous les matins, il buvait une cuillerée d'urine et mangeait une cuillerée de poussière, pour rester en forme et au plus près du territoire. Pratique : le sol était couvert de saletés. Quand il travaillait dans la poussière d'or, il passait ses hivers près de l'équateur, avec des femmes magnifiques qui portaient des espèces de chaussures plates et ouvertes qui laissaient voir leurs orteils peints, *guuq*.

Parfois aussi, à Takunak, nous logions chez les Spenholt, des évangélistes végétariens de Californie qui cultivaient de la luzerne verte et des pousses de soja sous la lumière violette d'une lampe à piles. « Les microeinsteins qui passent par la fenêtre ne suffisent pas, expliquait Larry Spenholt. Ce n'est pas aussi efficace que la radiation active photosynthétique. » Il avait des cheveux noirs repoussés en arrière, la voix nasale et les yeux perçants. Les Spenholt avaient une fille de huit ans, Rose, qui pleurait si elle devait aller dehors. Elle ne nous laissait pas jouer avec ses Lego électriques. On aurait gâché les piles.

Les Spenholt étaient des adorateurs d'autochtones. Tout ce que les gens du village faisaient, c'était autochtone. Tellement unique. Mais Larry et Song se taisaient si nous mentionnions le dépeçage des belettes ou le rendu de la graisse de foie d'orignal. Ce n'était pas les seuls au village à penser que les Blancs ne devraient pas être autorisés à chasser. Le conseil – en fonction des conditions atmosphériques et des épidémies de fièvre de la cabane – votait des choses aléatoires qu'il semblait judicieux de rendre illégales pour les Blancs : posséder des chiens de traîneau. Ramener du bois pour le feu. Installer des filets sous la glace. Construire leur propre maison. Les Spenholt écrivaient un livre sur leur vie dans la nature avec les Iñupiat. La rumeur disait qu'ils deviendraient millionnaires, une fois le livre terminé. Mais ils ne sortaient pas beaucoup, ne mangeaient pas d'os à *patiq* ou d'huile de phoque, alors personne ne les considérait vraiment comme des habitants. Seulement comme des visiteurs.

Les chiens de traîneaux aboyaient et grognaient dans tout le village. Les nôtres levaient le museau pour humer la douce odeur de l'amour, de la nourriture et des combats. Les tendons de leur queue s'étiraient ; les coins de leurs yeux luisaient. Ils tiraient de côté sur la ligne de cou et flairaient bêtement les enclos. Des chiens errants accoururent et provoquèrent des accrochages éclairs et des duels de grognements avec notre attelage confus. Nos chiens ne savaient pas comment croiser calmement un autre attelage ou des chiens errants, ni même comment passer devant un enclos. Chez les Wolfglove, Abe frappa George et Figment avec le manche de hache et l'attelage se pelotonna pendant que nous les enchaînâmes à des saules.

Janet Wolfglove passa la tête par la porte. « Dieu merci ! cria-t-elle. V'nez ! » C'était une forte femme aux cheveux gris, toujours à la maison à cuisiner ou à coudre, prête à faire des câlins chauds et écrabouillants comme ceux d'une mère. J'étais mortifié lorsqu'elle me serrait dans ses bras, mais j'aimais bien qu'elle le fasse. « V'nez ! » cria-t-elle de nouveau, nous faisant signe d'entrer dans la cuisine en désordre et emplie d'une bonne odeur. « Arrivés quand ? » Elle portait un pull lourd et une croix en argent ; son visage était tout près du mien. Je sentis l'odeur du savon parfumé, celui qui faisait mal au nez et indiquait aux animaux l'emplacement exact de vos pièges installés sous la neige.

« Aujourd'hui, répondis-je. Avant l'avion. » C'était il y a deux heures, réalisai-je, surpris que ces minutes de douleur et de monde forment déjà des chaînes de montagnes dans mon passé, qui habituellement mettaient des mois à s'élever.

Melt, le mari de Janet, parlait inupiaq alors qu'il savait bien que même ses enfants ne comprenaient pas la plupart de ses paroles. *Naluaġmiu* parsemait ses complaintes gutturales. Nous les enfants, nous nous tenions près du poêle, les yeux baissés, et mâchonnions des morceaux des chewing-gums d'Iris. Nous faisions tout pour éviter de faire un geste de *naluaġmiu.*

« *Adii*, enfants à toi mâchent fort ! » cria-t-il.

Nos mâchoires se figèrent. Nous déglutîmes. Le cylindre du poêle rougeoyait et brûlait nos surpantalons. Les vagues de chaleur ne suffisaient pas à faire fondre la glace sur les recoins du sol. Des tas de chaussettes, de gants et de vêtements – ainsi que des armes inclinées – étaient gelés contre le givre des murs. La température près du plafond coupait le souffle : dix ou quinze degrés de plus que près du sol.

« Enuk parti voir ses pièges », dit Janet qui perçut mon regard interrogateur. Je hochai la tête. La malchance qui m'avait suivi pendant ce voyage tant attendu au village me découragea – je ne demandai pas s'il pourrait être de retour ce soir.

Stevie et Dawna surgirent en riant à une blague qu'ils avaient laissée dehors. Tommy Reason les suivait. Tout le monde l'appelait Treason. C'était un garçon aux cheveux bouclés que Janet avait recueilli quand sa mère avait brûlé lors du crash d'avion à Uktu. Son père s'était barré, il était retourné aux États-Unis depuis longtemps, mort peut-être. Une fois, Lumpy avait attrapé un bout de sa peau avec une pince de bricolage, et Treason avait pleuré plus que ce qui était nécessaire pour quelque chose de ce genre. Treason ne se moquait pas des *naluaġmius*, ni des cheveux.

Mon visage était rouge de honte. Les endroits avec du monde amenaient toujours cette conscience que ma famille était différente des autres. Nous ne disions pas *salut* de la bonne façon, ne nous tenions pas comme il fallait, ne mâchions pas correctement – surtout, nous ne savions pas suffisamment nous battre. Et puis il y avait tellement de gens, de noms et de visages, qu'il était impossible de tout se rappeler. Je baissai les yeux et me perdis dans mes pensées, rêvant que la cicatrice sur la lèvre d'Elvis Jr., c'était moi qui lui avais infligée, en le frappant si fort que même les journaux de Fairbanks avaient relaté l'affaire.

Stevie m'attira dans un coin. Il cogna dans des piles d'habits pour nous dégager le passage et remonta ses lunettes. Il était robuste et trapu, avec des cheveux noirs comme du charbon, épais et bouclés, repoussés en arrière. Au milieu de sa famille, je savais bien que je ressemblais à une mouette maladive parmi des corbeaux luisants. Stevie était né trente-huit jours avant moi, mais pendant la plupart de mon existence je m'étais senti plus âgé que lui et que Dawna – peut-être parce que Janet adorait les bébés. Abe nous avait fortement suggéré de sauter les « années chouineries ». Il avait cousu les bouts des manches de nos premières parkas en caribou pour ne pas avoir à entendre parler d'histoires de moufles perdues ou à s'en inquiéter.

« Junior battu avec toi ? » Stevie ne chercha pas à savoir qui avait gagné. Il était comme Janet, avec cette façon de sourire, aussi impassible qu'un haussement d'épaules. Les enfants qui lui avaient cherché la bagarre lui demandaient ensuite s'ils pouvaient l'aider à nourrir les chiens.

« Ouais. » Je couvris ma lèvre. Le miroir de Dawna était suspendu à un clou dans le coin sombre. Des mouchetures tachetaient mon reflet. Des yeux bleus inquiets me renvoyèrent mon regard.

Dawna gloussa. « Vous autres avez votre vanille et vos noix ? »

Treason se tenait à côté de nous. « Tout l'monde essaye d'se battre d'puis c'film bien. »

« C'était quel film ?

– C'lui du ninja », expliqua Stevie.

Je hochai la tête, abasourdi.

« Cutuk, t'veux voir notre nouvelle motoneige ?

– Quoi ? Vous avez une nouvelle motoneige les gars ? » Je tentai de limiter mon expression, mais la soudaineté de cette information étala la jalousie sur mon visage. Je voulus me cacher derrière un tas de bûches. Jamais de la vie nous n'aurions de motoneige, nous. Abe n'aimait pas les moteurs. Peut-être qu'ils lui rappelaient le Super Cub de son père. Il n'y avait pas si longtemps, seuls les gens privilégiés avaient des motoneiges : les instituteurs, Tommy Feathers, et quelques autres.

Stevie et moi nous précipitâmes dehors sans parka. Il jeta un œil à la fenêtre pour s'assurer que Melt ne regardait pas. Il valait mieux faire attention quand il était dans les parages. Stevie me conduisit derrière la maison. Il repoussa une bâche en toile et se frotta les mains. La motoneige était accroupie, bleu argent dans l'élégante lumière de la lune, une fusée attendant de s'embraser à travers la toundra. Il traça le nom POLARIS sur le capot avec ses doigts.

« Pas comme cette vieille Chaparral, dit-il avec admiration. Cette nouvelle-là va toujours vite. » Son souffle formait des nuages épais. « Y avait un pare-brise, mais Lumpy a laissé partir contre un arbre. Papa voulait l'attacher à un poteau et l'frapper, c'est sûr. Mais bon, l'est trop grand maint'nant. »

Une fissure tranchante courait à l'avant. Je touchai le capot lustré mais retirai précipitamment ma main. « Une écharde ! » Une goutte de sang fonçait mon doigt.

Stevie m'agrippa la main. « C'est de la fibre de verre. Fais voir. Attends ! On va être des frères de sang. » Il perça son doigt puis le pressa contre le mien. « Fais le vœu d'avoir une motoneige, *bart*. Lumpy va essayer d'avoir un boulot dans les pipelines et en ach'ter une. Plein d'gens vont à Prudhoe. »

La convoitise crispa ma main. Je visualisais cet égalisateur tant désiré, une création mécanique qui ferait de moi un grand chasseur et un Eskimo. « Faut aller à Prudhoe ? Mais c'quoi, Prudhoe ?

– Déjà conduit une motoneige ? »

Je fouillai dans ma mémoire pour tenter d'embellir la vérité – et éviter de mentir. « Non. Pas encore.

– Pas grave. Un jour, tu conduiras. Ça va plus vite que tous les chiens, les loups, les caribous. » Il secoua la tête. « Rien pour la battre. Papa prit un loup. Il lui est rentré d'dans. » Nous fixâmes la machine. Puis il la recouvrit et me montra la peau de loup gelée qui drapait la corde à linge. Elle était mal dépecée ; il y avait des entailles, les pattes arrière et les griffes avaient été abandonnées avec la carcasse.

« On voit plein d'loups chez nous, des meutes entières, fanfaronnai-je dans le noir. Mais Abe n'essaye jamais d'les tuer. Y a quelques hivers, une fois il m'a laissé surveiller un orignal qu'on avait tué, et des loups…

– Pourquoi ?

– Pourquoi quoi ?

– Pourquoi Abe en tue jamais ? » Stevie tirailla son sourcil.

« Il les aime bien.

– Il les aime pour quoi ?

– J'sais pas. J'crois… j'crois qu'il les aime juste bien.

– Hum. » Stevie haussa les épaules et me décocha un regard perplexe tout en ouvrant la porte. À ce moment-là, il semblait absurde que les raisonnements d'Abe puissent tenir debout à la maison. Pourquoi ne pouvait-il pas être comme tout le monde et remplir des cordes à linge entières de peaux de loups ?

Ce soir-là nous mangeâmes du ragoût, mais qui n'était ni au caribou, ni à l'ours, ni au lynx, ni à rien d'ordinaire ; il venait d'une grosse conserve que Melt rapporta quand il se traîna chez lui, après s'être écroulé près du poêle du Native Cache. Melt était petit et bien dodu, avec une tête carrée, parfaitement adapté pour rester assis dans le fauteuil à bascule qu'Abe lui avait fabriqué, pendant que Janet cuisinait, dépeçait les animaux, découpait la viande et cousait. Le whiskey avait fondu ses dents et transformé ses lèvres en gouffre. Il trempait des crackers dans son café et les boulottait. Il aimait bien prêcher à l'église, parfois, lorsqu'il n'y avait pas de pasteur au village. Il était grognon, sauf quand il distillait ses conseils, ses prévisions météorologiques ou ses histoires de chasse – ces anecdotes-là faisaient toujours ressortir sa générosité. Il faut dire qu'elles étaient meilleures que celles de n'importe qui d'autre.

Il était fier de nous servir cette soupe en boîte cuisinée avec des vaches des États-Unis. Quelqu'un qui n'aurait pas vu l'étiquette aurait pu penser, vu la façon dont il engueula Janet pour ouvrir lui-même la conserve, qu'il était descendu jusqu'à Baltimore, l'Illinois ou Park Place pour chasser ces vaches de ses propres mains.

Abe n'aima pas la soupe. Mais il leva poliment les sourcils. « Salé », murmura-t-il, comme si le bœuf était toujours, par définition, salé. La viande s'écrasait sous mes dents comme des pommes de terre. Je me demandais ce que pouvait bien faire un bœuf pour que sa viande soit aussi musculeuse qu'un orignal et aussi molle qu'un écureuil bouilli.

La coupure sur ma lèvre piquait. Je posai le bol sur le sol pour le faire refroidir. Stevie et moi nous entraînâmes à installer son nouveau piège Coniber, conçu pour se refermer sur la tête d'une hermine et la tuer instantanément. Nous oubliâmes que nous avions grandi et essayâmes de pincer Dawna et Iris, puisqu'elles avaient l'air de s'amuser plus que nous en lisant un magazine et en murmurant sur des photos. Jerry était assis avec les adultes, penché sur le côté. Il tenait sa soupe au-dessus d'une commande Sears vierge qu'il remplissait pour *Aana* Skuq. Lorsque nous étions en ville, les gens apparaissaient sans cesse devant la porte pour qu'Abe remplisse leurs commandes Sears, ou leur explique comment compléter les papiers du chômage ou des impôts. Jerry s'en occupait désormais, soulagé d'avoir quelque chose à faire qui ait du sens à ses yeux.

Stevie referma le piège sur le pied de Dawna. Elle hurla : « Stevie, gros débile ! » Elle le frappa fortement à la tête avec un magazine roulé. « *Adii*, Maman. Stevie embête toujours. »

« Ah, la ferme, vous ! brailla Melt. Jouez dehors, allez ! » Il désigna la porte. Difficile de savoir s'il le pensait vraiment.

Au village, les gens criaient contre les enfants et les insultaient autant que les chiens, et ni les uns ni les autres n'obéissaient. Cet étrange souvenir refit surface : Melt jeune, calme et sympathique, qui tenait dans les bras un bébé porc-épic, sur le pas de notre porte. Avec un trou entre les dents. Impossible à vérifier maintenant. Avais-je rêvé ? Les gens ne pouvaient tout de même pas changer à ce point, non ?

Stevie s'assit sur le lit et détourna le visage en ricanant. Dawna me fixa de ses beaux yeux sous ses cils noirs. Elle tripota le petit grain de beauté sur sa joue. Elle portait un sweat-shirt à capuche rose. Le col était déchiré autour des œillets. Son cou était lisse et brun et son regard rieur, mais d'une manière singulièrement différente. Je voulais que ce soit elle, la première personne que j'embrasserai – mais seulement quand j'aurais appris comment faire.

Elle secoua son magazine. Un carré blanc, graine de magazine, en tomba. Elle écrivit dessus puis laissa le papier chuter près de mon genou. L'écriture était à l'envers. Je retournai le papier. Maintenant elle était dans le mauvais sens. Je le remis à l'endroit et lu, là où le stylo avait appuyé, comme du braille. *Cutuk, n'écoute pas ces trucs* kinnaq. *Tu es mon ami et j'aimerais que tu sois mon chéri.* Les petits mots bouclés étaient incroyablement précieux. Je cachai le papier dans ma poche pour le relire des milliers de fois plus haut sur la rivière.

Je ne voulais pas sortir dans le noir ; je me glissai discrètement vers ma soupe, qui avait gelé sur les bords. Janet gloussa et me caressa le bras. « Chut. » Elle la versa dans la marmite et me servit un plein bol chaud.

Abe déballa nos sacs de couchage pour les réchauffer près du poêle et sortit la peau de lynx qu'il avait apportée pour Janet. Le cours du lynx s'était envolé au marché aux fourrures de Seattle et atteignait deux cent cinquante dollars ; il servait à faire des manteaux pour les femmes riches. Pourtant lorsqu'Abe reçut une enveloppe contenant un chèque pour quatre peaux, il retira ses gros pièges. Nous envoyions encore du renard et de rares peaux de martre, mais, désormais, s'il attrapait un lynx par accident, il le donnait à Janet pour qu'elle fourre des moufles, ou laissait Melt le vendre. Quand j'étais petit, Janet nous cousait des vêtements chauds en échange des fourrures d'Abe ; c'était avant qu'elle ne nous apprenne le tannage et la couture, avant qu'elle ne nous prenne sous son aile.

Janet alluma une autre lampe à pétrole qui flamba en crachotant. Elle fit basculer le levier du générateur et pompa rapidement. Le manchon rougeoya et siffla des ombres sévères. « Regarde, *Bun*, dit-elle à Dawna. Abe apporte. *Aarigaa.* » Dawna eut un bref sourire, sans même faire semblant d'en avoir quelque chose à faire. Elle dévisagea Abe, pas le lynx. Elle et Iris se remirent à contempler des filles blanches filiformes dans le magazine.

Janet était connue jusqu'à la côte pour les *mukluks*, les bonnets en castor et les moufles qu'elle cousait. Les gens payaient plus de cent cinquante dollars pour une paire de ses *mukluks* à semelles en *ugruk*. Melt emportait souvent deux ou trois paires à Crotch Spit lorsqu'il allait se saouler quelques jours. Les créations étaient magnifiques, la peau blanche tannée avec du levain, la rouge avec de l'écorce d'aulne fermentée. Ses points étaient serrés, des perles faisaient parfois briller les vêtements. Je me demandais si ma mère savait coudre. Dans mes rêveries errantes, lorsque Maman nous retrouvait et nous apportait des cadeaux, il n'était jamais vraiment question de couture. Elle faisait probablement partie des femmes riches, maintenant. C'était peut-être pour ça qu'Abe n'expédiait plus de lynx. J'aurais voulu que Janet soit ma mère. Mon imagination chargea un film tout en couleur : Melt, dehors sur la glace. Soudain, il est englouti et le courant noir l'attire hors de vue.

« Janet ! Fais du café ! » cria Melt, bien vivant, comme s'il beuglait sur un chien qui s'apprêtait à pisser contre son fusil.

Treason entra, suivi de Lumpy qui arriva en tanguant après avoir erré dans le village. Il sentait les cigarettes industrielles. Woodrow Washington Jr., le jeune oncle de Lumpy, se glissa avec lui. Il resta près de la porte.

« Les Washington ont b'soin d'caribou », dit Lumpy à Melt. Melt avait toujours rappelé aux gens que Lumpy était le fils de Janet, pas le sien. Maintenant, c'était au tour de Lumpy de lui rappeler qui était le plus costaud des deux.

Un instant plus tard, dehors dans la nuit, la cloche de l'église sonna le couvre-feu. Janet jeta un œil vers Lumpy. « Maman, j'ai faim », dit-il, ignorant son regard sévère. Il me poussa la tête. « Salut, Cutuk. » Il n'y avait plus de soupe ; Lumpy engloutit de la gelée chaude, dans un des nouveaux verres en verre de Janet. Chez nous, il n'y avait que des tasses et, en guise de verres, des tasses dont l'anse était cassée. Lumpy ne mentionna pas la raclée que je m'étais prise. Il ne proposa pas non plus de gorgée de gelée sucrée.

« Tu vois cette porte ? chuchota Lumpy. Nous, on a d'vraies portes, pas des trucs faits maison comme vous autres. » Je le dévisageai, aussi surpris que la fois où il avait mangé un tube de dentifrice lorsqu'il n'y avait plus ni sodas ni bonbons au village.

« Woody veut d'la viande ! »

Iris et moi nous jetâmes des regards en coin. Jerry leva la tête puis se replongea dans le catalogue. Woody Jr. remua près de la porte. Ses yeux étaient injectés de sang. « *Alappaa*, c'vent d'est, dit-il enfin. Melt, t'as pas une cigarette ? »

Abe tapota ses poches. « Tiens. » Il sortit sa pochette de tabac. Woody, mal à l'aise, s'éloigna de la porte et se dirigea vers ce tabac différent.

Melt était resté moulé confortablement dans son fauteuil, branché à sa radio à ondes courtes. Nous les enfants, nous rêvions d'écouter de la musique : il n'y en avait jamais à la maison. Iris se préparait à demander à Melt s'il pouvait monter le son, pour que les lointaines chansons arrivent jusqu'à nous. Mais il grommela, éteignit la radio et tendit un paquet de Marlboro. Il mis la main sur une botte et creusa dans les piles derrière le poêle, penché rigidement en avant, pour trouver la seconde. « Eh les enfants ! Vous avez perdu l'aut' côté ! »

Je me ratatinai sur moi-même, et découvris d'intéressantes bizarreries sur l'ongle de mon pouce. Janet frappa l'épaule de Woody. « Des cigarettes, c'est ça qu'tu manges, hein ? » Elle sourit malicieusement à Abe, attrapa la scie à viande accrochée à un clou au-dessus du plan de travail de la cuisine, et sortit découper un morceau de caribou gelé.

Melt se réinstalla dans son fauteuil. Il jeta la botte dans un tas de vêtements. « P'tain d'enfants. »

Lorsque Janet revint, le froid avait rendu ses yeux humides et brillants, et elle avait un sourire radieux. « *Alappaa* ! » Elle tendit à Woody la cuisse non dépecée. Des poils de caribou s'étaient amassés sur l'entaille fraîche. « Assez ? »

Il hocha la tête. « Belle nuit ! lui dit-elle. J'suis contente qu'tu m'aies fait sortir. »

Nous étions tous endormis, étendus comme des troncs pleins de mousse, lorsque la porte s'ouvrit en craquant. Janet avait laissé la lampe brûler sur le sol, près du seau à ordures ; elle irradiait un cercle de lumière chuintante. La silhouette d'Enuk Wolfglove, blanchie par le givre, se matérialisa au cœur d'un nuage de condensation qui s'engouffra à l'intérieur. Il portait des fourrures et un renard rouge tout raide sous le bras. Je clignai des yeux pour me réveiller et levai la tête de mon oreiller de fortune, arrangé avec un jean et un tee-shirt. Le sol était froid. Autour de mon sac de couchage, un ourlet de givre. Je sentais l'air glacé s'insinuer dans mes poumons. J'observai Enuk avec admiration ; j'avais la certitude de ce que je voulais devenir si toutefois je parvenais à grandir.

Il fit passer sa parka par-dessus sa tête, rouvrit la porte et l'accrocha sous le *qanisaq*, à la manière des Anciens. Il fit craquer la glace qui entourait ses yeux et sa moustache et baissa la tête dans la pénombre. « Bonjour, Cutuk. Bienv'nu dans grande ville. Ça va, la chance ?

– J'ai pris une martre la semaine dernière, chuchotai-je. Enfin », j'ajoutai, me rappelant l'importance de l'humilité pour un chasseur.

Enuk hocha la tête, signe de respect généreux qui me transporta au-dessus de cet âge drolatique de douze ans. L'arête de son nez était noire, une grosse croûte d'engelure. Des cicatrices sombres couraient sur ses joues. « *Yuay*. C'est bien. Moi, j'ai eu qu'un r'nard. » Il étendit l'animal dur comme la pierre sur le sol, à côté de la pile de bois, en faisant attention à ne pas arracher la queue. Il se glissa dehors puis revint avec une demi-truite *quaq*, la moitié avec la tête.

« T'veux du café ? demanda Janet depuis le lit qu'elle partageait avec Melt.

– Laisse. Non. » Enuk coupa des morceaux de poisson cru fermenté qu'il trempa dans de l'huile de phoque. Ils étaient si froids qu'ils fumaient sur la table. « *Aarigaa.* » Enuk soupira et eut un rictus. Janet se redressa. Ils parlaient tout bas en inupiaq. Melt grommela et se tourna vers le mur. Enuk plissa les yeux vers lui, puis vers le poisson.

« Un carc'jou a presque mangé c'renard. Enuk en raquettes l'a *tupak* », m'expliqua Janet. « L'a grimpé l'arbre, t'vois. Son arme avait d'la glace et marchait pas. » Enuk posa une question et elle continua en inupiaq. J'entendis mon nom et me demandai s'ils parlaient de ma lèvre amochée – à moins qu'ils n'évoquaient seulement quelque chose qui était tombé ?

Enuk s'éclaircit la gorge et poursuivit en anglais. « Une fois quand j'étais jeun'homme, j'habitais dans une montagne. Dans un igloo, comme vous autres, Cutuk. Bon endroit comme vot' campement. Plein d'loups, carc'jous, lynx, toutes sortes d'animaux. Mais par contre, *iñugaqałłigauraq* étaient là. Volaient mes peaux. Ma viande. Langues de caribou, même. Me f'sait *tupak*, tout l'temps. » Il mâcha un morceau de *quaq*. « J'peux pas partir sans avoir loup blanc. C'ui-là, un visage comme la lune. Voit dans toi. Toujours. C'ui-là, se cache facilement, t'vois toujours. »

Abe remua dans son sac de couchage. Je scrutai le coin le plus éloigné. Les yeux sombres de Dawna étaient ouverts et posaient des questions dont les réponses ne se trouvaient pas dans cette pièce. Elle serrait sous son menton son petit oreiller taché, acheté dans un magasin. Il n'avait pas de housse ; des morceaux de mousse jaune fuitaient. Sur le mur derrière elle était scotché un poster abîmé de la belle Wonder Woman. Des bosses sur le papier brillant attrapaient la lumière. Les yeux avaient été coloriés avec de l'encre et nous dévisageaient, détachés du parfait petit sourire. J'aurais voulu pouvoir enrouler mes doigts autour de l'auriculaire de Dawna, embrasser ses poignets ; mais je ne savais pas comment faire des bisous, et l'espace de la cabane était trop exposé, trop encombré de personnes endormies qui, à part cela, savaient tout de moi.

« Une nuit, lune brille, j'creuse un trou pour l'eau. » La main d'Enuk se tenait soixante centimètres au-dessus du sol pour montrer la hauteur. Ses énormes doigts noirs étaient boursouflés par soixante-treize ans de gel et de dégel. « Glace pas si épaisse. Ma poêle a mauvais goût et j'vais la laver. Quelqu'chose m'attrape. Pile le cou. À c't époque, j'suis très fort. J'arrive presque à enlever les mains. » Enuk serra le poing. Ses paroles me chatouillaient d'envie. Certains Eskimos – comme Enuk – héritaient des muscles typiques de l'époque pas si lointaine de la survie. Bien plus forts, semblait-il, que les muscles des hommes blancs.

Derrière les noirs étangs d'ombres, ses yeux étaient devenus sérieux. Ses mots drapaient des frissons autour de mes épaules. Je redoutais de quitter la sécurité bruyante de la ville pour retrouver les nuits sauvages de la maison, peuplées d'un vaste silence et de déambulations dans le noir.

« C'truc me laisse pas respirer. Puis il abandonne. Pas d'traces sur la neige. C'était un esprit. Il m'a combattu car il était perdu, parti bien loin d'chez lui. P't-être qu'les esprits sont comme nous. En colère quand ils sont perturbés. »

Il se frotta le cou puis, une minute après, sourit malicieusement, laissant l'obscurité s'enfuir hors de la pièce. « C'te fois-là, j'ai perdu ma poêle. »

« Comment se fait-il que tu ne l'aies pas attachée, Enuk ? » murmurai-je, le menton sur les poignets, enroulé dans mon sac de couchage bien serré. Enuk se redressa pour avoir plus chaud. Son histoire me semblait sans intérêt ; je me sentais idiot, et un peu énervé, de ne pas comprendre pourquoi il m'avait empêché de dormir.

« Jamais j'les attache, dit-il patiemment. Bon, j'ai chassé là-bas y a p't-être cinquante ans ; les *iññuqun*, les esprits, les *iñugaqałłigauraq*, ils embêtent pas toujours. Tu m'dis si tu vois un loup blanc. Ton père il va p't-être oublier encore. » Enuk et Janet rigolèrent. Enuk s'étendit sur sa chaise. « *Aarigaa taikuu.* »

Je posai la tête ; j'avais du mal à garder les yeux ouverts. Les mots d'Enuk étaient passés au crible dans mon esprit fatigué. Cette journée dans l'air froid de la piste m'avait épuisé, et être entouré d'autant de gens – dont la plupart nous connaissaient mais que nous ne connaissions pas – demandait tant d'énergie. Rien qu'à essayer de parler comme il fallait, de ne pas mâcher trop fort et d'éviter les coups ; je comprenais pourquoi Abe avait quitté Chicago.

Enuk plongea la main dans son boursicot en cuir d'orignal et la lumière scintilla sur ses trésors. Mes paupières se fermèrent. Un instant plus tard, il laissa tomber un objet dur dans ma main. Une figurine d'ours brun, sculptée dans du vieil ivoire de mammouth ; debout sur ses pattes arrière, il humait les mondes charriés par le vent. Il devait être si ancien ! Je fus très touché ; je le glissai à l'intérieur de mon sac de couchage et le tint ainsi, comme s'il était vivant et méritait un respect éternel. Grâce à ses enchantements, et sous le regard chaleureux d'Enuk, les mauvaises choses et les mauvaises personnes ne pouvaient pas me faire de mal.

CINQ

Sur les plaines entre les drainages de la rivière, les loups se dispersent à travers plus d'un kilomètre de toundra et de bosquets de saules verdoyants. Les louveteaux jouent et se mordillent les pattes. Les loups avancent vers l'ouest, meurtris et affamés d'avoir passé la récente nuit – claire comme le jour, sans étoiles – à pourchasser une femelle orignale et son petit. Le petit avait paru chétif et démuni, susceptible d'être mangé. Mais il lutta, resta bien près des flancs de sa mère pendant l'assaut final. À la fin, la défense furieuse de la femelle avait blessé un loup, piétiné sous les saules. La meute s'était regroupée autour du loup, l'avait tué et avait quitté le lit du ruisseau. Le petit élan, affamé, téta.

Désormais les loups tournent à travers la toundra, vers leur tanière. Ils reconnaissent chaque orignal sur leur territoire, régulièrement ils éprouvent leurs faiblesses et les jeunes rejetons vulnérables. Dans la meute, quatre sont des louveteaux. Espiègles et âgés seulement de quelques mois, insatiables. Depuis mai, le mâle noir et la femelle grise se sont attribué la plupart de la nourriture disponible, à eux et leurs petits. Ils sont gros. Les jeunes adultes de la meute sont maigres et affamés. Deux sont partis chasser seuls.

Aujourd'hui une troisième se repose, laisse sa famille s'éloigner. Elle s'arrête, trotte vers le nord, s'arrête de nouveau. Enfin elle se met véritablement en route, des centaines de kilomètres vers le nord-ouest la première semaine. Le soleil ne se couche jamais. Les jours sont chauds et des mouches bourdonnent autour de son museau. Les nuits ensoleillées résonnent des cris des moineaux et des sauvagines dans leur nid. Les castors s'enfuient dans les lacs pour lui échapper. Les ondatras plongent et disparaissent. La louve attrape un écureuil, quelques fauvettes qui ne volent pas, un lagopède. Tout ce qui a le sang chaud vagabonde sous la canopée des nuages de moustiques.

La jeune louve nage à travers de larges rivières, grimpe des cols de montagne, traverse de vertes vallées drapées d'eriophorum. Sur le versant sous le vent de montagnes jumelles, elle parvient à un champ de neige. Soixante-dix mille caribous sont pressés sur la neige, presque fous, sacrifiant la pâture pour échapper à une partie des insatiables moustiques. La louve attrape un jeune et mange, à un mètre de la masse d'animaux.

Son estomac est élargi, à l'étroit. Endormie, elle se dirige jusqu'aux aulnes d'une crique proche. Lorsqu'elle se réveille, le bruissement grouille de loups. La jeune louve grise se roule sur le dos, découvre sa gorge face à la meute étrangère, émet des sons obséquieux, restes de son enfance.

Les loups grondent, la dominent de leur tête haute. La jeune louve est maigre, la moelle de ses os rouge sombre. Absence de menace, chance, raisons inconnues – la meute ne tue pas l'intrus. Le groupe s'avance vers les caribous. Des milliers d'animaux galopent et piétinent. Les loups renversent un mâle boiteux, aux articulations enflées et aux doux bois de velours noir. Le troupeau accepte la perte, se regroupe de nouveau sur la neige pour attendre le vent. Autour de la proie résonnent des grognements. Soudain une querelle éclate.

À la première neige les os du caribou et ceux de la louve sont propres, presque blancs.

SIX

Le printemps était ma période préférée de l'année, et il fallait redoubler d'énergie pour rester de mauvaise humeur. Le soleil rentrait chez lui en Arctique et brillait, infatigable, sur le monde scintillant de neige. Le cœur de l'hiver s'évanouissait dans la mémoire et l'Obscurité de l'hiver suivant paraissait inconcevable. De tièdes odeurs s'élevaient de la terre noire mise à nue sur les berges ; les oiseaux piaillaient et jetaient négligemment les restes des graines aux pieds des bouleaux. À cette saison, l'aventure appelait depuis les montagnes où la neige fondait, les oies cacardaient après le voyage à travers le continent, les troupeaux de caribous défilaient par milliers en chemin vers le nord et les plaines de mise bas, la sève coulait et chacune des plantes de l'Arctique se préparait à exploser en une frénésie procréatrice.

Mais j'avais seize ans et j'étais magnifiquement seul. Iris et Jerry n'étaient plus là. Les derniers cours par correspondance d'Iris avaient laissé derrière elle un chemin continu de A. Il ne lui manquait plus qu'à régler l'administratif pour être officiellement libre. Le programme de professionnalisation des étudiants ruraux lui avait envoyé un billet d'avion pour qu'elle puisse rejoindre Fairbanks et suivre deux semaines d'apprentissage, en vue de devenir institutrice. Jerry avait emménagé là-bas un an plus tôt ; il habitait avec sa petite amie, Callie – quelle injuste ironie. À huit ans, j'avais lu les histoires de Frank, le plus âgé des frères Hardy, et depuis j'avais toujours voulu, moi, une petite amie prénommée Callie. Jerry avait probablement trouvé la seule de tout l'Alaska.

Le soleil d'avril s'étira pendant plusieurs semaines, et puis Iris revint – transformée – une déesse joyeuse avec des cheveux noirs bouclés en « permanente », qui n'en était apparemment pas une mais qui ferait tout de même l'affaire. Ses pommettes étaient rouges, ses yeux d'un bleu plus heureux que jamais, avec des lentilles de contact à trois cent soixante-sept dollars qui s'occupaient de leur mise au point. Pour la première fois en plus d'une décennie, elle pouvait distinguer les aiguilles des épicéas. Je l'accueillis de la même manière que j'avais accueilli mes seize ans – avec un haussement d'épaules impassible, copie perfectionnée de celui de Treason, et un sourire prudent. Son visage étincelait de jubilation et des merveilles de l'Extérieur ; le mien était sombre et dur encore du hâle de l'hiver et de l'étreinte d'une suintante incertitude.

« À l'université de Fairbanks, il y a des gratte-ciel de huit étages », s'exclama-t-elle.

Nous étions dehors, non loin du milieu de la rivière, et creusions un nouveau trou d'eau dans la glace. L'eau de l'ancien trou, près de la berge, devenait marron à cause des courants de la toundra qui remontaient en bouillonnant de l'embouchure du Jesus Creek. Dans certains endroits, l'eau gelait jusqu'au sable, et nous espérions ne pas creuser au-dessus de cela. Un orignal se tenait sous les saules, en contrebas de l'enclos des chiens ; il brisait des branches, mâchonnait les extrémités, un carnage. Iris portait un blouson en nylon turquoise qu'elle avait acheté à Fairbanks, et elle était presque aussi jolie que Dawna Wolfglove.

« Un soir, on a emprunté un passe-partout à un étudiant de première année. On s'est faufilés sur le toit et on a jeté les glaçons de nos *root beers* sur le ciment. Tout en bas. Mon ami Robin a trouvé un billet de cinq dollars dans l'ascenseur. »

Je me reposais tandis qu'Abe retirait des pelletées de glace broyée de notre trou d'un mètre vingt. L'orignal avança sur la rivière et traversa vers la rive lointaine. Deux autres se tenaient là sur la berge, avec leurs longues jambes, leurs grosses oreilles dressées, vigilants.

« Oh. » Elle remarqua mon expression. « Un passe-partout, c'est une clé qui ouvre toutes les portes de l'université.

– Ah ouais ? Et c'est quoi, un glaçon ?

– Ils fabriquent de la glace dans des congélateurs, pour la mettre dans les sodas, tu vois, Cutuk. Et ils la vendent même dans des sacs. »

Acheter de la glace dans un magasin ? Je me rappelais le goût fort et sucré des sodas. Tommy Feathers s'était arrêté prendre un café alors qu'il chassait le loup. Il avait jeté une canette rouge et blanc boursouflée sur la souche qui servait à couper. « T'auras ça, au printemps », avait-il plaisanté. Il était sobre, et donc amical et rieur ; il ne fulminait pas contre les *naluaġmius* qui affamaient sa famille et enlevaient le pain de la bouche de ses enfants. Nous nous étions assis à l'intérieur en attendant que la canette dégèle. Nous aurions pu acheter du soda à Takunak, mais, selon Abe, le soda c'était cher, ça gâchait de l'aluminium et c'était mauvais pour les dents. Beaucoup de bruit pour rien. Pourquoi ne pas plutôt boire de l'eau ? Désormais Iris décrivait ses amis de l'école, comme elle s'amusait avec eux – nous avions toujours eu peur de passer à côté de tout cela. Je me demandais pourquoi je ne m'étais pas acheté quelques Coca.

Abe entrechoqua la pelle contre les murs de glace du trou d'eau. Il dégagea une dernière pelletée. « Essaye voir. » Sous sa lourde moustache, une courbe marquait sa lèvre, si infime que quelqu'un qui ne le connaissait pas bien ne l'aurait pas décelée. Je ne savais pas si son aversion était due aux grands immeubles, aux glaçons, ou à ce changement chez Iris.

Je ramassai le *tuuq* et m'assurai qu'il n'y avait pas d'entailles de roches fraîches sur la pointe d'acier aiguisée boulonnée à l'extrémité de la perche. Je le plongeai dans la glace sombre au fond du trou, superstitieux et téméraire ; si le burin perçait la glace, c'était de bon augure, cela voudrait dire que je n'abandonnerais jamais le territoire, ni mon attelage, ni cette existence où l'eau provenait des trous dans la glace. Dans le puits, les éclats ne furent qu'une poudre sèche.

« La glace est épaisse. » Abe s'assit sur un seau et retira son bonnet en castor. La sueur recouvrait ses cheveux emmêlés. Sous le seau, la neige crissa. « On pourra voyager encore longtemps, cette année. »

« On est allés à la piscine. Les enfants se sont moqués de moi car je ne sais pas nager. » Iris déclarait avoir fait du patin à roulettes, pris des bus, mangé de la pizza – des choses dont j'avais lu des bribes dans les lettres de Jerry. Maintenant, lui était plus impressionné par les objectifs et la poésie de Bukowski. « Oh », elle baissa la voix, comme un simulacre de rumeur. « Jerry a une nouvelle copine.

– Il en a deux ? » Je sautai dans le trou et entaillai le fond. Seule ma tête dépassait, la neige m'arrivait à hauteur d'épaules.

« Mais non. Callie et lui se sont séparés. Fais attention, Cutuk ! »

Séparés : le mot résonnait, gorgé de romance.

« On est allés à une fête. »

Une fête ! Pendant qu'Iris n'était pas là, j'avais conduit mes chiens vers le nord, grimpé un col dans les montagnes Dog Die. J'avais pisté puis tué un carcajou plus loin que la ligne forestière, au-delà de repères que je n'avais jamais vus et dont je n'avais jamais entendu les histoires. J'avais dépecé le carcajou là, plein d'admiration et d'humilité, sous le chatoiement des surplombantes montagnes blanches, des vallées blanches, de ce territoire blanc au sein duquel je me sentais aussi petit qu'un grain de poussière, audacieux comme un astronaute. Quelques jours plus tard, sur le chemin du retour, dans les bois au pied des Dog Die, un ours brun surgit des aulnes et chargea. L'attelage bondit en avant. L'animal se tenait parmi eux. Les chiens tirèrent sur la ligne de cou, tentant de se disperser. Je tirai depuis le traîneau. L'ours tomba, se releva et se sauva dans les bosquets. Prudent, seul, je suivis en raquettes l'animal blessé et ramenai la viande à la maison ; le gras gonflait entre les lattes de mon traîneau, et moi je bouillonnais de fierté et j'espérais que Dawna serait là lorsqu'Enuk entendrait tout cela.

Mais en l'espace d'un battement de cœur, cela ne valait même plus la peine d'être raconté. Mon premier carcajou n'était qu'une peau grasse, l'ours seulement de la viande, des bocaux de lard pour faire des pâtes à tarte et de la graisse pour conserver les *marsu* et les *tinnik*. Aussi banal que prendre son petit déjeuner. Iris, elle, était allée à une fête.

« Cutuk ! Fais attention ! Tu vas bientôt passer au travers. La glace est fine sous tes pieds. » Elle se pencha au-dessus du trou de glace. Elle avait une petite voix, tout à coup inquiète de ce que je pouvais bien ressentir. Abe s'éclaircit la gorge. Il défit les lacets de ses *mukluks* et remonta ses chaussettes. Les talons étaient troués. Je me rappelai qu'il effilochait nos chaussettes quand nos pieds devenaient trop grands, et qu'il tricotait des paires plus longues avec les fils. Abe maniait les aiguilles rapidement. Il ne nous autorisait jamais à jeter un maillot, un pantalon ou un manteau sans avoir décousu les fermetures et les boutons.

« J'ai acheté une radio, dit Iris. Elle est pour toi, tu pourras l'écouter cet hiver. Si Abe arrive à la supporter. »

Je bondis hors du trou et lui lançai un regard tranchant, les yeux plissés pour cacher l'angoisse qui montait en moi comme l'eau qui bouillonnait désormais dans le puits de glace. « Tu vas où ?

– À l'université. L'automne prochain. » L'eau déborda sur la glace et aspergea la neige de bleu. « Je sais qu'on avait dit qu'on poserait des pièges et qu'on élèverait des chiens tous les deux. Mais je me suis fait des amis ! Si tu viens l'année suivante, on pourra louer un appartement ensemble. »

Je tailladai la glace. Mes bras puissants mouraient d'envie de noyer ces obscurs amis au fond de notre nouveau trou d'eau. Ils incitaient Iris à s'éloigner en dansant, sans aucun égard pour notre famille qui s'effondrait. Je me revoyais arracher les fermetures en cuivre abîmées des jeans en lambeaux, le scintillement de la poussière, la vieille charpie, les fils coupés. La conserve de café d'Abe était pleine de fermetures usées, bleues, grises et noires, les bords en tissus recourbés et déchirés. Jamais nous n'utiliserions tout ça, désormais.

« Faut que je finisse l'école. J'ai sept chiens à nourrir. Et je sais pas comment parler aux gens comme tu le fais, toi. »

Abe frotta son genou douloureux. Il me prit le *tuuq* des mains. Iris, frustrée, s'éloigna de quelques mètres. Elle avait si peu conscience de sa grâce, de ses cils noirs qui laissaient passer la lumière jusqu'à ces bassins bleu pâle, de son nez droit et affirmé qui tranchait à travers le doute. Ma sœur, fallait-il croire.

Abe taillada méthodiquement les aiguilles de glace toujours au fond du trou. Ses pieds étaient bien écartés, pour que les éclaboussures n'atteignent pas ses *mukluks*. De petits insectes ailés jaillirent du trou et rampèrent dans la neige. Les insectes de l'eau du printemps. Ils faisaient partie intégrante de la saison, nous les attendions et ils nous faisaient rire lorsque nous buvions l'eau ou la mélangions au lait en poudre. Le visage d'Abe était large et serein, ouvert et attentif, ses yeux la couleur du ciel septentrional. Parler de sentiments devant lui sonnait faux.

Je marmonnai à Iris : « Je sais même pas comment marcher devant les autres. Ils marchent différemment à chaque fois.

– Les caribous aussi !

– Au moins, eux ne font pas n'importe quoi ! Les caribous ne sont pas en train de se pavaner, comme s'ils étaient incroyables et au-dessus du lot parce qu'ils portent un pantalon pattes d'éléphant !

– Si, les mâles font ça en octobre ! »

Pendant une seconde, nous nous sourîmes malicieusement. « Ce n'est pas parce que tu es un bon chasseur, poursuivit Iris, que tu dois devenir tout de suite le meilleur dans tous les domaines. Tu pourrais apprendre.

– Apprendre à faire quoi, conduire un camion ? Devenir dentiste ? Quoi d'autre ? » La colère et la fierté épaississaient ma voix. « Ma place, elle est ici.

– T'en es vraiment sûr ? » Sa question raisonna dans ma tête. *T'en es vraiment sûr ? Vraiment sûr ?*

« Oh, ça s'est cassé », annonça Abe. Soudain la neige brilla trop fort sous l'amplification douloureuse des larmes. Je ramassai les seaux pleins et trébuchai vers la maison dans la neige profonde. L'eau ballottait contre mon surpantalon. Mes chiens attachés, ainsi que ceux d'Abe, se dressèrent sur leurs pattes arrière, ils s'agitaient et gémissaient pour attirer l'attention et la nourriture, comme ils le faisaient chaque jour de l'année. Jerry, Iris – et même Abe – ils savaient tous désormais comment évoluer dans ce monde de voitures, de musique et de glace dans les magasins. Lumpy Wolfglove aussi avait appris lorsqu'il avait été envoyé à Nome après avoir criblé de balles le toit de l'école, traçant ses initiales.

Je laissai les seaux d'eau sur la congère au-dessus de l'enclos des chiens et me précipitai en direction du nord, à travers Le Lac, le long de la piste du Jesus Creek, vers ce que je savais aimer : les montagnes sauvages, ossature du territoire, les montagnes qui seraient probablement toujours là sans jamais m'aimer en retour.

La neige fondait lentement à mesure que le printemps étendait sa chaleur. Nous avions creusé des marches qui descendaient jusqu'à la porte, et le revêtement en caribou était imbibé et détrempé ; nous étions au sommet d'une congère et profitions de la longue lumière du soir lorsque les chiens se mirent à hurler. Abe leva les yeux de son chevalet. Il venait de sortir après avoir réchauffé ses huiles. Du blanc était étalé au creux de sa paume. Ses grosses mains amochées paraissaient vieilles, brillantes et incrustées de rainures profondes. Il peignait une volée de lagopèdes qui filait vers l'ouest dans le crépuscule d'hiver. Il aurait dû peindre à l'aquarelle le soir de printemps. L'air avait un goût et une odeur plus prononcés que celui de l'hiver, c'était l'époque de la vie, mais Abe tenait obstinément à faire travailler son imagination.

Je dévalai les marches de neige pour attraper mon fusil, sans me soucier de ce que les chiens avaient vu. Iris étudiait subrepticement son atlas, assise sur une peau de caribou en haut d'une congère. Grâce à ses nouvelles lentilles, elle avait déjà reconnu un voyageur, savait que ce n'était pas quelque chose que j'aurais pu chasser et dépecer, et elle avait glissé l'ongle de son pouce entre les pages de l'atlas pour replonger dans le courant de son monde tant désiré.

Je donnai des coups de pied dans les blocs de neige, gêné par ma frénésie paniquée vers mon fusil et par mon désir de tuer. Mon irritation se reporta sur le voyageur, qui avançait si lentement. Une tache défigurée remontait la rivière. Finalement, la tache se transforma en Franklin Tusso, en raquettes, avec son chien T'sais-Thon, qui tiraient ensemble leur petit traîneau de l'armée monté sur des skis en bois.

Abe et moi descendîmes vers la berge et Iris nous suivit. Franklin entra en soupirant dans l'enclos des chiens. Le traîneau craqua puis s'arrêta. T'sais-Thon s'allongea, reconnaissant, et arracha les billes de glace coincées dans ses poils entre les doigts.

La respiration sifflante, Franklin se pencha en avant et s'étira jusqu'à toucher ses bottes blanches. Il déplaça les pieds pour tourner les fesses vers nous. « Salut, les enfants. Comment ça va ? » demanda-t-il la tête en bas, nous dévisageant entre ses genoux. « Les enfants » pouvait très bien inclure Abe. Franklin avait douze ans de plus que lui. Les vêtements pendaient sur son corps et en dévoilaient des fragments. Ce petit homme tendineux était le plus blanc que nous connaissions – pas en matière de personnalité, mais de peau et de cheveux. Les villageois l'avaient surnommé L'Chinois. Parfois, il se parlait à lui-même en chinois. La rumeur disait qu'autrefois il avait été professeur de linguistique chinoise à Hartford ou à Harvard. Mais ça, tout le monde s'en moquait. Il était connu parce qu'il avait un chat.

Abe caressa la large tête de T'sais-Thon et lui tira doucement la peau. L'énorme malamute plissa les yeux de plaisir. Abe et Franklin étaient de bons amis, et, pour cette raison, beaucoup de choses n'avaient pas besoin d'être dites. Le reste était répété uniquement parce qu'ils étaient contents de se voir.

« Fine, pour les voyageurs. » Abe s'accroupit dans la neige moelleuse du printemps. « Combien de jours ça prend, depuis ton île ? »

Franklin se redressa. « Attends voir… trois jours ? » Son esprit semblait cahoter au-dessus de chaque section inondée du chemin. Il s'était probablement arrêté en cours de route pour s'asseoir en travers de son chargement et penser à ce qu'il pourrait bien faire des branches d'épicéas courbées qu'il croisait, des aulnes tordus, des fourches de bouleaux.

« Mes préférées, ce sont les fourches », avait-il reconnu un jour, sans apercevoir nos rictus.

« Enuk Wolfglove a disparu.

– Quoi ? répondis-je. Enuk est de retour à Takunak ?

– Il l'était. Melt Wolfglove, Tommy Feathers et d'autres sont partis à sa recherche. Janet pense qu'il est allé chasser le caribou. Ils veulent que je rentre au village si vous autres savez quelque chose.

– J'espère qu'il ne va pas geler », murmura Iris. Je lui jetai un regard en coin. Geler, ça angoissait Iris. Elle faisait des cauchemars et se réveillait en sueur, agrippée à mon bras comme si c'était une branche tendue au-dessus d'une rivière. Une nuit, quand elle avait douze ans, elle avait rêvé qu'elle avait un bébé. Alors qu'elle était en train de dépecer une cuisse de caribou pour faire des peaux pour les *mukluks*, le bébé s'était faufilé dehors. Il y avait de l'orage et Iris s'était précipitée à l'extérieur, avec le couteau et les mains pleines de sang ; elle avait trouvé le bébé gelé dans la glace. Même ses yeux avaient gelé, ils étaient devenus opaques comme le sont les iris glacés. Deux jours après ce rêve, Iris et moi sortîmes les chiens et glissâmes près de la rivière pour relever les crochets à *tiktaaliq* installés sous la glace près du bord. Les chiens nous menèrent jusqu'à un bébé caribou qui s'était épuisé en essayant de s'extraire de la glace et de grimper sur la neige piétinée. Ses pattes avant avaient gelé, la neige épaississait sa fourrure. Le ventre était doux, bien rentré à l'intérieur. L'œil, levé, gelé aussi. Je commençai à le dégager pour en faire de la nourriture pour les chiens. Abe nous avait appris à ramener tous les restes que nous trouvions pour les leur donner. Mais les chiens gémissaient, nerveux ; à quelques mètres, des traces d'ours aussi grosses que les *mukluks* d'Abe étaient imprimées dans la neige. Iris cria à l'attelage de faire demi-tour ! « Allez, *gee* ! *Gee* ! » Nous tournâmes la tête vers le froid courant noir au-delà de la glace veloutée. Puis vers le ciel de métal. Et au cœur des bosquets de saules. Une fourrure brune remuait dans les arbres. Nous accélérâmes vers la maison.

« Pas la première fois », disait Franklin.

Le sang sifflait dans mes oreilles et répandait la colère. Comment Franklin pouvait-il être si désinvolte ? Moi, cela faisait quatre ans que je n'avais pas vu Enuk. Il s'était disputé avec Melt, avait attelé ses chiens et parcouru presque cent kilomètres vers le sud, jusqu'à Uktu, pour vivre avec sa fille. L'hiver dernier, il était monté nous rendre visite avec son attelage. Mais je campais avec mes chiens, je voyageais, sans rien voir d'autre que des dizaines d'orignaux, j'admirais la région tandis que, dans ma tête, je fanfaronnais face à Enuk. Et je l'avais encore raté.

Enuk me manquait. J'avais peaufiné des volumes entiers de conversations, prêts pour son arrivée. J'avais tué des caribous désormais, mon premier carcajou, un ours, des castors, un orignal, des cygnes. J'avais besoin qu'il m'assure qu'être chasseur suffisait. Enuk pouvait vivre au-delà des montagnes dans la vallée suivante, il pouvait avoir disparu ; mais être parti, non. Pas sans moi.

« L'hiver était rude. » Les paupières protubérantes de Franklin formaient des appentis ridés au-dessus de ses yeux gris. « À chaque fois que je sortais en raquettes sur la piste, il y avait du vent ou il neigeait. » Abe hocha la tête. Franklin aussi. « J'ai épuisé mes réserves de viande pendant cette période de moins cinquante. Peut-être parce que je lisais trop. J'ai cru que j'allais devoir me nourrir de pisse et de poussière, comme Crazy Joe. » Il laissa échapper un rire saccadé qui me fit penser à Melt Wolfglove et à l'hypothermie. « Heureusement, j'ai cette vieille amie qui m'a envoyé un bloc de chocolat de quatre kilos. »

Nous examinâmes tous la bâche de son traîneau.

« Y en a plus. Mao Tse-Tong et moi n'avons survécu que grâce à ça pendant des semaines. La nuit, j'entendais ses griffes sur les planches, puis lui qui léchait et mâchouillait. Ça avait l'air de lui plaire. »

Où donc peut bien être Enuk ? Je m'approchai des chiens et les caressai. Toujours la même chose, avec Franklin. Il avait l'air étonné, comme s'il ne se souvenait pas qu'il manquait de viande chaque hiver. À l'automne, il s'inquiétait de la surpopulation et ne chassait qu'un seul caribou. Il mangeait jusqu'aux os des cuisses. À ce moment-là, les troupeaux s'étaient volatilisés loin vers le sud, et il devait accrocher les filets à corégones dans les saules pour capturer des lagopèdes. À Takunak, les vieilles femmes les attrapaient avec du câble pour accrocher les cadres que Newt vendait en bobine au Native Cache. Les Blancs étaient les seuls assez bizarres pour accrocher des filets de pêche dans les saules. Les gens du village secouaient la tête – *fou c'gars blanc, toujours pas compris. Faut chasser beaucoup !*

« Le vent et la neige ont recouvert ses traces. » Franklin défit son chargement et déplia la bâche. « Le soleil, aussi. Ils ont trouvé des traces de chiens fondues. Plus personne d'autre au village ne chasse avec des chiens. Mais vous connaissez Enuk. Qui sait ce qu'il a vu ou quelle vallée a bien pu le séduire. » Une patte orange s'étira hors de la bâche, et Kuguruk s'étira jusqu'au soleil. Nos douze chiens se dressèrent sur leurs chaînes.

Iris caressa le doux chat. « Tu ferais un bien joli tour de cou. » Elle inclina ses articulations pour observer l'extension des fines griffes claires.

Dans le traîneau de Franklin, tout était petit, rouillé, et avait besoin de nouveaux rivets. À côté de lui, Abe avait l'air d'un Qui-Veut-Tout. Il avait cousu sa tente à la main dans du coton égyptien, son poêle provenait du stock superflu de l'armée – « de l'Armée rouge », plaisantait Iris.

Il fouilla dans le chargement et releva la tête. « J'ai apporté une lettre de Jerry. Et pour prendre de l'avance, je l'ai déjà lue. » Franklin se pencha en avant et souffla la morve de l'une de ses narines. « Je comprends pas pourquoi il veut vivre à Fairbanks alors que la pipeline passe par là. Vous imaginez, se réveiller au bruit des camions ? »

Après avoir attaché et nourri T'sais-Thon, nous rentrâmes et Abe proposa à Franklin un chiffon propre et la bassine. Franklin retira tous ses vêtements et se lava dans un coin. Quand il eut fini, il se posta devant le feu, nu, se gratta et discuta avec Abe. Je restai devant la fenêtre, fâché ; ils ne parlaient même pas d'Enuk.

Franklin retourna ses sous-vêtements, se hissa dans son pantalon et ses chaussettes en laine, dans sa chemise en chamois. Abe ôta la marmite du poêle.

Nous festoyâmes d'un pot-au-feu de lynx. Kuguruk renversa la conserve de café d'Abe qui contenait la térébenthine ; marcha dans de la peinture bleue ; rôda dans les coins poussiéreux sur la piste d'une souris morte derrière les planches. Je mangeai lentement, tout en lisant la lettre de Jerry. Il allait acheter un appareil photo et avait trouvé un emploi syndiqué, à couler du ciment. Couler du ciment, cela ressemblait bien à un vice. Qu'en penserait Abe ? Il se grattait la barbe, ravi par les nouvelles traces bleues sur les dernières lattes après la table.

Les dents de Franklin étaient en mauvais état. Il mâchait bruyamment. Il cracha un morceau de cartilage dans sa main et le laissa tomber à côté de son assiette. « Crazy Joe dit qu'Enuk cherche les loups blancs. Qu'Enuk assure en avoir vu un. Quand Joe lui demandait où il l'avait vu, Enuk se contentait de rire. Il pense qu'Enuk veut trouver la meute avant d'être trop vieux. Il a aussi dit un truc intéressant : apparemment certains minerais pourraient faire tomber les poils de jarre, et faire paraître blanc un loup gris. » Franklin balaya la table du regard. « Tu peux me passer la sauce aux canneberges, s'il te plaît ? »

Au-dessus de sa barbe, le visage d'Abe était rouge. Il se frotta les oreilles.

Enuk s'était peut-être cassé une jambe. Ou bien il était tombé dans un débordement. Je mourais d'envie de me précipiter, d'atteler les chiens pour partir au village dès cette nuit et participer aux recherches. Mais Abe me dirait d'attendre. Les coins de l'igloo devenaient noirs et veloutés. Je sortis et m'effondrai sur une congère. À presque minuit, le soleil était bas au nord-ouest. Une fraîcheur de printemps tombait. Je serrai fort les yeux pour essayer de communiquer avec Enuk par télépathie. Ma tête se mit à brûler, l'horizon à tourner. Et puis la neige fraîche et noire contre mon visage.

Un instant plus tard, j'émergeai du brouillard. Mes jambes et mes bras étaient très lourds. Je n'appelai pas à l'aide. Rien de tel ne m'était jamais arrivé auparavant. J'avais peut-être un cancer, ou un désordre congénital inconnu. J'avalai une poignée de neige et me glissai sans bruit à l'intérieur.

Abe leva les yeux. « Les gens du village vont le retrouver. » Sa voix était basse et ténébreuse, ce qui arrivait uniquement lorsqu'il parlait à Iris. « Ils n'abandonnent jamais. » Je détournai le regard ; sa tendresse me mettait mal à l'aise. Quant à sa manière de prédire une quelconque action héroïque, elle m'exaspérait. Il se dirigea vers le plan de travail de la cuisine et s'agita plus que nécessaire pour préparer du café.

« C'est quoi, le petit goût dans cette sauce aux canneberges ? » demanda Franklin. J'avais fait la sauce ; j'y avais ajouté de la muscade. Mais qu'il demande cela maintenant m'agaçait. Je m'assis sur mon lit, contre le mur du fond. L'ancien lit de Jerry.

Iris fit voler un élastique jusque sur mon épaule et me décocha un regard. Kuguruk attaqua l'élastique. « Il a mis une tasse d'œufs de poisson, répondit-elle.

– Ah ouais ? Des œufs de corégone ? Faudra que je me souvienne de ça. »

Je m'étendis sur mon *qaatchiaq* et réprimai un rictus. Iris était la meilleure de nous tous. La peau sombre, jolie, elle pouvait vider un caribou et discuter avec les inconnus, qu'ils soient Eskimos ou Blancs. Ou faire tout cela en même temps. Elle réussissait à naviguer entre les mondes, à retrouver une piste effacée. Elle était ce que je désirais être – un rire dans la tempête. Mais elle s'apprêtait à quitter le lieu des tempêtes. Pour l'échanger contre une réserve intarissable d'amis ? Des bonbons dans tous les magasins ? Moins de crottes de souris dans le porridge ?

« … c'est ce qu'ils veulent imposer dans l'est du Canada. La nature va devenir un vrai terrain de jeu, partagée entre les gars du Club Sara et les développeurs. » Abe et Franklin s'étaient tus un instant, peut-être pour penser à Enuk, mais ils s'échauffaient désormais rapidement autour de leur sujet de prédilection.

« Ça se pourrait bien. » Abe se leva et transvasa leur café tiède dans la casserole, avant d'en verser du chaud. Il s'étira sur son lit, le coude sous l'oreiller, la tasse de café calée contre les côtes. « Il n'y aura bientôt plus de place pour les Hawcly et les Franklin dans ce monde. Ni pour les Eskimos. »

Ils burent leur café à petites gorgées. Un junco nouvellement arrivé picorait la mousse de l'autre côté de la fenêtre. J'enviais Jerry, qui avait la chance de ne pas être là pour les entendre rabâcher les mêmes histoires. Comment pouvaient-ils sauter à pieds joints dans les tranchées battues et rebattues de leurs prophéties écologiques alors qu'Enuk était leur ami depuis tant d'années ?

« Le truc, c'est que n'importe quelle créature à fourrure leur suffira. » La caisse Blazo craqua sous Franklin. « Une vie saturée de gadgets, et ça les titille de lancer du fret de bébés phoques. Mon Dieu, les aliens vont bien se marrer lorsqu'ils vont débarquer. » Ils rirent, de ce rire d'amis de longue date qui connaissent les complaintes de l'un et de l'autre.

Je torsadai une mèche de poil de caribou pour en faire une corde chétive. Nous avions appris à lire dans des numéros hors d'âge de *CoEvolution.* Pas avec *Dick and Jane* ou avec ce Petit Chaperon rouge qui vilipendait les loups. Abe glissait les magazines dans la boîte où l'on stockait ce qu'il fallait pour allumer le feu. Il nous abreuvait de marées noires, de déforestation, de pollution atmosphérique globale. J'avais grandi en craignant les hordes de Qui-Veut-Tout, chaque jour je m'attendais à voir un caribou à deux têtes passer en boitillant, contaminé par les retombées nucléaires concentrées dans son lichen préféré – le *Cladina rangiferina* – et nous le transmettre sous une forme plus concentrée encore.

« Foutu Sara Club, marmonna Franklin. Une mascarade, alors que ce sont les meilleurs clients des développeurs. »

Abe semblait mal à l'aise. « Je suppose… Hickel et Reagan poseraient les lames et iraient jusqu'au pôle Nord. »

Allongé sur ma peau de caribou, je me sentais aussi fort, inutile et piégé qu'un adolescent peut l'être. Abe avait raison ; que pourrais-je bien trouver de plus que les motoneiges ? Mon surpantalon et mes *mukluks* étaient suspendus au-dessus de la boîte en bois. Mes gants et mon bonnet en castor, sur le sol derrière Franklin. Mon corps tout entier n'était qu'un muscle douloureux de vouloir s'échapper. Je me représentais les développeurs comme d'énormes créatures bondissantes, de la couleur des grenouilles, étirées et méchantes. Ils s'élançaient comme des feux verts à travers les vallées, dévoraient le sommet des montagnes, arrachaient les arbres, utilisaient du câble comme fil dentaire. Les gars du Sara Club étaient des hommes-insectes qui bourdonnaient en nuages autour d'eux, les matraquant sans cesse avec leurs chéquiers de moucherons. Aucun ne remarquerait Enuk, affaibli et blessé, lorsqu'ils débouleraient au-dessus de lui.

Lorsqu'enfin je me levai, les articulations de mes mâchoires réduisirent mes questions au silence. Je sortis, mon bonnet dans une main et mon fusil dans l'autre. Iris me suivit. Elle était pieds nus sur les marches de neige. L'air du soir rosissait ses orteils et son nez. Elle balaya la rivière du regard.

« Dans quelle direction ? la suppliai-je. Tu dois bien le savoir ! Dis-le-moi ! »

Ses yeux s'agrandirent, peinés. Je détournai la tête ; ma méchanceté me faisait honte. Ses yeux miroitèrent, faisant flotter ses lentilles de contact. Elle secoua la tête.

Je harnachai les huskies et conduisis mes sept chiens en direction du sud, vers les montagnes Shield. Puis à l'ouest, le long des crêtes raides des tanières d'ours et des criques de saules. Je n'avais que mon fusil, ma hache, un morceau de corde et des allumettes. *Essaye un peu pour voir !* défiai-je le ciel. Je me demandai si c'était par intérêt, si je ne voulais pas retrouver Enuk uniquement pour qu'il me complimente, pour glaner les histoires du passé. Cutuk Hawcly, le Qui-Veut-Tout qui s'ignore.

Un labyrinthe de traces fondues et sublimes constellait la neige. Les pistes des caribous, la fine toile des lagopèdes, les tranchées des orignaux, les glissades des loutres ; les empreintes des loups, des ours, des renards et des carcajous s'estompant en des cercles indiscernables. Mes chiens n'en laissèrent aucune sur l'écorce nocturne, mais celles de la chaleur de l'après-midi suivant furent épaisses. Devant nous, un troupeau de caribous galopa, puis s'arrêta. Vite, je tirai le fusil du fourreau. Le *boum* jaillit à travers la distance. Je vidai le caribou, tranchai son foie et ses tendons pour les fourrer dans la panse. Je donnai à mes chiens les intestins, l'échine et la tête injectée de sang, et mangeai le foie et la viande que le contenu de l'estomac avait cuits partiellement. Je dormis là, enroulé dans la peau fraîche, les poils remontés hauts sur les lattes du traîneau.

Lorsque je me levai le troisième matin, quelque chose n'allait pas. Pourquoi y avait-il de la fumée ?

Aveuglé par la neige !

Je sus alors que mes chances de retrouver Enuk s'étaient arrêtées là, sur la toundra. Je ne voyais plus les montagnes. Mes cornées étaient à vif et gercées, mes doigts nébuleux devant mon visage. Je tâtonnai vers l'attelage, basculai la ligne de trait sur les harnais et détachai Plato du saule que j'avais utilisé pour qu'ils restent alignés. Les chiens s'agitèrent, se collèrent contre mes jambes et me léchèrent les mains.

Le soleil m'avait trahi. Peut-être avait-il aussi trahi Enuk, même si cela semblait improbable – ses yeux à lui étaient bien foncés. Désormais le soleil était tout ce qu'il restait pour s'orienter. Il paraissait plus froid ce jour-là ; je le gardais dans le dos jusqu'à ce que Plato retrouve la rivière dans un des coudes de portage, puis la trace étroite de Franklin sinuant le long de la rive nord. Découragé, je sautai des patins et me hissai dans le panier du traîneau. Je me laissai tirer par les chiens jusqu'à la maison, la tête baissée entre les gants ; à travers mes paupières la lumière grisaillait. Des flocons me tombaient dans le cou.

Les ciels froids et gris revinrent, et pendant trois jours la neige tomba, légère et duveteuse. L'hiver était de retour ; chaque flocon enterrait tout ce qu'il pouvait rester des petites touches que le vent aurait oublié de peindre sur les traces d'Enuk, que le soleil aurait négligé de faire fondre. Woodrow Washington Sr., Nippy Skuq Sr. et Tommy Feathers apparurent sur leur motoneige. Melt Wolfglove était parti vers l'ouest, rapportèrent-ils, jusqu'à sa concession minière dans les montagnes occidentales, pour voir si Enuk n'y était pas. Les gens parlaient, *guuq*

– Melt voulait les pépites d'Enuk. La mâchoire de Woodrow était proéminente ; il mélangeait les *p* et les *b* à la manière des Anciens, dont l'anglais n'était pas la langue maternelle – l'inupiaq possédait un son entre ces deux-là. « C'Melt Wolfglove pense d'jà qu'l'ivoire d'Enuk va être à lui. Melt trouve jamais rien, qu'ce gros rocher d'jade qu'il peut pas soul'ver. » Les hommes rirent, mais moins que d'habitude, avalèrent leur café et s'enquirent des conditions sur la glace, plus loin sur la rivière. Puis ils repartirent.

Le troisième soir d'orage, Iris fit de la glace avec de la neige légère, du lait en poudre, du sucre, de l'extrait de vanille et une pincée de sel. Elle la fouetta jusqu'à ce qu'elle devienne crémeuse et onctueuse. Franklin retourna sa cuillère et la lécha, puis gratta les parois de son bol et la lécha de nouveau. Il posa son bol sur une étagère pour l'utiliser au petit déjeuner. Kuguruk leva sa tête trapue et chercha un moyen de grimper sur l'étagère.

« Je pense que je vais rester dans le coin jusqu'à la Débâcle », annonça-t-il.

Nous avions toujours voulu de la compagnie ; mais avec la disparition d'Enuk et le compte à rebours des mois qu'il restait à Iris à la maison, ce visiteur permanent me donnait des bouffées de fièvre de la cabane. *Qu'il ne s'imagine pas qu'elle va faire de la glace tous les soirs. Et il ne pourrait pas couper ses ongles de pieds tout jaunes ?*

Franklin planta sa tente cinq cents mètres plus bas. Il passait la plupart de son temps dans les parages, à sculpter du bois ou à limer une hache pour en faire une plus petite, imaginant qu'elle deviendrait un futur couteau, et à ressasser le désastre écologique qui fondait sur la planète comme si, par le simple pouvoir de son angoisse, il se verrait accorder une chance d'infléchir la trajectoire des développeurs.

Les histoires de Franklin parlaient de vie et de voyages avec les chasseurs des steppes infinies de Mongolie, de petites amies aux yeux sombres dans des villes étrangères et de briques de chocolat qu'il mangeait lorsqu'il était artilleur dans les tanks pendant la Seconde Guerre mondiale. Tous ces mérites auraient dû lui décerner le statut permanent de héros, mais, comme il portait des gants verts et plats qui allaient aux deux mains lorsqu'il faisait les tâches ménagères – il avait écrit VIANDE sur l'un des poignets et BOIS sur l'autre –, qu'il ne chassait pas beaucoup d'animaux et qu'il déblatérait sur les consciences interconnectées des arbres entre leurs racines, il n'était qu'un Blanc farfelu, pour toujours inéligible au statut de héros.

Après l'orage, les doux jours de mai ramollirent la neige nouvelle. Je dormais l'après-midi, en évitant les fuites du toit. Tard dans la nuit fraîche, lorsque l'écorce de la neige s'affermissait et que s'étendait la solitude, j'attelais les chiens et cherchais. Kilomètre après kilomètre, dans la toundra, les montagnes, les bourbiers, et encore la toundra. Les chiens se délectaient de la course. Je ne voulais pas dire ce que nous cherchions. Cela aurait pu porter la poisse. Pour la première fois de ma vie, je me demandai ce que cet incertain cosmos me réservait si j'abandonnais ma vie sur le territoire.

Le territoire scintillait, comme l'amante lisse et feutrée de mon imagination. Debout sur les patins de mon traîneau ondoyant, je chantais doucement, des paroles éculées qui se condensaient dans ma tête et parlaient de vallées, de montagnes, de filles lointaines et du vent dans le ciel. Le soleil de la nuit glissait des pastels orangés derrière les pics dentelés des Dog Die. Le parfum du thé du Labrador s'élevait des gouttes de la toundra. Les moineaux piaillaient, les rouges-gorges et les bécassines retrouvaient le sol nu et remuaient les feuilles avec leurs compagnons, soulevant des graines douces et des baies. *Que peut-il bien manger ? Est-il en train de dégeler quelque part, comme une carcasse d'orignal dévorée par les loups ?*

Plusieurs kilomètres au nord, et à l'ouest, devant le cœur des montagnes Dog Die, j'arrêtai les chiens près d'une crique. Il y avait des trous d'eau rapide sous les rives concaves, et des affaissements qui restaient fins et dangereux tout l'hiver. Des traces. Quelque chose avait marché le long de ce débordement étendu. La glace verte révélait les endroits où les pattes s'étaient enfoncées dans la neige. J'amarrai vite mon attelage. Les empreintes se poursuivaient sur quelques centaines de mètres, imbibées et gelées dans le débordement glacé. Peu avant la fin, quelques brèves marques de traînées transversales, résultat possible du balancement d'une ligne de cou. Les traces étaient anciennes et se dirigeaient vers Takunak. Elles pouvaient dater d'avril, ou bien de novembre dernier. À leur suite, deux séries de marques plus grosses et plus fraîches – des loups. À moins qu'elles ne soient toutes les trois des traces de loups.

Ponoc pissa contre un saule. Les autres chiens se reniflèrent les fesses et se roulèrent sur le sol, indifférents aux vieilles empreintes. Je parcourus de nouveau les traces, hésitant. J'avais bien conscience n'avoir que seize ans et être blanc, et, à Takunak, tout le monde savait comment tourner en ridicule les informations qui venaient de cette direction.

Les chiens se mirent à l'aise et pointèrent le museau vers un bosquet au sud, attentifs. Je m'assis sur la glissière du traîneau et mâchonnai un morceau de pemmican fait à base de caribou séché et écrasé, de groseilles sèches, de canneberges, et recouvert de gras de caribou, qui avait fondu et était devenu trop chaud ; il était fort et me brûlait la gorge. J'avalai de la neige et arpentai de nouveau les traces. Cela ne suffisait pas pour prévenir Melt. Ni n'importe qui d'autre.

Je redressai les chiens. « Allez ! *Hike* ! » Nous continuâmes.

En fin de matinée, tandis que le soleil levant amollissait la neige, je m'arrêtai dans l'enclos des chiens avec deux femelles caribou sur mon traîneau. Des larves d'hypodermes formaient des bosses rondes comme des billes sous les poils dorsaux des animaux. Abe descendit, une cigarette roulée se consumait imprudemment proche du moignon de son doigt manquant. Il hocha la tête, coinça la cigarette entre ses lèvres, pinça un hypoderme aussi gros que le bout de son petit doigt et l'arracha des poils du caribou.

« À Barrow, les vieux mangeaient ça. » Abe leva la larve qui se tortillait. Elle était grosse et gluante, jaune avec les flancs boursouflés et une gueule hargneuse. « Les explorateurs les mangeaient pour la vitamine C. Un snack sain et oublié. Tu veux goûter ? »

Je haussai les épaules, lui pris la larve des doigts et la glissai dans ma bouche. C'était suave, comme manger la morve de quelqu'un d'autre. Mais sucré, pas salé.

Abe sourit malicieusement autour de sa cigarette, ravi. Ses mains étaient tachées de bleu. Ses yeux turquoise caressèrent le caribou, il comptait et nommait les teintes de brun et de gris dans les poils qui tombaient. « Comment est la viande ? Bien grasse ?

– Sur l'une, oui. L'autre, seulement autour des os. » Autour des os, c'était notre expression à nous. Ça voulait dire presque maigre. Pour me taquiner, Iris disait souvent que si je grossissais, ça ne serait qu'autour des os.

« Et la neige ?

– Des débordements jusqu'en amont. Ça bouillonne dans les trous, près du méandre. »

Son regard s'échappa vers la large rivière blanche, piquetée des langues verdâtres des débordements. « Je vais aller au village. Voir si Newt a vendu quelques-unes de nos chaises, et expédier la peinture des lagopèdes. » Je savais qu'il parlait de son voyage de printemps, celui qu'il faisait tout seul. Enfants, nous nous étions habitués à ce sortilège de disparition du printemps. Mais la peur qu'un trou dans la glace ou qu'un soûlard avec un fusil à Takunak ne nous l'arrache – ces angoisses nous rendaient fébriles, nous faisions les cent pas le long de la berge sous le soleil nocturne, scrutant la piste pour un signe de notre Abe.

À minuit, il prépara l'attelage. L'air était frais, le soleil glissait des lignes de lumière orange et bleutée à travers la toundra, au nord-ouest. « Les enfants, prenez soin les uns des autres. Et surveillez le poêle. » Chaque année les caribous passaient vers le sud, le soleil s'en allait, puis les caribous et le soleil revenaient – et Abe prononçait les mêmes paroles. « Les enfants, prenez soin les uns des autres. Et surveillez le poêle. »

Il glissa son fusil dans le fourreau, s'agenouilla et tira sur l'ancre. Les chiens s'élancèrent le long du courant de la rivière en aboyant, ne laissant derrière eux que des traces d'orteils sur l'écorce de la nuit. Là-bas, dans le campement de Franklin, le grognement endeuillé de T'sais-Thon flotta dans les arbres.

Nous rentrâmes et alimentâmes le poêle. Je me demandai quelles seraient les nouvelles d'Enuk. Peut-être que j'avais perdu mon temps, que ma tristesse n'avait servi à rien. Avec une plume d'oie, nous balayâmes le sol, les fissures entre les planches et derrière le poêle. Nous frappâmes sur le tuyau pour extraire la créosote et nous assurer que tout était sûr, et sortîmes nos sacs de couchage pour les aérer. Abe ne nous disait pas vraiment de surveiller le poêle ; ce qu'il voulait dire, c'était de faire attention avec le feu. Mais nous avions pris certaines habitudes ; des années plus tôt, lorsque débuta le voyage du printemps, que nous étions petits et terrifiés et que Jerry devait prétendre être grand et courageux, nous nous asseyions autour de ce poêle pour vraiment bien le surveiller.

Iris remua du cacao dans une casserole.

« J'ai hâte de savoir comment Enuk s'en est sorti », déclarai-je, essayant de lui faire dire quelque chose.

Elle but une gorgée. « Je ferai une tarte aux canneberges au retour d'Abe. On a plein de graisse d'ours pour la pâte. Abe m'a dit que c'était toi, cet ours. Pourquoi tu ne m'as pas raconté ? »

Nous avions toujours été trois pendant les disparitions d'Abe. Jerry était là, fort et assuré, ses yeux hésitants s'agitaient et calmaient les inquiétudes, ses grandes mains berçaient des miches de pain, il chassait les renards enragés à coups de raquette, balançait une cuisse de caribou sur son épaule et, d'une voix sérieuse, disait : « Tu peux avoir la moitié de mon chewing-gum » ou « Je te laisse mon quartier de pomme » ou encore « Tu veux mon oreiller ? Il est confortable et frais de l'autre côté ». L'année prochaine, Iris non plus ne serait plus là. J'ouvris la porte du poêle et remuai les braises. « Si Abe aime autant ses livres et sa vie en harmonie avec la nature, pourquoi va-t-il boire et faire des bêtises au village ? »

Le visage d'Iris se figea, stupéfait et désolé. « Ce n'est pas parce que tu aimes bien quelque chose, que tu ne te sens pas seul. Je m'amusais bien à Fairbanks, mais, en même temps, vous me manquiez.

– Tu pars quand ? »

Elle tripota les genoux effilochés de son pantalon en velours. Son seul jean bleu, elle l'économisait. « Si j'ai assez de bourses, cet été. Tu sais bien qu'on s'ennuie l'été ici, et qu'il y a trop d'insectes. » Iris se tourna vers moi. « Viens, toi aussi ! Tu pourrais finir l'école là-bas. On s'amuserait tellement. Tu sais, Cutuk, là-bas les enfants ne te dévisagent pas et ne passent pas leur temps à se moquer de toi parce que tu es blanc. C'est génial. Ils n'essayent pas de te frapper. Et les filles ne se font pas toucher les fesses en permanence. Ils appellent ça une agression sexuelle, et tu peux finir en prison. Sur le campus, personne n'a cherché à se battre avec moi.

– On a douze chiens, à cause de moi. Abe va avoir besoin d'aide pour faire sécher le poisson. Si je pars… » Mes yeux cuisaient dans la chaleur craquante des bûches d'épicéa. « … ma vie entière ne sera plus qu'une de ces vieilles histoires qu'Enuk nous racontait il y a des années. Je veux chasser. Et avoir un ami ou deux. Pas me demander s'il y a assez d'animaux, si c'est mal de les tuer, ou qu'est-ce que ça veut dire, "vivre", et qu'est-ce que ça veut dire, "polluer". »

La solitude laminait mes paroles et je parlai plus fort, la voix rapide et enrouée. « Tu crois que le poêle va fumer si on laisse la porte ouverte ? »

Désormais tout ce qui s'étendait au-devant c'était l'été, et moi, un adolescent solitaire emmuré entre les berges grouillantes de moustiques, qui scrute par-delà le courant plat.

Nous tirâmes le canapé devant le feu. La bouche d'Iris était pincée et rouge. Nous visages s'échauffaient, rougeoyaient à la lueur des flammes. Un moment après la réapparition du soleil à l'est, nous nous allongeâmes l'un contre l'autre. La tension quitta mes muscles peu à peu. Même endormi, j'avais conscience d'Iris contre mon épaule. La présence de ma sœur m'encerclait. Je rêvais que j'étais amoureux de Dawna Wolfglove. Nous marchions dans une ville, nos épaules se frôlaient distraitement comme le font des amis adolescents. Elle portait du rouge à lèvres et ses manches étaient remontées sur ses bras halés. Des immeubles culminaient alentour. Mon bras passa autour de la taille de Dawna et elle se rapprocha, plus près de moi que personne ne l'avait jamais été. Euphorique, je me rendis compte que j'avais bien fini par apprendre à embrasser !

Lorsque j'embrassai Dawna, son visage se brouilla et se fondit dans celui d'Iris. Dawna se tenait de l'autre côté de la rue. « Espèce de face de craie *kinnaq*, cria-t-elle, comment tu peux penser que quelqu'un est amoureux de toi ? » Iris retira ses lunettes de soleil et me dévisagea. « Dommage pour toi. T'es bête ! murmura-t-elle. Tout le monde sait que c'est pas comme ça qu'on embrasse. » La joie s'évapora. Je trébuchai sur une rivière gelée. Ils m'attendaient tous là : Iris, Jerry, Franklin, les Wolfglove. Crazy Joe. Tous les gens du village. Enuk dans ses fourrures. *Où est passée Dawna ?* La couche de glace gronda et une fissure noire dentela le blanc. *La Débâcle !* La glace se rompit en deux et tous commencèrent à plonger dans l'eau noire, comme les sacs de rochers qui servent à couler les filets.

Je me réveillai en sursaut ; chacun des follicules capillaires de ma peau était douloureux et glacé. Franklin entra à pas lourds.

« Ah ! Bonjour ! » Kuguruk se laissa tomber de ses bras et se frotta contre la boîte en bois. Iris grogna, je me levai et m'aspergeai la tête avec l'eau fraîche de la bassine. Le rêve semblait badigeonné sur mon visage, les émotions aussi saillantes que les plumes de canard d'un oreiller élimé.

Franklin s'éclaircit la gorge, et dévoila l'idée qu'il avait mijotée. « Et si vous avanciez un peu sur votre travail scolaire, tous les deux ? Je vais préparer le petit déjeuner. »

Iris m'attira dehors, sur les congères. « C'est pas vrai ! »

Pendant toutes ces années d'école à la maison, nous avions toujours étudié le soir, après le dîner, et seulement dans l'obscurité de l'hiver, jamais une fois que le soleil était redevenu jaune. Et puis, Iris avait terminé l'école.

Je désignai un corégone tranché en deux sur la bûche à découper. « Franklin a vidé un poisson de la réserve des chiens pour prendre les *suvaks*.

– Il va les mettre dans le porridge ! »

Nous gloussâmes soudainement, agrippés au poignet l'un de l'autre. Iris avait de la force, et je me rendis compte que moi aussi. L'énergie de la jeunesse s'écoula brièvement dans mes membres. C'était sauvage, vivant. Le rire nous pliait en deux. Était-ce comme cela que les autres se sentaient en permanence ?

Deux jours plus tard, Franklin grillait l'un de ses pains plats et insipides que nous avions surnommés les Tartines de Métal. La fumée s'élevait au-dessus du plan de travail. Iris faisait les cent pas. Tout à coup, elle se redressa. Des patins de traîneau raclaient la rivière. Iris et moi nous précipitâmes dehors et glissâmes jusqu'à la rive.

Les joues et le front d'Abe avaient été douloureusement brûlés sur la piste bombardée de soleil, et, lorsqu'il sourit, ses dents clignotèrent. Ses cheveux ébouriffés s'emmêlaient sur son front. Il pressa l'épaule d'Iris. « Qu'est-ce qui se passe, ma loutre ?

– On est contents de te voir, Abe.

– Comment est la piste ? Ils ont retrouvé Enuk ? »

Nous montâmes sur les patins et nous accrochâmes à la glissière. Abe était chargé et le soleil avait fait fondre la glace, devenue gouttelettes sur la bâche de son traîneau. Une branche de saule était coincée dans le pare-chocs. Quelque part il avait dû porter son traîneau pour contourner l'eau.

Son rictus se tordit d'un côté. « Non. Ça fait un mois. Tu sais qu'ils ne vont pas abandonner les recherches. Mais la neige fond – tout le monde fait une pause jusqu'à la fin de la Débâcle. » Abe tangua sur son ancre à neige. Les chiens arrêtèrent de se rouler sur le sol et s'affaissèrent sur le côté, haletants.

« Ils n'ont même pas retrouvé son fusil ? Ou son traîneau ? Aucun des chiens n'est revenu ?

– Apparemment, il était parti avec cinq chiens seulement. Il y a tellement de bourbiers dans lesquels ils pourraient s'être empêtrés. Peut-être que leurs colliers se sont accrochés à des buissons. À moins qu'ils ne se soient entre-tués… ou qu'ils soient morts de faim. Les gars ont trouvé quelques traces. Mais ce sont surtout des rumeurs qui circulent. Certains disent qu'il chassait les loups. Melt fait comme si Enuk s'était rendu à sa concession à lui, pour être là à la fonte des neiges. »

Franklin s'approcha et écouta. Il se moucha, essuya son pouce sur son pantalon. « Et comment va Janet ? »

Abe était en train de retirer un bloc de glace sur la corde de son traîneau. « Melt était parti, il faisait tout ce qu'il y a à faire lors d'une recherche. » Il se redressa et observa la rive éloignée. « Chercher des signes d'Enuk occupe mieux l'esprit que de voir sa trace dans chaque goutte de sang de renard qui tombe sur le sol, tu ne crois pas ? Et puis, Janet était plus proche d'Enuk. »

Il n'ajouta rien. Nous donnions des coups de pied dans la neige en attendant que s'ouvre la bâche. Abe se frotta le genou. « Quand mon père s'est écrasé, les recherches, c'était un voyage en enfer. » Il prononça le mot prudemment, comme s'il ne l'utilisait pas souvent – ce qui était le cas. « Quand on l'a retrouvé, c'était pas beau à voir. Il était sur le moteur. L'aile lui avait écrasé le dos. Mais, au moins, les recherches étaient terminées. »

« Enuk, je le connais depuis que January et moi avons été forcés d'atterrir à Takunak pendant un orage. » Abe s'adressait à Franklin. Ils hochèrent la tête puis se détournèrent pour regarder par-delà la rivière. Peut-être qu'ils revoyaient plus d'années passées qu'Iris et moi n'en avions vécues. Ou bien d'autres amis disparus. Nous regardâmes aussi par-delà la rivière, attendant la suite de l'histoire. « On volait dans le PA-18 bleu, à la recherche de mon père. Avion à ski. J'avais seulement dix-neuf ans. Enuk nous a accueillis. » Abe sourit vers le sol et enroula les boucles autour de ses mains nues. « Il était honnête. J'ai toujours aimé voir son visage. Même la fois où il est venu habiter avec nous pour le Gel et que… bref, voilà. »

Abe bâilla. Il était probablement debout depuis plusieurs jours. « Joli ciel, n'est-ce pas ? Vous voulez m'aider à dételer ? »

Iris me pressa la manche. Nous fîmes bifurquer les chiens fatigués et passâmes les harnais par-dessus leur tête. Calmes et affamés, ils allèrent à la rencontre de mes chiens et de T'sais-Thon. Leurs pattes étaient chaudes et certaines laissaient derrière elles des traces ensanglantées. La neige était devenue dure et craquante. La fraîcheur tombait. Peut-être l'ultime bon voyage avant cinq mois.

Abe avait rapporté une boîte bibliothèque et les derniers devoirs que j'avais envoyés à Juneau, les bourses d'études d'Iris, des catalogues, un carton plein de vêtements usagés et pas à notre taille que j'espérais ne jamais devoir porter – de la part de January Thompson, cet homme avec qui Abe était lorsque la météo les avait forcés à se poser à Takunak, un Takunak qui n'avait plus rien à voir avec celui d'aujourd'hui. J'aurais voulu connaître la suite. Mon futur avait-il encore une chance d'être aussi exalté et romantique ? Comment Abe avait-il pu rester ami avec ce rustre de January qui massacrait les loups depuis son avion – et qui avait emporté ma mère ? Certes, elle avait juste cherché un moyen de s'envoler, mais quand même. C'était comme si Abe aimait toujours quelque chose chez les gens ; une fois qu'il avait trouvé quoi, il se concentrait là-dessus.

Je me demandais ce qu'il avait bien déniché chez January Thompson.

Au village, Abe avait acheté des clous, de la farine, de la ficelle, de la levure, un sac de pommes et un fruit inventé appelé nectarine. Lorsque nous eûmes terminé de dételer les chiens et de les nourrir, nous retirâmes nos gants et nous pressâmes autour de lui. Il coupa des quartiers de nectarine sur le guidon. Là où son couteau était passé, ça sentait les centimes sales et le fourreau rance en cuir de phoque ; le reste avait un goût irréel – tellement sucré et acidulé. Plus tard, je plantai la grosse graine boursouflée. On ne sait jamais.

Nous apportâmes tout à l'intérieur, sauf les pommes, et becquetâmes dans la cargaison comme des vautours autour d'un tas d'entrailles. « *Aana* Gladys Skuq a acheté ta peau de carcajou, Cutuk. Quatre cents dollars. Et un de nos fauteuils à bascule s'est aussi vendu. » Il tendit à Iris une liasse de billets à ranger dans la conserve Hills Bros. Elle en versa le contenu sur le canapé en peau d'ours et pêcha les billets et les pièces au milieu des poils bruns qui se dégarnissaient. La conserve tintait à mesure qu'elle comptait. Abe rentra le sac de pommes. Nous sortîmes nos couteaux de nos fourreaux, et mangeâmes les pommes congelées.

« Neuf cent quarante-sept.

– Tu en prendras huit, quand tu partiras. » Abe suçotait un morceau de pomme dure. « On a encore une table et deux fauteuils là-bas, au Native Cache. Une lettre est arrivée de la galerie Big Dipper. Ils impriment des tirages numérotés de la meute de loups. Ça ne me plaît pas. Je leur demanderai d'arrêter quand tu auras eu toutes les universités que tu veux, d'accord ? »

Des larmes se mirent à couler une à une du nez d'Iris.

Ma gorge eut tout à coup besoin de déglutir. Franklin remua sur une souche près du poêle. Il avait goûté le Bacardi 151 qui subsistait dans la bouteille d'Abe – et qui restait habituellement hors de vue et de portée jusqu'au printemps suivant – et parcourait distraitement un livre en chinois, des pages nues d'égratignures pareilles à des arbres lilliputiens, des mâts de tente et des traces de scolopacidés.

« Tu vas où, Iris ?

– À Fairbanks. » Elle s'essuya les yeux. « Je vais à l'université.

– Super ! C'est bien, ça ! Quand est-ce que tu pars ? »

Sans hésitation, elle répondit : « Avec le premier bateau après la Débâcle. »

Les débordements répandaient des ondes pâles au-dessus de la glace. La neige de la toundra ruisselait et les miettes enterrées par l'hiver refaisaient surface pour former une toile d'écume. En des dizaines d'endroits notre toit fuyait, l'eau teintée de mousse tombait goutte à goutte dans toutes les conserves disponibles, les casseroles et les bassines. L'enclos s'effondra, nous plongeant jusqu'à la taille dans les couches ramollies de l'existence des chiens de traîneau. Nous incisions les bouleaux pour collecter la sève, que nous faisions bouillir pour faire du sirop. Le sol nu s'étendait sur la toundra au fur et à mesure de la fonte des neiges, derrière la maison et le long des berges de la rivière, et nous ramassions les premiers épilobes, les pousses de jacinthe, les feuilles des saules et les plantes herbacées pour nos salades fraîches. Nous cueillions des saules discolores, en aspirions le nectar et nous prélassions au soleil dont la chaleur rebondissait en reflets sur la neige. Le nouveau sol prenait vie avec les odeurs, avec les nuits résonnant des chants des rouges-gorges et des hirondelles qui négociaient territoires et compagnes. Les *kuukukiaq* pirouettaient, hautes et invisibles dans le ciel, à chaque plongée les hurlements ondulés de leurs ailes revendiquaient leur espace de nidification, nuit et jour elles envoyaient l'appel du printemps. L'eau s'élevait, et la glace profonde se libérait en grondant, des remous comme ceux des baleines quand elles refont surface. Nous déplaçâmes les chiens sur la plus haute congère et observâmes, pleins d'impatience, l'eau entourer les piquets qui nous servaient de repères. Le courant bleu et ouvert étincelait. L'été n'était soudain plus une saison oubliée.

Un après-midi, tout bas d'abord, la rivière commença de se mouvoir. À l'intérieur nous sentîmes quelque chose dans l'air, un chien qui tournait autour de sa chaîne peut-être, une oie cacardant puis s'envolant sous l'étreinte de la glace, ou bien cet autre sens que nous n'avions jamais suffisamment étudié pour pouvoir le nommer. Nous nous précipitâmes pour ne rien manquer. La Débâcle, c'était tous les jours fériés réunis en un seul. Le long de la rive nous criâmes, pointâmes du doigt et nous agitâmes, enthousiastes. Des disques de glace de près d'un mètre d'épaisseur éraflaient les rives enneigées en grinçant, ils écrasaient les piquets des chiens, les saules et les arbres. Les canards et les oies fuyaient les rives, se posaient sur des voies ouvertes et décollaient de nouveau lorsque celles-ci se refermaient. Après le Jesus Creek, les sommets des grands épicéas tressaillaient et se balançaient, dans un combat pour résister à la puissance de la glace. Les jours s'emplirent de lumière et d'odeurs, d'appels d'oiseaux et de rugissements, du frémissement de cette saison nouvelle sur le point de naître.

Tout aussi rapidement la rivière s'arrêta, bouillonna, craqua, tinta, un monstre en attente d'eau supplémentaire. Deux jours s'écoulèrent. La couche de glace se libéra. Elle passa en tonnant, emportant des arbres ravagés, des disques de glace noire et sablonneuse, des morceaux bleu glacier, à l'envers. Le soir suivant les disques s'étaient amincis et l'eau large et silteuse baissa quotidiennement jusqu'à une nuit ensoleillée de début juin, lorsque le rire maniaque du grèbe jougris retentit au-dessus de la toundra. Il était alors presque trop tard pour ramasser les œufs des sternes arctiques et des mouettes, et bientôt commencerait la ruée des énormes inconnus qui remontaient la rivière pour pondre, suivis par les saumons. Des feuilles vert diamant poussaient sur les branches des jeunes arbres. Le soleil brillait depuis le nord, illuminant le mauvais côté des arbres, et les épicéas étincelaient d'un éclat vert distinct et poudroyant, de l'autre côté de la rivière. Les grenouilles dégelaient et s'ébranlaient dans les étangs, les moustiques s'éveillaient et bourdonnaient à nos oreilles. Le tendre printemps était mort, l'été, chaud et assommant, bien arrivé, une éternité pris au piège le long de la rivière sous des nuées de moustiques, tissu contorsionné, noir et piquant. Je badigeonnais l'huile de phoque jaune et rance sur les museaux des chiens et les testicules de Figment, vaine tentative d'empêcher les moustiques de s'emparer de leur peau. Les hautes herbes vertes et les arbres denses. Pêcher pour les chiens. Vider les poissons, faire sécher les poissons, cuire les poissons. Des semaines et des semaines à ne manger que du poisson.

Le grèbe pouvait bien rire dans ses joues grises ; il adorait le poisson et avait oublié depuis bien longtemps s'il avait déjà vu une sœur s'envoler.

SEPT

Ouuuuuuuuuuuuuuuuuuuuuuuu.

Ahouuuuuuuuuuuuuuuuuuuuuuuuuu.

Les voix se transportent, flottent dans les airs, retombent finalement dans les arbres et résonnent, roulent, puis s'estompent comme des esprits. Une en aval, deux en amont, de nombreuses de l'autre côté. Le silence. L'obscurité. La lueur de la lune repose sur les lignes du courant de la rivière, les étangs, les mares entre les touffes herbacées de la toundra. Les caribous piétinent à travers les herbes tranchantes à l'agonie, projettent des éclaboussures dans l'eau peu profonde, et s'arrêtent. Ils écoutent, avant de trottiner le long d'un banc de sable. Les sabots frappent la terre froide, tambourinent sous la nuit piquetée d'argent, sous le confort et le malaise conjoints de ce puissant œil pâle.

Un poisson tournoie ; des ondulations blanches miroitent.

Wouuuuu. Wouuuuu. Wouuu, wouuu. Wouuuuu.

Des souris acheminent des graines, descendent dans les tunnels en couinant.

Ahouuuuuuuhouuuuuuuuuuuuuuuuuuuuuu.

Tous les bruits de sabots cessent lorsque les prédateurs tamisent la rivière, ils bondissent et nagent, traversent rapidement l'eau froide et étendue. Les sabots remontent lourdement un banc de sable, bruit sourd sur la rive herbageuse ; les ramures bruissent et craquent à travers les saules et l'obscurité. Des ombres de cent kilos les traquent, de tous côtés, attendent plus loin – quelque part… censément partout.

Un brochet tournoie et plonge, avale une musaraigne qui nageait.

Des souris couinent.

La brise tangue. *Naataq*, le grand-duc d'Amérique, glisse à travers une vallée.

Houuuuu. Houuuuu. Houuu, Houuu. Houuuuu.

HUIT

La machine à café Mr. Coffee siffla et gargouilla comme si un rat musqué se noyait doucement dans la cuisine. L'odeur du café frais s'élança à travers la maison des Wolfglove et m'éveilla au milieu des souvenirs de milliers de feux de camp, chez nous.

La plupart des maisons du village avaient désormais l'électricité, grâce à un générateur diesel hélitreuillé par un Chinook. Janet ne s'en souvenait pas tous les matins ; je l'entendais se redresser dans son lit, bâiller et farfouiller dans le noir à la recherche de son *atiktuk* en calicot. Sur mon *qaatchaiaq* étendu sur le sol, j'ouvris mon sac de couchage pour permettre à l'air frais resserrer ma peau. L'école. Iris était partie depuis un an et demi, et j'avais laissé le premier hiver glisser à la maison, mes livres de cours par correspondance gelés au pied de l'établi d'Abe. Cet hiver, après Noël, il m'avait demandé : « Ça te dirait d'aller terminer l'école au village ? » Il m'avait simplement posé la question, par curiosité. Il n'avait pas dit s'il te plaît, ne m'avait même pas demandé pardon. Il m'avait laissé décider quelle quantité de travail scolaire exigeaient mes rêves. Si je survivais aux verbes, aux prépositions et aux onomatopées de mon dernier cours de grammaire anglaise, alors je pourrais m'échapper à travers les saules et retrouver la vie à l'air libre. Quelle qu'elle soit. Selon Mr. Standle, l'un des nouveaux instituteurs, peu importait la vie que je choisissais : j'aurai toujours besoin de la grammaire. Mais c'était un Américain, et eux avaient l'air de passer bien trop de temps à gérer la paperasse, à se préparer à vivre.

Cette journée promettait encore d'être mouvementée. Hier, Nippy Sr. avait utilisé le bon d'assistance publique de sa fille et son bonus mensuel de l'Alaska Longevity pour affréter un Cessna 185 pour Crotch Spit. Lorsqu'à son retour il se posa à Takunak, il se sentait bien, les seuls autres passagers à bord étant trois caisses de whiskey et huit de bières Miller. La nuit dernière avait amené son lot de motoneiges qui filaient à toute allure et de fusillades fulgurantes derrière le village, dans l'obscurité – le Mac-10 de Nippy Jr. – ainsi qu'un film de kung-fu à la télévision, dans lequel des centaines de personnes se faisaient frapper à proximité certaine de la mort. Aujourd'hui, entre les cours, l'histoire serait rejouée.

Enuk n'avait pas été retrouvé. Charley Casket avait déniché un squelette d'orignal à l'automne, alors qu'il cherchait des tanières d'ours. Dans le crâne cliquetait une balle de calibre .30 – celui d'Enuk, et d'autres personnes aussi. Charley, qui arpentait les lits des ruisseaux et les bords des berges en quête d'ivoire, de dents et d'artéfacts, avait également découvert un collier de chien – cousu avec des tendons, qui aurait pu se décrocher d'un des chiens d'Enuk – échoué en aval sur un banc de sable.

Quelle que soit la direction où Enuk reposait, c'était à mille lieues de la nouvelle maison HUD chaude et flambant neuve de Janet. Abe vogua dans mon esprit ; que faisait-il en cet instant précis, à des années-lumière du nouveau monde qui était le mien, de Takunak, de l'école, et des films du soir à la télévision ? Il était sûrement en train de coudre, tout nu, ou bien il coupait du petit bois pour le feu du lendemain matin, il lisait *L'Illiade* ou l'un des livres de chimie que j'avais abandonné, devant une bougie courtaude. La cire coulait sur l'opercule d'une conserve de café qui reflétait la lumière et qui, grâce à ses bords recourbés, recueillait la cire pour qu'Abe puisse refaire une petite bougie en hommage à ses dieux de l'Anti-gaspi.

« Stevie, dit Janet. Debout. Il est presqu'huit heures.

– *Adii*, grogna Stevie.

– Arrête un peu d'râler, Maman. S'il te plaît. » La voix de Dawna s'envola dans l'obscurité.

« Dawna, tu la fermes ! » rugit Melt depuis son lit.

Les portes des deux chambres étaient dégondées. Le cri se réverbéra jusqu'à moi. Melt couvait une gueule de bois, et il était toujours grisé, comme disaient les gars. « STE-VIE ! Te lèves et vas à l'école. » Melt se redressa ; il avait dormi tout habillé sur les couvertures. Ces derniers temps, il était pareil à un ours brun aux dents abîmées dans son antre humide. Treason était parti habiter plus haut sur la butte chez le frère de Janet, Woodrow Washington Jr., à cause de Melt. Il ne redescendait que pour utiliser les toilettes à chasse d'eau. Les petits-enfants de Woodrow avaient massacré les leurs en y jetant des os de caribou. Désormais, ce n'était plus qu'une bassine de merde qui empuantissait la maison.

Melt répugnait qu'un *naluaġmiu* vive sous son toit. Janet était la seule raison pour laquelle il ne me fichait pas dehors. Melt se pencha en arrière dans un fauteuil et se mit à jurer en inupiaq, oubliant que j'apprenais quelques mots. J'habitais ici depuis un mois ; il disait à Janet que je devrais partir *maatnugun*. J'avais entendu des choses dans le village, à propos de Melt Wolfglove, *guuq* : c'était *l'seul fils d'Enuk. Il laissait faire l'idiot et lui apprenait rien. Enuk avait trop r'gardé les Blancs.* Ce qui, concernant l'éducation des enfants, pouvait s'appliquer à de nombreux parents à Takunak. Cela pouvait aussi se traduire par : Enuk aimait les Blancs. Et ça, ce n'était vraiment pas une belle chose à dire à propos d'un Ancien décédé.

Janet tenait une bougie. Elle baissa la tête et agrippa mon avant-bras de sa poigne farouche et tendre, puis me demanda gentiment : « Réveillé, Cutuk ?

– Ouais.

– Café ? »

Je levai les sourcils, *oui* en inupiaq, et elle reflua avec une tasse fumante de Mr. Coffee. Mes lèvres trouvèrent le bord lorsque l'interrupteur lui revint en mémoire ; elle dissipa l'affectueuse obscurité. Je m'habillai en plongeant dans la distraction d'un matin d'école ; les crampes d'estomac d'avoir englouti des pancakes industriels et versé du lait concentré dans le café amer, la recherche expéditive d'un gant perdu dans l'amas tortueux de vêtements derrière le poêle, un devoir manquant à l'appel – ainsi que le manque d'Iris et de ce territoire où mes journées n'étaient pas gouvernées par les règles et le réveil, mais uniquement par la météo et le ciel somptueux.

Melt se tenait près de la porte. Il plaqua Dawna contre le mur. Le fin lambris se courba. Il écrasa ses poignets entre ses mains. « C'te fois, tu ramènes ta paie. T'achètes pas du cannabis comme les aut' filles. Ta mère et moi, on a b'soin d'argent. On t'a élevée d'not'poche. » Il lâcha un de ses poignets et s'essuya la bouche, tangua puis se redressa brusquement, meurtrissant son bras.

Face à la porte, je tremblais et mourais d'envie d'enrouler un piège à loups autour de son cou et de bien le serrer. Melt passa la main sous ses boyaux pour agiter la poche sur sa hanche. « On t'a élevée d'not'poche. » Dawna était impénétrable, seuls ses yeux chatoyaient. Elle voulut reculer. Un fusil incliné contre le mur de lambris glissa et se fracassa sur le sol.

« Oh, la ferme ! Tu penses qu'tu vaux mieux qu'les autres ?

– Non ! » Les lèvres de Dawna se pincèrent jusqu'à disparaître. Chaque expiration la faisait frémir. Stevie et moi avions les poings serrés au bout des bras et aucune idée si nous respirions.

Melt ramassa le fusil.

« Filez ! » dit Janet.

Nous plongeâmes tous les trois sous le *qanisaq*.

« FOUTUS GAMINS, J'VOUS ÉLÈVE TOUS D'MA POCHE ! »

Dawna claqua la porte. Je remontai mes gants pour me protéger du froid perçant et ravalai un éclat de rire ; je nous imaginais tous les trois, mesurant deux centimètres de haut et coincés dans la poche pas lavée de Melt. Ma chienne de tête, Plato, et quelques autres de mes chiens, gémirent doucement mais ne se redressèrent pas dans leur cercle de neige fondue. Ils s'étaient enfin habitués à me voir passer devant eux tous les matins pour aller en cours – et pas pour aller courir.

Nous remontâmes la colline vers l'école. Des traces d'orignaux traversaient la piste durcie – une femelle et son petit avaient bravé le village. Dawna traînait de plus en plus loin derrière ; le matin, elle travaillait à l'administration scolaire. À mi-pente un assez gros husky était couché dans la neige, gelé.

« Ressemble à un d'ceux de Newt », dit Stevie, indifférent. « Nippy et les gars d'vaient être bourrés et l'ont abattu. » Il frappa du pied le chien dur comme la pierre, deux fois, pour le détacher. La manière qu'il avait de bouger la jambe me rappelait celle de Melt, lorsqu'il frappait dans les bottes derrière le poêle. Les chiens, à Takunak, avaient les mêmes droits et privilèges que du bois pour le feu humide – et pas beaucoup plus d'utilité depuis l'arrivée des motoneiges. Stevie retourna le chien. Il grinça et tronçonna la neige. Les pattes ressortaient, rigides et raides. Le derrière était parfaitement plat, encore un peu doux, le givre blanchissait les bords. Nous vîmes un trou ensanglanté dans sa poitrine et une tache sombre fondue dans la neige. Dans ma tête, le gros loup argenté sur le traîneau d'Enuk, des années auparavant.

« Stevie, vous avez fait quoi vous autres du loup argenté qu'Enuk a pris ?

– Lequel ? Y en eu beaucoup. Maman l'a p't-être cousu. Ou les souris l'ont bousillé.

– Et du reste de ses affaires ?

– Il en avait pas beaucoup. Melt a tout *pakik*. Maman a utilisé plein d'peaux pour coudre des cadeaux à tous ceux qui ont participé aux recherches et cuisiné. »

Nos souffles s'élevaient en nuages blancs. Les nouvelles lampes de la rue, éclatantes, fendaient la neige en épines d'ombre et de clarté. Je regardais vers les montagnes Shield, dissimulées. À travers la toundra, bien loin du clignotement de la lumière électrique et de sa confusion, s'enroulait dans la noirceur confortable et ininterrompue du matin ce monde qui serait toujours le véritable monde à mes yeux. Des renards et des loups, des souris, des arbres froids et des carex enterrés, tous les membres anciens et essentiels du territoire.

Je secouai la tête pour chasser ces réflexions à la Abe.

Foutchit. Foutchit. Stevie faisait tournoyer le nunchaku artisanal fabriqué par Lumpy et frappait le dos de son manteau en nylon. « J'suis presque comme Bruce Lee !

– Dans tes rêves ! » Nous rigolâmes.

Je jetai un regard en arrière vers Dawna. J'attendis qu'elle me rattrape et traînai des pieds à côté d'elle, la tête basse. « *Alappaa*, hein ? » Je prétendis réchauffer mon visage avec mes mains et pressai mon nez pour l'entraîner à être plus plat et plus large. « Il t'a fait mal ? » Dans l'air glacial du matin, je me penchai plus près. « Dawna ?

– Non. » Son sourire se tordit. Elle pressa son visage contre mon épaule et avança inclinée contre moi.

Je marchais lentement à travers la neige, choqué d'être touché ainsi, ne voulant pas me rapprocher plus près de l'école où elle ne ferait pas une chose pareille. Au loin, un groupe d'enfants jetait des boules de glace à Timmy Feathers l'infirme, son échauffement pour la journée. Depuis qu'Iris était partie, l'été précédant le dernier, j'avais souhaité avoir une femme à qui parler. Les garçons parlaient de motoneiges, de combats, de filles, de se saouler ; ils imitaient les tirs des fusils, se vantaient des caribous qu'ils avaient « dégommés. » Les discussions étaient intoxicantes, toujours la course pour être le plus fort, et aucune pensée tranquille auprès de laquelle se réchauffer.

Les doigts nus de Dawna plongèrent sur le côté de mon cou. Elle portait rarement des gants ; elle gardait ses manches fermées, comme si elle attendait simplement de quitter ce monde de moufles et de gants.

« Cutuk, tu te souviens de l'infirmière qui est venue quand j'avais neuf ans ? Alicia McBride ?

Elle avait vingt-trois ans. Trop belle. Les gars pensaient tous qu'ils allaient l'avoir. Alicia connaissait la médecine, et même des bons poèmes. Elle n'a jamais essayé d'me faire manger de la merde de porc-épic comme Melt faisait quand j'avais mal au ventre. Quand j'avais le hoquet, elle me faisait la r'garder droit dans les yeux, et ça disparaissait. Elle m'a demandé c'que j'aimais le plus. J'ai répondu : la photographie. »

Dawna s'arrêta. « J'crois qu'elle s'aimait juste comme il faut – comme ton père, peut-être. »

Je dévisageai, à travers l'obscurité, la cabane du générateur de l'école qui palpitait sous un cône de lumière jaune. « *Abe ?* » Dawna n'avait jamais parlé de sentiments profondément enfouis – je pensais même qu'à Takunak, personne n'en éprouvait – et elle ne prononçait jamais le nom d'Abe.

Elle fit quelques bonds de côté. « Regarde-moi ! » Elle gloussa. « Fais comme si j'étais juste une photo et décris c'que tu vois. »

Dawna s'immobilisa. La nuit matinale et les lampes électriques se partageaient les ombres sur son visage, faisaient scintiller ses yeux et déposaient des grottes de pénombre sous son menton. Le givre perlait la soie noire de ses cheveux. Elle était légèrement penchée dans le froid, les genoux resserrés, ses baskets dures et raides collées l'une contre l'autre. Un sourire soulevait la ligne supérieure de sa lèvre et la repliait d'un air de défi. Derrière elle l'école attendait, pour moi un endroit chauffé mais terriblement froid, pour Dawna une pâture de popularité. Ma poitrine était emplie d'air et vide. J'étais amoureux d'elle. Je voulais la serrer contre moi. Les magazines et la télévision racontaient n'importe quoi ; la beauté était une Eskimo brune qui s'appelait Dawna Wolfglove.

« La plus jolie fille du monde », soufflai-je.

Son sourire s'évanouit. « J'veux m'en aller dans un endroit où les gens sont pas déglingués. Où ils essayent pas d'être toujours l'plus forts. »

« T'es… » Je voyais bien que les mots qui me venaient étaient aussi inutiles que des chiens paresseux, et je les laissai tomber.

« T'es le seul à qui je peux parler, et t'écoutes pas. Mes frères, mes tantes, mes cousins… c'est tous des nuls. »

Je la dévisageai, désemparé.

« Alicia a dit que je pourrais la rejoindre et aller à l'université. Mais Melt a balancé toutes ses lettres. Maintenant j'sais même pas où elle est. » Dawna brillait. Elle me poussa l'épaule comme au début d'un combat. Elle était agile, avec des muscles puissants tels ceux d'Enuk, et elle ne se laissait pas faire. Au Nouvel An, elle avait mis deux yeux au beurre noir à Elvis Jr. « Il était bourré et essayait d'me chercher », avait-elle dit. Traduction : il avait essayé de la tripoter et de la violer. Lorsqu'elle m'avait raconté cette histoire elle avait haussé les épaules, tiré la langue et éclaté de rire.

« Alors c'est ça, je suis jolie ? T'es comme tous les autres, tu veux c'qui y a sous mon pantalon. C'est ça qu'tu veux, Cutuk ? Tu veux *nulik* ?

– Dawna ! C'est pas ce que je voulais dire. » Mon visage chauffait, ma voix épaissie par le dégoût. Je passai un bras autour de ses épaules ; l'incertitude me rendait maladroit.

« J'dois partir d'ici ! » Elle s'écarta. « C'est vraiment un endroit pourri d'où v'nir. »

Je me traînais vers l'école, mon sourire de sécurité enclenché. « Où tu penses qu'tu vas aller ?

– Cutuk ! » C'était comme si désormais Dawna se souciait de moi. Tout cela n'avait aucun sens. Au village, tout le monde l'adorait et me considérait comme de la merde de chien. Pire que de la merde de chien. La merde de chien, y en avait partout. C'était un truc normal. « J'irai à Anchorage », dit-elle, prononçant le nom comme les femmes religieuses prononcent le mot *paradis*. Un pincement me serra le cœur. J'entendais le même ton assuré que celui d'Iris, *Avec le premier bateau après la Débâcle*. Et maintenant elle était descendue à Fairbanks, enfoncée jusqu'au cou dans ses cours de l'université à griffonner des notes. Ses lettres aussi étaient des notes griffonnées, des choses joyeuses et hâtives encombrées d'amis. La méchanceté fleurit en moi ; tout à coup je détestai Dawna, et les villes qui arrivaient et accaparaient déjà le meilleur de ce que nous possédions. Moi aussi, je ressentais l'appel du départ. Abe avait mentionné qu'avant, il y avait des bars à Anchorage et Fairbanks avec à l'entrée une pancarte disant PAS D'INDIENS. Je me disais qu'il s'était sûrement trompé, comme toujours, et que ce qu'il voulait vraiment dire c'était PAS DE BLANCS. Je savais parfaitement ce qu'une telle pancarte me ferait éprouver ;

l'autre, difficile à dire. Probablement qu'elle m'énerverait tout autant. Avec un peu de chance, elle ne me réjouirait pas. Peut-être qu'Abe disait vrai, et qu'alors Dawna ressentirait ce que j'éprouvais lorsque les gens braquaient les yeux sur moi.

Soudain, je me considérai comme un moins que rien. Je crachai et secouai la tête. Dawna ferait mieux de ne jamais avoir à ressentir ce truc écrasé fourré au creux de moi. Nous continuâmes, absorbés par le film muet de nos pensées, nos yeux voltigeant le long des sillons parallèles laissés par les lames des motoneiges sur la neige compressée, dure et blanche comme de la porcelaine.

Le ballon de basket rebondit contre mon visage.

« Pourquoi t'arrives jamais à rattraper rien ? » Nippy Skuq Jr. avait une balafre à travers le front et un tout nouveau gel. Il puait l'acidité. Transpirait l'alcool. J'envisageai de lui raconter que je n'avais pas de ballon en grandissant, mais cela ne semblait pas quelque chose à dire. Son frère Elvis Jr. se précipita sur le terrain enneigé. Je voulus dire à Elvis que sa mère l'avait appelé Junior, lui aussi, non pas en hommage à son père le batteur de femme spécialiste des yeux comme des bosses, mais à un soûlard blanc au double menton qui chantait, *dans un film*.

Elvis et Nippy n'étaient même plus élèves ; ils avaient lâché l'école, et leur vie oscillait désormais entre l'alcool et le terrain de basket. Ils avaient rejoint la Garde nationale. Pendant un mois. Puis ils étaient revenus avec les cheveux en brosse et racontaient qu'ils avaient servi dans la Marine et appris le kung-fu.

Je me mis à rire. Je ne pouvais pas me contrôler. Cela arrivait lorsque les choses n'étaient vraiment pas drôles du tout. Inconsciemment, ma paume s'éleva et vint aplatir mon nez.

Nippy me poussa l'épaule. « C'est parc'que t'es qu'un *naluaġmiu*. Eh ouais !

– Soyez pas méchants ! » cria Dollie Feathers. C'était la cousine de Dawna. Treason et elle « sortaient ensemble », *guuq*.

Mon nez s'humidifia. Je reculai d'un pas, les mains comme des nageoires pour protéger mes yeux. Les enfants se regroupèrent, un cercle familier. Elvis s'avança pour porter le fameux coup, ce coup au visage que nous réalisions tous dans nos rêves de karaté. Mais soudain il faisait ma taille, ce n'était plus le géant qu'il avait été toute ma vie. J'avais grandi en traînant des bûches et en retenant des huskies. J'attrapai son pied et le jetai par terre. Mes poings étaient des gourdins carrés qui se balançaient tout seuls. Ce visage qui lorgnait méchamment tout ce que j'avais toujours été – je l'aplatis contre le sol.

Je m'attendais à recevoir les coups de botte habituels, d'avoir les frères et les cousins sur le dos, mais Lumpy m'entraîna en arrière, son bras épais enserrait mon cou, clé qu'il avait rapportée du centre correctionnel Anvil Mountain à Nome.

« Ça suffit », grogna-t-il dans mon oreille.

Le cercle de visages était acéré. La mise au point se fit sur Elvis, bouffi, les coins de ses yeux poisseux de sang. Le troupe observa. « C'est quoi qu'tu veux prouver ? » cria la sœur d'Elvis. « Personne veut des faces de craie par ici.

R'tourne à Dallas ou ailleurs. » Elle cracha et me jeta à la figure une canette de 7 Up ouverte.

Je l'évitai. « Je viens pas de Dallas. » Ma voix semblait humide.

« *Aiy* ! » Les filles huèrent et s'éloignèrent, comme un troupeau d'animaux nerveux, mimant la nausée. Je n'avais jamais donné envie de vomir aux caribous, au moins.

Les petits enfants déboulèrent pour voir ce qui se passait. Ils faisaient des dérapages pour s'arrêter, crachaient et compactaient des boules de neige. Sur l'aire de jeu, il n'y avait rien de plus dégoûtant que moi à qui jeter des choses. Je ne savais pas où regarder, si je devais plus cligner des yeux, ou moins. Si je devais courir, et dans quelle direction, pour éviter une raclée. Je m'écroulai là – il n'y avait que moi pour aussi mal gagner un combat.

« Elvis, t'as eu que c'que tu méritais d'puis des années », jeta Stevie avec mépris. Sa tête sortait d'une fenêtre de l'école, ses doigts posés sur le rebord. Ses mots furent une décharge d'électricité. Je relevai la tête, prêt à en découdre avec tous les autres concurrents disponibles, me prélassant dans le vent du mépris, pour une fois qu'il tournait. Et peu importait ce que les années nous réservaient ; je me fis la promesse de ne jamais oublier ce que je devais à Stevie Wolfglove, pour avoir pris la défense de Cutuk Hawcly sur l'aire de jeux de Takunak, au milieu de la neige compacte, des papiers de chewing-gums et des crachats glacés.

NEUF

Derrière la nouvelle maison donnée à Woodrow Washington Jr. par le gouvernement, la motoneige Arctic Cat étincelait sur la neige. D'une pichenette, Woodrow jeta un mégot de cigarette. « Elle a seulement… » il regarda attentivement le compteur. « … seulement quarante-mille kil'mètres. Pas trop mal, hein ?

– La circonférence de la Terre », murmurai-je. Une certaine distance à parcourir à motoneige.

Woody lâcha un rictus et haussa les épaules. Il avait un sourire lent qui plaisait aux femmes. « P't-être pas autant, quand même.

– Mille dollars ? Pourquoi tu la vends ? »

Charley Casket se dirigea vers nous. Il cracha. Nous parlâmes de la météo une minute. Puis il tendit la main, au creux de laquelle se trouvait une pointe de flèche en jade. « Cinquante balles. Tu pourrais la r'vendre cinq cents, j'crois bien. Même plus. »

Woody l'ignora et fit un signe de tête vers son autre motoneige. « J'ai une nouvelle Panther. Quand j'pars à Prudhoe tout l'monde utilise mes affaires. Quand j'rentre, bon sang, tous mes trucs sont foutus. Même mes vêtements, bons pour la benne. » Woody portait un onéreux manteau en cuir. Une montre en or pendait, lâche et décontractée, de son poignet brun. C'était un bel homme, habillé comme dans un magazine.

Je m'agenouillai pour admirer les ressorts épais et les impacts sous la chenille. Charley agrippa les manettes et ouvrit les gaz.

« Laisse ça », lui dit froidement Woody.

Les mains de Charley retombèrent. « J'vais acheter la nouvelle Indy soixante-cinq. L'mois prochain. C'est sûr. »

Woody ne répondit pas.

Des images défilaient dans ma tête : arriver à l'école avec lundi matin. Arpenter les vallées à la recherche d'Enuk. Je tendis impulsivement à Woody mon chèque de mille dollars froissé de l'Alaska Permanent Fund. L'État avait commencé à distribuer chaque année des bonus pétroliers à tous les hommes, femmes et enfants. Cette année, la deuxième, le montant s'élevait à trois cent quatre-vingt-six dollars. Les yeux de Charley suivirent le chèque. Je ne marchandai pas avec Woody. Marchander, c'était un truc de Blancs, embarrassant. Les gens normaux disaient, *Je te payerai quand je recevrai mon chèque*, et si, à ce moment-là, ils décidaient arbitrairement que le prix était trop élevé, ils ne payaient tout simplement pas.

Il fit courir son pouce le long des zéros. « Comment j'vais encaisser ça avant de… *yuay*, Cutuk ! T'as jamais dépensé ton Permanent Fund de l'année dernière ? » Woodroow sourit malicieusement. Il n'y avait que les Blancs pour être assez timbrés et économiser un chèque de mille dollars. Pendant une année entière.

« Je n'avais rien à acheter. Abe voulait un générateur à énergie éolienne. Ou des panneaux solaires, mais, même ça, c'est fabriqué par l'Arco. » Je baissai la voix ; la philosophie des énergies fossiles d'Abe n'avait aucun sens ici. Partir avec la motoneige m'angoissait. Je venais d'avoir dix-huit ans, mais je balayai quand même les alentours des yeux, comme si je devais me dépêcher avant qu'Abe ne surgisse au coin de la maison et m'interroge : « Et tes chiens, alors ? T'as pensé au pétrole qu'il faut juste pour fabriquer la selle de cette machine… »

Woody monta les marches qui menaient au porche et rangea le chèque dans son portefeuille en cuir Eddie Bauer. Charley fourra ses gants dans sa poche et s'éloigna vers l'ouest en regardant le sol défiler sous ses pieds. J'appuyai sur le démarreur. La motoneige s'éveilla dans une gerbe d'étincelles et un rugissement empli de puissance dangereuse. Mon corps tout entier sembla croître avec la machine vrombissante. Je me sentais jeune et propulsé par la force, pas seulement grâce au moteur, mais aussi grâce au pouvoir qui découlait de l'achat. C'était pour cela que les gens convoitaient autant l'argent. Que les gens du village ne marchaient pas souvent, uniquement quand ils n'avaient pas le choix.

Je voltigeai toujours lorsque je localisai Nelta Skuq, la pompiste. Elle avait glissé du travail jusque chez elle et avalait une soupe de caribou avec ses parents, le bol levé tout près de ses lèvres. Sa mère avait un impressionnant collier de bleus autour du cou. Nelta, des suçons tout aussi impressionnants. Ses plus jeunes frères – ou ses enfants ; difficile à dire – mangeaient des tartelettes à la fraise industrielles. Ils étaient tous installés autour d'un plat chaud qui rougeoyait. Un hologramme de Jésus était suspendu au-dessus du plan de travail de la cuisine. Le sol était vide, tout autant que les murs, et le linoléum troué laissait voir le contreplaqué. Autour des trous d'usure, il avait été fixé avec des centaines d'agrafes. Une bouteille de whiskey vide était posée dans l'encablure de la porte qui menait aux toilettes bouchées. À cause de chaînes pour les chiens. Les gens du village savaient ces choses-là, quelles chasses d'eau fonctionnaient et qui faisaient de nouveau ses besoins dans un bidon de kérosène. Une oie rieuse – une de celles que les gens appellent une *luck-a-luck* – était étendue sur le sol, comme si elle avait été abattue le matin même. Les oies rieuses symbolisaient le grand air du printemps. Les voir en février était déconcertant. Il fallait faire des efforts pour se rappeler que cette maison, comme toutes les autres HUD qui avaient remplacé les cabanes, avait été une maison américaine flambant neuve trois ans plus tôt.

« Ça achète de l'essence, aujourd'hui ?

– Ouais. » Nelta continua à aspirer bruyamment sa soupe. Elle avait dix ou onze frères et sœurs. Quelques-uns en prison. Les filles Skuq faisaient des bébés et les laissaient à leurs parents, brouillant la frontière entre les générations.

Je m'appuyai contre la porte, sans savoir quoi faire de mes pieds, de mes mains ou de mes yeux. Nippy Skuq Sr. jeta un regard mauvais à travers la fenêtre fissurée rafistolée avec du scotch. Ma motoneige était garée à côté des deux machines qui appartenaient à sa famille. Il suçota son unique dent de devant. Ses lèvres se plissèrent de haut en bas. « T'as pris une motoneige, Cutuk ? » J'acquiesçai, abasourdi par la vitesse à laquelle poussait la vigne du village. Il s'esclaffa, toussa, arracha une conserve Hills Bro et cracha dedans. « Fini l'campement, alors. Ils t'ont eu maint'nant. Ah ! Maint'nant t'vas toujours avoir b'soin d'bcaucoup d'argent pour réparer les p'tites pièces. » Il rugit d'un rire joyeux. « Ils ont eu le dernier garçon eskimo d'un camp'ment aujourd'hui. Ah ! Ah ! Ah ! »

Nelta finit par remplir mon bidon de vingt litres. L'essence coûtait un dollar vingt le litre. En descendant la colline, je serrai les freins. Rien. Les chiffres du compteur ne bougèrent pas non plus. Le vieux Nippy était sage comme les loups.

J'allais et venais devant chez les Wolfglove, impatient que Stevie rentre pour que l'on puisse aller chasser. Figment étira sa chaîne jusqu'au bout et renifla la motoneige. Il leva la jambe pour pisser sur le ski.

« Va-t'en ! »

L'un de ses testicules avait une engelure, et il grimaça lorsque celui-ci se balança. Je me sentais coupable, un peu fébrile et incertain de cet achat et de l'impact qu'aurait ce nouveau membre de la famille. Figment marcha en cercle, revint et pressa sa tête souriante contre ma cuisse. « Juste au moment où vous étiez en train d'apprendre à croiser un autre attelage sur la piste. » Je m'assis sur la selle et caressai son large museau. « Pourquoi tu souris comme ça, espèce de fou ? »

Janet ouvrit la porte. « Cutuk. Lâche c'te motoneige. Viens et mange ! » Penaud, j'entrai et m'assis. « Retire ton manteau. » Janet se mit à rire. Melt n'était pas là. La cuisine de Janet était un endroit doux et chaleureux lorsqu'elle était seule. Elle avait de la farine sur les mains et faisait épaissir une soupe.

« Payé combien ?

– Mille.

– Bien. C'est bien, alors. Et elle est comment c'te motoneige, elle est bien ou elle est bizarre ?

– Je sais pas. Il faut que j'apprenne. Elle va plus vite que mes chiens !

– Beaucoup plus, c'est vrai. Mais ça va toujours être quelq'chose. » Elle servit la soupe. « Stevie, Lumpy, Treason, ils m'demandent toujours d'acheter des pièces quand j'vais quelq'part. Melt leur a appris ça. La pire, c'est elle », dit Janet. Elle confondait les pronoms masculins et féminins, qui n'existaient pas en inupiaq. « Trente-quatre dollars pour une nouvelle courroie. Cent pour des skis. S'ils voient un renard ou quelq'chose, ils s'en fichent. Leurs pièces coûtent plus que n'importe quel renard. J'sais pas comment ça s'fait. Parfois ils réfléchissent pas. » Janet avait le regard fixe et sérieux, celui d'Enuk. Elle alla jusqu'à la fenêtre et observa un chasseur à motoneige accélérer à travers la rivière. J'aimais bien passer du temps avec elle. Je me demandais si elle fouillait le passé, si, comme moi, elle retournait dans tous les sens les mêmes questions, s'interrogeait sur ce qu'Enuk avait bien pu devenir. Je voulus l'interroger, mais elle entendit ma cuillère contre le fond de mon bol de soupe et se tourna vers le poêle.

D'un coup de pied, Lumpy ouvrit la porte. Certaines parties de son visage avaient gelé. Il secoua ses gants pour les retirer.

« T'as fait quoi ? cria Janet. T'as *alappaa* ?

– Mes mains gèlent !

– *Aachikaaŋ* ! » Elle versa l'eau tiède de la bouilloire dans une bassine en aluminium. « Tiens ! »

Lumpy s'accroupit derrière le poêle et trempa ses grosses mains. Quelques instants après il les retira et se pencha en avant, crispé par l'agonie. Il plongeait ses mains, puis les retirait, encore et encore. De temps en temps un « Aaaaagh ! » tonitruant lui échappait, qui me rappelait étrangement le cri de douleur de l'ours brun que Jerry avait tué un jour.

D'un coup de pied, Stevie ouvrit la porte. Lui et Dawna déboulèrent. Dawna ôta son bonnet et secoua ses cheveux. « Salut, Cutuk ! » Elle sourit. « J'ai une carte de Saint-Valentin pour toi : Veux-tu briller, briller encore, là-haut dans les arbres du nord, et si je le désire très fort, être pour toujours mon trésor ? »

Je battis des paupières. Elle tenait dans la main un cœur violet et rose. Prise d'un embarras soudain, elle baissa la tête.

« T'as fait quoi, Lumpy ? »

Il s'essuya le nez sur l'épaule et ne répondit pas.

« Les mains d'elle », murmura Janet.

Lumpy se courba encore plus bas.

« Trop nul, c'qu'a fait Mr. Standle », grogna Stevie. Il approcha ses lunettes du poêle pour faire fondre le givre. « Ils ont encore mis mon nom sur les listes du sport. Maint'nant ils vont pas m'laisser jouer au basket le soir. J'devrais p't-être arrêter l'école. »

Dawna pinça les lèvres dans sa direction et mima un tir en suspension. Stevie lui bloqua l'épaule. Elle cria et tomba en arrière pour atterrir dans un tas de vêtements derrière Lumpy. Je détournai le regard. Tout le monde savait que j'étais incapable de jouer au basket. Et même les Anciens considéraient qu'être une star sur le terrain rattrapait n'importe quelle quantité de vols, de mauvais comportements et de séjours en prison. La carte de Saint-Valentin se froissa et glissa sous l'épaule de Dawna. Elle la fixa et tira dessus. Le papier se déchira. Elle le jeta rageusement, comme un dunk, dans le seau de restes pour les chiens, qu'elle frappa du pied.

« *Arii* ! cria Janet. Les enfants ! Cutuk, prend Stevie, allez chasser. Et faites attention. »

Je jetai un œil par la fenêtre ; être dehors me démangeait, loin de la confusion du village, du basket, des cartes de Saint-Valentin saccagées. Si seulement je pouvais demander à Dawna de venir avec moi. Nous pourrions aller jusqu'à une butte éloignée pour parler et regarder les pastels du soir colorer le ciel. Mais à Takunak, les hommes chassaient. Ils ne partaient pas seuls avec des femmes pour *parler*.

« T'as acheté la Cougar de Woody, alors ? demanda Stevie. Les freins marchent pas. Mais sinon, elle est bien. On y va, allez. »

Nous nous habillâmes, prîmes nos fusils et sortîmes. Il faisait froid, la neige tamisait le ciel clair. Stevie détachait le traîneau de Melt de sa motoneige lorsqu'en haut de la crête Tommy Feathers hurla : « L'PROGRAMME ! » avant de partir d'un pas lourd vers l'est, en direction de sa maison. Il avait un ventre respectable mais pas du tout de fesses, et l'un des plus grands mystères de Takunak était de savoir pourquoi son pantalon ne tombait pas.

Melt dévala la pente, dégingandé. « OUVREZ LA TÉLÉ ! OUVREZ LA TÉLÉ ! » Stevie lâcha la clé à molette. Il dégagea sa montre de la manche de son manteau – « L'PROGRAMME ! » – et bondit en haut des marches.

Je détachai mon bonnet en castor, observai avec mélancolie le soleil qui tombait vers l'ouest, et suivis Stevie. La liste des programmes de la télévision par satellite tournait en boucle pendant une demi-heure avant la première émission. Il y avait une seule chaîne, qui diffusait uniquement le soir. Mais tout le monde se ruait pour assister à la disparition de la neige bleutée sifflante et voir apparaître les mots sur l'écran. Cela faisait deux ans – depuis l'arrivée du projet de démonstration par satellite – que presque plus personne n'attelait les chiens, ne chassait ou ne ramenait du bois après dix-sept heures. Lumpy et Woody avaient même laissé filer une meute de onze loups qu'ils avaient traquée au-delà des montagnes Shield pour rentrer à pleins gaz, le visage couvert d'engelures noires bigarrées, et ne pas manquer le héros absolu de la nation inupiaq – *L'homme qui valait trois milliards.*

« Huit heures ! beugla Melt. *Chérie, fais-moi peur* ! » Son haleine sentait l'eau de Cologne. Il n'était pas sobre.

Dawna se tenait à mes côtés. « Mais non, pas *Chérie.*

– Toi, tu la fermes ! »

Je m'assis, en sueur sous ma parka. Je jetai un œil vers le seau des chiens. Ma toute première carte de Saint-Valentin y flottait toujours. Dans ma tête, j'entendais la musique rapide, lorsque Bo et Luke Duke se glissent stupidement par la fenêtre de leur voiture et que Daisy fait bruisser son stupéfiant short en jean. Tout le monde fixait la télévision. J'attrapai la carte dans le seau et essuyai la graisse de soupe de caribou. La face rose pailletée était sèche. Certaines des paillettes s'étaient effritées à l'endroit où elle s'était tordue. Elles brillaient sur la nourriture des chiens. Mon *qaatchiaq* était incliné dans un coin. Nulle part où dissimuler mes affaires, dans cette maison. *Faudra que je l'envoie à Iris pour qu'elle la garde.*

« Ça, c'est jeudi, dit Janet. Maint'nant ils vont dire c'qu'il y a c'soir.

– Problème technique ! »

Tout le monde soupira.

« Demain aussi, ajouta Stevie. *Adii*, trop nul, c'foutu satellite. »

Les larges yeux de Dawna observaient les lettres qui montaient sur l'écran. Ses doigts s'égarèrent sur le col abîmé de son sweat-shirt. Elle ne voyait pas l'écran ni, tout autour, les colliers en languettes de canettes fabriqués par Janet, les photos des cousins Washington en uniforme de la Garde nationale accrochées sur les murs. Ni la fenêtre cerclée de glace. Ni le village, dehors, avec les cuisses de caribou éparpillées, les portants à poissons et les sacs-poubelle dispersés par le vent. Elle s'imaginait ailleurs, là où personne ne connaîtrait la puanteur des peaux non grattées et la terreur de Melt. Je le savais ; moi aussi, je m'évadais. Je me dirigeais à quarante kilomètres à l'est. Mais elle, elle partait beaucoup plus loin, et elle était plus courageuse, car cet endroit où elle allait, elle ne le connaissait pas.

« Tu veux venir chasser avec nous ? » lui murmurai-je.

Elle secoua la tête, sans décoller les yeux. Je remis mon bonnet, gêné de lui avoir proposé. Stevie et moi sortîmes. Les charnières de la porte étaient détendues et ne fermaient plus. Nous raclâmes la glace avec mon couteau, rapidement, avant que Melt ne se mette à brailler contre le tirage.

Stevie laissa échapper un sourire malicieux et donna un coup de pied dans le ski de ma motoneige. Il portait des bottes Sorel soignées ; moi, des *mukluks*. « Enfin un Hawcly avec une motoneige. Les gars disaient qu't'en aurais jamais. Mais moi, j'savais bien qu'si. »

Ses mots tirèrent sur un fil décousu de ma mémoire et démêlèrent les années, Jerry, Iris et moi penchés près du poêle des Wolfglove, les regards à la dérobée que je lançais à Dawna, Stevie qui m'entraînait dehors pour dévoiler la nouvelle motoneige de Melt à la lueur de la lune, la fissure dentelée le long du pare-chocs, le reflet de l'éclat de fibre de verre dans mon pouce. *Mon frère de sang !* Mais les images semblaient un éclair tout droit sorti du téléfilm de la vie d'un inconnu, pas de la mienne.

Le soleil rouge de février se couchait derrière Stevie et moi lorsque nous montâmes un escarpement à l'ouest du Jesus Creek et croisâmes des traces de loups. Je m'étais inconsciemment orienté vers la maison – peut-être dans l'idée d'y dissimuler la carte pliée dans ma poche – et je voyais désormais à l'horizon le Lac-au-Nord et la fine berge entre le lac et la rivière où notre igloo était accroupi dans la neige. Comment pouvions-nous déjà être là ? Par rapport à notre igloo, Takunak s'était toujours trouvé à l'autre bout de la galaxie. Conduire une motoneige, c'était être pareil à Dieu. Je roulais dans une bulle de son qui nourrissait mes pensées jusqu'à ce qu'elles grandissent et divaguent monumentalement, cherchent la bagarre et bondissent au-dessus des rivières. Le territoire était plus petit, comme si je pouvais toucher les montagnes. La vallée de Kuguruk devait sembler bien insignifiante aux chasseurs de loisir, qui scrutaient le sol depuis leurs avions.

Au-dessus de Takunak nous avions conduit à côté des méandres des traces de chiens d'Abe, emprunté des raccourcis à cinquante kilomètres à l'heure à travers des coudes de la rivière, grimpé sur des berges pleines de saules et des étendues de toundra. Des orignaux fuyaient au galop à notre passage. Des brindilles de bouleau brûlaient sous le capot du moteur. J'inhalais la fumée douce. À motoneige, le monde était un nouvel endroit. Je l'adorais. Abe l'aurait détesté.

Stevie éteignit la Polaris de Melt. Il jeta un œil à la jauge d'essence puis plus bas, vers les traces de loups. Il les toucha du bout de sa lourde botte. « Des carcajous ? » Il fit fondre les plaques de givre grises sur ses joues. Demain, la peau serait noire, pas rougeaude comme la mienne.

« Ça pourrait être des loups. » Quatre orteils bien distincts, une empreinte figée dans un trot net. Le loup courut dans ma tête, éclair argenté. Je couchai mon fusil sur la selle et effleurait la neige dans l'empreinte. Poudreuse. « Elles sont fraîches ? »

Stevie haussa les épaules. Il essuya le givre de ses lunettes embuées.

Pendant des années j'avais écouté les histoires des hommes qui traquaient les carcajous, les loups et les autres animaux avec leurs motoneiges et leurs avions. Les gens du village à motoneige méprisaient les riches hommes blancs qui volaient dans le ciel avec leurs avions à ski. Pour moi, tous ces moyens trop rapides étaient néfastes ; quant à Abe, il les haïssait. Mais désormais l'image se parait de couleurs nouvelles et je mourais d'envie de rugir vers le nord et de brûler la piste.

Stevie essuya de nouveau la buée de ses lunettes. « Les gars d'Uktu vont v'nir ce soir. » Il scruta les verres et les astiqua. « Jouer au basket. Faire la fête au village. Ou p't-être bien à Uktu. » Il laissa échapper un rictus. Stevie ne brillait pas au basket, mais il parvenait toujours à dénicher une bouteille ou un seau de bière maison pour que la soirée ne s'arrête pas.

« Ils vont faire toute la route, tirer des paniers, puis refaire bien soixante kilomètres dans l'autre sens pour faire la fête ? Ce soir ?

– P't-être bien. J'sais pas. Y a des filles pas mal à Uktu. Mieux qu'à Takunak. » Son rictus se fit séducteur. Il balaya la toundra des yeux et cracha entre ses dents. « Quand y a des bouteilles, ça s'amuse toujours bien. On dirait qu'c'est la seule manière pour qu'les gens s'amusent. Un jour, j'aurai un magasin, comme celui d'Newt. L'seul truc que j'vendrai, c'est à boire, pour qu'les gens s'amusent. » Il ricana. « Mais pas à des types comme Melt et les autres qui savent pas boire. »

Stevie n'aimait pas se battre. Il se cachait dans les toilettes extérieures et lisait des comics lorsque Lumpy tuait des chiots et que Melt frappait. Il faisait le tour de sa machine désormais, puis sauta sur le pare-chocs et recula de quelque pas dans la neige. Il sourit malicieusement vers le sol. « P't-être qu'tu m'aideras à ouvrir la boutique, comme Abe a fait avec Newt.

– Quoi ?

– Bah quoi ?

– De quoi tu parles ?

– Maman dit qu'Abe a donné d'l'argent à Newt. Qu'il l'a aidé à faire plusieurs commandes au début. Tu savais pas ?

– Comment c'est possible ? Abe a jamais eu beaucoup d'argent. »

Stevie haussa les épaules et me poussa. « Eh bah, p't-être qu'il en avait et qu'il a tout claqué avant qu'tu débarques. »

Il s'esclaffa, puis fixa les traces de loups et cracha de nouveau. « Vas-y. Continue.

– Je croyais... » Je revis Newt serrer la main d'Abe. Mais ce n'était pas possible. Les Blancs n'avaient même pas le droit d'acheter à crédit au Native Cache, contrairement aux gens normaux. J'observai les traces en feignant un intérêt plus grand qu'il n'était. Treason aurait dû venir. Il avait vingt-deux ans, ne disait pas grand-chose mais s'était déjà forgé une réputation de chasseur. Les gens du village parlaient de lui avec admiration, *Rien n'l'arrête, même pas l'mauvais temps*. J'en savais plus que Treason sur les empreintes, la graisse dorsale et le contenu de l'estomac des animaux ; j'aurais aimé pouvoir apprendre à avoir autant envie de tuer.

« Ouais, je vais continuer, un peu plus loin. »

Stevie se pencha en avant et scruta sa jauge d'essence. « Plus beaucoup d'essence.

– T'as pas un plastique ? Je peux te verser un peu de la mienne. Assez pour aller jusqu'aux montagnes et rentrer. Pas besoin de me rembourser. » Newt me traversa l'esprit. Peut-être que c'était cela qu'Abe lui avait dit. *Pas besoin de me rembourser*. C'était agréable, d'être généreux. Et Abe faisait ce qu'il trouvait agréable.

« Nan. » Stevie tira sur sa manche pour jeter un œil à sa montre. « En plus, y va bientôt faire nuit. Vas-y, j'fais d'mi-tour. » Il pivota et s'éloigna dans un rugissement, avant de revenir en arrière et de ralentir. « Sûr qu'tu vas pas t'perdre ? » J'acquiesçai, étonné de cette marque d'affection pas du coin. « D'accord, alors. On s'voit si tu rentres *maatnugun*. »

Il disparut au loin sur la piste.

Si voulait dire *quand* en anglais du village. Mais dans la fraîcheur du crépuscule tombant, j'avais bien conscience que ce *si* était un concept né de la faim et du froid qui emportaient les chasseurs. J'écoutais sa motoneige jusqu'à ce que son bourdonnement se mêle à ceux de mon esprit. Dawna irait à la fête.

Je pris la direction du nord. Mon moteur sembla émettre des cliquetis et des bruits aigus, nouveaux et incertains. Le soir peignait le ciel austral de vert, d'or et d'orangé. Assis et agrippé à l'engin d'acier, mes mains, mes pieds et mon visage givraient sans cesse et je devais m'arrêter pour les dégeler. Les traces de loups zigzaguaient vers les montagnes. Je labourais sous les saules d'une crique enfouie, pulvérisant des broussailles fracassées sous les skis. Des orignaux s'écartaient en pataugeant. Les empreintes de loups basculèrent vers l'ouest, à travers quelques kilomètres de toundra dégagée, suivirent un bourbier puis, de nouveau, la toundra plate. Pourtant, elles n'avaient toujours pas l'air fraîches. Les lagopèdes qui dormaient malicieusement sous la neige levaient la tête à mon passage, alarmés. Les étoiles scintillaient sur le bleu profond du ciel du nord. Je me sentis bête de ne pas avoir fait demi-tour, mais ce soir-là, je ne voulais plus jamais retourner à Takunak.

La machine s'enlisa en bas d'une crique, les chenilles pulvérisèrent la neige et creusèrent une tranchée. La courroie fuma. Je descendis du siège, enfoncé jusqu'à la taille. Sous la couche supérieure la neige datait du printemps, aussi granuleuse et meuble que du sel gemme. Comment avais-je pu oublier de prendre des raquettes ! L'épais silence du crépuscule résonnait dans mes oreilles. Je réalisai soudain mon incompétence sur une motoneige. Je n'avais pas d'outils, pas de pièces de rechange, pas même une corde.

Je tapotai la neige. Était-ce celle-ci, la crique où j'avais trouvé des traces de chien gelées et la marque de chaîne ? Les traces qui auraient pu conduire à Enuk ? Avec ce genre de véhicule rapide, je n'arrivais pas à me repérer. Ce devait être ici, ou bien quelques coudes plus haut sur la rivière. La crique avait des gouffres, des creux, de l'eau libre. Je fis des allers-retours en battant des pieds pour écraser la neige devant les skis, brisai des saules pour les fourrer sous les chenilles en espérant que la glace ne cède pas. Sous la neige, l'eau bouillonnait.

La motoneige bondit dès le premier essai. Je remontai vite la berge et me dirigeai vers le sud, haletant, comme si le chronomètre mesurant ma chance s'approchait de zéro. Je scrutai les bosquets en quête d'une manche de chemise d'Enuk enroulée à un saule. D'une conserve de confiture. Ou d'une encoche contre un arbre. Sur un lac remua une ombre grise. Et puis, dans la lumière déclinante, elle se détourna et se mit à courir comme seul un loup peut le faire. L'Arctic Cat tremblait sous mes pieds, bondissait au-dessus des congères, déchirait la neige. Je ne me doutais pas du tout qu'une machine était capable de telles choses. L'animal louvoyait d'avant en arrière, se précipitait vers les arbres. Les phares du véhicule éclairaient la neige broyée projetée par ses pattes. En moins d'une minute, je fus à ses côtés. Il haletait, la bouche béante, et sa tête battait de haut en bas dans un effort suprême.

Je ne m'étais pas trouvé si près d'un loup depuis mes dix ans.

Le petit garçon stupide avait disparu. Je savais ce que faisaient les hommes, et comment. Je lâchai l'accélérateur et, toujours en avançant, je retirai mes moufles, visai, tirai. Mes mains tremblaient. Je tirai encore. Il poursuivit sa course, indemne. À mains nues j'attrapai le guidon. Il avait presque atteint les bosquets. De nouveau, j'étais à côté de lui. Cette fois je visai le derrière, la seule partie que j'étais capable de viser, et tirai. Le loup dégringola, roula. Il se redressa et gronda derrière lui.

Puis il se cambra dans les airs, tournoya derrière une congère en propulsant du sang et de la neige. Mon estomac s'arracha ; il reconnaissait ce moment, celui du premier choc de la mort, lorsque soudain l'animal blessé se contorsionne, une créature au regard terrifié déjà, sans plus de parents sur terre et aucun retour possible vers la perfection. Je tirai dans la mêlée grise. Il chuta. Son museau s'affaissa dans la neige. Le loup scruta tout au fond de moi. Doucement ses yeux s'éteignirent. Toujours ouverts. Je m'approchai. Dans ma main, le fusil brûlant pendait. Mes cils gelèrent les uns contre les autres. « Et merde, dis-je tout bas. Merde. Plus jamais ça. Pas de chance que ce soit tombé sur toi. »

Le loup était ficelé au travers du capot de ma motoneige, une fanfaronnade pure et continue qui se passait de mots. Je fis le tour du village, enivré par ma chance, le chagrin d'avoir tué adouci par la chaleureuse pluie de l'admiration. Je m'arrêtais sans cesse près des gens qui déambulaient et leur demandais : « Vous avez vu Charley-L'Marcheur ? »

Treason s'assit derrière moi sur la selle. Il était grand, avec de larges épaules – quatre-vingt-dix kilos – et j'étais ravi de cet amortisseur de luxe. Il portait un cache-oreilles sur lequel était cousu *Takunak*, ses cheveux étaient courts, aplatis au-dessus. Dawna les lui avait coupés avec une tondeuse électrique. Ils étaient une teinte plus brune que les cheveux noirs de tous les autres. Les filles craquaient pour son sourire qui s'effaçait nonchalamment, comme s'il se moquait de ce qu'il pouvait bien y avoir plus loin sur la piste. Peut-être avait-il appris cela à la télévision, ou bien lorsqu'il avait vu disparaître son père, sa mère, puis beaucoup d'autres.

« La télé marche pas, me dit-il. Le satellite est foutu, *guuq*. Charley a du rhum. Il le vend aux gars d'Crotch Spit. » Son briquet cliqueta, un jouet sous son gros pouce. « C'est c'que j'ai entendu, en tous cas. » Il me passa un joint. Je conduisis à une main, le pinçai, aspirai une bouffée. Je n'avais fumé que deux fois, et j'avais l'impression que ma maladresse sautait aux yeux.

L'odeur du cannabis se mêla à celle du sang de loup qui coulait sur mon silencieux et se calcinait. Je plissai les yeux pour essayer d'avoir l'air assuré. La fumée déguerpit hors de ma bouche. La fumée – voilà bien une chose qu'Abe ne nous avait pas appris à économiser.

« Tu penses qu'il échangerait une bouteille contre un loup ? »

Le rhum se vendait trois-cents dollars la bouteille. Une peau de loup en valait cinq-cents. Mais c'était pour les vieilles femmes. Plus loin, une silhouette apparut sur la piste.

« Tiens, v'là ton prof, Mr. Stand-à-elle, dit Treason. Et l'musher *naluaġmiu*. Cache le joint. » Je le glissai dans mon gant et arrêtai la machine à côté de mon instituteur.

« Cutuk ! Comment va le meilleur élève de tout le nord du cercle arctique ? Ma femme avait entendu dire que tu avais acheté cette motoneige. » Tom Standle me toucha légèrement l'épaule. Il avait des yeux marron foncé écartés, les cheveux roux, il était maigre et mesurait plus d'un mètre quatre-vingts ; lorsqu'il s'asseyait sur une motoneige, on aurait dit des branchages tordus. Il n'était pas comme les instituteurs habituels, qui essayaient de chasser les plus gros animaux pour les ramener chez eux aux États-Unis et les faire grogner, accrochés à leurs murs.

« Un loup ! T'viens d'l'avoir ? »

Il essaye de parler l'anglais du village ? Après toutes ces histoires de phrases prépositionnelles et de modificateurs à la noix ? J'acquiesçai ; je ne faisais pas confiance à ma voix. Son visage n'arrêtait pas de se figer devant mes yeux, trop proche, et plus loin. Et puis, le visage d'Abe. Un seul mot aurait suffi pour qu'il voie que j'étais défoncé. Les hommes blancs étaient maintenant en train d'examiner le loup d'un peu trop près. Ils devaient sentir le sang grésiller. Et se dire que j'étais cruel, à vrombir à tout va avec un loup abattu ficelé en travers de ma motoneige comme Jésus ligoté sur ses poteaux.

« … un loup gris. » Le musher, Ted Brown, déblatérait. « Des comme ça j'aurais pu en avoir cinq la semaine dernière, si j'avais voulu. »

Je détournai le regard, gêné par ses vantardises – tabou pour un chasseur. Il avait des yeux globuleux et portait des imitations de *mukluks* en toile noire, attachées au genou par-dessus un pantalon en laine, ainsi qu'un bonnet tricoté, avec de longs cache-oreilles – un équipement bien chaud, mais typique de l'Extérieur. Ses mains étaient lisses et puissantes. Au magasin, Newt avait dit qu'il ramassait de l'ivoire, participait à des courses de chiens – une nouveauté au village – et qu'il avait promis à Nippy Skuq Jr. de lui apprendre à tamiser l'or et à utiliser une boîte à écluse l'été prochain. Newt avait ajouté que cet homme blanc avait trente chiens et autant d'armes. Personne ne parvenait vraiment à concevoir un tel excès. « À quoi ça lui sert, ses trente armes ? » Melt cracha dans la réserve de bois de Newt. Ce dernier sourit doucement. « Ça lui sert à avoir quelqu'chose à raconter. » Tommy hocha la tête et cracha. Newt fixa les bûches. Plus tard, il allait devoir s'occuper de toute cette bave. Tommy tripota pensivement les poils noirs sous ses lèvres. « Il vient de l'est du centre, *guuq*. Du Wisconsin. Sa femme a pas beaucoup d'cheveux. Il lui braille toujours après, comme à un chien. »

Que pouvaient-ils bien raconter à propos de ma mère ?

Treason se leva. « Loup argenté. C'est un bon.

– Ah ouais ? Comment tu r'connais les bonnes fourrures ? Les longs poils noirs ? » Le ton de l'homme changea brutalement et se transforma en une tentative exagérée de parler l'anglais du village, pénible et répandue parmi ceux de l'Extérieur. Il inclina la tête. Ses yeux noisette étaient bien trop heureux de parler à Treason. *Un adorateur d'autochtones !* J'eus soudain envie de voir Treason mettre un coup de poing dans ce visage blanc. Une petite voix répondit, *Ton visage est de la même couleur ! Et puis, t'es méchant – toi aussi, tu changes ta façon de parler*. Je déglutis ; j'aurais voulu qu'il y ait un autre endroit où aller dans ces centaines de kilomètres de nuit. J'aurais voulu être un héros, comme John Wayne dans les westerns, enfourcher mon cheval et m'en aller avec fracas fouiller les lits des ruisseaux à la recherche d'Enuk. Mais c'était stupide. Le territoire était sombre, glacé, enfoui dans la neige et aussi grand que la lune. Un cheval serait englouti. Je devrais le manger, réchauffer mes mains au creux de son cœur, et rentrer ici à pied.

Mr. Standle ne remarqua pas mon silence. Avec un peu de chance, il ne se lancerait pas dans ses grands discours sur les Belles Opportunités. *Tous mes élèves ne restent qu'un semestre à l'université, ensuite ils décrochent. Ils reviennent tous ici. Aucun n'y arrive.* Qu'est-ce que ça voulait dire, « y arriver » ? Les Blancs parlaient de Takunak comme si ce n'était qu'un spot où camper avant d'aller à l'université et rejoindre le monde vaste et clinquant.

Dawna et Dollie Feathers apparurent sous le bassin miroitant de la lumière des lampadaires. Elles portaient des jeans passés et des manteaux en nylon bouffants. Dawna mâchait du chewing-gum. « Eh bah ! T'as eu d'la chance, Ch'veux-Jaunes ? » Sa voix était rauque et éraillée. L'admiration dans ses yeux rebondit au creux de ma poitrine. Je me demandai quelle partie des villes Dawna avait bien pu oublier pour être émerveillée par un chasseur.

« Vous autres allez à la fête ? » interrogea Dollie.

La jambe de Treason vola par-dessus le siège. Il leva les sourcils. « On s'voit au gymnase, Cut. » Il s'éloigna ; toutes ces paroles l'avaient ennuyé. Dawna me décocha un sourire et se dépêcha de le suivre. En quelques secondes ils paraissaient déjà bien loin, et tout près l'un de l'autre. Le vent se levait. La neige fumante serpentait le long des congères durcies.

« À bientôt, Mr. Standle. Faut que j'y aille. »

Il hocha la tête. Je voulus lui faire un signe de la main mais Dollie gloussait et s'agrippait à mon bras. Elle grimpa sur la selle. Jamais auparavant elle ne m'avait touché.

Était-ce l'effet du loup, ou du cannabis ? Son visage frisela sous ce rire qui la quittait rarement. Peut-être n'avait-elle pas le choix ; c'était la sœur de Timmy, l'infirme du village, la cible des cailloux. Les engelures du jour faisaient palpiter mon visage et mes doigts. J'espérais ne pas être rouge sous les lampadaires. Ni orange. J'aplatis mon nez.

« Allez, Cutuk ! » Elle gloussa. Je reconnus l'odeur du parfum de Dawna dans ses cheveux. « On va chercher Charley, ensuite on suit Treason et on fait la fête. »

La fête ? Ils voulaient seulement me railler, comme ils l'avaient fait leur vie entière. Me passer à tabac derrière le gymnase. Tout ce que Dollie cherchait, c'étaient sûrement les rires et l'effervescence. Elle n'avait jamais passé une minute seule sur le territoire. Elle s'en moquait de savoir quel effet cela faisait de trouver des traces, de les suivre, de voir apparaître l'animal dans l'immensité vide et glaciale, celui qui laissait ces traces. Et puis de se précipiter sur la piste de cette vie jusqu'à la toute dernière trace, tuer, et ne laisser au-devant que la neige lisse, là où il y aurait pu avoir des millions d'autres empreintes, sans ton intervention.

Je démarrai le moteur. « D'accord. Allons chercher Charley. » Prêt à tout pour m'accrocher à la prise glissante de l'amitié. Et effacer la course du loup devant moi, les regards fugaces qu'il lançait derrière lui.

Nous partîmes en vrombissant vers un endroit que je détestais, le centre physique et culturel de ce nouvel ordre du village – le gymnase.

La vieille cabane en bois de Newt était plongée dans la pénombre lorsque nous nous faufilâmes à travers la porte dégondée. Sous la fenêtre brisée une congère brillait, luminescente comme un chien blanc endormi. Des flashs défilaient devant mes yeux, restes des brûlures des stroboscopes de la fête. Je titubai et me rattrapai à Dollie.

« Ça va ? » bafouilla Treason. Nous nous esclaffâmes.

Dehors dans les bourrasques, les motoneiges passaient en rugissant ; les hommes saouls sur leur machine nous cherchaient pour nous acheter ou nous soutirer la marijuana que nous avions déjà fumée. Ils m'avaient coincé dans la lumière électrique froide et orange au dehors du gymnase. Peut-être étais-je celui qui avait l'air le plus défoncé. J'étais mal à l'aise – je perdais l'équilibre, mes mains n'étaient pas assurées et mes yeux papillonnaient – sous les regards fixes, les coups d'œil à la dérobée et les blagues. Je revoyais des bribes sidérées de mon passé. Les gens d'ici auraient tabassé leur *aana*, réduit un frère en bouillie, juste pour ne pas être la seule personne sobre du village quand tout le monde ou presque était excité, défoncé ou bourré. « Vends un joint, foutue face de craie ! » Nippy Jr. avait fait tournoyer son nunchaku jusque sur mon visage. « On sait qu't'en as. » Hier, il m'avait demandé de l'aide pour remplir une commande Big Ray. Son frère, Elvis, et deux autres gars, se tenaient derrière lui adossés au gymnase. Je leur échangeais ce qu'il restait du joint de Treason contre une bougie d'allumage B9ES et un coup d'épaule.

Dans la cabane, Dollie chuchota : « J'espère qu'ils vont pas s'arrêter là. »

Treason nous montra le contour étincelant de son couteau. « Qu'ils essayent ! » Le sang avait séché sur ses mains – sur les miennes aussi – lorsque nous avions dépecé le loup. Nous étions bons, et rapides. J'étais le meilleur, mais bien trop chargé pour réaliser que le lendemain matin

Janet et tous les autres seraient au courant que je l'avais échangé contre du rhum. Je passai un doigt le long d'une coupure sur une de mes phalanges. J'avais dépecé la bouche et m'étais blessé avec la lame. *La rage !* me sauta à l'esprit tandis que la salive se mêlait à mon sang. Je m'étais essuyé sur mon jean et j'avais haussé les épaules. S'inquiéter d'un virus, à Takunak, c'était vraiment pas cool.

J'entendis le couinement du bouchon de ma bouteille de Bacardi et le léger ballottement de ce qu'il restait au fond lorsqu'elle passa de main en main. Je fis semblant de boire. L'odeur me souleva la gorge. Treason s'englua longtemps dans le 151 brûlant. Il se pencha en avant et tomba en riant, nous entraînant tous avec lui, désormais affalés sur le sol. La bouteille roula et s'éloigna vainement sur les planches inégales. Dans le noir, Dawna et Dollie gloussaient. La jalousie crispa mon visage. Treason marmonna. « C'pas vrai, où elle… » Il chancela derrière la cloison avec Dawna.

Le vent soufflait en rafales et la neige s'infiltrait à l'intérieur. Je me levai, la tête qui tourne, et attrapai au fond de mon manteau le briquet de Treason qui avait atterri dans ma poche. Mes yeux s'enchaînèrent à l'étincelle, des éclats bleutés et orangés fusillaient l'obscurité. Quelque part, dans cette cabane, des années auparavant, New avait tiré dans sa propre main.

Dollie m'effleura. Tout à coup elle fut dans mes bras. Je levai la main pour toucher son visage. Sentir le shampoing dans ses cheveux, la douceur de sa gorge et de son visage. *Dawna ?* Ses lèvres trouvèrent les miennes. Mon corps se dilua dans l'attente, oublia la cabane, moi, le dernier cours d'anglais du lycée, Takunak balayée par le vent. Désormais je me trouvais dans la chaleur, quelque part au-delà du socle de la réalité. Sur le sol, nous basculâmes de côté. Nos mains se débattirent avec les fermetures et les attaches. Elle me tira vers le bas, et maladroitement nous fûmes ensemble, séparés de nouveau, et ensemble enfin.

Alors c'est ça. C'est ça, *l'universalité.* Mes épaules s'agitèrent, soulagées de faire enfin partie du clan des gens qui font l'amour, mais avec le regret de ne pas avoir d'abord appris à embrasser ou à tenir la main. Sous ses vêtements sa peau était aussi lisse que du plastique, et chaude, ses bras puissants et sa langue sucrée. Jamais je n'avais été tenu comme cela, jamais je ne m'étais senti entouré par quelqu'un d'autre. Tout en naviguant dans le tournoiement des stroboscopes, je m'interrogeai ; était-ce Dawna qui se serrait contre moi ? Ces planches qui enfonçaient des échardes dans mes épaules et mes avant-bras, étaient-ce celles que le sang de Newt avait imbibées ? Et y avait-il ici une dette, à laquelle j'étais lié ? Peu importe. J'avais voulu tenir la main de Dawna et l'embrasser. Je voulais avoir une petite amie et de l'amour. Je voulais une petite amie, être Eskimo, et que l'on m'aime, mais rien de tout ça ne se trouvait sur les planches de la vieille cabane de Newt. Rien de tout ça.

DIX

Jour après jour les caribous défilent sur la glace du ruisseau. Des milliers se suivent en collier de cinq ou dix ou cent, s'arrêtent, anxieux, et surveillent le vent, avancent vers le nord toujours. Le martèlement méthodique de leurs sabots se joint aux sons du canyon, les galets qui tombent et l'eau qui goutte. Les odeurs du printemps, roche chaude et écorce d'épicéa, eau fondue, poils, défections et souffle de caribous, sont affûtées après le silence aromatique de l'hiver. Le soleil nocturne s'étire longtemps sur le flanc de la montagne.

Dans la fraîcheur du soir, un animal moins comestible remonte le ruisseau. L'odeur de ce carnivore est criante de danger. Là-haut au sommet de la falaise du canyon, une louve observe. Elle se penche et recule dans sa tanière. Haut dans les rochers elle est dissimulée, les yeux dans l'ombre.

Tout en bas un homme s'agite le long de la glace. Il sent la fumée et les chiens, l'huile de phoque, le saumon, et lui-même. Il se déplace sans machine, peu fréquent pour un homme. Il ne porte pas d'armes. La louve ne perçoit pas la chasse dans ses mouvements. Rassurée elle s'avance dans sa tanière, observe en contrebas. Sur la glace l'homme s'arrête.

Lui aussi a l'air de sentir sa présence – sa posture le prouve. Son regard se balance, sonde les rochers. Près de la patte de la louve un petit éclat glisse, un galet s'échappe et rebondit. Une bouffée de neige dévale en cascade.

L'homme sursaute. Ses yeux se lèvent. Pour la première fois de sa vie le regard de la louve se referme sur celui d'un humain. Elle reste immobile, comme seul un prédateur en est capable, sa vie entière concentrée dans ses yeux fixes et puissants. L'homme recule. Un instant de frayeur resserre l'air entre eux, puis il se presse de descendre la glace vert pâle du ruisseau.

La louve va et vient sur la saillie rocheuse, elle gémit, hume l'air en quête de son partenaire, parti chasser il y a des heures ou, désormais, se faire chasser peut-être.

ONZE

En l'espace d'une heure la tranche de lueur de lune s'estompa sur le sol et grimpa le long des pieds du lit d'Abe. L'astre blanc paraissait glisser sur des rails célestes dessinés avec une intention infinie, et juste avant qu'elle ne s'effile tout à fait elle atteignit la paupière d'Abe. Il se réveilla en sursaut. Sur le lit de Jerry je plissai les yeux, laissai échapper une longue expiration et, sans bien savoir pourquoi, fis semblant de dormir.

Abe tailla des rabotages de bois et fourra des branches dans le poêle qui craqua et revint à la vie. Il était nu, l'allumette pincée entre ses doigts, et faisait bruisser les étagères à la recherche du café de camping, essayant d'éviter un froid voyage matinal au magasin pour acheter une conserve d'Hills Bros. Il grogna, satisfait. L'allumette s'embrasa. Le tirage du poêle fit danser des ombres orangées sur les murs.

Je grommelai.

« *Alappaa.* Fait froid de nouveau », dit Abe gaiement.

Je me levai et me postai près de la nouvelle fenêtre en verre qu'Iris avait envoyée. L'air froid jouait sur mes cuisses. Dehors le territoire étincelait sous les millions d'ailes de papillons du givre. « Moins trente-deux ? Putain ! » Abe n'aimait pas les jurons. Mais j'avais vingt-et-un ans désormais, et j'étais empli de ce besoin exaspérant de prouver quelque chose. « Bon, je prendrai pas ma motoneige aujourd'hui. Au moins, avec les chiens, on n'a pas de problème de pièces en plastique qui se cassent. »

Abe tapota la viande dans la poêle grésillante. Il se gratta la barbe. « Ça va se réchauffer avec l'arrivée du soleil. Je me disais que peut-être on pourrait aller camper dans quelques semaines. Retour dans les Dog Die. Lorsque tu auras fini de trapper.

– J'essaye d'avoir encore un lynx. »

Je m'assis sur le canapé. Il avait retrouvé sa douceur et sa profondeur grâce à un nouveau cuir d'ours brun que j'avais tanné avec du levain. J'allumai une bougie et ouvris le livre de mécanique à l'endroit où se trouvait mon marque-page en queue de belette – « Théorie de la Combustion » – là où je l'avais étudié le soir précédent. La queue de belette était sèche, la fourrure noire à une extrémité, le reste blanc immaculé. Les tout derniers poils étaient jaunes à l'endroit où ils avaient autrefois été en contact avec l'urine de l'hermine. J'étais en retard pour rendre le livre. Il devait être renvoyé à Fairbanks avec le reste de la boîte bibliothèque mensuelle. J'aurais aimé avoir une voiture pour bricoler. J'avais démonté ma motoneige pour comprendre le fonctionnement de la vanne à pointeau, du magnéto et des axes de piston.

Abe scrutait une raquette en bouleau à demi terminée sur son établi. « Les lynx vont bientôt perdre leur fourrure, hein ? Les oies arrivent. On n'a pas besoin de plus de viande. » Dans la cuisine sa poêle se mit à fumer. Il regardait sa fabrication d'un œil critique. La raquette était légère, le bois blanc perlé, avec une *babiche* de caribou grise dont les mailles se resserraient en séchant. D'une manière ou d'une autre, Abe était parvenu à mémoriser le motif complexe du tissage.

« Il y a plein de lynx, répondis-je. Ils se vendent cher. Ça va, si j'en attrape un qui perd sa fourrure, je le relâcherai.

– Hmm.

– D'accord, je retirerai les pièges modèle quatre. »

Abe se dirigea en vitesse vers sa poêle crachotante, en fixa le contenu et retourna les steaks. « Si t'arrêtais d'aller au village pour acheter du plastique, tu serais surpris de voir que tu n'as presque pas besoin d'argent. Je pense…

– Tout le monde sait ce que tu penses, mais, à part peut-être Franklin, personne ne comprend pourquoi. »

J'entortillai mes jambes dans le jean raide. Va faire un long tour en raquette, me dis-je, ou creuse un nouveau trou d'eau. Encore quatre semaines et Iris serait de retour. Abe et moi nous entendrions bien de nouveau. Tout ce qu'il nous fallait, c'était nous sentir en famille. Nous n'avions pas vu Iris depuis le printemps dernier. S'ils l'embauchaient pour venir enseigner à Takunak, je pourrais sauter sur ma motoneige ou atteler les chiens et aller habiter avec elle. Ou marcher jusqu'au village à l'automne. Faire du *qayaq* en été. Peut-être qu'elle pourrait m'apprendre à danser. J'avais pris la bonne décision – rester ici, sans céder aux rumeurs et aux intrigues de la ville.

Si seulement Dawna pouvait revenir, elle aussi. La carte de Saint-Valentin abîmée avait cessé d'éveiller des sentiments ; désormais je l'utilisais comme appât à lynx. Les lynx étaient des créatures curieuses, et, lorsqu'elle pendillait au bout d'un fil, scintillait, tourbillonnait, impossible pour eux de résister à la carte de Dawna. Le petit mot en braille, à l'envers, sur la graine de magazine – celui de mes douze ans, avant que les Wolfglove ne déménagent de leur cabane – je l'avais enveloppé dans un sac en plastique et l'avais enterré sous la mousse et les buissons de myrtilles derrière la maison. J'avais creusé pendant des années sans jamais parvenir à retrouver l'endroit. Sa disparition était de mauvais augure. Tous mes souvenirs de Dawna étaient usés, et ils n'étaient plus douloureux sous les côtes.

Abe s'éclaircit la gorge. « Ah, désolé si j'ai radoté.

– Hein ? »

Je ne pouvais me rappeler avoir déjà entendu Abe dire qu'il était désolé. Il n'aimait pas le mot. Je levai les yeux. Au cours des dernières années, du gris s'était mêlé à ses cheveux ; les lignes sur son visage s'étaient creusées, comme des tranchées. Son cou épais était toujours rouge, mais la peau plus rugueuse et les lignes enchevêtrées les unes aux autres. Deux décennies ici, et pas seulement – le départ de sa femme et de deux de ses enfants, le troisième qui arpentait les collines comme un ours brun rempli d'épines de porcs-épics. Abe ne s'était pas plaint. Ses yeux pétillaient toujours. Il trouvait des nouvelles choses où passer ses doigts, à peindre, qui le faisaient rire.

Je m'assis sur une souche et détachai les harnais des chiens qui avaient besoin de réparations. Il fallait souvent les recoudre. Lorsque les chiens étaient excités et impatients de quitter l'enclos, ils mâchouillaient les lignes de trait, de cou, les harnais. Nous enserrions les gueules des nouveaux chiots avec des cordes si nous les attrapions en train de croquer les lignes, et la plupart se souvenaient de cette terrible et déchirante leçon. Les harnais étaient graisseux. L'un d'entre eux était industriel, les autres tissés avec du coton jaune et du nylon rouge. Mes mains sentaient la sueur des anus des chiens. Ma gorge semblait à vif.

« Abe, parfois je me dis que tu es comme ce type, Thoreau, à vivre une sorte de rêve de retour à la nature. Pas moi. Je suis une espèce à moi tout seul. Pour moi, la vie pure, c'est ça, et souvent j'ai l'impression de devoir ouvrir la piste. »

Abe agrippa la poêle et s'arrêta. Il regarda sa main pendant une seconde, puis se dépêcha de poser la poêle sur la table. Je me lavais avec l'eau chaude et savonneuse de la bassine, jetai l'eau marron dans le seau à ordures. Abe inclina vers le poêle la tête d'une hache pour trancher la nourriture des chiens, et fit brûler le bout de la poignée cassée. La lame était entaillée d'avoir découpé les os pour que les chiens puissent atteindre le cerveau et la *patiq*.

Nous mangeâmes la viande en silence. Abe croqua la graisse sur le dos de son pouce. Il s'assit sur la boîte en bois, retira sa chaussette et chercha une écharde qui lui perçait la cheville. Le talon avait été reprisé avec de la laine bleu marine décousue des manches de son vieux pull qu'il avait transformé en gilet.

« Je vous ai amenés ici pour plusieurs raisons, vous les enfants. » Il soupira et regarda fixement à travers la fenêtre. « Des oiseaux traficotent quelque chose, là-bas. Des becs-croisés ? » Sa mâchoire bougea. Il recommença plusieurs fois ses phrases. « La boîte de Pandore. » Il ricana. « Pour les vieux Eskimos, le territoire, c'était le monde entier. Ils le connaissaient parfaitement. » Ses mains s'agrippèrent l'une à l'autre. « Je devais penser qu'il ne restait plus beaucoup de temps… pour vous laisser grandir et découvrir votre propre nature sauvage. Les villes… » Il se frotta les oreilles. « Elles font tout pour t'isoler de la terre. Je ne voulais pas simplement travailler pour avoir les moyens d'aller dans la nature une fois de temps en temps. On ne peut pas tout avoir. J'aime la vie proche de la terre. Elle est vivante. En ville, je me sentais oppressé et bien éloigné de qui j'étais. J'ai peut-être juste été égoïste, finalement ! » Il sourit, de son beau et grand sourire aux dents bien alignées. Il se débattit pour remettre sa chaussette et fourra l'ourlet de son pantalon dedans. Je détournai le regard, vaguement gêné – plus personne depuis George Washington ne portait ses chaussettes comme ça.

Il se leva et joua avec le régulateur de tirage. « Une partie de toi sera peut-être toujours de l'autre côté de la rivière, par rapport aux gens. Ce sera peut-être difficile parfois. Les villes, les gens ont foi en elles. Ils les appellent "le vrai monde". Je ne serais pas surpris que tu ne sois pas capable de faire ça. » Il avait l'air curieux, pas désolé.

Dans le creux de mon pouce, je pressai mon nez pour l'aplatir. Ça n'avait pas l'air de marcher. Une pensée traversa mon esprit : *Si Abe savait ce que je fais, ça le ferait pleurer.*

Il y avait un air douloureux dans son regard, et les lignes disparaissaient dans sa barbe. Une souris fit cliqueter une cuillère sur le plan de travail. Abe tourna les yeux vers elle. « Mon père braconnait les ours polaires, ricana-t-il, sa façon à lui d'être proche de la nature. »

Il ne disait jamais « votre grand-père ». Comme s'il avait toujours voulu nous isoler de cet homme.

« Il faisait atterrir ses chasseurs et rabattait les ours vers eux. Et il était persuadé que personne n'aimait le territoire plus que lui. » Abe glissa ses yeux dans les miens. Son regard bleu, profond et puissant, était difficile à soutenir. « Pour le prouver, il tirait toutes sortes de fierté à contourner les lois. Et le danger, aussi. Ce jour-là, si je lui avais dit que son moteur faisait un bruit bizarre, il aurait répondu : "Dégage le passage ! Va jouer avec tes pensées." C'était comme ça qu'il appelait mes pastels, comme la fleur. Il disait : "Tu vas finir à Paris à peindre des pensées." »

Abe laça ses *mukluks*. Ils avaient la semelle douce, pour le climat froid, et des attaches de laine noir et rouge en haut. Janet les avait tressées quatre fois. « Les pensées sont des fleurs résistantes. Elles survivent au vent et au gel. Les gens ne leur accordent pas assez de crédit. » Abe se leva. Comme Enuk, son histoire se terminait lorsqu'il se lassait de la raconter. À moins qu'il ne sache pas comment la poursuivre. Il était peintre. Je jouais avec mon couteau, avide d'en apprendre plus, mais sous le joug d'une certaine interdiction de l'enfance. Peut-être qu'à son retour, Iris aurait changé ; peut-être pourrait-elle poser les questions que nous avions été habitués à occulter.

« Des pensées », murmurai-je.

Abe ne répondit pas. De nouveau la souris agita les cuillères. Nous levâmes les yeux et rîmes ensemble. À ce moment-là, moi, perché sur la table à gratter de l'ongle la poêle vide, et lui, accroupi sur un rondin de bois à retirer ses *mukluks* une fois de plus à la recherche de l'écharde dans sa chaussette, nous étions plus près l'un de l'autre que durant toute ma vie et la moitié de la sienne. Peut-être étais-je entré, pendant la nuit, dans l'âge adulte, comme une ecchymose profonde qui enfin devient noir et bleu après le coup ; peut-être étions-nous finalement deux hommes, et non plus un père et son fils. Et pourtant, je me sentais encore, au fond, un petit garçon. Ce sentiment s'estomperait-il un jour ? Ou bien devenait-il simplement invisible aux yeux des gens ?

Dans la cuisine nous entendîmes un sautillement erratique. La souris qui faisait des danses de déjections toutes les nuits sur notre pain avait dégringolé dans un pot en verre. Nous eûmes un rictus, reconnaissants de cette interruption. Nous nous penchâmes chacun d'un côté du verre et fixâmes son museau poilu.

« Toi, tu retournes dehors. » Abe glissa sa main calleuse au-dessus du pot. « Tu retournes à cette vie avant les hommes blancs et le pain. À moins que ce ne soit avant le pain blanc et les hommes ? »

Abe n'allait pas jeter la souris dans le seau à ordures ou la frapper avec un bâton. Et je réalisai que moi non plus.

Le froid sortilège se brisa, et aux derniers jours d'avril notre toit en tourbe commença à fuiter. Nous installâmes des bassines et des pots qui résonnaient sous les gouttes couleur de thé. Avant son arrivée, Iris avait envoyé une vague d'euphorie ; nous avions le cœur léger en descendant les boîtes d'asticots et les peaux pour dormir et en les chargeant sur nos traîneaux. Abe ricana. « Les gouttes, c'est le printemps qui t'ordonne de sortir. Les ours aussi auront reçu le message. » Nous laçâmes nos *mukluks*, ceux avec l'extérieur en cuir, que la vieille huile de phoque rendait collantes et teintait de jaune et noir. La graisse imperméabilisait les coutures et empêchait le revêtement en peau de caribou et les semelles en phoque d'être abîmés par l'eau et la neige fondue.

En bas, dans l'enclos, les chiens s'étirèrent pour tenter de lécher les peaux huileuses. Nous les attelâmes après minuit. Abe examina les pattes de sa chienne de tête ; elles causaient souvent problème. La chienne avait les coussinets roses ; les participants des courses de chiens affirmaient désormais que ceux avec des coussinets noirs étaient plus résistants. Abe remonta vers la maison et défit la corde de la porte. Il revint avec du sparadrap, de la bacitracine et de la graisse d'ours, enduisit les pattes de sa chienne et lui scotcha ses vieilles chaussettes.

L'écorce gelée de la nuit s'étendait, durcie, dans toutes les directions. Abe dirigea ses chiens vers les montagnes raides au nord-ouest et je laissai mon attelage le suivre dans la neige râpeuse. Un renard roux s'assit et nous observa partir. Au printemps ils n'avaient pas peur, ils s'accouplaient, et étaient souvent considérés à tort comme porteurs de la rage. De l'autre côté de la rivière, trois orignaux curieux, la tête haute. Des lagopèdes fourrageaient dans les saules. L'air était riche des odeurs de la toundra, calme aussi, et un demi-kilomètre de silence s'étendait entre l'attelage d'Abe et le mien. Des traces de caribous veinaient la toundra, des troupeaux s'élançaient et passaient à toute allure devant nos chiens de tête. Les corbeaux ricanaient, porteurs de secrets de mort et de nourriture qui résonnaient à travers les distances. Mon cœur gonfla lorsque les Dog Die culminèrent haut sur la nuit lumineuse. Étrangement, j'oubliais à chaque fois à quel point j'aimais les montagnes, ces géantes amicales qui se transformaient au gré des saisons, sans une once de jugement.

Je n'avais plus que cinq chiens désormais. Ponoc, avec son nom mal écrit, comme le mien, était mort après qu'un orignal lui eut donné un coup dans la mâchoire, et au printemps dernier j'avais dû abattre Figment. Ses testicules étaient roses et gelés de tant d'hivers, et, irritable, il ne cessait de déclencher des bagarres et grognait à travers les nuits. Je l'avais fait marcher dans la toundra et il avait trottiné à mes côtés ; c'était le même chien aux oreilles souples dont les ambitions avaient été d'obtenir à manger et de s'échapper de son collier de temps à autre, ainsi que, peut-être, baiser ou pourchasser des lapins. Figment ne s'était jamais offusqué de devoir bifurquer en pleine nuit, ou de se rouler en boule tout harnaché pendant que je relevais les pièges ou partais en raquettes à la suite d'un orignal. Chaque chien de traîneau développait sa propre personnalité, comme un ami ; lorsque je l'attachai à un arbre il s'assit, perclus de douleurs, patient. Quand j'appuyai sur la gâchette, tous les souvenirs de mon ami défilèrent devant mes yeux et se brisèrent, et la mort dans son regard était une créature surnaturelle.

Debout sur les patins, je parcourais les photographies de ma mémoire. Comment Enuk avait-il fait pour abattre tout son attelage pendant cet orage, il y avait combien d'années de cela ? Plus loin, Abe s'arrêta devant un affleurement d'ardoise gigantesque, une île dans la toundra juste avant les montagnes. Il enfonça du pied son ancre de neige. Lorsque je le rejoignis, il avait déjà coupé des piquets et étendu sur le sol des branches d'épicéa vert à l'odeur doucereuse pour protéger nos *qaatchiaqs* de la neige. Il fit des nœuds rapides à défaire, et planta la toile blanche de la tente en utilisant un jeune arbre en guise de mât afin que la poix ne marque pas le tissu. J'attachai les chiens. Allumai un feu. Sur des bâtons nous fîmes rôtir des pattes de caribous que nous avions bouillies auparavant. Le soleil apparut derrière le sommet oriental et réchauffa le matin et nos épaules.

Aba passa la journée au campement, à observer les oiseaux et à dessiner. J'escaladai le sommet derrière notre tente et redescendis en fin d'après-midi, épuisé, moite et frigorifié. Je me penchai près du feu et laissai fumer les jambes de mon surpantalon. Abe s'agitait autour des traîneaux, il jetait du saumon séché aux chiens, surveillait leurs pattes et caressait leur tête. Il replia les bâches de nos traîneaux. Enroula les harnais et les lignes sur les lattes du panier. Ramassa nos haches en cas d'orage soudain.

Il revint en bâillant. « Chasser un caribou demain pour les réserves de nourriture des chiens, ça te dit ?

– Ouais.

– À mon tour de grimper. »

Nous étions debout depuis presque quarante heures.

Je remuai les braises. Abe avait déplacé le feu de camp sur une plaque d'ardoise et placé des branches vertes dessous pour qu'il ne s'effondre pas à travers la neige. La fumée piquait. Des champignons qui brûlaient, ou du lichen. Ou des mouches qui hibernaient entre les couches de pierres. J'étais fatigué, ma tête tournait et la montagne ne cessait de se figer devant mes yeux, presque comme si j'étais de nouveau défoncé.

« Prépare une autre casserole de café si tu veux rester debout et faire sécher tes affaires. » Il savait que j'aimais repousser mes limites pour voir combien de temps je pourrais rester éveillé pendant les jours infinis du printemps. Une fraîcheur s'installait. Une partie de mon cerveau n'arrêtait pas de tanguer au-dessus d'un précipice de sommeil. Je récupérai mes gants raides et gelés sous une souche. Et laçai mes raquettes.

Derrière la butte rocailleuse où nous campions, un canyon s'enroulait au creux d'une vallée étroite. En raquettes, j'atteignis son embouchure. J'étais déjà venu ici, mais quelque chose d'autre semblait familier dans ce ruisseau. Je humai l'air. Une brise du nord tombait des pentes et un amas de graines d'aulne crissait à travers la neige dure, naviguant derrière le squelette recroquevillé d'une feuille. Haut sur les murs abrupts, des touffes broussailleuses et quelques épicéas mordus par le vent s'accrochaient aux rochers tels des sentinelles.

La glace du ruisseau était assez solide pour marcher, elle ondulait de débordements perlés et gelés, humides à la surface. Je laissai mes raquettes coincées dans la fissure d'une roche tombée. Il n'était pas sage de mouiller les *babiches* en marchant dans l'eau. Des tranchées de traces d'orignaux tressaient les flancs des montagnes. Dans les coupoles du soleil orange, haut près du col, je vis un collier de points – des caribous, ou une meute de loups peut-être – qui grimpait vers le nord.

Après un demi-kilomètre le canyon rétrécissait et bifurquait en un coude aigu. Ni le soleil ni le vent ne parvenait aussi bas. L'air était immobile. Des sillons de quartz saillaient des falaises d'ardoise grise. La mousse de la toundra drapait le contour de la roche. Je restai sans bouger un moment, écoutais les battements de mon cœur. Un frisson roula sur ma peau. Soudain j'étais réveillé. Loin sous la glace, l'eau gargouillait. Je fis quelques pas en arrière vers la rive au cas où la glace céderait.

Mes poils se soulevèrent. Au sommet des rochers, dans une fissure sous un bloc d'ardoise surplombant, l'œil noir et creux d'une tanière me dévisageait. Je n'avais pas pris de fusil ! Une sensation s'empara de moi, la conscience que cet endroit précis, ici même, sur la glace, et ce soir, pourrait bien être le lieu où ma piste s'arrêterait. Des créatures aux jambes plus rapides que les miennes, contre lesquelles mes mains ne pourraient rien, vivaient sur le territoire. Chasser sa propre nourriture, et la proximité avec d'autres chasseurs bien différents et très sauvages – était-ce cela, « se sentir vivant », dont Abe parlait. Je desserrai le fourreau de mon couteau et, dans ma poche, touchai des doigts l'ours sculpté d'Enuk, comme s'il pouvait me protéger. Enuk envahit mon esprit : son rire épais, son pouce et son doigt qui pinçaient des morceaux de confiture de mûres de Boysen, ses dents qui arrachaient la glace entre les doigts de ses chiens. Je scrutai les alentours, comme s'il pouvait apparaître.

Sur une saillie à l'entrée de la tanière, une corniche de neige céda. Je m'accroupis. Elle dégringola, un nuage de givre en chute. Devant moi s'étendait l'amas de neige. Là-haut parmi les rochers, dans la bouche ténébreuse de la tanière, je vis les yeux d'un loup.

Pendant un instant mes os se liquéfièrent. Je jetai un regard en arrière et reculai. Sur la rive, dépassant de la fourche d'un petit bouleau tortueux, un morceau de corde verte. Je m'en approchai, sans quitter le loup des yeux, et l'attrapai. Le nylon se déchira, brûlé par le soleil, poussière détruite. Je descendis le canyon à la hâte.

« Cutuk ! »

Je me réveillai en sursaut, engourdi et apeuré.

Abe se penchait entre les pans de la tente, un pouce dans son surpantalon retenu par des bretelles. Derrière lui un feu crépitait. « Une ourse brune arrive. Tu veux la voir avant que les chiens se mettent à hurler ? Elle a ses petits du printemps.

– Ouais. Une ourse. J'arrive. » Je tâtonnai pour trouver mes vêtements et laçai mes *mamillaks*, heureux que personne ne me demande d'épeler mon nom.

À l'extérieur de la tente, Abe fit un signe de tête en direction de l'embouchure du canyon, pour ne pas alerter les chiens en pointant du doigt. Quelques centaines de mètres plus loin, de larges épaules brunes apparurent. Soudain, un grand corps blond s'éleva. La tête de l'ourse se balançait, sondait l'air. Ses petits jaillirent en bondissant : l'un doré, l'autre brun. Plato leva le museau vers l'est et flaira. Au cours des dernières années elle avait cultivé une perte d'audition, combinant une surdité véritable et cette obstination des vieux chiens. Je ramassai une branche. Plato pivota vers l'ouest, flairant toujours. Trois chiens s'étirèrent et aboyèrent. Les neuf autres se levèrent et se contentèrent de grogner, plaintifs.

« Taisez-vous. » Je me penchai et avançai avec la branche.

« Ssssst », siffla Abe. Il hocha la tête, satisfait. « Les nouveaux chiots, on ne sait jamais s'ils vont se mettre à hurler face à un ours. Farmer était toujours excellente pour nous indiquer qu'il y en avait un dans les parages sans perdre la tête. »

Les oursons scintillaient au soleil. Ils se redressèrent, curieux, l'un s'appuyait sur le derrière massif de sa mère, l'autre enfonçait ses griffes dans l'épaule de son frère ou sa sœur. La famille scrutait, avec une expression ouverte et interrogative.

Abe s'appuya sur un rocher dont la neige fondait et esquissa un croquis avec du charbon sur une languette en carton. Son fusil pendait dans le creux de son bras. Son visage était hâlé et ravi. Les ours se remirent à quatre pattes, bifurquèrent et vaguèrent vers le canyon.

Face à la fourrure ondulante de l'adulte, je ne pus m'empêcher de penser comme Janet serait heureuse d'avoir un peu de graisse et de la viande d'ours fraîche. « Ça serait marrant d'avoir un petit, articulai-je.

– Un enfant, ou un ourson ?

– Ça va pas ! Un enfant ? Bien sûr que non ! Un petit ours.

– Pourrait causer beaucoup d'ennuis. » Abe haussa les épaules. « Vous les enfants, vous étiez marrants. » Les souvenirs le firent sourire. « Et dire qu'Iris va rentrer de l'université… difficile à croire. » Son regard tomba vers son croquis. Les ours se glissèrent hors de vue. Je fouettai les côtés de la tente une dernière fois pour rappeler aux chiens de se détendre et de rester silencieux. Abe versa du café de notre conserve Hills Bros noircie, suspendue par un crochet en métal. Il s'étendit sur une peau de caribou pour profiter de la matinée et de son dessin. Je fis fondre de la neige dans une autre conserve pour préparer du porridge. L'air était chaud, la neige s'adoucissait. La journée s'annonçait belle, trop chaude pour voyager. Nous étions coincés ici jusqu'à ce que la température baisse. La première oie pouvait arriver d'un moment à l'autre, désormais. Nous l'observerions, l'eau à la bouche, et j'essayerai peut-être de l'abattre avec le fusil. La Première Oie, c'était la plus grandiose des saisons de l'année, une nouveauté après des centaines de jours de viande de caribou.

« C'est une belle journée, lorsque l'on voit un ours, commenta Abe. Je me demande où se trouve sa tanière ? »

La nuit bondit devant mes yeux. Je parcourus les images, essayant de me débarrasser de ce qui m'avait effrayé ; je songeais à comment interroger Abe. Croyait-il aux esprits et à toutes ces choses qui n'étaient pas dans mon livre de sciences du lycée ? Je touchais les cicatrices sur mes mains, résolu à ne plus penser à Dawna et aux gens, et à ce qu'Abe m'en apprenne davantage sur le territoire, et sur mon père. Quelque chose pourrait nous arriver.

« Avec Treason, vous aviez trouvé cette tanière d'ours que vous cherchiez après Takunak ? Il y a quelques années, en novembre. »

J'ajoutai des branchages dans le feu et écartai mon porridge bouillonnant. Je tournai les yeux vers le profil d'Abe. « Non. Mais j'en ai profité pour voter. On était au village le jour de l'élection.

– Je vote toujours par correspondance. C'est plus simple. »

Je mélangeai le pot. « C'est facile de voter au village. Moi, j'ai voté pour Reagan. »

Abe froissa son croquis.

Il jeta le carton dans le feu, se roula sur le dos et ferma les yeux. Les yeux fermés, il avait l'air vieux. Au-dessus de ses paupières couraient des veines que personne ne voyait jamais. Lorsque le carton brûla, les ours ressortirent un instant, chaque ligne fine, réfléchie et irréprochable ; leurs expressions curieuses devinrent noir argenté avant de se recroqueviller en cendres. Qu'étais-tu supposé penser lorsque ton père pouvait jeter sur un bout de paquet de crackers plus de talent que n'en contenaient toutes les cellules de ton corps ?

« Je ne comprends pas comment l'Amérique peut vénérer ce mythe du western et supporter encore cet acteur, dit-il. Il bétonnerait jusqu'au fin fond de la nature. Et il vendrait des armes et des bibles le long de la route. Mais sans la nature, que vaudront tout cet or, tout cet argent ou tout cet uranium ? Rien que des brassées de merde ! »

Abe n'avait jamais affirmé une opinion de manière si indubitable. Il avait agi plutôt comme un grand frère – à nous laisser ressentir et penser ce que nous choisissions. Dans le silence, les bulles de porridge gargouillèrent et crachotèrent. « J'ai vu un loup dans la vallée la nuit dernière, avançai-je. Dans une tanière. »

« Peut-être une femelle, qui prépare sa tanière pour avoir ses petits. Ça ne devrait plus tarder maintenant. » Ses yeux s'ouvrirent avec une flamme d'intérêt. Le soleil éclairait son visage. « Peut-être qu'on devrait déplacer le campement un peu plus à l'ouest ? »

Autour de notre feu s'étendait un continent de territoire sauvage. Je pouvais prononcer n'importe quelle parole et Abe m'écouterait, car c'était mon meilleur ami ; mais je n'étais pas certain des questions à lui poser. Les esprits des morts, l'intuition, les peurs, une autre série d'émotions dont les Hawcly ne parlaient pas. Alors tout ce que je répondis fut : « Peut-être bien. »

Iris sauta du Twin Beech. Elle portait un coupe-vent bleu par-dessus un pull lourd, et la couleur faisait briller ses yeux bleus. Ses cheveux noirs étaient longs et bouclés, retenus par un bandeau. Elle avait le visage pâle, les joues rouges. Elle courut vers moi et enroula ses bras autour de mon cou. « Cutuk ! Je pensais que tu ne pourrais pas venir. Tu peux encore voyager ? La piste n'a pas fondu ? T'es venu à motoneige, pas avec les chiens ? » Elle ébouriffa mes cheveux. « C'est quoi c'sourire, gamin ? » dit-elle en anglais du village. Dans la foule autour de l'avion, les gens riaient. Iris n'avait pas changé. « Dis quelque chose !

– Ouais. Je suis content de te voir.

– Je sais bien. » Elle désigna son bagage du doigt et remercia le pilote pour le vol. « Si un jour vous êtes coincé à cause du mauvais temps et que vous avez besoin d'un endroit où dormir, n'hésitez pas. Je vais sûrement habiter ici. »

Il enclencha la conversation, sous le charme, comme tout le monde, de la joie et de la beauté lumineuse d'Iris. Je chargeai les sacs de voyage sur mon traîneau et les enveloppai dans la bâche. Elle me rattrapa en courant. « C'est tout ? T'vas pas avoir froid ? » Ma voix semblait trop banale – j'avais envie qu'Iris sache à quel point son retour à la maison comptait.

Je démarrai la motoneige. Elle se hissa sur la selle. Dans mon oreille, elle dit : « J'ai eu le boulot. »

Je gardais les yeux rivés sur la piste. Bizarrement, je ne ressentais rien dans mon estomac, là où se trouvaient les émotions et la hâte. Un rapide pincement effrayé tirailla le fond de ma poitrine. J'avais peur pour Iris, qui allait devoir survivre à l'Obscurité et à l'alcool de ce village.

« Je te raconterai tout ça à la maison.

– Moi aussi, j'ai des trucs à te raconter. »

Nous nous arrêtions devant la maison des Wolfglove. Lumpy ouvrit la porte et se glissa dehors, de retour de son dernier séjour en prison. Il avait perdu une incisive. Ses bras et ses épaules étaient boursouflés d'avoir soulevé des poids. Il était gaucher, et les doigts de cette main étaient noueux, comme s'ils avaient été arrachés et remis dans le mauvais ordre. Œuvre de l'embrayage primaire d'une Arctic Cat. « Salut, Iris. » Il plaça une cigarette entre ses lèvres. Ses yeux parcoururent son corps athlétique ; sur son visage, aucune expression.

Charley Casket déambula au coin de la vieille cabane des Wolfglove et infléchit sa trajectoire dans notre direction. Il nous serra la main. La sienne était molle – c'était comme ceci que les Eskimos serraient la main – mais également moite. Il la plongea dans sa poche de manteau et la ressortit, paume ouverte. « C'était à mon *taata.* » Dans sa main, un grossier appât en bois de caribou, marbré de fils de cuivre lourd. Le cuivre étincelait, non corrodé, tout juste sorti de son isolation plastique. « Cent balles. C'type, l'archéologue, il dit qu'il va m'en donner cinq ou huit mille. »

Iris pressa mon cou et sourit. « Cet endroit était en train de devenir irréel.

– T'as ram'né du cannabis, Iris ? J'te l'échange contre une articulation moteur ?

– C'est bon, Charley. » Lumpy cracha entre ses dents, bougeant à peine un muscle. « Casse-toi du ch'min de Cutuk et va-t'en. »

À l'intérieur, Janet sortit de la *muktuk* noire qu'elle avait conservée au congélateur. « Longtemps qu't'as bas vu des comme ça, hein ? » Elle sourit à Iris. « On est tellement fière de toi », dit-elle en confondant les *p* et les *b*.

« J'ai mangé de la nourriture de magasin pendant si longtemps que je suis étonnée de ne pas ressembler à une miche de pain Wonder.

– Peut-être qu't'es presque Wonder Woman. »

Tout le monde s'esclaffa.

« *Arii*, tu nous fais toujours rire. T'hapiteras avec nous si tu d'viens brofesseure. Comme ça, on verra Cutuk. » Janet me tapota affectueusement la tête. « Barc'que barfois, il nous oublie longtemps. »

Melt entra. La pièce devint silencieuse. Il fit un bref signe de tête à Iris. « Tu m'as acheté du sel ? » demanda Janet. Melt fronça le nez, *non* en inupiaq. Lumpy était là, sombre et méfiant, scrutant la journée ensoleillée au-dehors. Il enfila son manteau, souleva nonchalamment son fusil, puis sortit.

« Je vais à Uktu ! beugla Melt.

– Pourquoi ça ?

– Ils y vont ! » Melt passa les bras dans les manches du chic manteau en peau de phoque que Janet lui avait cousu. Il s'arrêta, attrapa deux bonnets en castor qu'elle venait tout juste de terminer, et s'engouffra à travers la porte.

« On n'a pas de sel pour la *muktuk*. » Janet gloussa. « Pas grave.

– Où est Stevie ? demanda Iris.

– Elle est à Barrow. Je veux dire, il ! » Janet rigola d'elle-même. « Il regarde la chasse à la baleine. C'est mon fils. Je l'aime plus que tout le monde. Un bon garçon. J'aimerais bien qu'il commence à pêcher. J'sais pas pourquoi il commence pas. »

Nous mangeâmes et discutâmes. De la neige profonde. De l'hiver chaud. Est-ce qu'Iris avait vu Dawna à Anchorage ? « Je m'inquiète pour elle, soupira Janet. Peut-être qu'elle va plus à ses études. Je crois que Lumpy la laisse toujours envoyer d'la marijuana. Il la vend pour l'aider à bayer son appartement. Elle a un petit ami *naluaġmiu, guuq.* »

Je regardai par la fenêtre, enclin à ce que la conversation quitte Dawna. Je me souvins d'un de nos voyages vers la maison, en revenant de Takunak pendant une tempête de neige. Abe avait ouvert la voie en raquettes, tentant de guider nos chiens à travers le vent. Ses cils ne cessaient de geler et de fermer ses yeux. L'un des côtés de son visage était glacé. « Faudrait trouver des saules. » La moitié non gelée de son rictus se courba. Nous campâmes sous notre bâche sur une congère. Nous avions gardé nos parkas et nos surpantalons, en plus de nos sacs de couchage. Les chiens essayaient de se regrouper tout autour. Nous leur donnâmes du *siulik* séché et en mangeâmes également. Il était bon, sauf à l'endroit où les ventres gras étaient devenus orange et rances. Iris chatouilla nos oreilles dans le noir. « Les gars, vous vous souvenez du Monopoly ? Cutuk, commence à la case départ. » En arrivant à la maison, nous déterrâmes la porte et nourrîmes les chiens, ramenâmes du bois et pendîmes nos vêtements gelés au-dessus du poêle. Jerry tira de sous son lit une boîte en bois Blazo, que nous appelions notre boîte-à-tous. Il découpa des cartes propriétés dans du papier cartonné de l'école. Je coloriai en vert Pennsylvania Avenue, en bleu Park Place. Iris roula la peau de caribou qui recouvrait notre lit, chassa une musaraigne qui grignotait au-dessous. Elle colla ensemble six feuilles de papier. Iris se souvenait des prix des hôtels et des cartes caisse de communauté. Pour fabriquer les hôtels, nous sciâmes en rectangle des dents de castor orange et blanches, qui mesuraient dix centimètres de long là où elles s'étaient courbées bien profondément à l'intérieur des mâchoires, poussant toujours, pour qu'il y en ait en réserve. Pour les castors, les dents de secours valaient très cher. C'était donc logique d'en faire des hôtels.

Je me souvins aussi d'Iris et moi, lorsqu'elle avait treize ans, un jour où nous empilions des corégones gelés dans la plate réserve de nourriture pour chiens. La glace de la rivière avait gelé récemment. Des tiges jaunes de graines de germinés ondulaient toujours au-dessus de la nouvelle première neige. Un bourdonnement flotta depuis la distance. Par habitude nous l'écoutâmes, au cas où January Thompson ramènerait notre mère à la maison, ou si l'on voyait apparaître une motoneige, n'importe qui avec un visage, avec qui interagir, à qui parler. Soudain le son gonfla et nous grimpâmes sur les tas de poissons pour voir plus loin. L'avion volait bas, suivant la rivière. Il passa au-dessus, son rugissement crépita contre les saules gelés comme une immense tente de son. Nous vîmes la toute petite silhouette du pilote qui nous observait, et le blanc au-dessus des ailes lorsqu'il tourna. « Il arrive ! Il va atterrir ! » cria Iris, me secouant l'épaule. Lorsque nous relevâmes les yeux, l'avion bifurquait vers l'est. Il s'éloigna jusqu'à n'être plus qu'un point, et disparut.

Je m'appuyai contre le rebord de la fenêtre de Janet et observai la douce rivière. Qui était dans cet avion ? Iris releva les yeux et les planta dans les miens. Ils firent la mise au point bien au-delà de moi. Quand ils revinrent ils furent, pendant un instant, courbés par la préoccupation.

« Je me disais que peut-être on pourrait monter ce soir si la neige est dure. S'il ne gèle pas – je haussai les épaules et souris malicieusement, imitant Treason – on n'arrivera pas vivants.

– "Je me disais que peut-être..." ? Tu parles comme Abe !

– C'est Abe junior, dit Janet. Mais quand même très différent. Il va encore changer en grandissant.

– On part quand tu veux, dit Iris. J'ai appris plein de choses à l'université, je me suis fait des amis, mais tu n'imagines pas comme ça m'a manqué de faire courir les chiens. De me réchauffer au coin du feu. Et de faire de la glace. Oh, j'ai tellement hâte de voir Abe !

– Lui aussi. »

Tôt le matin, au moment où nous approchions de la maison, l'eau s'était étendue à travers la glace depuis l'embouchure du Jesus Creek. Je laissai le moteur tourner et grimpai au sommet de la congère de 4,5 mètres de haut, le long de la berge nord. Au milieu de la rivière, le débordement avait transformé la neige imbibée en bouillie verte. Cependant, il semblait que la glace sur la rivière n'avait encore ni cédé ni bougé. C'était toujours une autoroute d'hiver blanche de quatre cents mètres de large.

Je pointai du doigt. « On va suivre la rivière ici et surveiller le ruisseau. » Deux corbeaux volèrent au-dessus de nos têtes, en route vers l'est, les ailes haletantes. Ils roulèrent puis chutèrent. Iris escalada la congère. « Au printemps dernier, j'ai fait sauter ma motoneige par-dessus l'embouche quand il n'y avait que de l'eau. Suffit d'aller vite !

– Tu m'as écrit ça, répondit-elle, sceptique. L'essence coûte deux dollars le litre maintenant, c'est ça ? Je suis étonnée que tu ne prennes pas les chiens. N'oublie pas que je suis plus lourde qu'avant, d'accord ? » Son visage frisela. « L'éducation, ça pèse lourd.

– T'as jamais été bien lourde. » Je la poussai vers la corniche de la congère. Elle tournoya et m'attrapa la jambe. Elle était toujours forte et rapide. Nous roulâmes et luttâmes sur l'arête. La neige était pesante, craquante et gelée.

« Fais attention à toi, mon garçon ! haleta Iris. J'vais t'laisser pleurer. »

Nous glissâmes par-dessus le bord. Elle se tortillait sur moi en riant, j'avais ses cheveux dans les yeux, et elle nous fit dévaler la congère la tête la première, jusqu'à la rivière gelée. Je ramassai la neige dans mon cou et lui lançai. « Mets-toi dans le traîneau, d'accord ? »

Elle leva les sourcils, *oui*. « Tu veux pas mettre tous tes œufs avant les bœufs ?

– T'essayes de te moquer de moi ? C'est un mélange de deux expressions, c'est ça ? »

Elle haussa les épaules. « Pourquoi en utiliser deux ? » Elle s'assit dans le traîneau. « Je pense que j'ai pris la manière de parler de January Thompson. »

Je levai rapidement les yeux, interloqué. La machine tournait déjà. Je conduisis jusqu'à trouver une congère inclinée, puis montai sur la rive. Nous continuâmes le long du sommet de la congère durcie, slalomant entre les saules qui parvenaient à dépasser de la neige. De la fumée s'élevait au-dessus de l'igloo enterré. Abe préparait le petit déjeuner. Le ruisseau Jesus Creek se délestait de l'eau brune de la toundra, sur ses berges à pic se serraient les saules. Une femelle orignale et son petit se tenaient là, leurs épaules dépassant des arbres. La glace sur la rivière principale s'étirait, solide, avec une étroite tranchée noire sous laquelle bouillonnait le courant du ruisseau. J'envisageai de redescendre en aval, reprendre la glace et faire le tour. Mais soudain j'eus envie de montrer à Iris à quel point j'étais devenu compétent pour lire les différences subtiles des conditions de la glace. Je voulais lui prouver que rester ici, à la maison, m'avait éduqué moi aussi – aux nuances du territoire.

« Protège ton visage et accroche-toi ! »

J'appuyai sur l'accélérateur. La motoneige dévala la congère jusqu'à la rivière gelée, ricochant sur l'écorce. Les skis tressautèrent sur l'eau. Le canal noir était plus large qu'il n'y paraissait, mais nous allions y arriver. Le ski droit chancela et cogna contre le rebord de la glace. Un morceau craqua et se décrocha. La motoneige et le traîneau se plièrent en portefeuille. Je volai et dérapai la tête la première sur la surface aiguisée. Iris cria.

La glace m'assomma, mais l'appel d'Iris me fit bondir sur pieds. Le traîneau dépassait à moitié hors de l'eau, toujours attaché à la motoneige renversée. Pas d'Iris en vue. Mes jambes s'affaissèrent. Dans ma chute, je vis du sang sur la glace et espérai désespérément qu'il s'agisse du mien. J'entendis les chiens hurler. Je la vis. Elle se débattait dans le courant noir. Les yeux d'Iris trouvèrent les miens. Pendant un instant, nous nous regardâmes à travers un pont empli de détresse, et puis elle coula. « IRIIIIIS ! » Mon esprit s'écrasa et se changea en acier. Rien autour de moi ne pouvait rassembler assez d'air pour être réel. Je rampai jusqu'au bord de la glace. Sortis mon couteau de son fourreau, vacillai et tombai dans l'eau. Le froid prit ma poitrine en étau, expulsant l'air. Je l'ignorai. Je ne méritais pas l'air ; je ne méritais pas de respirer. Je plantai mon couteau dans la glace pour servir de poignée et scrutai sous l'eau.

L'obscurité. Le courant entraînait mon corps. Ma tête devint grise à l'intérieur, sous la douleur du froid et de l'énormité de ce que j'avais fait. J'avançai petit à petit, plantai de nouveaux trous, tâtonnai sous l'eau.

Le ciel tournoya et dans un tourbillon accourut Abe. Il était noir sur l'aveuglante glace blanche. Ses jambes se levaient si haut. Il avançait si lentement. Mes pensées se mêlaient comme de la neige fondue aux mots qui sortaient de ma bouche. Peut-être hurlai-je, à moins que je ne chuchote seulement dans ma tête. *Papa. Je t'aime. Je suis désolé d'avoir eu aussi tort. Cette eau va m'emporter.* Ma main était une pince de fer sur le couteau. Sous la glace, l'autre était engourdie, refusait d'obéir, des kilomètres et des kilomètres plus loin, tâtonnait – agrippait. Du tissu ! Je pouvais désormais faiblement distinguer son visage. Mon corps se changea en un unique muscle, tendu entre le couteau dans la glace et ma sœur sous l'eau ; pour la première fois de ma vie, j'avais exactement la force qu'il fallait.

PARTIE 2

La Ville

DOUZE

À la lisière de Crotch Spit, le vent secouait le bâtiment métallique d'Alaska Airlines. L'auvent gémissait. Dans l'obscurité matinale, les moteurs de l'avion geignaient contre un orage de l'est, qui crachait de la neige le long de la piste d'atterrissage. Avec un gant, je fouettai la neige pour la retirer de mon sac de voyage. Un chien sans collier apparut. Je m'agenouillai pour le caresser. Il attrapa mon autre gant, se glissa sous une clôture en métal, et disparut.

« C'est pas vrai », murmurai-je. Mauvais présage.

Dans le terminal, les locaux me fixaient comme si j'étais un touriste ou un violeur en série – le premier, bien sûr, étant le moins souhaitable. Les lumières, au plafond, étaient fluorescentes et douloureuses ; ma peau semblait aussi fine qu'un *quaq* de poisson creusé par les musaraignes. Je m'étais réveillé shooté au Lysol, le jour de mon vingt-deuxième anniversaire ; Stevie et Treason partis, moi évanoui avec des filles qui ne croisaient pas le regard des garçons blancs et nerveux. J'avais titubé le long des rues à la dérive depuis la maison de la tante de Stevie, Elsie Feathers, jusqu'au terminal. Les maisons étaient à demi enfouies. Les phares des motoneiges découpaient des cônes dans les flocons qui voletaient.

Toute la semaine avait été crépuscule, obscurité, vent. Et le rugissement de chalumeau des avions Alaska Airlines quotidiens. En dehors de Crotch Spit, pas d'arbres, pas de traces d'animaux, uniquement la toundra et la mer de glace harcelées par les motoneiges. Les seuls arbres étaient des sapins de Noël foutus, parfois enfoncés dans les congères des cours des maisons pour leur donner l'air vivant. Ici, les humains vivaient dans le bourbier des millions envoyés par le gouvernement américain.

« Tenez, Monsieur Hawcly. » Une agente avec des cheveux noirs, décolorés orange sur le dessus comme un castor après un été ensoleillé, me tendait mon billet. Elle l'avait déchiré par accident. Les racines de la superstition poussèrent – je fourrai vite la main dans ma poche. L'ours en ivoire d'Enuk y était pris en sandwich entre des billets. Dehors, à travers l'immense vitre en verre, j'aperçus le chien recouvert de givre qui enterrait mon gant.

« Monsieur Hawcly ? Monsieur Hawcly ? Nous embarquons. La porte est par ici, monsieur. »

Ce *Monsieur* me faisait passer pour un instituteur. Je me demandai comment allait Iris, de retour à l'école après le Nouvel An ; qu'elle soit toujours célibataire jetait la détresse sur le village. La silhouette du portail du détecteur de métaux semblait être la porte magique des *Chroniques de Narnia*, ces livres qu'un garçon aux cheveux jaunes avait un jour lus sous la lampe à kérosène.

Je me précipitai aux toilettes. L'eau déferlait de haut en bas dans la cuvette comme elle le faisait parfois chez nous dans le trou d'eau, lorsque le vent soufflait. Sur le mur, une affiche énumérait les valeurs inupiaqs : *Partage, Respect des Anciens, Succès à la chasse*. Quelqu'un avait griffonné

Amour de mon Arctic Cat. Aucun signe de l'Équité ni de l'Anti-Gaspi. Je vomis dans le lavabo. Le Lysol flamba au fond de ma gorge. Derrière moi, un homme eskimo entra et tendit une boîte de munitions jaune et vert, remplie de boucles d'oreilles en ivoire. Certaines avaient passé du temps dans la cafetière – comme le faisait Melt lorsqu'il transmutait le nouvel ivoire de morse en ivoire de mammouth fossilisé. Dans le grand miroir je fronçai le nez, *non* en inupiaq. L'homme ne comprit pas ; il voyait trop de blanc pour cela. Mes yeux étaient larges, ronds et bleu foncé. J'avais l'air tellement *naluaġmiu* – cela me rendait honteux et faible. Je me rinçai la bouche et le visage avec l'eau au goût de chlore, aplatis mon nez et m'éloignai du répugnant miroir.

Dehors je me dirigeai vers l'avion, me promettant d'être une personne différente, d'une manière ou d'une autre, à l'endroit où il atterrirait. Sur la gouttière du bâtiment, un corbeau se penchait pour manger quelque chose. Une banane gelée ! Le bec de l'oiseau était lourd, ses plumes gonflées par le froid. Ses yeux noirs et fixes m'observaient comme ceux d'un Ancien et déclaraient *Tu n'as aucune idée de ce que tu es en train de faire.* Les corbeaux ne volaient pas vers le sud, ne migraient pas, n'est-ce pas ? Ils connaissaient le pays, ils étaient sages et pouvaient vivre un demi-siècle. Les corbeaux étaient bien d'ici, des autochtones qui déménageaient en ville, comme les hommes, accros aux dernières évolutions des mêmes ordures, mais sans la Sécurité sociale gratuite. Était-ce celui-là qui avait observé mon feu sur le lac, avec les loups, douze ans auparavant. Peut-être que c'était le même oiseau qui tournoyait au-dessus de moi, qui avait vu à quel point j'étais adroit à tuer un loup. Est-ce qu'au printemps dernier il avait vu ce que j'avais presque fait à Iris. Je respectais les corbeaux plus que n'importe quel autre oiseau, plus que la plupart des gens. Que se passait-il ? Étais-je en train d'abandonner l'idée de devenir Eskimo ?

Au-delà de la gigantesque extrémité de l'aile, la piste d'atterrissage étincelait de lumières bleues surnaturelles, si bleues qu'une ancienne tribu aurait vénéré cette teinte pendant un millier d'années. Désormais les passagers se recroquevillaient dans leur capuche, criaient, plaintifs, à travers les rafales. Les serpents de neige miroitants étaient les jeunes enfants de l'orage, mes compagnons d'enfance ; je les traversai et montai les marches en métal vers l'odeur de vieille cafetière et de fumée, vers une femme enchanteresse tout droit sortie d'un catalogue qui souriait dans le trou de balle de l'avion.

La porte de l'appareil ne voulait pas se fermer. Un battement étouffé se fit entendre. J'imaginai Stevie dehors dans le vent, tambourinant un au revoir avec une cuisse de caribou non dépecée. L'homme à côté de moi me dit : « C'est le genre de chose qui tombe toujours sur moi. Si tu savais tout ce qui m'est arrivé, tu ne me croirais pas. »

Mon siège était entre celui d'un homme aux cheveux jaunes avec un ordinateur et celui d'une femme blanche musher. Elle ne retira pas ses gages de l'Alaska – une grosse parka avec une collerette en ours polaire parsemée de poils de chien. Les autochtones dans l'avion m'ignorèrent. J'aurais aimé pouvoir dire quelque chose en inupiaq, mais je ne connaissais que des mots et phrases simples. Les parfums combattaient les savons acérés et l'odeur de la merde de chien. Je m'entendis hyperventiler. Mes bras tremblaient. La piste qui m'avait conduit ici me revenait par flashs, des bribes de journées ensoleillées après le mois de mai ; une mauvaise période pour moi, mais insignifiante à côté des explosions de rage quotidiennes à Takunak, dans une société autochtone sous les bombes de la technologie. *Défoncé à motoneige... des engelures tout là-bas sur ma peau, où ça ne pouvait pas me faire mal. L'arrière-goût de l'après-rasage... se réveiller dans l'herbe sans chemise avec les démangeaisons de mille neuf cents piqûres de moustiques. Attraper des* siulik *toute la nuit au soleil le long de la rivière avec Woodrow Washington Sr., lui sans un mot et précis, qui me montre comment nettoyer et bouillir les épais intestins sur un feu pour faire une salade d'intestins de* siulik.

Après le Gel, Janet Wolfglove m'avait nourri de foie de *tiktaaliq* bouilli ; elle se plaignait quand je ne mangeais pas. Sa cuisine sentait les petits pains. Dehors par la fenêtre, sur la glace de la rivière, une bûche noire avait gelé. Un bon mât pour une réserve. Comme si quelqu'un construisait encore des réserves. Et, plus tard, faire son sac. *Qu'apporter ? Mes deux couteaux, de la ficelle, des allumettes, un sac de couchage de l'armée, un morceau de peau pour dormir ; laisser tout ce que j'avais jamais connu d'autre là, sur la berge nord de la rivière Kuguruk.*

L'avion avança. L'homme avec son ordinateur balançait les genoux de haut en bas. « Alaska Airlines, une compagnie de plus qui essaye juste de sauver les bénéfices nets. » Je n'avais aucune idée s'il s'adressait à moi, à son ordinateur ou au dos du siège, ni ce qu'étaient ces bénéfices nets. J'imaginai une corde lourde utilisée pour remorquer les avions quand ils n'avaient plus d'essence ou ne voulaient pas démarrer.

Le tube se rua en avant, inhalant le ciel noir. Ma gorge s'avala elle-même. Je m'agrippai au coussin du siège en tricot – un gilet de sauvetage, apparemment – et demandai la protection d'un dieu à qui je n'avais jamais payé les cotisations du dimanche. Nous grimpâmes à en être malade ; et puis, en bas, dans le crépuscule bleu-noir, tombèrent le vent et la mer gelée. Derrière mon front, quelque chose qui ressemblait à une cuillère appuyait. Les étoiles brillaient à nos côtés. Bien loin vers le sud, le ciel s'affinait pour devenir un rideau vaporeux de bleu.

« Tout va bien ? » L'hôtesse me proposait un coussin minuscule.

« Ça va », croassai-je, le village dans la voix. « Les gars m'ont fait boire du Lysol pour mon anniversaire. J'ai la gueule de bois. J'ai vraiment *tupak* de voler. » L'anglais du village, c'était une manière différente de retenir l'arrière de la langue, d'écraser les mots – d'avaler les plus importants, bien sûr.

Son sourire changea et se coinça comme si une arête de brochet fourchue s'était plantée dans sa gorge. Au rang suivant, une vieille femme racontait à un homme blanc châtain clair que les missionnaires lui avaient mis des fessées à l'internat. Car elle parlait inupiaq. « C'est c'que j'vois quand j'vois des Blancs », cria-t-elle. Je baissai les yeux, me rappelant ce jour où je conduisais mes chiens derrière l'église de Takunak. J'avais seize ans et j'avais peur. La motoneige de Tommy Feathers rugit dans un virage, fit une embardée et se planta dans les saules. Il frappa mes chiens. « Espèce de petit Blanc de merde ! Qu'est-ce qu'tu fous là ? » Ses lourdes lèvres se tordirent. Son haleine puait l'alcool. « J'vais prendr' mon arme et t'buter ! » Mon fusil pendait dans son fourreau en peau de caribou, toujours prêt. « Plato, *gee*, à gauche ! » Plato passa le museau sous les lignes, essayant de faire bifurquer l'attelage emmêlé. Tommy s'arrêtait à notre igloo tous les ans, aussi loin que je m'en souvienne. Il était resté dormir au mois de décembre dernier ; il frottait ses énormes oreilles qui dégelaient, riait et nous tenait compagnie tandis qu'Abe faisait tremper des *babiches* en orignal pour réparer son traîneau. Pour fabriquer des *babiches* de raquettes et de traîneaux, il fallait tuer et dépecer un orignal – ou un caribou – faire tremper la peau, la gratter tous les jours avec une pelle jusqu'à ce que les poils glissent, puis la sécher à demi et la trancher en deux bandes parfaites, pour terminer le séchage et la stocker. Le traîneau de Tommy était arrimé avec de la corde en nylon.

« Espèce d'enculé d'merde d'Blanc ! »

Les gamins se précipitèrent. « *Qilamik* ! » Ils firent pivoter l'attelage. La plupart m'avaient déjà passé à tabac auparavant, jeté des pierres ou poursuivi avec des catapultes et des fusils à plomb. Mais à ce moment-là, ils me protégeaient comme des cousins. Tommy était un Ancien. Impossible d'échapper à cela. Ils le savaient bien. « Allez ! » Les gamins sifflèrent les chiens.

La femme au rang suivant continuait de croasser. Tout raide, je me redressai dans le siège du milieu ; j'imaginai une crotte de loup battue par le soleil dans laquelle des poils de caribou seraient torsadés – une merde blanche – et je tentai de me sentir mystérieux, un agent secret connaissant tout le kung-fu du territoire. Cela ne fonctionna pas. Quelqu'un qui comptait devait me garantir que je comptais aussi. Enuk avait disparu. Qui d'autre était suffisamment héroïque ? Je tirai de ma poche les billets pliés et observai les visages.

Thomas Jefferson ? Pour moi, Iris était celle qui se rapprochait le plus d'une héroïne. C'était elle qui m'avait suggéré de faire l'expérience de la ville, de gagner de l'argent et de le dépenser sans qu'Abe soit dans les parages. Elle disait qu'elle avait adoré la ville, mais qu'elle avait fini par être épuisée ; Abe lui avait manqué, les chiens aussi, ramasser des baies. Et s'occuper de la nourriture.

N'ayant rien d'autre à faire, je me mis à compter mon argent. Dix billets de vingt. Et un chèque à double encaissement de cinq dollars et soixante-quatorze centimes. Au-dessous de nous la terre courbée, les rivières entortillées, les lacs blancs, les taches d'encre renversée des arbres – un millier de kilomètres de nature sauvage, plate, sans couleur, et, de là-haut, rien qui rappelait la maison. Par-delà l'aile en aluminium rivetée, le soleil étincelait sur les montagnes sublimes.

L'hôtesse distribuait des corbeilles de nourriture. Sur une serviette en papier, j'écrivis quelques mots. *Abe, il fait chaud dans un avion. Une belle femme, grande, les cheveux bruns, veut que je mange. Alaska Airlines veut que je boive leur café.* Je m'arrêtai, me demandant ce qu'Abe avait passé toute sa vie à nous apprendre. Peut-être *Ne courez pas après l'argent, c'est être pauvre que vivre comme cela. Ne tuez pas les animaux pour la gloire, cela ferait de vous la pire des brutes.* Mais qu'y avait-il de l'autre côté ? Que voulait-il que nous fassions ? Un instant plus tard, je devins plus magnanime. *Soyez heureux* – c'était cela qu'il avait essayé de nous enseigner. Mais les gens n'étaient-ils pas supposés être les meilleurs à ce qu'on leur avait appris, à ce qu'ils mettaient en pratique ? Au village, les gamins étaient bons au basket et à jeter des pierres pour dégommer les hirondelles sur les câbles téléphoniques. D'une manière ou d'une autre, mon entraînement avait uniquement consisté à *vouloir* être heureux.

L'hôtesse me tendit un petit sachet d'amandes, un verre en plastique, un 7 Up et une plaquette de deux aspirines. « Pour la tête. »

Rapidement, je fourrai de nouveau l'argent dans ma poche. En admiration devant l'eau sucrée et pétillante, je scrutai les joues rosies et les doux yeux bruns. La ville, ça promettait d'être palpitant. Je tenais au creux de ma paume les deux pilules blanches.

Elle tendit l'autre main. « Je vais reprendre l'emballage. »

J'hésitai, puis l'enfonçai dans ma poche que je tapotai. « Oh, je vais le garder. Pour allumer un feu. »

Elle sourit brièvement, puis descendit l'allée.

À l'intérieur de l'aéroport d'Anchorage, l'horizon se floutait. Tout un monde là-dedans, comme Trantor dans la trilogie d'Asimov, *Fondation*. Trop de gens qui bougeaient trop vite, blancs pour la plupart ; c'était surnaturel. Des Blancs de toutes les tailles et de toutes les formes, avec leurs vêtements si propres et leurs chaussures si légères. Je me tins à un mur. *Les Eskimos détestent les gens pressés. Les loups mangent ceux qui sont en retard.* Quelque chose clochait avec leurs yeux. Je jetai un œil à leur visage, puis baissai enfin le regard vers mes mains. Étais-je invisible ? L'hôtesse passa rapidement, ses jambes alertes à talons hauts aussi raides que celles d'un caribou qui marche, avec le même bruit. Je voulais lui crier *Attendez !* Mais pour quoi faire ? La courtiser avec des histoires de musaraignes qui courent sur mon visage dans le lit, qui mâchonnent les plumes de canard grasses de nos oreillers faits maison ?

D'abord, je devais comprendre comment sortir de ce village entre les murs, au sol de moquette et de carrelage. Janet m'avait prévenu, « Ne t'perd pas sur cet aérobort. *Aachikaaŋ*, c'te endroit. » Qu'avait dit Iris ? « *... la route passe juste devant chez January Thompson...* »

L'air avait un goût de fatigue. Le sol sous l'aéroport devait être en train de retenir sa respiration. Plus loin, je tombai sur des ours debout dans des boîtes en verre, morts, abattus par des dentistes. Les portes, fermées à clé, portaient des numéros, des alarmes, des panneaux NON. Je partis dans l'autre sens, détournai les yeux des ours, passai devant un aigle chauve perché dans du verre, montai des escaliers électriques et arrivai devant des portes vitrées, électriques elles aussi. Elles s'ouvrirent, ravies de voir quelqu'un s'en aller. Qui payait les factures d'électricité ?

Dehors, l'air résonnait, grondait, empestait. Dans la chaleur, la neige fondait sous un rail en acier. Ce n'était pas la même que celle que vous ramassiez à pleine poignée pour la manger. Des troupeaux de gens s'activaient, un objectif en vue. Ils faisaient rouler les valises vers les voitures qui, ensuite, s'éloignaient. Dans toutes les directions des pots d'échappement soufflaient. Des avions viraient de bord dans le ciel. Des voitures étaient garées, le moteur allumé. Des bus crachaient de la fumée. Un camion chargea ras mes chevilles, et son haleine puante déferla dans mes vêtements. La lumière du soleil fuyait sous l'avancée du toit, incroyablement brillante et jaune. Était-ce vraiment le cœur de l'hiver ? Là-bas, Crotch Spit était encore plongée dans l'obscurité matinale.

Je mis mon sac sur mon épaule. Les congères grasses m'arrivaient aux genoux. Je pataugeai le long de la chaussée. Les gens regardaient attentivement à travers les fenêtres des voitures. Quelque chose avait changé. De l'intérieur de leur véhicule, je n'étais plus invisible. Un hockey grimpa dans ma gorge – le bruit et la puanteur. Des camions monstrueux rugissaient et déchiraient l'air à un mètre de moi. Ils étaient flous lorsqu'ils passaient, déformaient la vision, la mort la plus effrayante et instantanée à laquelle j'avais jamais été confronté. La route s'étendait, impossiblement droite, humide et peinte en noir avec des lignes blanches et jaunes. Personne d'autre ne marchait. C'était peut-être illégal. Je me mis à courir ; mon sac s'affaissait et mes *mukluks* allaient être ruinés. Une toile de crasse s'accrochait aux poils de caribou. L'eau s'imbibait à travers les semelles extérieures en peau d'orignal, jusqu'à passer à travers celles, intérieures, en caribou tondu. Une fin déshonorante pour une paire des beaux *mukluks* de Janet, ceux avec les semelles molles propices aux climats froids.

Je m'arrêtai à une intersection et fouillai dans ma poche, pour trouver l'adresse et la carte menant à January qu'Iris m'avait données. Mon argent était là ; le morceau de papier n'y était plus. Je scrutai les alentours, parcouru d'un petit frisson de terreur. Il avait été plié avec mes billets. Je regardai en arrière. Un avion passa lourdement dans le ciel.

Des hôtels avec une centaine de fenêtres se profilaient. Le rugissement était constant. Rien à la maison n'était aussi frénétique ; ce qui s'en rapprochait le plus, c'étaient les moustiques femelles, des compétitrices féroces et courageuses qui essayaient de s'emparer du sang avant de mourir.

Les pylônes et les panneaux s'étiraient aussi haut que les arbres qui cherchaient la lumière – la survie des plus forts, *city style*. Partout, des mots. Des mots clignotants. Comme si quelqu'un avait découpé un magazine et l'avait collé sur le ciel. *Dawna doit adorer ça !* Pas besoin de déchiffrer la rivière, la neige, la glace ou les traces – la ville, c'était le sens propre ; il suffisait de lire les panneaux pour la déchiffrer.

Je bifurquai dans des rues plus petites. Les voitures étaient moins nombreuses et je faisais un signe à chaque passage, dans l'espoir que l'une d'elles s'arrête et me propose son aide. Une vieille femme me rendit mon salut. L'air se calmait entre les maisons rapprochées. Des numéros étaient cloués sur leur façade. Quelqu'un tenait les comptes. La musique cognait. Une chaîne cliqueta. Je jetai un œil en arrière. Jamais je n'avais marché à travers Takunak sans avoir peur, jamais je n'avais fait courir mes chiens dans le village sans garder à portée de main un manche de hache ou une chaîne, en me demandant quels chiens errants essayeraient d'attaquer les miens, ou qui tenterait de s'en prendre au garçon blanc. Iris avait laissé entendre que je pourrai être exempté de tout cela à Anchorage.

Je défis mon sac, en sortis une lamelle de *paniqtuq* d'orignal et mon couteau. Abe avait fumé l'orignal pour January, saupoudré un peu de sel. Je mordis dedans et découpai des morceaux avec mes lèvres. Des chiens aboyèrent. Leurs cris étaient étranges, comme s'ils étaient prisonniers ; ils venaient d'un côté et de l'autre, pas d'attelages au complet. Un chien noir et jaune au poitrail large trottina au coin d'une maison. Il se rua en avant. Des dollars et des dollars de chaîne galvanisée se déroulèrent. Ni hache ni pelle en vue. Seulement des boîtes à lettres enfoncées dans la terre.

Je bondis en arrière. Le chien atteignit l'extrémité de sa chaîne. Une femme ouvrit une fenêtre.

Impossible de l'entendre derrière les aboiements du chien.

Je retirai la viande tendineuse de ma bouche. « Salut. Je… je cherche un ami. Peut-être pourriez-vous m'aider ? »

Elle sourit, fugace et raide. « Qu'est-ce que tu fais dans ce quartier ? Du calme, Zoogy ! »

Je lançai le tendon dur au chien. Il le renifla, le ramassa, l'avala et inclina la tête pour en demander davantage. « Je… je marche. Je cherche January. »

Son regard se posa sur mes *mukluks*. « January ? Ne donne pas à Zoogy tes microbes dégoûtants. Retourne d'où tu viens ou j'appelle les flics. » Elle claqua la fenêtre.

Je clignai des yeux, fermai la bouche et oscillai entre les maisons. Je me mis à courir et bifurquai plusieurs fois ; mes pieds mouillés dégoulinaient sur le trottoir. Des panneaux m'abordaient. TURNAGAIN. CUL-DE-SAC. STOP. DÉFENSE D'ENTRER. IOWA. 32ND. ATTENTION AU PROPRIÉTAIRE. TURNAGAIN. Quelqu'un en collants bleus, chaussures jaunes et casque passa à toute allure sur un vélo. « Salut. » Ses dents blanches flashèrent dans un rictus. Homme ou femme, difficile à dire. Je m'arrêtai, haletant. Par-dessus mon épaule, je grimaçai trop tard. « Iris, murmurai-je, ces gens-là sont vraiment censés être mes semblables ? »

Le long d'une clôture, des traces de bottes descendaient un talus jusqu'à des rails de chemin de fer en métal, avec des centaines de grosses échardes plantées dans du bois équarri. Au loin et dans la lumière tombante, des panneaux bleus disaient quelque chose qui commençait par NE PAS. Les empreintes de pas traversaient les rails et pivotaient à travers des bouleaux et des épicéas. Je fourrai mes deux mains dans mon unique gant pour les réchauffer. Des maisons se tapissaient dans les arbres, leurs fenêtres jamais tout à fait hors de vue. Des traces de lynx miniatures franchissaient la piste.

Les arbres étaient de plus en plus épais. Je m'agenouillai. Toutes les maisons étaient enfin invisibles, de justesse. Je décidai de camper et de chercher January demain. Ce n'était pas vraiment un campement – juste de la neige piétinée, des branches d'épicéas, mon *qaatchiaq* et mon sac de couchage de l'armée. Je n'étais pas certain que les lois autorisent à allumer un feu, même si des branchages morts d'épicéas pendaient là, alléchants. À l'endroit où les traces de chat plongeaient sous une branche, j'enterrai un peu de viande séchée et posai un piège avec un bout de ficelle. Des bruits de voitures pénétraient les arbres. Là-haut un oiseau battit des ailes ; elles haletaient comme seules celles d'un corbeau le peuvent. Je me redressai, oubliai les fenêtres des maisons et respirai rapidement, comme si je pouvais inhaler la maison, ce corbeau, l'odeur de la neige chaude et le vent là-haut dans les branches.

Dans le rêve, le vent hurlait. Plato se contorsionnait en arrière pour s'échapper de son harnais. Un camion passait en mugissant en bas, près de la rivière. Ses panneaux latéraux n'avaient pas de fin. Il faisait de plus en plus de bruit. Plato tirait, se tortillait jusqu'à sortir de sa fourrure et la laisser, pendante, entre mes mains. La peau était pourrie. De la fourrure putride se dépouillait dans mes paumes humides. Sa carcasse nue gronda et me mordit les doigts.

Je me réveillai ceinturé par la terreur. Le sol tremblait, les éclairs et le tonnerre emplissaient les arbres.

Lentement le rythme du rugissement me rappela où j'étais. Bien longtemps après la disparition du train, ma respiration tanguait toujours. Haut dans le ciel, de la lumière orange fuyait de nuages cotonneux ; la nuit qui s'en allait n'était plus la nuit, mais quelque chose de cataclysmique. Le bruit des voitures n'avait pas cessé. Où se rendaient-ils donc tous ? Qui étaient ces innombrables personnes blanches ? Que se passerait-il si une route était percée jusqu'à la rivière Kuguruk ? La fin de l'Amérique avait dû être effroyable pour les Indiens.

J'étais allongé sur le dos, prenant soin de ne pas jeter de la neige sur mon *qaatchiaq*. Mon visage était froid et ma respiration s'élevait en nuages. *Alappaa*. Comment Iris avait-elle fait pour avoir chaud et se faire des amis pendant ce voyage ? La voix d'Enuk résonna. *Faire demi-tour ? T'vas même pas t'affamer un peu ?*

Je revis la crique avec la tanière de loup, le morceau de corde verte pendu à l'arbre. Je me demandais si je devais tenter de trouver January ce matin, où d'abord essayer d'absorber un peu de la ville tout seul. « Enuk, tu n'es jamais venu à Anchorage, murmurai-je. Je suis perdu deux fois, car j'connais ni l'endroit ni les gens. Peut-être même trois fois. Peut-être que je sais pas non plus qui je suis. Alors, ne viens pas hanter mes pensées. »

Au matin, je n'avais pas attrapé de chat. Je déterrai le *paniqtuq* et le croquai, bruyant de cristaux de glace. Mes doigts picotaient, engourdis, mon dos était raide, tout était glacial et aspirait au feu. Il faisait plus froid aujourd'hui.

Je fis mon sac, passai le gant d'une main à l'autre en pensant à Franklin. Je partis et j'errai sur des routes effrayantes où je me retrouvai coincé au milieu de voies d'insertion comme une bûche pourrie dans la glace de la Débâcle. Affronter un tel trafic aurait dû me faire gagner une médaille. Je traversai des terres nues rugissantes, couvertes de neige pas propre. Les immeubles culminaient au-dessus de moi ; ils portaient les noms d'entreprises pétrolières ou de banques. Dans le centre, les gens marchaient. Certains étaient Eskimos, mais leur regard restait détourné.

Derrière une vitrine de verre, des hommes et des femmes transpiraient, à moitié nus, courant sur place. Un homme étalait des cristaux bleus sur le ciment. « Comment ça va ? » me demanda-t-il, amical, avant de disparaître derrière une porte sans attendre ma réponse. La neige fondue et grasse s'enroulait autour de grilles dans la rue. Les arbres s'élevaient seuls, mornes, dégoulinants et pris au piège, les racines enserrées sous de lourdes pierres. Les magasins vendaient des petits déjeuners. Les magasins vendaient aussi des figurines en ivoire, des cartes postales, du saumon fumé dans des boîtes en carton plates – trois cent cinquante grammes pour vingt dollars. Mes chiens n'avaient pas eu conscience de leur train de vie si opulent. Les vendeurs n'étaient pas comme Newt, avec ses yeux plats et ses potins tout frais. « Laissez votre sac à la porte », m'ordonna un homme. Tandis que je le posai, ses yeux s'accrochèrent à mon couteau. J'enlevai mon manteau. Être suspecté ainsi rendait mes muscles étrangement raides. Il répondit au téléphone. Je saisis mon sac et me dépêchai de sortir. Des femmes passaient, stars de cinéma époustouflantes ; elles répandaient de l'air parfumé qui s'estompait dans leur sillage. D'énormes gratte-ciel de métal et de verre poussaient dans la rue comme des falaises carrées. Excellents points d'observation pour la chasse. Les gens de verre, là-haut, que chassaient-ils ?

Dans un des quartiers je trouvai une moufle verte, main droite. Une femme relevait son courrier dans sa boîte à lettres. « Salut », dis-je d'une voix lourde. Les muscles de mon sourire tombèrent, informes. J'envisageai de lui demander si je pouvais utiliser son annuaire, mais n'eus pas le courage. Je continuai de marcher, parlant dans ma tête. Aucun silence ne vivait dans tous ces kilomètres. Au creux de mes pensées, je réalisai enfin que, plus que le vent, le froid ou la Débâcle, la puissance et l'absolu de la terre sauvage résidaient dans son énorme et intransigeant silence. Anchorage avait conquis le silence, n'en laissant aucune trace – et, plus terrifiant encore, pas même un souvenir. Le silence, les dentistes ne pouvaient pas l'abattre et le mettre dans des boîtes en verre. Peu importe ce qui resterait lorsque les humains auraient disparu : le silence rentrerait alors chez lui.

Désormais, mes pieds imbibés pelaient et demeuraient engourdis en permanence. J'avais douloureusement besoin de parler à quelqu'un. Quelque chose n'allait pas dans mon esprit. Les pensées suivaient le cours de leurs propres conversations. Elles se fusillaient dans ma tête en utilisant seulement la première lettre des mots. C'était sinistre, instable, une tête pleine de pensées acronymes qui criaient à d'autres pensées. En m'excluant. LMO. « C'est pas bon, ça », dis-je tout haut. TING. « T'es entouré par un quart de million d'humains, et la plus longue conversation que t'as eue, c'était avec une serviette en papier et un fantôme. »

Dans une allée, une femme eskimo qui ressemblait à Dollie Feathers se penchait pour manger une pizza dans une boîte plate qui aurait fait une bonne cible de fléchettes. Elle soufflait sur ses mains pour les réchauffer. Jolie comme Dollie, mais plus vieille et sans les gloussements. Je passai en traînassant et forçai ma bouche à s'ouvrir. « *Uvlaalluataq.* » Bonjour. Je continuai, les yeux vacillants.

La femme leva le regard du creux de la capuche de son sweat-shirt. Ses paupières étaient meurtries et ne se fermeraient plus jamais correctement. « Ah ? C'gamin blanc qui sait pas jouer au basket. » Sa voix était monotone.

Tu peux voir mes deux pires défauts aussi facilement ?

Elle parla inupiaq, puis attendit. « *Kaŋiqsivich ?*

– Non, je comprends pas.

– T'comprends un peu. Parfois on allait à Takunak pour le tournoi Mamas and Papas. J'viens d'Uktu. Maintenant j'vis à Anchorage, longtemps. »

Deux hommes en costume passèrent. Nous baissâmes les yeux, attendant qu'ils nous dépassent. « Est-ce qu'il y a une différence entre un pistolet et un revolver ? » demanda l'un d'eux. « Bien sûr, répondit le plus grand, un pistolet c'est un vingt-deux. » Une femme et un homme les suivaient. « Tu sais à quel point c'est débilitant, lui disait-elle, de ne pas avoir de bille dans sa souris ? »

La pizza aspira ma concentration.

« Prends. Ils m'la donnent par la porte de derrière. J'vais pas la finir. Si j'mange trop, j'peux pas être assez défoncée. »

Je levai les sourcils, *oui*, c'est vrai. Je m'assis là où le trottoir n'avait pas gelé. La pizza était épaisse de fromage, glacée en surface mais toujours chaude bien à l'intérieur, comme un renard mort pris au piège. Elle s'appelait Hannah Wana. Nous nous demandâmes qui étaient nos parents ; c'était ainsi que les présentations s'effectuaient au village. Qui nous étions, nous, n'était pas aussi important, et ne voulait rien dire sans cette information-là.

Hannah se leva et épousseta la neige de ses genoux. Ses jambes étaient arquées, sa gorge trouée de cicatrices. Ma tête s'emplit de visions de la piste d'atterrissage de Takunak, de la foule autour de l'avion postal. *Il est temps de ravaler ta fierté, Cutuk.* Il était temps d'appeler l'école de Takunak pour parler à Iris et lui demander plus d'informations.

Je m'assis et terminai la pizza. *Pizza Hut.* J'avais vu la publicité à la télévision, chez les Wolfglove. Manger cela me rendit heureux, et je pensai à Janet. Lorsqu'elle me nourrissait de foies de *tiktaaliq*, elle disait qu'elle était fière de moi. Abe ne m'avait jamais appris la fierté. La fierté, c'était bon pour la musique country, le sport, rejoindre l'armée et mourir pour un quelconque président retors. Rien dont nous n'avions besoin, rien que nous possédions. Beaucoup de bruit pour rien.

Iris aurait forcément quelque chose à dire. Un truc comme : « l'Absence force le cœur à avaler les couleuvres. »

TREIZE

Au téléphone, il crut à mon mensonge. Sous le terminal de l'aéroport, là où les valises tournaient en rond, son ventre protubérant cadenassa mes yeux. Cet homme avait abattu des loups depuis le ciel, *guuq*, et emporté ma mère là-haut avant mes premiers souvenirs. Tout ce que je ressentis, ce fut de la surprise – qu'un avion à ski puisse soulever une personne aussi massive, aussi grande, aussi grosse.

L'aéroport ne fermait pas. J'étais revenu ici à pied la nuit dernière, après la fermeture du Value Village – une idée d'Iris.

« Je ne veux pas aller dans un autre village, Iris. Je reste ici. » *Jusqu'à ce que je prouve que j'en suis capable.*

Il y avait eu une pause le temps que son rire rebondisse sur le satellite et spirale dans le combiné, tout droit sorti d'un passé auquel, à mon tour, j'avais désormais du mal à croire. « Value Village, c'est un magasin de vêtements d'occasion, Cutuk. Allez, vas-y – répète après moi : "Je vais dépenser de l'argent pour m'acheter des habits. Et pour aller chez le coiffeur !" T'inquiète pas, je dirai rien à Abe ! Qu'est-ce que tu veux que je raconte à Janet ? Elle me demande de tes nouvelles à chaque fois.

– Dis-lui que je vais trouver un travail. »

Dans les toilettes de l'aéroport, j'avais tiré la chasse une demi-douzaine de fois, retiré mes habits, plongé le torchon dans la cuvette et frotté mon corps nu. Les vêtements d'occasion propres, un jean, un tee-shirt et des bottes en cuir m'allaient mieux que tout ce que January avait jamais envoyé. Je fourrai les *mukluks* de Janet dans une fente à ordures. Je me lavai les cheveux au lavabo avec le savon gratuit, et grattai mon menton au couteau. Je rabattis mes cheveux en arrière avec mes doigts. Abe n'avait pas de peigne. Se coiffer, c'était futile. Un homme avec un manteau en cuir souple tritura parfaitement ses cheveux, jetant à la volée des regards de côté. J'évitai ses yeux et essayai de sortir comme si de rien n'était.

January était vieux, pas aussi beau ou bronzé que les Anciens à la télé. Il portait de grosses bottes pas lacées et une immense parka ouverte par-dessus un tee-shirt. Peut-être n'avait-il pas de peigne, lui non plus ; ses cheveux gras s'accrochaient en touffes à l'arrière de sa tête comme l'herbe de la toundra. La graisse avait construit un pont, un raccourci entre son menton et son cou ; la masse tout entière tremblotait, hérissée de poils blancs.

Il leva les yeux, étonné. « Oh ! Bon sang d'bonsoir ! » Il écrasa ma poigne. « Ma main à couper que ce gars-là, c'est le petit-fils de Tom Hawcly. Bon Dieu, le portrait craché. » J'eus le souffle coupé et scrutai les gens : je me demandai s'ils étaient croyants et contre les gros mots, comment January m'avait reconnu et ce que pouvait bien être un portrait « craché ». Je tirai l'ourlet de mon tee-shirt par-dessus le fourreau de mon couteau.

« Larges épaules, bon sang, tu dois avoir dix-huit ans.

– Vingt-deux. Comment allez-vous, Mr. Thompson ?

– Au mieux de ma forme ! Au mieux de ma forme ! »

Il n'avait pas l'air au mieux de sa forme ; il paraissait triste, les coins de ses yeux étaient enfoncés et un sourire montait entre eux. « Content que tu aies appelé. C'est bon, t'as ton sac ? T'as que ça ? T'aurais pas de l'argent ? Je commence justement à en manquer. » Les portes s'ouvrirent devant son ventre autoritaire. « Tu parles pas beaucoup. Voici Anchorage. T'en penses quoi ? »

Il marchait trop vite, parlait trop vite. Quelque part dans le labyrinthe de la ville, il y avait une autre personne. Lorsque j'aurai rattrapé le présent, je partirai chasser Dawna Wolfglove pour dénicher ce qui restait du passé. Mais j'étais encore en retard. Elle aurait déjà un petit ami et de la musique.

« Je m'attendais à voir des déchets. Et des pommiers.

– Ah ça, des déchets, y en a. Des Blancs et des normaux. Tu boites ? Mon pick-up est là. J'ai amené un pull si t'as besoin. Tu veux bien me filer quelques dollars ? »

Je pinçai un billet et lui tendis, dubitatif, en faisant attention au vent. Il le fourra dans son pantalon. Sur la fenêtre arrière, un autocollant disait MANGEZ DE L'ORIGNAL, 5 000 LOUPS NE PEUVENT PAS AVOIR TORT. Je souris, feignis la nonchalance et m'embarquai dans mon premier trajet en voiture. Le siège marron était glissant et craquelé. Je posai doucement mes pieds sur l'espace réservé aux marteaux, aux journaux, aux gobelets de café et aux rallonges. Le moteur s'alluma dans un rugissement envahissant. Nous nous élançâmes hors d'un nuage de fumée presque trop épais et trop bleu pour se disperser. Les montagnes s'élevaient au-dessus d'une ligne de brouillard, aiguisées et amicales à l'horizon.

« Belles montagnes.

– Bof ! Hillside, c'est plein de salopards de riches. Ils ont des raquettes peintes accrochées au-dessus de leurs cheminées à propane. Mais ils seraient bien incapables de les lacer. Le genre de gens qui passent leurs vacances d'hiver en Floride et convainquent leurs beaux-parents qu'ils sont des aventuriers. »

Un tendeur maintenait la porte fermée côté passager de la voiture de January. Le bitume devenait flou juste avant de passer sous le camion ; à ce moment-là, ce n'était plus une route, mais une cascade de rochers. L'odeur de son tabac Copenhagen faisait grimper mes amygdales. Un homme dans une voiture de sport noire nous coupa la route. January enfonça la pédale d'accélérateur. Le camion pétarada et s'emballa.

« C'est le milieu de l'hiver et regarde le bronzage de ce bouffon. L'Alaska me manque. Avant, ce territoire, c'était la dernière frontière, pas un foutu club de sport. »

Les voitures s'arrêtèrent, une rivière de feux arrière rouges. Mon cerveau paraissait au ralenti, stratifié comme un oignon gelé. Il me fallait un plan, un but, probablement une carrière. De ce que j'avais compris, le plus important ici c'était d'avoir un travail, puis venaient une voiture, une maison, une femme et des amis. En dernier, la chasse et la pêche, juste à côté de l'opéra et du ping-pong.

« Je dois trouver un travail. » Je pensais au billet de vingt dollars froissé dans la poche de January, puis à Melt Wolfglove, *j'vous ai élevé d'ma poche !* Melt était allé à l'Extérieur, en internat. À Chemawa, dans l'Oregon. En bas aux États-Unis. Était-ce là qu'il avait appris à être malheureux et cruel ?

« Tu sais faire quoi ? »

À ces mots, mon estime personnelle débarqua comme de l'électricité statique. Peut-être ne me croirait-il pas si je répondais : « Pisser tout seul », ce qui ici, à Anchorage, n'était pas aussi simple qu'il y en avait l'air. « Je dépèce très bien les animaux. Je sais tirer. Construire des traîneaux, aussi. Abe dit que les courses de traîneaux sont de plus en plus populaires, chez les gens de la ville.

– Mais nan ! Tu sais faire quoi, comme boulot ? » Le vieil homme secoua la tête. « Tu t'y connais en menuiserie ? T'as déjà construit des maisons ? » Les hôtels gigantesques arrivaient dans notre direction.

« Écorcer des bûches et boucher les trous de souris, ça compte pas ?

– Nan.

– Les gens me demandaient de réparer leur motoneige.

– Tu pourrais peut-être réparer mon camion ? Comment t'as bien pu apprendre à manier la clé à molette ? Je connais un type qui bidouille des voitures. John Gordiano. Pour être honnête, je laisserai pas Gordiano cureter les hémorroïdes de mon chien. » Il pêcha une miette sur sa lèvre, la scruta. « Snoose va me tuer. Ma femme est morte, cancer. Je prends des graines de citrouille, de la vitamine PABA. Prostate. Faut passer au dépistage, tu sais ?

– Euh… quoi ? Non, je savais pas. »

Il cracha pour chasser les graines entre ses lèvres. « Vingt-deux ans ! Tu lui ressembles. Quand j'ai rencontré Tom à Barrow, j'étais un jeunot. Abe, plus jeune que toi. Tout droit débarqué de Chicago, et il avait déjà perdu un doigt dans ce treuil. Tom n'était pas maternel. Quand il abusait de la bouteille : "Le garçon n'a pas besoin de tous ses doigts s'il sait rester sur ses orteils."

C'est la première fois que j'ai vu Abe peindre. » La forte voix de January s'atténua et sa grammaire s'améliora. « Il ne parla pas pendant plusieurs jours. Un morceau de toile de tente d'un mètre de haut. J'en ai encore des frissons. Juste cette silhouette debout sur la glace, qui regardait de l'autre côté, les mains dépassant de sa parka. Les épaules ployées sous le poids du monde. Tout de gris et de blanc, et un doigt derrière lui, rouge sur la glace. Vos yeux ne pouvaient rien faire d'autre que d'aller droit sur ce doigt, et souffrir. Waouuuh ! » January s'agita. Sa voix redevint forte. « Il veut pas que t'ailles à l'université ? »

Mon esprit s'attarda sur la banquise côtière, au nord de Barrow. Pourquoi ne pouvais-je pas avoir perdu un doigt, moi aussi ? Pourquoi ne savais-je pas peindre ? Un morceau abîmé, une cicatrice pour présager toute cette imperfection, et ce cri à l'intérieur, dehors et sec sur la toile. « Abe veut… Abe s'en fiche de ce que je fais. Du moment que je suis heureux. »

January leva un sourcil. « Eh bah, si ça c'est pas super Blanc de sa part.

– Est-ce que ma sœur, Iris, est venue te voir ?

– Bien sûr. Une gentille fille. Vraiment adorable. Oui, elle est venue. » Il crocheta son pouce. « Le lac Hood. La plus grosse flotte d'avions à ski au monde, et la piste la plus fréquentée. » Entre les hôtels s'étirait un lac recouvert de neige, bordé d'arbres et, de l'autre côté, de maisons à toit raide, sur les collines. « Tu reconnais… » – je clignai des yeux, alarmé ; savait-il que j'étais déjà passé par ici ? – « mon vieux Cub sur la berge ? C'est l'avion que ton père m'a donné, après le crash de Tom avec l'autre. Avant qu'Abe aille à l'université à Chicago. Oh, je lui envoyais de l'argent parfois, quand une prime arrivait ou quand je vendais des fourrures de loups. Tu sais piloter ? »

Abe lui a donné un avion ? Des loups morts l'ont aidé à payer ses études ?

« … t'apprendre à voler, comme ton grand-père m'a appris à moi. Je serai fier. Une seule emmerde, quand même… » Il ricana, ironique. « … qui s'appelle l'I-R-S. Ils me lâchent pas les bask', une histoire de remboursement d'impôts. »

Si cet homme vieux et gros savait… à quel point ma mémoire avait englouti cet avion à ski bleu et doré, comme un arbre qui croît autour d'une corde.

January freina au milieu de la route. Son clignotant s'enclencha. Autour de nous des voitures bouillonnaient, des Blancs impatients qui faisaient pétarader leur klaxon, sans tout à fait entrer en collision. J'eus un lent rictus – *des klaxons !* Bon sang, j'étais en train de tout apprendre !

« Faut que je prenne de l'essence ici. » January s'arrêta, descendit et attrapa un bec. Il y avait six pompes, des hommes et des femmes qui arrivaient puis repartaient, sans rien faire déborder. Des gens de la ville rigoureux. Sur la pompe, à mi-chemin du sol, des petits chiffres disaient 863 231, 235 982 et 799 514. Je m'appuyai contre l'une d'elles. Peut-être pourrais-je devenir pilote. Les petits chiffres augmentaient à chaque nouveau litre. Des millions de litres ? J'avais arpenté cette ville ; ce n'était pas le seul endroit d'Anchorage où prendre de l'essence. Incompréhensible – je suivis January dans le magasin vitré. Les rayons étaient garnis de crackers Ritz, de barres chocolatées, de lessives et de magazines – tout ce dont une personne pourrait avoir besoin, ainsi que d'autres choses dont je n'apprendrai peut-être jamais l'utilité. Un spray bleu et jaune d'huile anticorrosive fuyait sur une étagère. J'inhalai l'odeur douce. Une femme *taaqsipak* me fixait depuis la caisse. Je reposai vite le spray. Derrière la femme, une réserve remplie d'étagères de bouteilles : whiskeys, vins, bières.

Je ne me sentais pas autorisé à regarder près de la poitrine d'une femme, surtout d'une *taaqsipak*, mais une étiquette avec son nom y était accrochée. *Lacey*. Un nom aux sonorités douces. Ses yeux étaient attirants et foncés, ses doigts gracieux sur les touches. M'aimerait-elle si j'étais pilote chez Alaska Airlines ? Sûrement pas. Je ne savais pas jouer au basket.

Du vrai lait, pas du lait en poudre, était posé sur une étagère derrière toujours plus de verres. J'y avais goûté une fois, lorsque les pompiers en avaient rapporté un litre chez eux à Takunak. « Tout le temps de choper ça plus tard, dit January. J'habite à un jet de pierre lancé dans la rue. » Il fit tinter des pièces dans son pantalon et sortit à grands pas. Je posai le lait sur le comptoir et tendi à la magnifique femme mon billet de seconde main coriace, d'une valeur de cinq dollars et soixante-quatorze centimes, qui avait fait le tour de Takunak.

« C'est quoi, ça ? » Ses yeux étaient noirs avec de petites taches brunes dans le blanc.

« De… de l'argent. »

Elle fronça les sourcils et retourna le chèque pour voir la signature. *Nelta Skuq*. Un homme aussi énorme que January se tenait sur mes talons. Il avait l'air *naluaġmiu*, mais sur sa casquette était écrit *Cleveland Indians*, les Indiens de Cleveland.

« Est-ce que les Blancs ont le droit d'acheter à crédit ici ?

– Vous êtes au mauvais endroit, cracha-t-elle. Ici, on prend du liquide. L-I-Q-U-I-D-E. » L'homme rugit de rire. Je peinturlurai mon visage de rouge. La bouteille en carton fit un bruit sourd contre le sol, comme un canard gelé. Une fine giclure de lait perlait sur mes chaussures. Je laissai tomber le chèque et sortis précipitamment par la porte en verre.

January livrait bataille contre le levier de vitesse pour le positionner sur la marche arrière. Il regarda par-dessus son épaule et recula. « T'as voulu attendre ? »

Je me recroquevillai. À côté du camion, de l'herbe marron tondue apparaissait autour d'un amas de neige fondue. Je touchai les perles de lait sur ma chaussure, puis ma langue. Pourquoi Jerry avait-il gardé en mémoire les pelouses de Chicago ? Il aurait pu conserver des souvenirs plus doux : des baisers et des chansons, des verres en verre de vrai lait servis par notre mère.

January vira à gauche, puis rapidement à droite. La femme qui m'avait beuglé dessus car je n'avais pas laissé son chien me mordre – sa maison était à quatre cents mètres, le magasin de Lacey presque de l'autre côté de la rue. Pendant un moment tout fut compressé, comme à Takunak, sauf qu'ici c'était la ville, avec des milliers d'autres maisons et d'autres magasins. Un millier de villes en Amérique. Un million d'amis qui m'attendaient. Ça devait être ça, la liberté.

Nous glissâmes pour nous arrêter devant une rangée de maisons déplaçables, trop près les unes des autres pour que des gens vivent dans chacune d'elles. Certaines devaient être des réserves. Le nom de la marque, sur la caravane de January, était FRONTIER. Cela n'avait pas l'air de le déranger. De l'autre côté de la route se trouvait un village entier de maisons à toit pointu. Deux P'tits-Minus aboyèrent derrière la vitre dans la caravane d'à côté, une maison grise et cabossée comme un avion aux ailes déboulonnées. Une jolie adolescente épiait par la fenêtre. Ses cheveux étaient longs et blonds. Quelque chose me fit soutenir son regard, comme le ferait Lumpy. Ses yeux ruisselèrent le long de mon corps. Les chiens au museau de tapis renversèrent des tasses et des plats sur une table. Je sortis, épuisé et enthousiaste, les pieds engourdis et pleins de fourmillements.

« Pratique d'habiter dans une de ces maisons qui bougent. Tu peux migrer à tout moment. Ça fait longtemps que tu es à cet endroit-là ?

– Seize ans. » January fit gicler de la glace fondante, glissante et carillonnante comme des œufs de poisson gelés. Il remit en place son entrejambe, s'éclaircit la gorge et souffla la morve d'une de ses narines. Derrière la fenêtre apparut le rayon de soleil d'un sourire de la fille.

« Un nid pas si douillet, dit January. Entre. »

QUATORZE

Du vent souffle la neige vers le sud, un mur de flocons de glace acérés qui roulent dans le ciel le long de la chaîne de montagnes. Des loups se terrent entre les saules bordant un ruisseau. Ils pataugent dans la neige profonde, reniflent des traces de lapins, mâchonnent les extrémités d'ailes de lagopèdes plumeuses, sans viande, abandonnées par les renards. Des semaines sans tuer un orignal. Le gros mâle est mort, abattu, la carcasse nue battue par le vent est partiellement recouverte de glace, à l'embouchure du ruisseau. Parfois, la nuit, les loups se rendent sur le lieu. Les corbeaux ont cueilli les yeux et le gras du dos et taché la zone de leurs fientes. Deux pièges en acier sont posés là, trop profondément, enchaînés sous la neige.

Les vestiges d'une seconde meute se joignent à la première. Les dominants aussi ont été abattus. L'ordre social et les querelles pour le territoire, un temps, sont enterrés. Le vent souffle en bourrasques au-dessus d'eux. La neige dégringole. Des cris et des hurlements chantent ici et là dans les arbres. Les hormones s'emparent du sang et tous les loups matures s'accouplent.

QUINZE

Ubaldo Fluck me donna une claque dans le dos. Le carburateur de la Toyota cliqueta sur le ciment. « Oups. Tu vas chercher du solvant ? » Il posa la bielle qu'il était en train de polir sur un chiffon. « Je fais un tour au magasin, je ramène quelques Coca. »

Il sortit nonchalamment par la porte du garage, sous la bruine, sa tête et sa barbe hirsutes comme un ours brun ; il essuya des gouttelettes tombées d'un après-midi humide. La neige dehors était gris-brun. Je humai l'air moite et regardai le ciel. Fin mars. Les oies grasses remonteraient vers le nord dans un mois. Leur *iŋaluat* serait bon à manger, vide de n'avoir rien avalé pendant le long vol. Abe porterait bientôt ses *mamillaks*, qu'il enduirait d'huile de phoque rance.

J'aspergeai de nouveau le carburateur, pulvérisai de l'air compressé et le posai sur le banc, me demandant de quelle quantité de solvant faudrait-il imbiber vos bras pour dissoudre le cerveau. Quand Iris et moi dépecions des renards, nos aisselles sentaient le renard les jours suivants ; quand nous dépecions des carcajous, nous sentions le carcajou. Des aiguilles en cuivre clignotaient dans la lumière.

Des biellettes et des lignes d'échappement se contorsionnaient. Il semblait impossible de se rappeler où elles allaient toutes. Chaque jour, je passai des heures plongé jusqu'aux coudes dans le solvant, à transformer des pièces de dépotoirs en pièces brillantes et comme neuves pour John Gordiano. Lui, il les faisait passer pour véritablement neuves. Mes bras fourmillaient. Mes pieds fourmillaient encore – pieds des tranchées – et les nerfs se reconstruisaient après avoir eu froid trop longtemps dans la rue. À la radio, un homme appelé Bruce chantait. Je flottai sur sa voix, dansai dans le noir – moi, j'étais bien incapable d'allumer un feu sans une étincelle. Quelque part dans la ville les gens savaient danser. Chez nous, Abe tapotait faiblement du pied lorsque l'instituteur Ron Newton jouait de sa guitare Yamaha et chantait « Country Roads ». Je n'avais jamais tapé du pied ; tout le monde aurait vu que je ne savais pas faire. Mes os étaient durs ; avec un peu de chance, ce n'était pas trop tard.

« Gigolo de l'igloo ! Tiens. » Ubaldo tapa des pieds. Il était grand et large, avec des cils invisibles et des cheveux blonds qui bouclaient hors de son col. Chaque jour à midi, il arrivait sur une Harley rugissante au pot d'échappement découpé, tout droit sorti des cours de psychologie qu'il suivait à l'université. Il avait vingt-huit ans, terminait son master. Mr. Standle aurait dit qu'il « y arrivait ». Et moi ? Si cela voulait dire potentiel de gains et popularité, j'étais au coude à coude avec de bons appâts pour les pièges.

Nous fîmes craquer nos canettes de Coca.

« Je suis sorti tard hier, j'ai beaucoup bu. » J'avais attrapé une infection aux mensonges – mais de toute façon, personne ne croyait à mes histoires. Apparemment la gueule de bois était une excuse macho habituelle, quelque chose dont les gars se vantaient et qui ne parlait ni de balles, ni de leurs boules.

Une Dodge bleu poudré crachota dans la rue.

« Oh, oh. C'est une des miennes. » L'huile formait un arc-en-ciel sur son pare-brise mouillé. Je fouillai dans mon tout nouveau jargon de l'automobile. *Six inclinés, trois sur l'arbre, quatre Mexicains tiennent sous le capot* – peu importe ce que cela pouvait bien signifier.

Le conducteur claqua la porte du camion. Il était fin, avec les cheveux orange. Des taches de rousseur envahissaient sa peau comme des vaisseaux extraterrestres. Le moteur bavait de l'huile.

« C'est toi qui t'es occupé de ma Dodge ? »

Je hochai la tête, et en un clin d'œil j'étais de retour au village, plongé jusqu'à la taille dans le mépris, prêt à demander si je devais aller crever quelque part. Quel endroit conviendrait le mieux ?

John s'extirpa du bazar de sa maison en A, avec bureau et parking pour les ordures perdues. Il donna une pichenette dans un mégot de cigarette qui atterrit dans un seau de crasse. Il ne semblait jamais fumer, pourtant il avait toujours un mégot à portée de main, pour le geste désinvolte.

« Quoi de neuf ? » John était petit, avec des bras épais de muscles. Son jean était contracté et frottait l'intérieur de ses cuisses. L'usure formait des trous effilés par lesquels sa peau grise jetait un œil. Le gris d'un mécanicien à perpétuité. Son père avait été mécanicien. Sa mère, sûrement aussi. S'il n'y avait pas eu de client, John aurait parlé l'anglais mécanicien : « Putain ! C'est quoi l'putain d'bordel ? » Je ne parvenais toujours pas à prononcer les illustres descriptions mécaniques.

L'homme souleva le capot. Les lourds ressorts couinèrent. L'huile irisait. Ses lèvres disparurent. « Répare-moi ça. »

John l'examina avec des hochements de tête préoccupés, puis transféra automatiquement le reproche. Ses yeux étaient sombres comme l'ardoise. « T'as rodé les soupapes de ce monsieur ? Recommence. Tout de suite, s'il te plaît. »

La pluie redoubla, noyant la neige qui restait. Je fixai mes mains blanchies par le solvant ; elles auraient pu être celles de ma mère. Elles ne portaient aucune trace d'Abe, ici, dans une ville, courbées au-dessus d'un boulot comme un chien qui ne veut pas tracter.

L'homme s'excusa. « Désolé, John, hein. Tout le reste, et puis cette saloperie qui s'ajoute… »

Je vis pleuvoir autour de lui des crottes médicinales de porc-épic dures ; elles clapotaient sur ses cheveux massivement orange, comme des plombs descendant en rappel après un coup tiré d'un fusil pointé en l'air. Tout le monde avait parlé, sauf Cutuk, campé derrière son visage. C'était John qui avait insisté pour réutiliser le vieux joint de couvercle de la soupape qui avait éclaté, plutôt qu'en faire livrer un nouveau. Je glissai la canette de Coca sur une étagère, la gardant instinctivement pour en faire une cale. Je jetai un regard de plus au carburateur Toyota démonté, et sortis rapidement par la porte arrière du garage. Direction un endroit non aimé de la planète : à la recherche d'un couvercle dans le dépotoir visqueux de neige fondue grasse, de rouille, et d'acide de batterie qui coulait des carcasses et des piles d'intestins des automobiles mortes.

Le chien de John, Fusil, était attaché à un châssis. Le capot rouge et les pare-chocs avant avaient été rabattus pour former un appentis de niche. L'animal était brun et noir, excessivement gros – problème de thyroïde – sa tête comme une bosse sur un tonneau bringuebalant, trop gras pour trembler. Il me rendait malade. Il voulait des caresses, mais je ne le caressai pas.

Ubaldo m'aida à serrer les têtes et à étanchéifier le « nouveau » joint de couvercle. « Aucune heure à noter aujourd'hui. » Tout ce qui dépassait des heures estimées pour une réparation et qui pour John relevait simplement de notre devoir n'était pas du temps pour lequel il allait payer quiconque. Rendre les pièces comme neuves en faisait partie. « Tu devrais rentrer chez toi. Prendre une douche – deux douches. Trouver une fille pour dépenser ton argent.

– Comment tu fais pour inviter une fille à un rendez-vous ?

– Suffit de leur parler. » Ubaldo haussa les épaules. « Mais ce que tu dis, ça compte pas vraiment. C'est plutôt la manière dont tu le dis. »

Je visualisai le centre commercial.

Il gratta sa poitrine poilue. « Reste toi-même.

– Au centre commercial ? J'arrive à rester moi-même seulement quand il n'y a personne autour.

– Au centre commercial, je sais pas. »

Je me penchai plus bas pour frotter l'huile et la retirer du tablier de la Dodge. « T'es un des mecs les plus sympas que je connaisse, Ubaldo. Pourquoi tu viendrais pas…

– Comment ça, *pourquoi tu viendrais pas ?* Eh vous deux, vous êtes gais ou quoi ? »

Je m'extirpai du moteur. Joe, l'un des mécaniciens de l'après-midi, souriait narquoisement dans le capot ouvert. Ses cheveux noirs luisaient. Ses bras croisés exposaient ses biceps durs et bombés. Il avait terminé le lycée en décembre ; désormais, il venait souvent directement de la salle de sport. Certains jours, une femme dans une tenue de sport rose moulante le déposait, une femme si invraisemblablement magnifique qu'elle me donnait l'impression d'avoir été transportée dans l'un de ces livres de science-fiction qui arrivaient dans les boîtes bibliothèques : Cutuk, l'homme des cavernes, visitait une planète de déesses qui humaient les fleurs. Le conseil de Joe avait été à peu près cela : « Être gentil, c'est emmerdant, mec. »

Abe avait-il tout faux ? Encore une fois ?

J'essuyai désormais la graisse de mes doigts et tentai un rictus détendu, comme Joe. « Je suis toujours en train d'essayer de comprendre comment être gai dans cette ville. »

Joe se plia en deux. « Mais, haleta-t-il, tu l'avais bien compris avant, non ? Tout ce temps merveilleux passé dans la nature, juste ton père et toi ? »

Je les dévisageai. Le camion remonta lorsqu'Ubaldo descendit. « Joe, laisse-le tranquille. » Sa voix paraissait fatiguée. « *Gai*, c'est de l'argot pour dire homosexuel. Quelqu'un attiré par le même sexe. Tu vois ?

– Il est où, le vieux ? » Joe balaya les environs du regard. « Lance. C'est clairement un petit pédé. Il est à peu près de ce niveau. Il pourra tout te montrer sur le sujet. »

Mes doigts s'enroulèrent autour de la clé dynamométrique. Sans bien savoir pourquoi, je m'attendais à ce que les Blancs soient justes et logiques ; à Takunak, les instituteurs, ceux qui travaillaient dans la construction, et les autres qui ne faisaient que passer, suintaient la confiance ; ils donnaient l'impression que leur culture était fondée sur un but, soutenue à la fois par la science et par Dieu.

Takunak – finalement, il était logique que Takunak ne soit pas logique. La clé en acier était lisse et lourde. Parfaite pour craquer les os à *patiq*. J'avais bien envie de craquer quelques-uns de ceux de Joe.

« Avant-hier, tu as dit que les gens du village étaient tous gais.

– Pas les gens du village, les Village People, espèce d'abruti ! »

Le garage sentait l'huile froide et usagée. J'eus la sensation de me replier derrière mon visage, la chaleur de la haine se mouvait à travers mes veines comme du lubrifiant synthétique. Les babillages des Blancs – sans connaître les joueurs de football américain, les acteurs célèbres ou la nourriture industrielle, la plupart des conversations pouvaient tout aussi bien être des aboiements de chien. Sauf que les aboiements des chiens voulaient dire quelque chose, eux : un ours sur la toundra, le passage des caribous, un attelage en approche…

« … une bête sur le bitume », disait Ubaldo.

Je devinai le sens de ses paroles ; mais lui ne se doutait pas de mon incapacité principale en matière de voiture. Je poussais toujours mon vélo d'occasion hors de vue, au coin du garage, avant de grimper dessus.

Lance Shaw arriva nonchalamment. Ses yeux étaient bleu eau sous sa casquette de base-ball et ses cheveux noirs. Il portait un kit de clés à cliquet. Il agita la main, se moquant de qui lui répondait, et ses dents blanches tordues sourirent. Nous savions tous qu'il était le seul vrai mécanicien parmi nous.

« 'Lut, Fluck. » Il hocha la tête.

John s'appuya contre la porte du garage. « Les gars », il tapa dans ses mains. « Allez, putain ! Putain ! Faut se putain de grouiller. »

Joe se pencha plus près, de nouveau charismatique. « Alors, c'est comment de démonter le cul d'un pingouin, hein ?

– Quoi ? Y a pas de pingouins en Arctique. Tu respectes même pas assez les animaux pour savoir dans quel hémisphère ils vivent ?

– Pfff… Je les vois à la télé. Je parie que t'en as enculé des centaines. À moins que ta sœur ait été plus facile ? Tu bouffes bien des chattes, non ? »

Les tunnels osseux palpitèrent sous mes tempes. Je pressai les côtés de ma tête et imaginai Abe frottant son front. Lance leva les yeux, droits dans les miens. Il haussa un sourcil. Son kit tomba. Les clés rebondirent, cliquetèrent et roulèrent plus loin. Il se mit à genoux et se démena pour les récupérer. John secoua la tête, jeta d'une pichenette un mégot de cigarette et s'éloigna vers son bureau.

« Pourquoi vous me demandez toujours ça ? murmurai-je à Joe. C'est vrai, j'ai déjà essayé, d'accord ? C'est mou, comme l'écureuil. Nous, on aime le lynx. Mon père essayait toujours d'attraper un lynx pour Thanksgiving.

– De la chatte pour Thanksgiving ! Ah ah ! Viens là, sœurette, c'est Thanksgiving. Papa et moi, on veut bouffer de la chatte pour Thanksgiving. »

Une traduction germa dans mon cerveau, suivie de près par la nausée. Enuk Wolfglove, Iris, Janet, Jerry, Abe – ils s'empilèrent derrière mes yeux. Des gens bien, qui savaient cueillir et chasser, qui découpaient leur propre viande, gardaient les tendons pour la couture, allumaient des feux, laissaient leur visage geler et leurs mains se couvrir de cicatrices juste pour la nourriture. Aux yeux d'Anchorage, nos vies auraient tout aussi bien pu être vécues sur Discovery Channel. J'écrasai Joe contre un mur. Un calendrier avec des filles tomba. Une boîte d'huile s'aplatit sur le ciment. La police allait arriver, avec ses sirènes et ses grandes lampes de poche noires. Je serai jeté en prison. Peut-être que je réussirai à m'évader et finirai sur l'émission d'investigation *America's Most Wanted*. Joe trébucha et ramena ses talons sous lui. La frustration souleva la clé dynamométrique, pour écraser l'argot vide de sens, le style et les cheveux peignés, et atteindre quelque chose d'aussi sage que les os.

« S'te plaît. » Lance regarda aux alentours, s'assurant que John ne pouvait pas entendre. « Je n'aime pas être éclaboussé par du cerveau. » Ses genoux s'égratignaient sur le ciment et ses mots étaient comme des clés qui rebondissaient au loin. « Non pas qu'il y en ait une quantité excessive… » Le compresseur se déclencha. L'air s'accumula dans le réservoir. La clé s'abaissa doucement sur le côté. La machine siffla et s'éteignit.

« Dis à Joe de pas raconter des trucs que je comprends pas sur ma sœur.

– Moi ? » Lance leva les yeux derrière des cartons contenant des demi-carters de moteurs à deux temps d'où protubéraient de longs goujons. Il se balança sur ses talons. « Musclor junior soulève de la fonte, *et il est mécanicien !* T'es un rat de bibliothèque mangeur de viande dans son igloo. Communication interpersonnelle complexe ! Demande à Fluck, mec. Pourquoi tu crois qu'il fait son internat de psycho dans ce garage ?

– C’est pas vrai ! souffla Joe. Trouve-toi un sens de l’humour.

– Et toi, fais bien attention. Là d’où je viens, quand quelqu’un s’énerve, il arrive qu’ensuite les gens n’aient plus jamais la même tête. »

Joe lécha sa dent. Il mit sa main sur l’embrasure de la porte, la poussa et sortit. Ubaldo versa du nettoyant dans sa paume, d’un air occupé. Avec ses lèvres, Lance mima un O qui s’effondra en rictus. Son doigt et son pouce se levèrent jusqu’à ses lèvres ; il inspira, fit mine de fumer un joint. Il haussa les sourcils et hocha la tête d’un air encourageant, Tu veux ? Je secouai la tête, remis mes outils sur le plateau et me dirigeai vers le carburateur Toyota. Mon entraînement de ferme-la-et-sois-gentil perdait de son efficacité. Je ne voulais pas inhaler de marijuana. Je ne voulais rien qui entrave la vérité égarée. Je me demandai si c’était cela qu’Abe avait ressenti quand il avait réalisé la peinture de son doigt sur la glace. La fatigue. Comme si tu avais mené ton attelage sur une piste que tu savais bien qu’il fallait éviter, une piste éloignée que tu n’aurais jamais pensé atteindre, et que c’était la Fonte, désormais, avec trop de ruisseaux pour pouvoir faire demi-tour. Je me mis à rire, détaché : je m’énervais, Abe faisait de l’art.

Melt Wolfglove s’énervait, Enuk chassait.

Soudain ma gorge se serra et je fredonnai pour cacher ma détresse. Melt apparut comme un flash dans ma tête, le souvenir du souvenir de lui, un bébé porc-épic dans les bras. Un homme plus jeune, souriant. Les souvenirs se brouillèrent. Les paroles de Woodrow surgirent, *Melt trouve jamais rien, qu’ce gros rocher d’jade qu’il peut pas soul’ver.*

January actionna le repose-pied de son fauteuil inclinable carbonisé par le soleil. Le siège couina et grogna. Il gratta son énorme ventre poilu, sous son livre ; il racontait l'histoire vraie des Colisées, des routes, et des villes sur Mars que le gouvernement gardait secrets, *guuq*. Les pages importantes, il les avait étiquetées avec des carrés de papier rose. January penchait une loupe sur une photo, essayant de détecter des structures inconnues que l'auteur – et la NASA, apparemment – aurait ratées au milieu des points granuleux. Il soupira. Son regard erra sur l'ex-*Homme qui valait trois milliards* dans sa nouvelle émission télévisée. « Eh, zieute ça, c'est Heather ! »

Je me rinçai les mains et fermai le robinet. L'odeur du chlore me piqua le nez. Je commençai à me servir d'une serviette en papier, mais rapidement je finis sur mon jean. *Lee Majors, L'homme qui tombe à pic ; Cutuk Hawcly, Le garçon qui tombe à pic ?* J'essayai d'imaginer January et Abe dans le même igloo. Penchés sur des peaux. À parler des problèmes environnementaux sur Mars ? À distribuer des avions ?

Les phares balayaient la fenêtre au-dessus du lavabo de la cuisine lorsque des voitures sortaient du magasin d'alcool de l'autre côté de la rue. À Takunak, ce magasin rameuterait plus de monde que les rendez-vous parents-profs ; Stevie vendrait son nunchaku, *Taata* Nippy sa motoneige, Nelta son corps. Et moi, quoi, encore plus de loups ? Je me servis un verre de lait pas en poudre. Merveilleusement crémeux – le meilleur truc à Anchorage. Les phares avant jetaient des ombres sur la vaisselle de January en train de sécher et tranchaient les yeux de la spatule le long du réfrigérateur. Sur le frigo, un crâne poussiéreux d'ours polaire aux incisives craquelées. Des photos encadrées montraient January jeune et bien bâti, la main dans l'hélice d'un avion ; un couple d'Eskimos debout à l'entrée d'un igloo de tourbe enterré ; et la femme de January, pâle et frêle.

Je m'agenouillai près de la porte et laçai mes bottes.

« Merci d'avoir fait la vaisselle. » January cracha dans une conserve de viande. « T'es un bon coloc. Tu donnes pas de leçons et tu perds pas tes poils. » Il fit mine de poser son livre sur le sol, puis se ravisa. Le toit fuyait derrière la chaudière à huile, l'eau courait le long du mur et formait une flaque au point le plus bas de la caravane – sous son fauteuil. « Je sais pas pourquoi je perce pas un trou dans le sol. Tu vas où ?

– Au centre commercial Dimond. »

Une publicité pour des céréales apparut soudain à l'écran.

« M'Man me laissait conduire la moissonneuse avec mes frères. Jusqu'à la guerre. » Il cracha. « Ils y sont allés et se sont fait shooter. J'ai balancé leurs livres d'école dans le poêle à charbon et je me suis barré pour rejoindre l'armée. Seize ans et jamais sorti d'Iowa. Le recruteur m'a ramené à la maison. Il a dit : "Sarah, je t'ai ramené ton petit tueur de nazis. Fais-lui de la chaudrée de maïs." »

J'attendais près de la porte.

« Quatre ans plus tard, je vends mon fusil de calibre .22 à canon octogonal, pour le flouze, et je fais du stop jusqu'à Alcan. Cap sur l'Alaska.

– T'as rencontré le père d'Abe ?

– Regarde la photo. Dans le panier en écorce de bouleau. »

La photographie était fripée et marron. Tow Hawcly portait une parka en ours polaire. Il était grand. La fourrure blanche gonflée faisait paraître maigres ses jambes en-dessous, et ses bras aussi gros que des tuyaux de poêle. À Takunak cela l'aurait fait passer pour un Étranger blanc, qui en faisait des tonnes pour ressembler à un local. Mais les yeux de l'homme étaient sûrs d'eux et téméraires. Il était pilote de brousse à la fin des années 1940 et dans les années 1950, à travers le territoire de l'Alaska. Bien sûr, personne ne l'embêtait. J'essayai d'être fier. Mais de nos jours, les gens du village murmureraient dans son dos et mettraient du sucre dans son essence – un Blanc n'avait pas le droit d'être aussi fier sans s'attirer tous types d'ennuis.

« Pourquoi il n'a pas changé l'orthographe de notre nom de famille ? »

Hawk – ou même Hawkly – aurait été beaucoup plus romantique. Un changement vraiment facile en débarquant sur la dernière frontière. Apparemment, y être né n'était rien comparé à la sensation d'arriver en voiture depuis l'Amérique.

« Pas dans ton assiette ? »

Mon regard tomba et rampa jusqu'à la télévision. Une publicité Doritos surgit, un gars au visage chiffonné se penchait sur une voiture. Pourquoi était-ce si important de reconnaître ces humains-là ? À l'écran, une femme avec des *milluks* énormes ; c'était Dolly. George Bush parlait d'une manière qui montrait bien que ça ne serait pas très amusant de camper avec lui. Sylvester Stallone était robuste, cool, et cela avait l'air de tellement le perturber qu'il ne disait pas un mot. Sa méthode – des mouvements abrupts avec un couteau en chrome qui scintillait dans sa main – était maladroite ; même Elvis Jr. l'aurait atteint derrière l'oreille, du premier coup. Moi, j'aurais pu le laisser décolorer sur la toundra. Mais ces vérités-là ne valaient rien. La question importante, c'était savoir quelle vérité comptait.

« La prochaine émission est pas mal. » January redressa le fauteuil éraillé. Il alla dans la salle de bains ; il était presque aussi grand que le cadre de la porte et emplissait l'espace restreint, où il pissa en petites gerbes et péta, la porte ouverte, tout en disant : « Demain je t'emmène faire du shopping. Si la pluie s'arrête pas et que ça fuit toujours, tu me files un coup de main avant d'aller au boulot, on jettera un œil à ce toit. Y sont comment, les types avec qui tu bosses ? Tu leur as dit d'où tu venais ? Tu leur as dit que t'étais un vrai foutu mec d'Alaska ?

– Les gens s'en fichent de ce vieux truc de poils de caribou. Une seule chose les intéresse, c'est savoir où chasser des "gros griz" ou trouver de l'or. Ensuite, ils glissent un truc pas sympa à propos des Eskimos. Et puis la discussion retourne sur Shirley et Laverne, ou sur leur Johnson Magic.

– Argh. » Il sortit en remontant sa braguette. « Prends ma Ford.

– Pas besoin de polluer l'atmosphère. Merci quand même.

– J'ai remarqué…

– Oui. Je sais pas conduire. » La fragile porte en aluminium se balança contre ma clavicule. Avec un peu de chance, cela n'allait pas lui faire oublier ce qu'il avait l'air d'avoir déjà oublié – m'emmener là-haut, dans l'avion de mon grand-père, et m'apprendre à voler.

Une bruine froide épaississait l'air. Le ciel d'Anchorage était une constante couverture de laine. Je descendis à vélo le long de la chuintante Minnesota Drive. Les passerelles et les voies de sortie étaient des monstres, des brachiosaures de ciment, leur dos soulevait des camions et des voitures, les gens à l'intérieur viraient de bord à l'unisson, les uns à côté des autres, assez proches pour se parler, partager un sandwich ou tomber amoureux, l'espace d'un instant. Mon nez se noyait dans les fumées. Un homme tenait un carton sur lequel était gribouillé : PRÊT À TRAVAILLER POUR MANGER. Exactement ce qu'Abe nous avait appris. *Vous les enfants, vous voulez bien vider ce caribou et le pendre sous la réserve, et puis aller chercher des canneberges ?*

À quel point cet homme avait-il besoin d'argent, ici où l'argent était lié à tout – ou séparé de tout ? La méfiance jaillit sous mes côtes, et immédiatement je n'aimais pas ça. *Ça doit être comme ça que t'attrapes les yeux vides.* Je freinai et lui tendis quelques billets roulés ; six dollars. « Tiens. Le temps que tu trouves un travail. » Il plissa les yeux, méfiant et antipathique face à mon vélo bleu, ma gorge blanche et mes ongles graisseux. À côté de nous, le long de l'autoroute, s'étirait une ligne d'arbres intacts – des épicéas noirs rabougris – petits et inquiets, comme s'ils espéraient bien se boulonner avant que le bitume ne les dévore.

Au centre commercial Dimond, j'attachai mon vélo à un lampadaire, lissai les plis de mon jean et m'élançai dans l'Amérique. Plusieurs étages, des lumières, du verre, des paillettes – une invitation douce comme les roses, avec des étiquettes de prix et le mépris des belles femmes qui attendaient d'écharper les pauvres et les différents. Le centre commercial était une terre de regroupement pour les troupeaux de jeunes. Je les longeais ; je voulais tant que quelqu'un m'invite chez lui manger de la soupe, à la manière dont les gens du bush invitaient les inconnus. Même si cela commençait à sembler aussi improbable qu'un caribou qui me suivrait à la maison pour se transformer en soupe.

Des miroirs étaient suspendus partout. Des colonnes de miroirs, des miroirs derrière des rangées de chaussures qui dédoublaient leur nombre, ainsi que les pieds des clients et leurs besoins. Partout rôdait mon reflet, en embuscade. Les veines se montraient dans les tendons de mes avant-bras. Mon jean était taché, mes lacets, mon vocabulaire, mon histoire aussi. Les lycéens m'effleuraient des deux côtés comme un ruisseau qui coule autour d'une bûche imbibée. Ils portaient des jeans passés, des blousons en cuir passé, des mèches de cheveux passés s'enroulaient devant leurs yeux. Leur blouson en cuir – d'anciennes vaches d'élevage satisfaites – coûtait plus que mon meilleur salaire après deux mois au garage. Sans compter le prix de leur jean et de leurs chaussettes, de leur montre et de leurs cheveux. Humains Portent Argent – probablement un nom déjà utilisé par un groupe de punk.

Cutuk, dit Enuk, *t'vois trop d'brillant. Trop d'femmes qui brillent.*

Des chiots étranges et moches remuaient dans des cartons derrière du verre. Quelqu'un avait coupé le bout de leur queue. – 40 % SUR TOUS LES ANIMAUX ET LES POISSONS. À côté de moi, un homme et une femme s'arrêtèrent. « Oh, trop choux. » Elle fit claquer ses mains contre ses joues. L'un des chiens aboyait, à peine audible à travers le verre. L'homme maugréa et lâcha un rictus dans ma direction. « Les six pires lettres à montrer à une femme, S-O-L-D-E-S.

– Pourquoi coupent-ils leur queue ?

– C'est comme ça », répondit-il.

Je ne savais ni quoi dire, ni si la conversation était terminée. Les gens n'achetaient quand même pas pour de vrai des chiens et des poissons au centre commercial ? Dans la prochaine boutique, je m'attendais à voir : Bébés à vendre. Arbres à vendre. Territoire à vendre.

Mais seulement encore d'autres chaussures de mauvaise qualité.

Un magasin proposait des photographies d'aigles, d'ours et de loups – deux cent soixante-dix-neuf dollars, environ la moitié du prix d'un vrai loup mort. Les animaux avaient l'air coiffés, ils étaient vraiment beaux. Des loups stars de cinéma ; habitaient-ils à Hollywood, eux aussi ? À l'entrée d'un magasin de vêtements se tenaient deux vendeuses aux cheveux bruns bouclés. Ongles roses comme du Spasfon. Bagues en argent. Elles portaient des étiquettes avec leur nom : *Taffy. Shannon.* Qui avait le droit d'embrasser une fille appelée Taffy ? Je me battrais contre un ours pour y arriver. Je boirais du solvant.

« Bonsoir. Souhaitez-vous voir notre prêt-à-porter homme ? »

Est-ce que le prêt-à-porter incluait un jean à la bonne taille ? Le mot me faisait penser aux trognons de pommes mâchouillés qu'Abe nous apprenait à garder, dans un pot de beurre de cacahouète rempli d'eau, pour les faire fermenter et récupérer la moindre goutte de jus pétillant. Mais ces femmes du centre commercial – comme les filles de Takunak – ne voulaient rien savoir d'une telle faim.

Je me dépêchai, songeant à Dawna. De quoi aurait-elle besoin ? Mais, non ; ce n'était pas la bonne question. De quoi aurait-elle *envie* ?

« Salut, Cutuk ! »

Penché au-dessus de la rampe, de l'autre côté de la patinoire, Charley Casket me faisait signe, ravi de m'avoir reconnu. Ce n'était pas un simple salut de Takunak, plutôt celui d'un voyageur échoué sur un banc de sable, dévoré par les moustiques et affamé, qui apercevait un autre humain. Nous nous serrâmes la main ; la sienne était molle et humide. Elle plongea dans sa poche. Je reculai involontairement. Au creux de sa paume, une grosse dent d'ours brun. Le sol de la tourbière l'avait tachée de noir perlé. « Smilodon, dit-il. Assez rare. Arrivé quand dans l'coin ?

– Presque trois mois. Enfin un boulot. » Instantanément, je sus que ma vantardise aurait un coût, comme si j'avais glorifié mes prises de chasse. « Ils ont trouvé Enuk ? »

Ses yeux se retirèrent plus loin sur une blonde qui passait. « Plein d'filles blondes.

– Des milliers. Mais c'est exactement comme les caribous de l'autre côté de la rivière pendant la Débâcle – tu peux rien faire. J'ai rien de ce qu'elles veulent avoir. »

Nous sourîmes, narquois. Soudain je craignis de lui avoir fait de la peine ; Charley, avec ses mensonges et son manque de savoir-faire, avec ses fragments d'os et ses faux hameçons à poissons, était passé maître dans l'art de n'avoir rien de ce que les autres voulaient.

« T'as une copine *naluaġmiu* ?

– J'aimerais bien. Quoi de neuf, chez nous ? Pourquoi t'es v'nu à Anchorage ?

– Janet va bien. J'ai r'çu une lettre, disait qu'j'avais gagné une voiture. À la loterie, dit Charley gravement. Une Trans Am, je crois. Exactement comme dans K 2000 sur la télé. » Il haussa les épaules. Ses yeux étaient ternes et sans expression. « Mais y a rien à c't'adresse. Ils ont laissé envoyer sept cents balles à Maman. »

Je retins un rictus – « laisser » voulait dire « faire » en anglais du village. *C't'agent a laissé qu'Lumpy est allé en prison.*

« J'ai vraiment envie d'apprendre à conduire, t'vois, dit Charley.

– Moi aussi. »

Charley Casket avait environ trente-cinq ans, il lui manquait des dents, quelques cheveux grisonnaient, et il habitait toujours chez ses parents, sur un matelas posé dans un coin. En lui parlant, je me tenais plus droit que dans mon souvenir. Quelque chose était en train de changer. À Takunak, j'étais bien plus bas que lui, qui était déjà tout en bas de l'échelle – mes yeux s'excusaient d'être ronds et bleus, ils restaient cloués au sol, embarrassés, osant quelques rapides incursions vers les visages. À Takunak, Charley était Charley, Cutuk était Cutuk, nos positions étaient gelées pour l'hiver de nos vies. Anchorage était débarrassée de tout ça, mais possédait quelque chose de plus grand et de vaguement similaire. Au village, la nouvelle rhétorique disait que les autochtones « marchaient dans deux mondes avec un seul esprit ». Trop absolu et trop exclusif, visiblement, pour assimiler un membre isolé d'une tribu Pas-Vraiment-Blanc-Comme-Il-Faut.

Le centre commercial Dimond se dépêchait tout autour. Moi, je n'avais pas un seul esprit qui marchait dans deux mondes. Plutôt des esprits siamois rampants dans la crevasse au milieu. Charley était sur la couche de glace eskimo. Mais qu'est-ce que ça voulait dire, être Eskimo ? De nos jours, bien plus que posséder une connexion avec le territoire, autochtone semblait signifier ne pas savoir qui vous étiez ; avec le basket et la picole comme seules constantes. La télévision, les professeurs, l'avenir, ils étaient tous Blancs. Charley pourrait bien chercher pour toujours et ne jamais trouver son visage. Tout comme le mien n'était jamais celui de nos héros, à la maison. Les murs des systèmes sociétaux tout entiers me désorientaient ; désabusé, je refusais de participer à tant de jugements.

« Doit être bien, dit-il.

– Doit être bien. » Il me proposa de nouveau la dent, puis plongea l'autre main dans sa poche. Sa paume contenait désormais un assortiment de bouloches et de trésors : un reste de balle de calibre .44, une molaire d'orignal érodée, un curseur de fermeture, une attache en bois d'animal, un morceau de tronc pourri, la moitié d'une tête de flèche en silex. Il remua tout cela, attrapa l'attache et me la tendit, presque cachée entre son pouce et sa phalange. Il regarda tout autour. « À Enuk, murmura-t-il. Partie arrière d'un harnais d'chien. Enuk, le seul à utiliser ceux-là. P't-être qu'ton père aussi, hein ? »

L'attache était vieille et pourrie, comme si le bois venait d'un arbre. C'était ce genre-là que nous utilisions, au bout de chaque ligne de trait, pour passer les boucles dans le harnais des chiens – nous pouvions les fabriquer avec ce que nous avions, gratuitement, pas comme les agrafes en cuivre qu'il fallait payer. Peut-être Abe en avait-il donné une à Charley. Peut-être avait-elle refait surface dans la cour des Wolfglove, compressée dans la poussière dure et compacte.

« Trouvée où ?

– J'marche beaucoup toujours. J'trouve des choses. La police va m'embaucher pour les r'cherches, t'vois. Trouver des preuves et plonger sous l'eau. Ils savent tous que j'étais dans la Marine. Marine Seal, un phoque de la marine. »

Je lui rendis l'attache et retins un nouveau rictus. Démêler le labyrinthe de mensonges de Charley, c'était comme essayer de suivre des traces de loup à travers les domaines d'hiver des caribous. À quel point y croyait-il lui-même ? Que savait-il vraiment ? « Où est-ce que tu as trouvé ça ? »

Ses yeux étaient sombres, impénétrables. « Souviens plus. Mais j'ai besoin d'cent balles, *bart.* »

Woodrow Sr. inonda mes pensées – des souvenirs vieux de dix-sept ans, lorsqu'il empruntait cinquante dollars dans la conserve Hills Bros d'Abe – il racontait qu'Harry Feathers s'était suicidé avec un pistolet double canon. Tout cela était si vieux, Harry trop loin en arrière, sans visage désormais. Je tendis cinquante dollars à Charley. *Cinquante balles pour une moitié d'ami dans la crevasse. Tous les amis à moitié prix.*

Il fourra les trésors dans sa poche et sourit malicieusement. « J'vais ach'ter des bouteilles.

– Ah.

– J'attendrai à l'aéroport. » Il hocha la tête, me serra la main de nouveau et s'éloigna nonchalamment.

À Takunak, Charley ne m'aurait pas parlé si amicalement. Là-bas, le Bacardi 151 se vendait trois cents dollars la bouteille. S'il parvenait à mettre en gage des artéfacts, il ramènerait un carton, et, le temps d'une journée, posséderait quelque chose que tout le monde voulait. Peut-être qu'une femme passerait même un peu de temps avec lui. Quoi qu'il en soit, la fête serait oubliée une semaine plus tard. Il ne me rendrait pas les cinquante dollars.

Le départ de Charley et le retour de la solitude soulevèrent lourdement le sol contre mes pieds. Il était temps d'abandonner là, une fois de plus, l'idée d'obtenir un rendez-vous ; c'était le moment d'aller récupérer mon vélo et de rentrer. January avait besoin de compagnie. De fait, il pourrait bien s'occuper du toit demain matin.

Le téléphone public m'invitait, promesse d'une éventuelle dernière chance. Le signal de la tonalité écouta ma conversation à sens unique avec Dawna, puis bipa cruellement. Mentir à un téléphone n'est pas autorisé. Mon visage de cuillère renvoyait un regard mauvais dans la machine à pièces en métal poli. L'annuaire était lourd de noms. Pas de Wolfglove. Pas de Fluck, Ubaldo. Shaw, L. L., y était.

« Lance ? C'est… c'est Cutuk. » Je bégayai à propos de Dawna.

« Essaye de faire le quatre-un-un ? » Sa voix arrivait à travers les câbles, différente, calme et dépourvue de blagues de mécaniciens.

« C'est pas le numéro des flics ? » Il avait l'air sincère, mais je commençai à savoir de quoi ces gens étaient capables.

« Non, ça c'est neuf-un-un. Laisse-moi essayer. Je te rappelle. »

Je fis face à la patinoire du centre commercial, où tournoyaient des beautés décolorées et des enfants de neuf ans surexcités par le Pepsi et les bonbons, hors de contrôle. Le téléphone sonna.

« T'as un crayon, Gigolo de l'Igloo ? »

J'éraflai les numéros sur mon pouce avec le bout de mon couteau.

« Eh, dit-il, appelle-moi à l'occas'. On fera un truc, on se boira une mousse. »

Je raccrochai et composai les numéros, me demandant pourquoi les Blancs buvaient de la mousse. *Melt boit bien de l'après-rasage.* Quant à moi, j'étais un peu Blanc et je m'étais bourré la gueule au Lysol à Crotch Spit. À vrai dire, je boirai une mousse n'importe quand à Anchorage pour avoir un ami.

« C'est qui ? Mon Sucre ?

– C'est qui ? » Je lui rendis le salut téléphonique de Takunak. Qui était ce Sucre ? Je lui enviai ce nom qui se dissolvait si facilement dans l'anglais.

« Cutuk ! *T'es à Anchorage ?*

– Je suis à l'intérieur du centre commercial Dimond. »

Les souvenirs m'enveloppèrent – la peau douce au-dessus de ses joues, les catalogues Sears en lambeaux, attraper des lagopèdes aux yeux fermés par le givre, dégeler près du poêle de Janet.

« Stevie a appelé d'la prison. J'croyais qu't'étais là-bas. Lui et Lumpy sont entrés dans la maison d'chez pas quel professeur, ont bu leur vanille et leurs médocs. Ils ont *igitchaq* l'oiseau d'compagnie des *naluaġmius* !

– Quel genre d'oiseau ?

– Attends… ça t'dit d'aller au ciné avec Dave et moi ? »

Le sang tambourina à mes oreilles. Plutôt plonger dans du solvant à minuit pour un roulement à aiguilles Nissan. Je grattai le combiné, tentai de simuler une mauvaise connexion subite. Je devais retrouver le chemin jusque chez January. Pourquoi avais-je appelé ? N'étais-je pas venu ici pour rencontrer une fille de centre commercial, quelqu'un de ce monde, qui n'avait jamais su que j'étais un *naluaġmiu*, que j'étais trop timide pour dire *Dieu* ou *amour*, ou pour embrasser ?

« On t'retrouve devant. » Ses mots étaient ceux d'une femme de la ville désormais, ils venaient de plus loin dans la gorge. Soudain le centre commercial s'étendit, trop vaste, une prison de verre bruyante, pleine d'aliments chimiques, à des années-lumière de toutes sortes de territoires.

« Ouais, d'accord. Je ferai n'importe quoi pour te v... » Le téléphone se mit à biper.

SEIZE

Des flocons orange flottaient du ciel au-dessus des réverbères et atterrissaient sur mes cheveux. La neige fraîche sentait l'authenticité. Sortir chaque matin et laisser la météo décider de ma journée me manquait, les chiens qui sautillaient dans la neige aussi, le ciel cambré au-dessus d'horizons inconnus, la subsistance qui attendait là-bas : caribou ou lapin, rat musqué ou ours. Les minuscules étoiles humides effleuraient mon visage. Des voitures migraient le long du boulevard Dimond. Le soir de mars s'était rafraîchi, sur le parking les clients penchaient la tête, protégeaient leurs cheveux parfaits avec des journaux et se dépêchaient d'atteindre leur véhicule, insultant l'hiver qui pointait son nez, avant de s'éloigner à bord de leur boîte en métal chauffée en direction de maisons qui brillaient de lumière électrique, de bains chauds remplis d'eau du robinet, de la centaine de chansons qui patientaient dans chaque radio.

Une Mustang II rouge, version hayon, glissa sur le parking. *Rien dans le bide. Un mixeur à gâteau avec quatre cylindres.* Dawna, à travers la vitre passager, surgissait du trafic comme Enuk avait surgi des orages. Et moi ? Sur un trottoir pavé, les mains dans les poches, agrippé à un ours en ivoire ancien, pensant à ce que Dawna et moi avions abandonné pour traverser une ville.

Elle bondit hors de la voiture, les jambes dans un jean délavé par l'acide, plus élancée et fine que dans mon souvenir. Son visage, plus fin aussi. Derrière le volant, un homme blanc aux yeux boursouflés observait tel *ukpik*, le harfang des neiges.

« Salut, Ch'veux-Jaunes ! » Elle prononça tout en un seul mot, comme au village, gloussa et m'étreignit. Les années faisaient peser sur mes bras le poids de l'incertitude. Des gens survoltés sortaient du centre commercial et nous jetaient des coups d'œil. Ses cheveux s'emmêlèrent dans mes lèvres. « Tu rentres quand ? Maman a envoyé du *niqipiaq* ?

– Janet a envoyé de la *muktuk* de béluga. J'ai tout mangé.

– C'pas vrai ! » Elle me gifla l'épaule.

Le petit ami sortit la tête, les avant-bras relâchés sur le volant. Je me demandai s'il savait découper des joints – moi, je pourrais trancher ceux de ses poignets en six secondes. Puis l'abandonner, sans mains, comme dans un village puni par Attila le Hun. Je touchai mon couteau, récemment aiguisé.

« Dawn. Faut y aller ! » Sa voix était nasale et éraillée.

Dawn. Dawna était sans pareil. Impossible à abréger. Je me concentrai pour atteindre le siège arrière, incliné et glissant, du faux cuir qui n'avait jamais été la peau d'un animal. La douloureuse odeur de vinyle. Celle aussi de cendrier, de cendres de cigarettes, et de cafards. Dawna se tourna vers moi, la joue écrasée contre le repose-tête. « On passe chercher deux-trois trucs et on rentre.

– J'aurais dû prendre mon vélo. » Mais soudain je me souciai à peine qu'il rouille jusqu'à devenir du compost de fer et nourrisse les racines métalliques du lampadaire. J'examinai le cou de Dave. Il avait l'air facile à détester – des cheveux séchés au sèche-cheveux, séparés au milieu, longs à l'arrière. Mon esprit jouait avec des collages d'images de la ville. Les parents de Dave étaient riches et avaient tous les deux de la moustache. Il travaillait au rayon laiterie d'un supermarché, où il poussait le fromage frais. Sa mère était une artiste de la manucure, avec un dixième du cerveau d'un loup de deux ans, une bible et un diaphragme dans son sac à main, et des désirs matériels qui démangeaient comme un bouton de fièvre.

Il appuya sur le frein et patina. La voiture bascula. Peut-être Dawna était-elle amoureuse de sa manière de conduire. Tout cela était à vomir. Nous traversâmes des centres – il s'avérait qu'Anchorage n'en avait pas un seul, mais potentiellement des milliers. Une voiture s'appuyait au trottoir, infirme, attendant un don de roues.

Dave sortit. Il claqua la portière.

Dawna pivota dans son manteau Seawolves qui glissait contre le siège. Je me demandais ce qu'étaient ces Seawolves, ces loups marins, et aussi pourquoi mon cerveau ne pouvait s'empêcher de penser à ce genre de choses. Un ours marin, ce serait un ours polaire. *Trop débiles, ces humains. Ils donnent à leurs vêtements un nom d'animal qui n'existe même pas.*

« Ma moyenne a baissé.

– Tu manges quoi ? »

Elle gloussa et me poussa l'épaule. « J'allais devenir photographe. Tu vois, les gens dans la chambre noire ? Plus sombre, moins sombre ? J'aimais vraiment ça, la photo. Je croyais que j'étais douée, mais une prof m'a dit que mes photos n'étaient pas vraiment de l'art. J'aurais bien aimé avoir ton avis.

– Mon avis ? J'y connais rien à l'art, malheureusement. » *Plus sombre, moins sombre – ça ressemble plus à la guerre qu'à l'art.*

« Ces profs, ils se croient toujours au d'ssus du lot. »

Son manteau faisait un bruit de nylon. Ses traits étaient creusés par les ombres et les lumières de la rue. Ses ongles caressèrent le repose-tête.

« T'as d'jà pris d'la coke ?

– D'la coke ? Bien sû… Non. Pas encore. »

Le silence dans la voiture. Ses yeux, qui surmontaient des cercles noirs, scrutaient bien au-delà du siège arrière. Ses doigts se recourbèrent le long de mon cou et entortillèrent délicatement mes cheveux. « Cutuk, j'attends toujours de te voir sourire comme si tu n'en avais rien à faire du reste du monde.

– Alors, tu vas m'apprendre ? À moins que tu ne viennes sur la toundra, là où je sais déjà comment faire ? »

Dave bondit sur le siège.

« Mon Sucre, tu m'en donnes ? demanda-t-elle.

– Relax un peu, d'accord. » Il s'éloigna rapidement du trottoir, n'empruntant aucune des directions qui m'intéressaient. Les rues débouchaient sur d'autres rues. Devant une banque, sous des arbustes, de petites lampes entourées de cercles noirs luisaient comme des ovnis tout juste éclos. La ville extraterrestre défilait, pierre gelée, verre, verrous tirés, et assez de lumière gaspillée pour durer plusieurs éternités. Je me recroquevillai à l'arrière ; j'aurais voulu que la voiture ait quatre portes. J'aurai donné un testicule pour bondir dans la liberté éphémère du vent créé par le véhicule.

Dawna claqua la porte de leur appartement à l'étage. Elle avait laissé la lumière allumée. Il y avait une télévision sur une commode à quatre tiroirs. La fenêtre était baissée, des vêtements entassés et étendus par l'ouverture. Pas de livres – aucun manuel scolaire, rien d'autre – dans la pièce. Pas de scie à viande. Pas de peaux. À gauche une cuisine, des murs à panneaux sombres, linoléum doublé. Dawna n'avait jamais eu le temps pour la cuisine. Je voulais m'y enfuir, laver sa vaisselle ; ce n'était même pas du travail, avec cette eau chaude qui arrivait et s'évacuait toute seule.

David Letterman balança un livre à travers une vitre en verre robuste. L'unique de cette maison. Les deux Dave s'esclaffèrent. Ils ressemblaient vaguement à des lapins. Peut-être étaient-ils cousins, après tout les Blancs avaient bien des cousins. Le canapé était fatigué, les ressorts osseux. Une peau de caribou l'aurait arrangé et sentirait comme chez nous. La maison émettait des bruits prétentieux : brrroum, rrrrr, fffsiii.

« T'veux un soda ? » Dawna se pencha dans le réfrigérateur. Les barres argentées des étagères vides chatoyaient. Un paquet de douze 7 Up était couché là, un sac congélation de *paniqtuq*, une bouteille de moutarde jaune et écrasée. Je levai les sourcils. Elle me lança une canette. Je m'emmêlai en la saisissant.

Elle grimaça. « *Adii*, j'avais oublié qu'tu sais jamais rien rattraper. »

Le village déferla, et avec lui la honte de ne pas savoir jouer au basket – ni à rien d'autre d'important – et d'avoir les mains rouges, pas brunes, pendant mes tentatives. Le goût pétillant du 7 Up convoqua de nouveaux souvenirs, le voyage en avion avec la magnifique hôtesse de l'air. Mes doigts jouaient avec le verrou de la porte tandis que je me gardais de poser les yeux sur le corps de Dawna.

Elle s'assit à côté de moi. « Alors, quoi de neuf ? »

Dave nous jeta un œil, se pencha en avant, monta le volume.

« Je suis mécanicien.

– Mais non ! Trop bien ! J'vais t'laisser réparer ma voiture. » Elle tira sur des cordons et se débattit pour ouvrir le rideau. « T'as déjà vu un rideau avec des ficelles comme ça ?

– Peut-être que les sacs de farine punaisés par Abe fonctionnent mieux.

– Nan ! Voilà. C'est ma voiture. »

Je me courbai au-dessus d'elle. Elle n'utilisait plus le même shampoing. Abe fit son apparition au milieu de pensées égarées – comment faisait-il, sans moi pour viser les musaraignes avec un gros élastique ? Elles devaient grignoter notre savon toute la nuit, dans le carton de beurre accroché au mur. Iris m'avait dit au téléphone que Franklin avait quitté son igloo pour remonter la rivière et habiter avec Abe. Est-ce qu'ils consentiraient à tuer assez de viande ?

« Faut donner un coup dans le levier de vitesse, mais même ça maintenant, ça… à quoi tu penses ?

– Je… »

Dawna et moi pouffâmes, comme avant, près du seau de nourriture pour chien, derrière le poêle de Janet. Nous tendîmes la main et nous agrippâmes les poignets. Je me sentis tomber dans la piscine de ses yeux. Son pouce s'enfonçait comme celui de Janet, et me rappelait sa force. Impossible de s'échapper. Pour moi, c'était comme plonger ses mains glacées dans une bassine chaude – à la fois très agréable et indissociable de l'agonie.

Enfin, je baissai les yeux. « Dawna, est-ce que Melt est allé à l'école aux États-Unis ? »

Elle retira sa main d'un coup sec et se redressa. « J'sais plus. Quelque part en Oregon. À Chemawa. Les profs lui coupaient les cheveux et le battaient car il parlait inupiaq. Les Indiens le battaient car il était trop petit. Tous ceux qui sont dans les parages quand il est défoncé savent ça. Pourquoi ?

– Comme ça. Et Newt Clemens ? Où est-ce qu'il est allé à l'école ? »

Elle haussa les épaules.

« Ta voiture, c'est une automatique ?

– Nos parents sont à l'intérieur de nous. » Elle gloussa. « Faut faire gaffe à ce qu'on en laisse sortir. » Elle était sexy dans son jean moulant, avec ses mains qui frôlaient tranquillement ses cuisses. Les anneaux à ses doigts auraient dû être dorés. Le placage s'était usé. « Dave, c'est quoi ma voiture ?

– Chevro-va-te-faire-encu-ler. » Dave força ses yeux à se détourner de l'écran. « Allez, on se fait des lignes et on s'ambiance. T'en veux… ? »

Je reconnus son hésitation, la version hydrogénée de mon nom trop autochtone. De la musique intoxicante fuyait à travers le sol depuis l'étage inférieur, une chanteuse qui parlait du poids d'un regard. Dave tira de sa poche un carré de papier journal. *Élevé Dawna d'sa poche.* Il alla dans la salle de bains, et, contractant ses muscles plus que nécessaire, dégonda le placard à médicaments. À l'intérieur, des bouteilles s'entrechoquèrent. Il déposa le meuble à côté de la télévision. L'image à l'écran clignota et se retourna. Les pieds de David Letterman étaient désormais au-dessus de son visage grimaçant. Avec son permis de conduire, Dave traça des lignes de poudre. Aucun de mes amis eskimo à Takunak n'avait le permis. Les Étrangers l'avaient toujours, ainsi que toutes leurs dents.

Mes mains s'agrippèrent l'une à l'autre. J'étais tellement faible et pathétique, à me nourrir de la confiance de January et du sourire portion individuelle d'une hôtesse de l'air, pendant que tous les autres chantaient, dansaient, conduisaient. Les yeux de Dawna observaient, insolents et fixes, sans s'excuser de la distance à laquelle elle m'avait laissé derrière. Je vis le loup de nouveau, il courait, le prix d'une bouteille ; et Takunak, une tache dans la nature sauvage, aussi moderne qu'un micro-ondes, bruissant pourtant des voix d'un passé flambant neuf de dix mille ans d'âge : *Tue tous les animaux possibles, toutes les fourrures. Partage. Ne parle pas des tabous. Ne t'emballe pas. Ne te fais jamais remarquer. Vis au jour le jour.* Takunak : généreuse et jalouse, mesquine et cruelle, d'une manière ou d'une autre elle nous possédait tous, nous et nos décisions, et nous rappelait à la maison pour assassiner nos ambitions. Si étrange, mon passé, plus loin encore dans la terre – l'entrée enterrée en peau de caribou, la lumière vacillante de la lampe, les rêves et la conviction que chasser à travers le territoire les réaliserait – et désormais, l'unique chose familière, une Wolfglove que je ne connaissais pas.

J'envisageai de matraquer Dave, le balancer dehors sur la pelouse morte et serrer Dawna dans mes bras. Cela semblait aussi justifié que tuer un loup pour du Bacardi, que détruire les cellules de mon cerveau en récurant au solvant des tiges de levage Volkswagen carbonisées et tordues pour les vendre comme des neuves. C'était le genre d'action spontanée à laquelle Lumpy ne réfléchirait pas à deux fois. Mais moi, je ne fis qu'y penser, et penser, à Takunak, était la moins respectée des fonctions corporelles.

Ils roulèrent un billet pour faire une paille, avant de se concentrer et d'avaler le 7 Up. Je me préparais à être décontracté. Je pourrais éternuer et réduire les dollars en poussière. Je voulais demander quel effet ça faisait. Mais la coke coûtait cher ; mieux valait se montrer à la hauteur. La poudre chatouilla mon nez. Puis une agréable douleur se répandit en pointillé tout là-haut jusqu'à mon cerveau, comme la coupure du verre fin. Un petit molard amer dérapa le long de ma gorge.

Dave était partiellement allongé au-dessus d'elle sur le canapé, effleurant son cou avec ses lèvres molles. Dawna Wolfglove était la seule personne que j'avais jamais embrassée. Famille comprise. Sur la commode clignaient les yeux de perles bleues d'une toute petite paire de chaussons en peau de jeune orignal ; ceux de Janet quand elle était enfant, plus tard ceux de Dawna. Certains points et certaines perles s'étaient défaits ; le vieux fil de tendon était cassant et devait être recousu. Dawna n'avait probablement pas d'aiguilles à peaux.

Je migrai vers le tapis.

Une gigantesque lutte jaune étincela sur l'écran. Les mots formaient une ligne dans mon cerveau, un blizzard de bavardage. Dawna se redressa. « T'as d'jà essayé la Pralines 'n Cream ? »

Je n'ouvris pas la bouche, au cas où ce fut un narcotique répandu ou une position sexuelle que tout le monde avait pratiqué. « Je vais réparer ta voiture. » Je me dépêchai de sortir avant qu'elle ne parvienne à se démêler. Il faisait froid dehors. Rester assis me donnait des frissons. À moins que je ne sois en train de me transformer en personne de la ville, qui mettait sur le même plan le froid, et le mal ? Mais non, j'avais connu les cicatrices sur les mains, payé tous les acomptes de mon futur eskimo.

La Chevrolet était blanche. « Oh oh. Mauvais présage. Fais-la repeindre. » Quelqu'un l'avait vraiment défoncée. Le phare avant droit gonflait comme l'œil droit de Stevie lorsque Melt l'avait attrapé et cogné six fois dans les toilettes extérieures des Wolfglove. Stevie avait fumé les Marlboro de Melt. Les dernières du village. Je lui apportai de la neige dans les toilettes extérieures, pour son œil. « J'vais chercher un flingue et l'buter », dit-il. Je pensais à Tommy Feathers, à ses menaces derrière l'église. « T'es pas comme ça, répondis-je. Tout le monde n'est pas obligé d'être comme tout le monde. » L'œil de Stevie gonflait, ses cils disparaissaient. Ses lunettes craquèrent dans sa main. Je m'assis sur le siège taché. J'entaillai mon poignet, recueillis un peu de son sang et lui donnai du mien. Nous étions meilleurs amis et frères de sang à nouveau, à la lueur de la lune qui se faufilait. Nos haleines gelaient des plumes de givre, là-haut sous le toit. Il pencha la tête et laissa la salive s'écouler de sa bouche. « C'mec a jamais essayé d'aimer personne d'aut'que lui. » Il essuya ses lèvres. « Moi, j'essaye. » Au large, la glace de la rivière gronda et résonna. Le monde extérieur semblait constitué d'un froid interminable. Les lunettes de Stevie cliquetèrent sur le plancher. Il posa sa main sur mon cou. Elle était chaude. « J'vais mourir à cause de l'alcool. Pas grave. Mais j'ai intérêt à t'manquer, Cutuk. Et si Melt essaye d'pleurer, tu lui donneras d'mes nouvelles. »

Stevie finit pourtant par nous faire rire en désignant, sur le sol, une vieille crotte de Melt gelée, d'un diamètre pas possible. Stevie – et moi – nous aurions dû pleurer, mais cette nuit-là nous étions trop jeunes pour nous souvenir comment faire.

À côté de la voiture de Dawna, j'allumai une cigarette et vérifiai qu'il n'y avait pas de merde de chien sur le sol. Je me glissai sous la cloche d'embrayage. Elle était noire de graisse. Je retirai des câbles de l'interrupteur de sécurité neutre, arrachai l'isolation, tordis des fils, puis me relevai et laissai le temps filer paisiblement ; je me demandais ce que je foutais là, à vagabonder dans cette ville comme un chien errant qui avale de la merde.

Des nuages orange s'accrochaient là-haut. Soit Nancy Reagan avait mis la main sur le bouton nucléaire, soit c'était la nuit de la ville qui ne laissait au ciel aucun repos. Ma bouche était aussi chargée qu'une heure après avoir mangé des lentilles. Une tranche de *paniqtuq* tirée du réfrigérateur de Dawna aurait eu bon goût. Les réfrigérateurs me faisaient penser à l'été, au nord, à mon adolescence, à manger du poisson et du *igamaaqłuk* de porc-épic, car rien ne se conservait longtemps dans le *siġḷuaq*.

Je frappai la Chevrolet blanche. « Daw-na ! » Je frappai encore. *Lumpy fait ce qu'il veut, quitte à perdre des doigts ou finir en prison.* « Rien ne marche ! Vraiment rien ne marche ! Les gens sont timbrés ! » Ma main ne saigna pas. Déçu, je me penchai sur la voiture jusqu'à ce que la toile de mon jean gèle. Mes pieds abîmés me faisaient mal. Je montai péniblement les marches pour supplier qu'on me ramène à mon vélo. La porte de la chambre était close. Partout où mes yeux se posaient je les retirai, et pensai à la sensation des doigts sur la crosse d'une arme, tirer, écraser, fracasser. Je lavai la vaisselle sans bruit, puis examinai les photos de Dawna, dissimulées, épinglées à l'intérieur des portes du placard. Elles représentaient des gens et des immeubles, un chien qui traverse devant des voitures, une femme qui court dans une rue sous les néons de la nuit. Noir et blanc ; les contrastes étaient durs, les visages faisaient beaucoup la fête. Qui pouvait dire si c'était de l'art ? J'y croyais, à ces photos, et je ne savais pas vraiment quoi dire d'autre à leur propos ; alors c'était peut-être bien de l'art. Les bulles tintaient dans une canette de 7 Up sur la télévision. Je la terminai et la posai dans la poubelle, volonté d'avaler tous les signes d'un si lointain voyage.

Dehors, le milieu de la nuit était humide et me picotait le nez. Des coups de fusil rouleraient loin, dans le vide. Devoir aller si loin sans arme n'était pas naturel. Les portières de la Mustang de Dave étaient verrouillées. Des lumières éparses jaillissaient du chrome. Sur le toit, de la neige fraîche et duveteuse, parfaite pour des glaces à la neige. Iris sortirait avec une spatule pour en ramasser un plein seau.

Une lumière s'alluma à l'étage.

Dans la Chevrolet, la clé tourna et étincela à l'allumage. Je restai assis un moment, expirant et inspirant ma rage face à toute la chaleur gâchée des humains, à l'amour définitivement hors d'atteinte ; je pensais à mon envie de conduire des machines, à mon désir d'honnêteté ; je me demandais ce qu'Abe avait inventé pour se distraire. Peut-être que si je désirais que l'honnêteté et la gentillesse soient précieuses, c'était parce que j'avais perdu mon temps à les apprendre – comme les traces d'ours ou l'algèbre.

Le moteur se souleva, patina, et démarra !

La voiture se jeta dans la rue. Les roues tourbillonnèrent sur la neige. L'accélérateur se coinça. Le moteur émit un grondement continu, un grondement qui criait la distribution fatiguée. La neige douce et blanche se brouilla sous le capot. Des traces jumelles s'étendirent à l'arrière. Dans les rétroviseurs, les phares avant de la Mustang se balançaient sur la route. Le volant se raidit. Je luttai. La voiture laboura les buissons taillés en brosse qui surveillaient la pelouse d'un inconnu. Des chiens aboyèrent. Je me penchai derrière le capot et le soulevai de quelques centimètres. Les charnières crissèrent. La Mustang de Dave passa en trombe.

« T'as jamais appris à suivre des traces, mec ! » Ravi, je tins une allumette sous le starter de la voiture. Je m'imaginai prendre un fusil, chambrer une cartouche. J'avais toujours été rapide pour les cibles mouvantes. Lorsque le renard enragé s'orientait de l'autre côté de la glace vers mon attelage, grinçant et insensé, je sautais et il tombait, touché au cou. *Ne tire pas dans la tête des animaux enragés ; il faut le cerveau pour vérifier la présence du virus.* Mes dents grincèrent lorsque les feux arrière rétrécirent, hors de vue.

Le boulevard Northern Lights menait à l'océan, qui luisait sous la lune, gris comme le vent. Le moteur tourna à fond puis ralentit. Je sortis et marchai jusqu'au bout du belvédère. La brise était fraîche. J'étais déjà venu ici à vélo. Ce soir, je voulais atteindre l'autre extrémité de la ville, celle du nord, là où s'arrêtaient les maisons et où commençait le territoire. Des disques de glace dérivaient dans le courant. De l'eau libre, comme on disait chez nous. Plus dangereuse que les ours. Au loin dans la crique, l'eau giflait la glace. Des buissons de bouleaux s'alignaient sur la berge, de plus en plus proches, droits et pâles, tels des lambeaux de poils d'orignal géant. Derrière, les lumières de l'aéroport.

Plus loin sur la route déserte, je fonçai, pleine vitesse ; la voiture frémissait comme une capsule de rentrée Apollo dans les films. J'étais en train de conduire ! Conduire – comment pouvait-ce être aussi simple et logique ? Ce qui restait incompréhensible, c'étaient sûrement les conducteurs, les lieux où ils allaient et leur irrévérence à l'arrivée.

Avant l'aube je fis marche arrière et quittai les lumières des avions dans le ciel, pour aller vers les montagnes ; je changeais de voie prudemment, faisais attention à la police, attendais que les feux passent au vert et bien d'autres choses. J'envisageai de bousiller sa voiture, la précipiter contre les saules ou la couler dans l'eau salée. Mais la pollution, le gaspillage des ressources, la méchanceté – je décidai plutôt de la réparer. Je me garai derrière le camion de January. Le moteur noyé de diesel mourut, et secoua la voiture. Mes pieds fourmillaient. Les lumières de la rue s'étaient affaiblies, tout était devenu mat et morne. La portière craqua en s'ouvrant. L'air frais s'engouffra. Je penchai la tête contre le volant, la respiration courte.

« Ça va ? »

Sur le gravier boueux, la fille inhalait une Marlboro Light. « Tu vas vomir ? » Elle venait de la caravane voisine. Ses cheveux longs étaient humides. Ses manches de chemise trop longues. Ses grands yeux fixes stables et chaleureux.

« Tu me files une taff ? »

Elle retourna le mégot avec dextérité. « Y en a d'autres à l'intérieur. T'en veux une ? »

Je lui pris des doigts. « Je suis plus accro au partage qu'à la nicotine. »

Elle serra ses manches contre ses paumes et frissonna. « Maman a un vol de fret pour Bethel ce soir. Elle travaille pour Markair Express. Rainy Pass, c'est un IFR. Tu veux entrer ? »

L'entrée de la caravane était pleine de bottes en caoutchouc. À l'intérieur, des livres de calcul s'étalaient sur le canapé en velours côtelé bleu ; des cassettes étaient abandonnées sur le tapis. Quelque chose de caoutchouteux et tentaculeux dégelait dans l'évier en inox. La voix de Stevie Nick glissait doucement depuis la chambre. En guise de table, un rond de contreplaqué posé sur un bidon en plastique vert, encombré. Les P'tit-Minus reniflèrent mes chevilles et leur grognèrent après. Elle verrouilla la porte.

Je m'approchai de la créature dans l'évier et scrutai ses yeux de givre. Ses huit bras s'étendaient autour des assiettes et des tasses contenant des restes de thé huileux, et jusqu'à mi-chemin du sol. « Je peux le toucher ? C'est un poulpe ?

– J'espère que ça te dégoûte pas. Papa l'a pêché l'été dernier, à Naknek. Je me suis dit qu'il valait mieux le cuisiner avant qu'il n'attrape des brûlures de congélation. Tu vas sûrement pas me croire, mais c'est délicieux.

– Je te crois sans aucune hésitation. » Quelque chose derrière mes yeux devint orange comme une carte de l'Asie. « C'est quoi une… brûlure de congélation ?

– Tu sais, ce vieux goût sec de renfermé. Je vais le découper et le faire mijoter dans l'eau salée. Apparemment c'est bon mariné, aussi. » Elle fit couler de l'eau et me tendit un verre. « Je m'appelle Cheryl. » Elle remonta ses manches.

« Et moi, euh… Clayton. »

Nous étions assis chacun à une extrémité du canapé. Je ravalai un bâillement qui tentait de s'échapper, puis un autre. Elle s'exprimait aisément – de l'université, du calcul, du langage, du permis de stationnement. C'était une *naluaġmiu*, blonde, aux yeux fascinants ; comment une telle personne pouvait-elle me parler avec désinvolture ? Était-ce vraiment la réalité ? Quelles seraient les meilleures choses à répondre ? J'eus soudain envie que Stevie soit là, avec ses lunettes rafistolées et son grand sourire malicieux. Ensemble, nous aurions peut-être trouvé un truc pour l'impressionner – une histoire de beuverie, de chasse, ou d'inconnus énormes et délicieux ? Ses lèvres bougeaient. J'aimais observer leur lisière former des mots. Mon cerveau essayait de suivre, mais il se jeta dans la torpeur. *Jerry et Iris qui jouent aux dames chinoises avec des munitions de calibre .22 dans une boîte de cartouches Remington en plastique jaune, la lampe qui vacille, la queue de castor et les pieds qui mijotent dans la marmite.*

« … assistante dentaire. » Sa main tapota mon genou. « T'en penses quoi, Clayton ? Et ne me dis pas : "Tu vas passer ta journée les mains dans la bave ?"

– Je les tiendrai bien fort. » Je me levai, battant des cils, effaré.

« Je sais pas trop ce que je veux faire, à l'université, je veux dire. »

Je me repris juste avant de laisser échapper. *T'es normale, t'es divine, tu cuisines du poulpe… comment ça, tu sais pas ce que tu veux faire ?* « Je… January va se lever dans une quinzaine de minutes pour s'occuper du toit. Je sais pas comment, mais je dois aussi récupérer mon vélo au centre commercial. Je ferai mieux d'y aller. » Je me frottai les yeux près de l'évier.

Ses lèvres se tordirent d'un côté. « Ton oncle doit quatorze mille balles aux impôts. C'est ce que m'a dit ma mère.

– Elle rentre bientôt, ta mère ?

– Elle va chez son petit ami.

– Ta mère a un petit ami ? »

À travers la fenêtre, nous vîmes January ouvrir la porte en aluminium, cracher, observer les alentours, et sortir. Le ciel s'éclaircissait et l'auvent gouttait. Il se frotta le bas du dos, contourna son camion et lorgna à travers la vitre de la Chevrolet blanche de Dawna, avant de cracher à nouveau.

Cheryl murmura : « Tu t'es jamais demandé d'où peut bien venir toute cette salive ? »

Je tournai la tête vers elle. Elle me renvoya mon regard, un air taquin dans ses yeux bleu-vert. Et puis, nous éclatâmes de rire. Nous nous penchâmes hors de vue, derrière le comptoir.

« C'est pas mon oncle. Il était chasseur de primes, dans un avion à ski donné par mon père. Parfois, il nous envoyait un carton de vêtements d'occasion. T'as pas une idée comment faire pour lui gagner tout cet argent ?

– Monte à Prudhoe. Ou prends un avion pour Dutch et embarque-toi sur un crabier pour l'hiver. C'est ce que fait mon père. » Elle se redressa et fit couler une nouvelle eau froide sur le poulpe. Je l'observai, admiratif de sa manière désinhibée de marcher. Elle se retourna et secoua ses doigts pour chasser les gouttes d'eau. « Mais pour ça, faut être costaud. Et courageux. C'est très dangereux. » Elle repoussa les casseroles et la vaisselle, puis rinça deux tasses.

« J'ai pas peur des choses qui sont loin des gens. Tu veux que je te fasse la vaisselle ?

– Avec plaisir ! Je vais mettre de l'eau à bouillir pour nous faire une tasse de Ah-ça-m'fait-mal-au-cul bien fort. »

La journée avait été longue, la nuit encore plus, et une nouvelle fois j'avais beaucoup trop de choses dans la tête. « Une tasse de quoi ? » demandai-je, résigné à l'ignorance.

Elle fouilla dans un placard et en sortit une petite boîte métallique verte. « Ah-ça-m'fait-mal-au-cul, c'est comme ça que mon père appelle son mélange de thé Upton préféré. L'Assam. Les initiales, F-T-G-F-O-P-I, veulent dire quelque chose dans le jargon des amateurs de thé. *Finest Tippy Golden Flowery Orange Pekoe.* La plus belle fleur dorée… un truc comme ça.

– Ah. L'art du thé ? » J'empilai soigneusement la vaisselle. « Ou bien, la mécanique du thé ?

– T'es marrant.

– J'essaye d'être normal.

– Ah bon ? répondit-elle. Pourquoi ?

– C'est pas ça, ce que font les gens ? »

DIX-SEPT

Sous l'avion, l'herbe nouvelle et les pousses d'épilobes grandissaient autour des skis. La chaîne verrouillée en huit près de l'hélice était lourde, et des maillons de rechange avaient été laissés sur le sol, entassés, anéantissant les espoirs estivaux d'un lopin de terre. Dans le ciel lumineux les avions bourdonnaient, et sur l'eau du lac Hood les hydravions avançaient, décollant et atterrissant à quelques minutes d'intervalle – les sportifs d'Anchorage qui allaient « au sport » ou « jouer », peu importe ce qu'ils faisaient lors de leur virée à moteur à pistons, là-bas, dans la nature sauvage. January m'avait dit que la base d'hydravion était la plus fréquentée au monde, et c'était bien possible. Sur le verrou carré, un panneau annonçait CLOUÉ AU SOL SAISIE FÉDÉRALE. Il avait probablement effectué les paiements, mais peut-être pas assez vite.

Lance tritura la serrure avec une jauge d'épaisseur égalisée et compta le choc infinitésimal de chaque obturateur.

« Je sais pas trop quoi faire », admis-je, avant d'entendre les paroles de Cheryl résonner dans ma tête. Nous nous mîmes à rire, sans raison – Lance et moi. C'était mon ami. Même pas besoin de boire une mousse. Je n'avais jamais eu d'amis à qui je pouvais tout dire, et la sensation était bien plus étrange que tous les breuvages.

« Six points ! murmura-t-il, admiratif. Voilà où va l'argent de nos impôts. » Il lâcha la jauge dans sa boîte à outils, descendit du ski et démêla une scie à métaux. « Sacrée clé ! » Il imita un accent australien. Une file de voitures passa en vrombissant sur Spenard Road. « Tu sais pas trop quoi faire ? Comment ça, avec Cheryl ? Tu préférerais que je sorte avec elle à ta place ? » Il sourit, narquois. Des cornes noires jaillissaient de ses cheveux en désordre. Nous étions en mai, ses bras ridés de muscles bronzés. Il était petit, fin, et ne faisait vraiment pas ses quarante-deux ans.

« On sort pas ensemble. Elle veut qu'on reste amis.

– Trop nul. » Il s'assit sur sa boîte à outils et tourna la tête jusqu'à ce que son cou claque faiblement. Il tira sur un brin d'herbe, le mâchonna et fixa l'autre rive. « Tu ferais mieux de construire tes quatorze mille balles en maisons. Les intérêts composés et l'entropie ne dorment jamais.

– L'entropie ? C'est pas la force qui empêche certaines personnes de réussir à vider leur seau à ordures le matin ? »

Il rit, un rire bruyant qui s'échappait comme le cri d'un corbeau, irrésistible ; deux hommes avec des cannes à pêche et des bottes en caoutchouc, qui attendaient qu'un pilote charge un avion au fuselage décoré d'un saumon royal dessiné au pochoir, se retournèrent et sourirent.

Ce que je voulais plus que la majorité des choses à Anchorage, c'était apprendre à rire comme Lance.

Un hydravion décolla, l'hélice au ralenti était assourdissante. Un deuxième avion passa au-dessus de nos têtes. Je levai les yeux, prudent, pas encore tout à fait habitué à ce que les avions ne fassent pas leurs besoins sur nous, comme les goélands. « Je crois que je vais utiliser l'avion de January comme une cible pour m'entraîner au tir. »

Il introduisit son doigt dans les trous sur le toile de l'avion, rapiécé avec du gros ruban adhésif usé. « L'entretien, c'est pas trop son dada, à January, hein ?

– Son dada ?

– Sa tasse de thé ?

– Il boit pas de thé. »

Il rit de nouveau.

Je m'assis sur les talons. « Mon boulot, gagner de l'argent… tout ça, c'est pour faire semblant. L'argent, c'est le tissu conjonctif de tous les gens. C'est comme ça qu'ils mesurent le succès, pas vrai ?

– Et c'est quoi le succès, au nord ?

– La chasse. La viande grasse. Les loups morts. Et gagner au basket, évidemment. »

Il se pencha en avant. « Et c'est mieux ?

– Argh. Une chose est sûre, c'est que j'ai du mal à faire entrer l'argent dans cette catégorie-là ! Je t'ai dit, je vais utiliser l'avion de January pour m'entraîner.

– Eh bah, Parasite, t'es beaucoup trop sérieux. Il me faut du café pour cette conversation. » Il frappa son jean pour retirer la poussière, se dirigea vers son pick-up et fourra sa boîte à outils derrière le siège, avant de revenir. « Tu veux pas d'argent ? Tu veux juste de l'argent pour que les gens qui ont de l'argent t'aiment ? » Il hurla de rire. « Fais-toi pousser des couilles ! »

Nous grimpâmes à bord et nous élançâmes sur Spenard Road. Des câbles égarés s'échappaient de l'arrière du tableau de bord comme des racines d'une rive concave. Un court-circuit dans le lecteur cassette faisait clignoter le voyant vert au rythme de la mesure. Le soleil était chaud. Le bitume sec. De l'autre côté de la vitre, la ville était occupée avec son samedi.

Arrivés au café, nous changeâmes de place et il me fit réviser le rangement en bataille. À l'intérieur il commanda un cappuccino, et moi une eau chaude – du thé d'argent, comme disait Abe. *Beaucoup de bruit pour rien.* Le chlore aromatisait l'eau. *Aucun bruit pour tout ?* Il s'affaissa sur la table. « Alors, le Gigolo de l'Igloo veut faire partie des moutons. » Il parlait comme s'il chantait, embrassant la pièce au creux de son bras. « Bêêê ! Dans quel sens va le troupeau ? Il faut avaler de l'inoculant ? Il faut s'accoupler ? Bêêê ! » Le rire de Lance s'élança et rebondit contre les coins du plafond. Les clients regardèrent dans notre direction. Je me sentais en sécurité, branché, aussi, protégé par sa présence. Seul, j'aurais été crispé, nerveux et gêné, persuadé que lui et ses amis se moquaient de moi. Le rire à Takunak, quand j'étais dans les parages, allait toujours dans ce sens-là.

Je baissai le menton jusqu'à mes doigts entrelacés, baissai la voix aussi, essayant de l'inciter à faire de même. « Quand on voyait un voyageur arriver, on dévalait jusqu'à la glace. "Bonjour", on disait, "Montez. On a du pain ! Crazy Joe a apporté du levain, et nous on avait de la farine. On a du pain. On peut faire des glaces à la neige. Restez aussi longtemps que vous voulez."

« Ce que je veux dire, Lance… c'est que c'est perturbant, d'être ici. J'essaye d'apprendre des trucs sans devenir méchant. Pas comme cet ami de mon père, là où j'ai grandi, ce type, Melt Wolfglove. Il fait peur. Parfois, je pense même à tuer des gens. Parce que y en a tellement. » Je baissai encore la voix. « Pour l'environnement, aussi, ça semble le seul chemin cohérent.

– Vas-y. » Il haussa les épaules et but une gorgée. « Melt Wolfglove ? Sacré nom ! "'Lut. J'm'appelle Melt. Melt Wolfglove. J'viens pour la p'tite dame."

– J'ai dit que j'essayais d'apprendre des trucs sans devenir méchant, justement. » Je lui parlai de Melt et des piles de vêtements gelées contre le mur, de Dawna et du poster de Wonder Woman, des dents pourries et des yeux cabossés de Nippy, du poignet de Newt, des loups d'Enuk, de son visage et de son boursicot en cuir…

« Alors, qu'est-ce que t'as appris, ici ? Je sais que t'y connais que dalle à la mécanique.

– Deux-trois trucs sur le thé. Sur les moteurs. Le problème, ce sont les gens. Je suis de plus en plus perdu. »

Lance balança son regard. Soudain ses yeux étaient larges, durs et bleus, étonnement menaçants pour un si petit gabarit. « Faut que tu te rendes à l'évidence, ces trucs-là, tu peux pas les apprendre. Il n'y a aucune logique. Il faut t'en imprégner ! »

Les gens regardaient dans notre direction.

« Comment tu sais qui sont les moutons ?

– T'en occupes pas. Faut comprendre qui tu es, toi. Allez, on se tire d'ici.

– Et toi, t'es qui alors ?

– Je… » Je le vis pour la première fois, accroupi derrière son bouclier de mots. Il leva un sourcil et haussa les épaules, moqueur. « Bienvenue. Je suis Réplicant cinq-sept-quatre, votre guide, ici, sur la Planète Plastique. Je possède un million d'unités d'explications sans péage. Ma couverture humaine, c'est d'avoir été élevé à Seward parmi les *white trash*, les déchets blancs, d'être allé à l'université à Evergreen, de m'être fait voler l'amour de ma vie, qui avait les yeux bruns, par un Pierre à feu du Néandertal ; j'habite seul, je lis des livres que je ne peux pas comprendre, j'ai des outils chers et une Chevrolet à deux balles. Ça te va ? Et toi, t'es qui ?

– Ah ça, je sais pas.

– À vrai dire, je pense que tu le sais très bien. » Il pencha la tête et je sus où il allait en venir.

« J'ai personne à qui parler, là-bas. Pas d'amis comme toi. Pas de café, de discussions. Pas de filles.

– Ah, ces milliers de navires.

– Et après tu dis que c'est moi qui suis trop sérieux, Lance ? »

Son regard fila vers l'horloge sur le mur. Ses pouces tambourinaient contre le coin de la table. Ils étaient épais, noircis par la graisse, et ne faisaient pas la même taille. Le gauche était dans la moyenne, le droit curieusement large et émoussé. « Faut que j'y aille, chéri. Je dois remonter les cylindres esclaves sur la Datsun rouillée. Le propriétaire est un touche-à-tout-bon-à-rien, il a mis le putain de mauvais liquide de frein.

– Faut que j'aille tirer. Neuf cent soixante-dix nœuds à faire. Je tire un autre filet d'appâts de saumon pour le père de Cheryl. » Je frottai les premières phalanges de mon index. Il était brillant et calleux des trois filets précédents.

« On se retrouve chez January ? Vers dix heures ?

– D'accord. Ça me laisse dix heures pour tirer. »

Lance sourit, narquois. « Ça tombe à pic.

– Quoi ?

– Que tu fasses ça. Tirer pour gagner ta vie. »

Derrière les caravanes, j'étirais la première centaine de mètres de corde en liège agrémentée de trente flotteurs en plastique, comme des perles blanches géantes. Les flotteurs de nos filets avaient toujours été en bois gris et plat, et, pour les plombs, des bois de caribou ou des sacs de pierres. Désormais, avec un marqueur rouge et un bâton entaillé à vingt et un centimètres, je notai l'endroit où chaque nœud serait attaché. Il fallait ensuite faire un nœud à trois points, récupérer trois mailles avec l'aiguille, laisser deux doigts de mou, faire un autre nœud, le serrer bien fort. Et puis deux boucles supplémentaires pour assurer chaque flotteur. Cinquante brasses de corde en liège, cinquante brasses de corde de plomb, cent cinq brasses étendues de mailles de quatorze centimètres six – presque cent nœuds parfaits. Je me demandais si je participais à sauver le monde, ou juste à tuer les poissons.

January sortit, une tasse de café à la main. Il m'observa un instant. « Serre-les bien. Il en faut pas beaucoup à Dennis pour monter sur ses grands chevaux. »

Cheryl arriva. Elle toucha le vaisseau sanguin sur mon front. « Salut. » Elle sourit à January et récupéra une aiguille à filet chargée de la boucle numéro vingt et un.

« Bonjour, Libellule ! » January était content d'avoir son attention. « Comment tu vas ? Est-ce que j'ai loupé ton anniversaire ? Comment va ta mère ? » Il jeta son marc de café dans l'herbe.

« C'est la semaine prochaine. Je vais avoir dix-neuf ans. Maman a eu une vacation supplémentaire pour Crotch Spit aujourd'hui. » Chery commença à tirer la corde de plomb, face à nous, de l'autre côté du filet. Je serrai une demi-attache et levai la tête en même temps qu'elle. Ses yeux avaient la couleur du maillage, vert de mer, tachetés de noir comme les rochers sur les lunes de Jupiter. J'avais envie d'y voyager et d'y camper.

« Oh ! cria January. Ça fait un bail que j'ai pas volé en direction de Crotch Spit ! C'est pas loin du pays de ce gamin-là ! »

Le maillage était léger, lisse comme du nylon, et les aiguilles frisaient doucement à chaque fois qu'une boucle était relâchée. January rentra, des voitures passèrent, parfois nous parlions, ou bien nous travaillions dans un silence confortable. « T'es pas obligée de m'aider », lui dis-je. « Je sais, répondit-elle. C'est relaxant. Ça me plaît, le sale boulot. J'aime bien être ici dehors. » Distraitement, je pensai au bonheur, à m'entraîner au bonheur. C'était peut-être le moment adéquat. Je me concentrai sur ma respiration. Sur la brûlure de la corde contre mes doigts à vif. Je me demandai quelle sensation cela avait, le bonheur. Ce qui me venait à l'esprit c'était être dehors, avec un ami. Et pour January, c'était quoi ? Et pour Abe ? Pour Enuk ? Janet ? Lance ? Le bonheur était-il un mélange – vingt pour cent de désir, trente pour cent de projets, cinquante pour cent de circonstances – comme un thé Upton ? Avec ces cerveaux humains sophistiqués – et les catalogues Sears – le bonheur était-il condamné à être éphémère ? Pourquoi Cheryl ou les billets devraient-ils contrôler les conditions météorologiques de mon bonheur ?

Nous travaillâmes longtemps. Les réverbères s'allumèrent, les phares des voitures, et le filet fut terminé. Cheryl m'aida à arracher l'herbe éparse et à ranger le maillage dans un sac pour que les chiens errants ne s'emmêlent pas dedans. Nous rentrâmes nous écrouler sur le canapé de January, grognâmes et étirâmes nos dos raidis, nos pieds écrasés, et nos douloureux doigts rouges. Il nous donna des bières glacées sorties de son congélateur. La chaleur de Cheryl était proche, à côté de moi. Elle était polie, avec les joues roses ; je n'en croyais pas mes yeux. Lorsqu'elle retourna chez elle se changer, j'attendis dehors, respirai l'air frais et enfumé, et écoutai les incessantes voitures. Je n'en revenais pas de la multitude de câbles, des innombrables avions dans le ciel en permanence, du nombre de fois où les gens changeaient de vêtements ; en vérité, je n'en revenais de rien du tout.

Lance me conduisit dans les toilettes du Blues Central. Il ferma la porte à clé. La musique fuyait sous les murs. Les toilettes collaient d'urine, et le vrai papier toilette était éparpillé sur le sol. Il sortit un tube de gel pour les cheveux. « J'ai apporté ça pour toi.

– Je pensais que c'était pas bien, d'avoir les cheveux gras. Abe nous lavait les cheveux une fois par mois, dans la bassine à vaisselle, tous avec la même eau. »

Son rire résonna contre la porcelaine. « Bordel, Parasite ! T'avais pas dit que tu voulais tout essayer ? C'est pas bien si le gras vient de tes propres cheveux. Ça, c'est de la mousse. »

Je m'appuyai contre l'évier, éméché à cause des bières. La musique palpitait. Dans ma paume, le monticule vert était visqueux comme les crottes de huards. « *Bucks, moose, beaver*... chevreuils, orignal, castor... des voitures qui portent le nom de tribus indiennes. Tout signifie sexe, argent et sport, c'est ça ? » Je frottai précautionneusement la bouillie dans mes cheveux longs. « Je crois que tous ces noms viennent de choses qui savent se battre, mais qui peuvent quand même être réduites à néant. J'ai pas vu de voitures ou d'équipes de football appelées Engelures, Virus ou Mort.

– T'es tendu, murmura-t-il. Relax, suis le rythme. »

Dans le miroir – plus flou que celui de Dawna dans l'ancienne cabane des Wolfglove – un rictus incurvait mon visage enivré. Mes cheveux paraissaient mouillés, plus sombres. « Fixation extrême ? » J'aplatis mon nez. « Ils ont pas un "orignal", ou un "rhinocéros", ou un autre truc, pour arranger le nez ? J'ai toujours pensé que si je pouvais être Eskimo, je serais heureux et sympa.

– La règle Reagan. "Quand nous serons tous riches, nous serons tous généreux. En attendant, va te faire foutre, toi et l'environnement dans lequel tu vis." » Il roula son blouson en boule. « Regarde. Tu la tiens comme si elle était importante. D'abord, tu vas danser un slow. » Il déplaça ma main. « La main droite juste au-dessus de sa ceinture, la gauche dépliée, paume vers le haut. Elle est mignonne, non ? Vous, les mecs grands, vous raflez toutes les nanas. »

Je m'agrippai au manteau, une manche s'étira. « T'as quarante-deux ans. T'as rien de mieux à faire que m'apprendre à danser ? »

Ses bras retombèrent. « Faut croire que non.

– Oh. C'était une insulte ? T'es fatigué ? On peut arrêter. »

Il passa en balançant les hanches. « L'insulte, c'est que tu te traînes partout comme si tu étais le Loup Solitaire. Tu t'es jamais dit que la plupart des gens cherchaient les mêmes choses que toi ? » Dans le bar au-dehors, la musique s'arrêta. « Allez, danse avec moi. »

J'avançai d'un centimètre. Il en faisait quinze de moins que moi. J'infléchis doucement mon bras derrière sa ceinture.

« Ne sois pas crispé. T'es là pour apprendre, d'accord ? Moi aussi, j'ai appris dans une salle de bains. » Lance battit des paupières. « Tu veux danser, cowboy ? »

Ce n'était pas simplement toucher un autre homme – un mécano du garage, en plus de ça – c'était toucher tout court. Je me rappelais l'envie des étreintes de Janet et les gifles des amis aux mains froides, qui me faisaient tressaillir à chaque fois. Lance tenait doucement ma main. Cela ne me déplaisait pas autant que j'aurais imaginé. Il posa l'autre sur mon épaule. « Relax. »

« Comment ça, tout le monde est comme moi ? Moi, je pense que le vent est mille fois plus intéressant que le basket. Que les caribous méritent plus que la plupart des gens. » Il nous fit tournoyer en cercles paresseux. « Les autres savent quoi dire. Je ne sais même pas ce que je veux. Si tout le monde était comme moi, l'Amérique ne pourrait pas fonctionner. »

Il nous fit tourner dans l'autre sens. « Ça, c'est le jitterbug. »

Il me montra une danse habituelle, sorte de sautillement rythmique, mais il était impatient désormais, ses yeux se rétrécissaient et il n'était pas attentif. Il déclara que j'étais passable et déverrouilla la porte. Un gros homme barbu en vêtements Carhartt et sweat-shirt se frayait un chemin vers la porte.

« Deux petites tafioles ! J'aurais dû m'en douter. »

Mes yeux tombèrent sur le sol. Lance se retourna, concentré tout à coup, comme lorsqu'il se trouvait sous une automobile. « T'es officiellement un connard ? Ou tu révises pour l'examen ? » Sa voix était franche et intéressée ; il aurait pu demander la gravité spécifique de l'acide de batterie.

L'homme roula dans l'embrasure de la porte et leva les mains. « Quoi ? Répète un peu, nabot ?

– J'ai dit qu'on n'avait pas besoin de tes compliments ce soir, merci bien. »

La confusion s'étala sur le gros visage charnu. L'homme frotta sa poitrine de ses deux pouces. À côté de lui, Lance avait l'air d'un petit garçon. Je gardai les paumes contre le mur, hésitant entre pouffer et libérer le passage.

L'homme loucha et s'engouffra dans les toilettes.

Lance se retourna, les lèvres serrées et laides au-dessus de ses dents enchevêtrées. « Tu vois, Cutuk ? On a tous envie de quelques loups morts, n'est-ce pas ? » Il passa les bras dans les manches de son blouson, tira rapidement sur le col. « Je suis fatigué, t'as raison. Appelle-moi demain. » Il s'éloigna.

La perplexité. Puis la solitude, et soudain la nostalgie de la maison. *Les gens – est-ce qu'il ne vaudrait pas mieux n'avoir plus aucune attente ?* « Peut-être que tu dois les considérer comme des caribous », marmonnai-je tout haut. Une femme aux cheveux de corbeau se faufilait, une Japonaise avec un nez parfait, la poitrine fermement pressée contre mon bras et mon dos. Elle s'étira et m'embrassa la mâchoire. « Salut, beau gosse », dit-elle avec éclat. La nostalgie s'éteignit comme une bougie. Lance disparut sous la pression de corps plus grands que lui ; mes réflexions à son propos évoluaient à présent, « sympa » et « cool » enterrés sous des pensées qui demandaient plus d'efforts, quelque chose de complexe, sombre, imprévisible, comme la glace – quel courant froid coulait là-dessous ? La simplicité de son rire me manquait, et son sourire rapide aux dents tordues. Pourquoi était-ce le superficiel qui me manquait ? *Parce que tu veux être normal !* Tout à coup je réalisai qu'ici, debout au Blues Central, j'avais l'air absolument normal. Entièrement américain, pas trop bouclé, pas trop blond, pas trop blanc – malheureusement, cela ne faisait que rendre les trucs du dessous encore plus étrangers.

Plus loin, après le groupe de musique, Cheryl me faisait signe frénétiquement depuis une table. Je demeurai immobile, émerveillé par son absence d'embarras, avant d'avancer vers elle. Tellement bizarre, de marcher vers une femme qui m'envoyait un sourire accueillant. Je voyais bien que j'adorais cette sensation. Que je restais pour cette sensation.

« … du blues », cria-t-elle dans mon oreille. Elle portait une touche de rouge à lèvres luisant.

J'avalai la bière, les bulles agréables. Comment faisaient les gens pour s'entendre dans les bars ? Ils semblaient capables de parler à travers cette musique impossiblement forte. Le blues me faisait penser à la radio de Melt, à une station à ondes courtes grésillante et au blues plein d'électricité statique autour du bidon du poêle. Janet : Arii, *c'genre-là. Des vieux* taaqsipak *qui geignent à propos d'leurs chéries.*

Cheryl m'entraîna vers la piste et me conduisit en bordure des corps transpirants qui s'agitaient. Mon regard se balança, panique prudente, en attente du rugissement d'une centaine de huées du village. Aiy ! *Sait pas faire !* Je me sentis reculer, dehors dans la neige, pour observer à travers des murs transparents tous ces gens qui dansaient ; ils ne pouvaient pas m'entendre et se penchaient près de leurs amis bruyants, tous ils riaient, liés par leur propre nature : les Beatles, Cougars et Juicy Fruit, ceux de leur génération partagée.

Deux femmes nous jetèrent un regard, sourirent. Les danseurs étaient plus âgés que nous. Qu'est-ce que Lance m'avait dit de faire avec les mains ? Je passai mes bras enfumés autour de Cheryl. « T'es blonde et t'es belle. » Son menton se bomba en une moue séductrice. « Les deux sont incompatibles ?

– Apparemment pas. T'es la plus belle fleur dorée… »

Son rire largua les amarres, et une chose rare se produisit : je n'avais pas envie d'être ailleurs. Un Ancien *taaqsipak* cacardait une chanson, la musique glissa, vacilla et gronda, pour m'emporter vers d'agréables lieux. Danser, c'était la liberté. Je me sentais attiré vers les coins et les traverses qui soutenaient l'univers. Enfin, je ne m'y cognais plus aveuglément ; je parcourais ces angles dont j'avais pressenti l'existence.

« Allez viens, Clayton. Je te paye le petit déj'. » Son regard, l'aube vert-bleu d'une journée pleine de promesses. Il était deux heures du matin et j'avais les bras autour d'elle.

« Je ne suis pas impatient d'échanger ça contre du poulet et des œufs… »

Cheryl me conduisit vers son pick-up. Elle alluma une cigarette, me tendit le paquet et déverrouilla la portière. Elle parla d'une Rabbit qu'elle avait eue précédemment. « Cette voiture-là n'avait pas de couilles. »

Un rictus élargit mon visage. « Les lapins ont des couilles très performantes. Elles sortent à travers la peau du ventre au printemps, lorsqu'ils en ont besoin. »

Elle souffla la fumée et son rire dans le camion. « Je m'amuse bien avec toi, tu sais ? Redis-moi ton nom eskimo ?

– Cutuk.

– Cutuk, si t'as pas faim, on n'a qu'à monter à O'Malley. »

Je regardais par la fenêtre le peu de points communs que nous avions.

« Qu'est-ce que je dois faire de mon mégot ?

– Jette-le par la fenêtre. Comme tout le monde. »

Je n'étais pas vraiment persuadé que les arbres n'aient ni sentiments, ni amis, ni influence sur la chance. Les chamans avaient laissé derrière eux des tabous que nous inhalions à chaque inspiration, à Takunak – sans même avoir conscience d'en être traversés. Je glissai le mégot dans ma poche. Comment expliquer à Cheryl la manière dont les racines des superstitions poussaient, lorsque vous dériviez dans un igloo de tourbe au milieu d'un million d'hectares de nuit ? Là-haut à Hillside, elle se gara et fouilla dans son sac à la recherche de ses chewing-gums. La ville s'étendait en contrebas, dans le brouillard et le semi-crépuscule du printemps. Était-ce le « parking » dont les gars parlaient d'un air lubrique ? Effrayant, de regarder en bas le champignon électrique d'Anchorage qui se répandait à travers la terre. *Ça s'ra beaucoup noir si leur lampe s'termine,* dit Enuk. Cheryl posa un coude sur mon épaule et chassa les cheveux de ses yeux. Je mâchais, espérant ne pas faire trop de bruit.

Un corbeau passa à toute vitesse ; il volait vers l'est, en direction du col dans les montagnes. *Kaung-kung.* Je baissai la fenêtre, mes yeux suivirent l'oiseau. J'avais lu que seules les femelles poussaient ce cri. « Kaung-kung », lui répondis-je parfaitement. « Huuuuuuuuuuuuooooo. »

Cheryl gloussa. « Pendant toutes ces années passées dans la nature, t'as déjà vu des loups ? »

Ma bouche commença à s'ouvrir, prête à noyer les lumières de la ville sous des histoires de chez nous. Mais raconter, était-ce se vanter ? Et si j'étais un snob ? Un snob des loups. Ici, comme partout, je me rendais compte que je marchais sur un chemin boueux de neige entre les lignes de bataille des chasseurs qui s'équipaient chez Cabela's et les amoureux de la nature ; et, si elle était moitié aussi cynique et prompte à juger que moi, elle me prendrait pour un traître, un agent double, un assassin du dieu loup, un bouffeur de viande, et un type qui fait des câlins aux arbres, aussi. Abe dirait ce qu'il ressentait. Dawna, pareil. Et Jerry ? Il garderait le silence. Ma tête tournait. Impossible de se concentrer. Je ne voulais pas perdre cette fille. Sexy et apprêtée, qui savait cuisiner du poulpe – d'un monde bien au-delà de la consternation provoquée par les doigts rouges, par un attelage qui refuse de croiser, et par l'incapacité à mâcher du chewing-gum.

« Seulement… des loups ordinaires. » Mes doigts se nouèrent derrière son cou et attirèrent ses douces lèvres aux miennes. Ce courage me sidéra. Son parfum se lova dans mes poumons. Je me demandai où était Dawna. Comme si elle pouvait nous voir.

« Des loups ordinaires ? » Ses yeux attendaient, hypnotiques.

« Je veux dire, pas des trucs comme Le Grand Loup dans *Mowgli.* » Je me souvins du dernier loup que j'avais vu, dans la tanière au-dessus des rochers. En aval dans les saules, des lapins se poursuivaient, s'accouplaient ; des loups chassaient ces lapins qui, alors qu'ils étaient si impatients de transmettre leurs gènes, n'étaient pas aussi attentifs qu'ils le devraient. Je pensais peut-être aussi à Enuk, concentré, en raquettes et en silence après les loups, eux aussi concentrés ; et…

J'embrassai Cheryl. Des cheveux dorés formaient une tente chatoyante autour de son visage, sa chemise ouverte dévoilait l'arche de sa poitrine. Elle me rendit mon baiser, satisfaite de laisser glisser la conversation. Mes bras paraissaient forts et faibles, prisonniers de son parfum, et plus encore je désirais son corps.

Elle démarra le moteur, parcourut sans effort le quadrillage des rues jusqu'à la maison de son père et me guida à travers des portes rectangulaires qui menaient à sa chambre au sous-sol. Je sentais l'assurance au bout de ses doigts qui tenaient les miens, fertilisés par le mépris des *naluaġmius*. Dans la faible lumière, j'avais peur. Peur de faire n'importe quoi, et qu'elle se moque. Qu'elle raconte à ses amis, et qu'ils se moquent aussi.

« T'as l'air tellement inquiet. » Ses paumes vagabondaient doucement sous ma chemise, touchaient mes tétons et la crête de mon ventre. « Je vais pas te faire de mal. »

Même si c'était le cas, tu ne le saurais jamais.

Et puis nous nous embrassâmes, et il n'y eut plus que nous deux, et la légère odeur de fumée dans ses cheveux, et la chaleur là où sa poitrine pressait contre ma peau. Quelque chose d'animal dans ses mouvements, désormais. Elle ouvrit ma chemise tandis que je retirais la sienne. Nos jeans tombèrent, une pile délavée. Les draps frais, elle chaude et voluptueuse. J'embrassai sa gorge, sa poitrine, son ventre, je voulais toucher toute sa peau avec toute ma peau. Elle m'entourait, les mains sûres d'elles, des vagues et des gémissements de désir enflaient à travers son corps. Moi, j'oubliais tout, et pour la première fois me précipitai, pataugeai, nageai dans l'océan chaleureux.

Un dimanche je rencontrai son père, Dennis, un homme aux grosses oreilles marquées de cicatrices et aux mains rugueuses de callosités. Il m'expliqua ce qu'était le granola ; il mâchait au-dessus de nos épaules et laissait tomber de l'avoine toasté égaré, tout en me montrant comment démarrer un ordinateur, former des mots, déplacer la souris. Dennis dit qu'il aimait bien la manière dont j'admettais les choses que je ne comprenais pas, et me proposa d'habiter sa maison pendant qu'ils partaient à Bristol Bay pour la saison des saumons.

Plus tard, Lance m'enseigna d'autres trucs sur la conduite et me donna des boulots en extra dont il ne pouvait pas s'occuper : réparer des lave-vaisselle, des tondeuses, des taille-bordures. Tout propre, dans des vêtements « décontractés » lavés et relavés, je m'arrêtais dans des cafés et laissais traîner mes oreilles, pour essayer d'imiter, de m'acclimater, de m'identifier. Je regardais les caribous – les gens normaux qui pâturaient le long de leur journée – les hommes se plaignaient des récoltes de la réforme Tongass pendant que leur moteur tournait au ralenti ; les femmes avec d'imposants cheveux teints portaient leur chien, des P'tit-Minus à la coupe en brosse ; les personnes sans domicile demandaient de la monnaie et s'excusaient d'en avoir besoin. L'argent circulait entre mes mains. La plupart finissait sous le canapé de January, même si une partie achetait des pièces pour la voiture de Dawna, des nectarines, des appels à Iris et des paquets de tabac Drum. J'égarais le papier à rouler et pouvais en acheter d'autres – les magasins n'étaient jamais à court. Je laissais couler l'eau du robinet lorsque je me lavais les mains, puis, pris de culpabilité, je les essuyai sur mon pantalon. Etrange sensation, d'être aussi riche. Lance me montra comment arranger mon col, comment serrer la main comme si j'y croyais et m'en fichais tout à la fois. « N'oublie pas la force de ton pouce. Regarde les gens dans les yeux. Les premières impressions, c'est avec ça que les gens décident qui tu es. Les détails, Parasite. C'est comme ça que ça marche. Tu n'irais pas à un entretien d'embauche en peignoir, non ?

– Je sais pas. J'ai jamais eu ni l'un ni l'autre.

– Argh. » Ses lèvres recouvrirent ses dents. Il fit vriller son cou d'avant en arrière, impatiemment.

Mais j'avais des raisons de croire qu'il m'écoutait ; il avait peint son pick-up en bleu électrique, et avait ajouté un nom au pochoir pour faire comme s'il sortait d'usine : CHEVROLET VIRUS. Il le garait là où il pouvait le voir et ricanait lorsque les circonstances l'ennuyaient.

Le soir, Cheryl et moi nous retrouvions sous les ailes de l'avion de ma famille, que j'allais racheter à l'Oncle Sam pour l'Oncle January. Nous dépliions la porte, grimpions à l'intérieur et nous embrassions jusqu'à ce que les fenêtres deviennent des rideaux de buée. Sur le siège arrière étroit, nous retirions et remontions suffisamment de vêtements pour jaillir dans les courants ascendants. Je voyais la piste de ma vie se clipser bien en place : le long des rails étincelants, un boulot, un ami, une petite amie ; et le moi de la ville, qui jetait tous les emballages dans une seule poubelle facile, et n'avait ni boîte à démarrer le feu où mettre les papiers de sa vie, ni seau pour les chiens réservé à la viande et aux miettes de pain moisi, ni bassine pour les conserves de confitures décollées et fracassées pour pouvoir être incinérées et enterrées. Ni Abe pour faire nettoyer les sacs en plastique usagés.

Dehors sous les ailes, elle me prenait la main et scrutait le mécanisme des câbles de l'appareil. Les attaches étaient rongées et pulvérulentes. L'hélice en aluminium, entaillée, le tissu en lambeaux. Tout à coup je m'aperçus que l'avion n'était même plus bleu et or ; plutôt gris et jaune sale. Cheryl poursuivait et m'expliquait le rôle des ailerons, l'effet de sol, l'angle d'incidence – des choses que j'avais étudiées dans les livres de la bibliothèque. Elle faisait courir sa main le long du bord de fuite. Ses doigts étaient longs et puissants.
« Volets sortis, murmura-t-elle.

– C'est mieux ?

– Moins de fuites d'air. Pour les décollages courts. »

Pour atterrir sur les loups !

DIX-HUIT

La toundra miroite, vaste et blanche, sous le soleil de mai. Le parfum de caribou dérive dans l'air, provocateur, murmure d'un troupeau qui se hâte vers le nord, de petits et de femelles gravides – de viande, après trois semaines maigres depuis la dernière prise. Au nord, les montagnes dentellent le ciel. Les derniers arbres avant la limite forestière de l'Arctique arborent leurs pentes, et plus haut les rochers tachetés et la neige s'étirent contre le bleu.

La louve abandonne un trottinement fluide et vire de bord pour dérober les sons égarés de la toundra. Elle scintille, noire comme un trou dans le jour. Au creux de son obscurité, elle a appris à marcher prudemment et à écouter.

Une motte de neige de la taille d'une souris se dépose derrière le fût d'un épicéa solitaire et rabougri. Un corbeau, hors de vue, vers l'est, croasse au-dessus d'une chose vivante. Un bourdonnement qui aurait pu être un avion dérive, au-delà des montagnes méridionales. Un autre corbeau, une seconde voix, différente, parle de la même vie à l'est. Et à nouveau la louve trottine. Dans son ventre, elle ressent la légère plénitude satisfaite de ses petits qui pressent sous son diaphragme. La plénitude, une illusion qui révèle la faim grandissante en son sein. Désormais seul son estomac racorni réclame la nourriture. Avant la prochaine lune, le cri viendra d'un cercle de petits au museau court, qui comptera sur elle pour une portion de vie. Dans les raides montagnes vers le nord, elle et son partenaire ont une bonne tanière, en sécurité dans la terre au-dessus d'une falaise d'ardoise.

Le parfum de caribou croît jusqu'à tournoyer et venir titiller la fine membrane de son nez – de l'énergie pour la louve, le parfum d'une nourriture véritable qu'elle peut goûter et dont elle peut tirer de la force, grâce à la viande et au sang à venir. L'instinct de chasser et de tuer s'élève en elle. Elle s'élance, pivote plus près des montagnes, avec leurs tributaires aux parois étroites et leurs arbres. Ce foyer est adéquat ; avec les saisons, le territoire mûrit de jeux propices à ceux assez rapides et assez affamés pour tuer. Elle entre et comprend le cycle de la faim et de l'affamé, tournant toujours l'un autour de l'autre.

La surface de la neige devient de plus en plus douce au cours des jours chauds. La louve ressent la chaleur sur son dos noir qui déjà perd ses poils, sur ses jambes fines et son nez. Derrière elle s'étire une ligne de traces qui crient la fraîcheur à ceux qui écoutent jusqu'aux plus petits murmures des odeurs. Ses traces sur la toundra blanche crient aussi, à tous ceux qui chassent avec les yeux.

Les poils sur ses épaules frémissent, frémissement minuscule et subconscient. À nouveau elle s'arrête pour écouter. Le bourdonnement, qui avait semblé l'un des nombreux nouveaux bourdonnements du ciel, a changé. Il enfle et se rétracte derrière elle – le cri perçant d'un véhicule déchirant la neige. Elle se précipite vers les montagnes. À sept ans, dans sa prime jeunesse encore, l'envergure d'un bout à l'autre de son corps mesure près de deux mètres. Elle a été pourchassée par des chasseurs-machines trois fois auparavant, toujours au cœur d'une meute qui se dispersait. La première fois, sept sur neuf furent tués. Une balle fait toujours partie du voyage, kyste douloureux dans la hanche. Le chasseur l'avait poursuivie au-delà de la chaîne de montagnes pendant des heures avant d'abandonner, et de revenir le jour suivant pour chercher à nouveau. Lors de la deuxième rencontre, la meute n'avait perdu personne ; à la troisième, son partenaire avait été abattu.

Les pattes de la louve reconnaissent la peur.

Un kilomètre plat avant la forêt, il se brise sur une ascension derrière elle. La louve commence à louvoyer. Aucun de ses compagnons de portée n'a appris à zigzaguer. Ni à grimper aux rochers. Ils n'eurent pas de seconde chance pour apprendre. Désormais le chasseur-machine approche, créature impossible qui se déplace deux fois plus vite que n'importe quel animal sur la toundra. Il passe en hurlant, frappe son flanc d'un coup de regard. Il glisse et s'arrête entre elle et la montagne. Elle fuit, sur la gauche – vers une rangée d'épicéas qui délimite un ruisseau. À cent mètres des arbres, la machine la rattrape à nouveau.

Elle bifurque. Encore il se tient devant elle.

Elle court en direction de la montagne. Au-devant, la neige s'ébrèche et se pulvérise. Par-derrière arrivent un bruit sec et rapide, et le gémissement de l'air déchiré en deux. Une balle transperce son cou et tranche à travers la chair. Le territoire s'incline et elle réunit ses dernières forces pour rejoindre les montagnes.

Elle atteint un sommet. Dévale la pente reculée. Grimpe une seconde montagne. La neige sur la pente orientée sud glisse, douce et profonde. Des épicéas dispersés cueillent la fourrure détachée sur ses flancs. De nouveau arrive le chasseur-machine, jamais fatigué. Lié sans effort à la pente. Fracassant comme une avalanche à l'envers, à travers les broussailles et les arbustes.

Il la heurte de plein fouet, elle sens dessus dessous, l'écrase sous le poids et la noirceur de ses énormes pattes déchirantes. Le ciel et le sang emplissent ses rétines. Elle roule et se relève, blessée, titube plus haut. Soudain une falaise s'ouvre au-devant. Elle saute dans la liberté de l'air et de la mort.

L'angle fermé de l'atterrissage la sauve. Déboussolée, elle dégringole un ravin, rebondit sur les rochers et les arbres. En bas elle recouvre ses pattes estropiées et court encore, tandis qu'autour crépite la pluie de métal.

DIX-NEUF

L'été se faufilait sous les nuages turbulents venus de la mer. Les oies étaient parties vers le nord, sans moi. Et Cheryl vers l'ouest, à Bristol Bay, où elle aidait son père pour la pêche ; après la saison, elle raccommoderait les filets et s'occuperait des réparations sur leur bateau. Lance était allé vers l'est pour rendre visite à sa mère à Ann Arbor, dans le Michigan. Moi, j'étais resté, luttant pour ne pas en vouloir à mes amis de m'avoir abandonné dans le solvant, le bruit blanc de la télévision et le non-silence d'Anchorage. Un après-midi d'août, je frottais la vaisselle dans l'évier de January et mes pensées faisaient les cent pas, les fumées du solvant envahissant ma conscience – si toutefois j'en avais encore une.

Dehors, Spenard Road grognait de camping-cars qui chancelaient jusqu'au restaurant Gwenny's, ici pour se faire la dernière frontière. Une Toyota noire avec une galerie de toit en acier se gara à côté du camion de January, un fusil à pompe visible à travers la vitre arrière, un os d'*usruk* de morse de quarante-cinq centimètres sur le tableau de bord. Le conducteur portait un short. Ses jambes et ses bras étaient bronzés, ses cheveux noirs criblés de soleil, comme un castor en été. Un appareil photo qui avait l'air onéreux pendait à une sangle enroulée autour de sa main. Je me précipitai hors de la caravane, essuyant la mousse de savon sur mon jean. Immobiles, nous nous dévisageâmes comme deux chiens de traîneau qui auraient pu un jour faire partie de la même portée. Je n'avais pas vu Jerry depuis cinq ans. Des inconnus de la même famille.

« T'as grandi. » Il faisait encore quelques centimètres de plus – un mètre quatre-vingt – et ses bras et sa poitrine étaient plus épais. Il paraissait différent, détendu et robuste, quoique toujours prudent. Il ressemblait à un homme ; quand il était parti, il ressemblait à Jerry. « Iris m'a dit que t'étais là. » Jerry frappa dans un caillou. De sa basket craquelée fuyaient des orteils, et son tee-shirt était passé. « Elle est institutrice, c'est drôle, non ?

– Avant, ils venaient toujours des États-Unis, pas vrai ?

– J'ai un boulot pour toi.

– Tu portes un short. » Je découvris que j'étais pieds nus en visant une pomme de pin.

« Bon sang d'bonsoir ! » La voix de January s'échappa de la caravane.

« Il fait chauffer du lait de chèvre, expliquai-je. Jusqu'à quarante-six degrés, pour faire du yaourt. Le lait doit avoir refroidi ou débordé. L'acidophile va le protéger des virus intestinaux martiens qui vont faire se chier dessus toute la planète, *guuq*. »

Le mot eskimo fit sourire Jerry. « Je me souviens de ce chasseur de primes. » Il plissa les yeux dans son appareil photo, fit la mise au point sur moi, à moins que ce ne soit sur l'avant de la caravane. Ses lèvres se chiffonnèrent, rouges. Un sourcil dépassait du coin de son appareil. « Il a atterri juste après que Maman a commencé à pleurer et que sa guitare s'est fait grignoter.

– Et il n'est jamais revenu ? demandai-je tout bas.

– Si. Elle est partie acheter une nouvelle guitare et voir ses parents jusqu'à ce que le soleil revienne. Abe était censé s'occuper de nous. Quand l'avion est revenu sans elle, c'est moi qui ai dû m'en charger. Heureusement qu'on avait notre igloo de tourbe. C'est beaucoup plus chaud qu'une cabane, quand on n'a plus de bois pour le feu. » Il était nonchalant. L'obturateur cliqueta. L'appareil oscilla de nouveau au bout de son bras. « Fairbanks, c'est beaucoup plus petit qu'Anchorage. Moins de gens tout juste débarqués des États-Unis qui traînent partout leur Totalité et brandissent leurs menaces de poursuites. Eh, je suis entrepreneur, maintenant. » Son sourire apparut et disparut en un flash. Il se rappelait encore les anciennes manières – le rôle que jouait l'humilité dans la chance.

« J'ai oublié comment on parlait avant. Tu te souviens, Jerry, quand on pensait qu'être passible de poursuites signifiait se faire pourchasser par la police ? »

Il rit, prudent. Jerry avait hérité du mutisme d'Abe quant aux choses du passé.

À l'intérieur, January ouvrit des bières. Penchés en avant, les coudes sur les genoux, nous remontions les lignes humides sur les canettes en sueur. Nous parlâmes d'Abe, de construire une cabane plus haut sur la rivière. Jerry ouvrit une troisième bière. Je sirotai ma première, attendant qu'il dise quelque chose, quelque chose comme : *Alors, comment ça va, pour de vrai ? Quelqu'un t'a appris à parler l'anglais de la ville prudemment, pour que tu ne dises pas : « Je mange beaucoup de viande* » ou « *J'ai frappé un castor avec mon bâton* » ?

« Où t'as eu l'*usruk* ? finis-je par demander.

– Un travailleur Yup'ik de mon équipe m'a emprunté cent balles. Il m'a donné ça comme garantie. Il les vend aux Coréens. » Il repoussa ses cheveux en arrière. Le haut de son front était pâle. Un rictus s'élança à travers son visage. « Ils en font de la poudre, c'est ça, January ? Pour faire du durcisseur de bite ? »

January renifla. « De nos jours, les chasseurs découpent que ça sur les morses, les trois défenses. Les Blancs sont plus autorisés à chasser des phoques, ni des ours polaires. Loi de protection des animaux marins. Gamin, quand je t'emmènerai voler, on ira là-haut sur la côte, tu verras des morses sans tête échoués sur des centaines de kilomètres. On dirait des gants en caoutchouc éclatés. Mille kilos chacun. Les politiciens autochtones hurlent au scandale si tu ne fais pas des courbettes, c'est la subsistance, comme ils disent. Vous les gars, vous n'avez même pas le droit à un phoque pour des semelles de *mukluk*. Bon sang, faut pas me lancer là-dessus. »

Mes doigts errèrent sur le fourreau en peau d'*ugruk* de mon couteau.

Jerry sourit à sa bière, mal à l'aise. « Tu veux monter à Fairbanks, bosser un mois ? La paie approche Davis-Bacon. » Il parlait nonchalamment, un patron qui demande une opinion. La tristesse piqua. N'étions-nous pas censés devenir des frères comme ceux du film *Outsiders ?* – se chambrer, faire des bras de fer, être prêts à pleurer et à mourir l'un pour l'autre.

January se leva et défit la serviette qui entourait son pot de lait chaud et gris. Il le poussa du doigt. « Du yaourt, les trous du c' ? » Il se traîna vers la fenêtre au bout de la caravane, observa le monde au-dehors, se pencha et cracha la bave de tabac par la fissure. Tout n'atteignit pas l'extérieur. « Je vais apprendre à ton frère à piloter le Cub. »

Pourquoi n'arrête-t-il pas de parler de pilotage ? C'est exactement la définition de dysfonctionnel, faire comme si les chaînes et les impôts n'existaient pas.

Jerry hocha poliment la tête. Il jeta un regard dehors, à la recherche du soleil, comme le faisait Abe lorsqu'il était impatient. « Alors, ça te plaît, la ville ?

– Ça… ça va. Difficile de dormir, au début. Les maisons font tellement de bruit. Tous ces bourdonnements. Ceux qui soufflent, ceux qui aspirent, et les petits moteurs. Comme si des voyageurs arrivaient en permanence. J'aime pas chier dans la maison. Et le plouf. »

January s'agita dans la cuisine, en marmonnant : « … toujours l'Alaska. Le gamin doit apprendre à piloter. »

« Je déteste le plouf, renchérit Jerry. Là où je loue ma cabane, les arbres sont denses et je peux pisser dehors.

– Les gens ne réalisent pas à quel point c'est important.

– C'est clair. Je repasse demain matin, d'accord ? Pour voir si tu veux venir. »

Dans le murmure de la nuit, ma loyauté changea d'ancrage. Plus je pesais la décision, plus mon frère m'apparaissait, dans tout ce vacarme et cette cohue, comme l'une des choses apaisantes qui comptaient véritablement. Lorsque Jerry s'éloignerait dans sa voiture, des années supplémentaires s'en iraient avec lui, peut-être toutes celles qu'il nous restait. January n'allait piloter nulle part. Je me sentirais de nouveau invisible à Anchorage, sans Lance ni Cheryl. Même Ubaldo avait été diplômé de la mécanique et avait rejoint le Peace Corps au Burkina Faso. Depuis quelques semaines désormais, je voyais Dawna, une femme vue. J'avais volé l'expression *Voir* à la télévision, sans bien la comprendre. Comme *coucher ensemble* – ce que je savais ne pas faire avec elle – elle rognait la vérité d'une relation pour en faire un mensonge enviable.

Mais Dawna ne représentait pas une raison suffisante pour avoir sa place au sein de mon tribunal. Dave existait toujours sur terre. « Je vais le quitter », avait dit Dawna rapidement, la nuit dernière, lorsque je lui avais parlé de Cheryl. « Reprendre mes études. » Nous étions assis derrière les vitres dégoulinantes de sa voiture, devant la caravane de January. Elle serrait ses jambes entre ses bras, sa mâchoire reposait sur ses genoux. La pluie pianotait des messages sur le toit. « Mais là, maintenant, je peux pas. » Elle essuya son visage sur son sweat-shirt. L'humidité laissait des cercles noirs sur le coton violet. Je me penchai sous la colonne de direction poussiéreuse, à la recherche d'autres câbles qui pourraient ramener à la vie ses clignotants. *Je peux pas* tambourinait dans ma tête comme un piston craquelé. « Quand on veut, on peut. » Je me redressai et bondis au-dehors. Les gouttes de pluie s'écrasaient sur le sol. Je trébuchai jusqu'à la caravane pour me plonger dans la lumière et les bonnes paroles de January, tandis que la nuit humide avalait Dawna, sans clignotants et sans permis.

J'empilai désormais les livres à rendre à la bibliothèque : *Compétences de pilotage*, *L'Art de voler à ski*, *À l'est d'Eden*, *Destination Zebra, station polaire*, *Là où désormais se tient le soleil, À Skye, la folie qu'il faut*. Je me demandais quels livres lisait Lance. Quels livres lisait Abe. Je remplis mon sac de voyage. Je me souvenais de Nippy Skuq, des Washington et des Wolfglove – qui soudain balançaient des matelas, des marmites et des armes, des enfants et une femme sur un traîneau ou un bateau, et en route pour les sources chaudes ou la côte. Woodrow Washington Jr. qui tendait son nouveau-né à Janet et sautait dans un avion pour Fairbanks. Abe appelait ça « l'échappée eskimo ». Je fus surpris de réaliser que cela aussi avait poussé à l'intérieur de moi. Je téléphonai à John au garage et m'excusais dans son silence gris. Je composai le numéro de Dawna. Son téléphone sonna dans le vide.

Je m'étendis sur le canapé, puis me relevai et fourrageai pour trouver du papier. La lettre que j'écrivis à Cheryl ne mentionna pas son projet d'aller à l'université à Cincinnati – je lui dis seulement qu'elle me manquait, qu'il pleuvait depuis son départ, est-ce qu'elle rentrerait vite à Anchorage, une fois que le bateau serait réparé ? Le mot pour Dawna annonçait que je partais le lendemain matin. Environ un mois. Dave, l'expert en rangement des fromages frais du supermarché avec les cheveux bien séchés, pourrait l'encadrer à côté de son prix d'employé-du-mois, et bombarder de capsules de bières mon nom inupiaq raté.

Dans le rêve, Enuk était assis sur des feuilles et des brindilles, sur la berge au-dessus du ruisseau Jesus Creek. Il dépeçait un loup blanc, secouant occasionnellement la tête. Son visage était couvert d'engelures. Dawna se cachait derrière lui et fixait un magazine Alaska Airlines à l'envers. Un amas de condominiums blancs culminait au-dessus de notre igloo. Cheryl, Lance et moi étions agenouillés sur la glace, à fouiller le trou d'eau avec des bouteilles de bière. Les touristes nous observaient depuis la rive et pointaient des caméras vidéo.

« C'toi qu'aurait dû s'noyer », commenta Enuk. Il jeta son couteau en l'air. Le couteau scintilla, un avion à onze mille kilomètres d'altitude. Puis plongea lourdement dans l'eau. Iris flottait à la surface, pleine de boue. Des trous noirs laissaient des creux là où ses jolies dents blanches étaient tombées. Je rabattais sur sa poitrine les guenilles de son tee-shirt. Les touristes se précipitaient pour stabiliser leur caméra. Dans ma main, le fusil Ruger Mini-14 de Treason. Je faisais claquer le cran de sécurité et tirais en rafales sur les touristes, visant les têtes et les cœurs, comme si j'abattais des caribous pour constituer des réserves hivernales de nourriture pour chiens. Les déflagrations s'élançaient à travers la toundra, défonçaient les corps. Je visais juste. Mais ils se relevaient sans cesse – et d'autres se rapprochaient derrière. Je me réveillai en tremblant, le souffle court, et m'agrippai aux souvenirs de l'accident sur le Jesus Creek. Iris n'avait-elle pas survécu ? Enuk était-il en vie ? Était-ce sa dépouille qui avait été retrouvée ? Étendu sur le canapé dans la nuit de la caravane, j'eus peur pour mes familles, la peau aussi froide que l'eau d'un ruisseau.

La route vers le nord, jusqu'à Fairbanks, dura sept heures, une longue période à l'intérieur d'une boîte en verre à l'odeur de vinyle. Nous discutions, rattrapant le temps perdu. Les arbres défilaient. Le vent cognait la voiture. Je conduisais vite, explorant les limites de mon permis temporaire et demandant parfois à Jerry si je devais passer la vitesse supérieure ou inférieure. Un panneau disait PARC D'ÉTAT DENALI. « Cette toundra, dis-je, c'est comme à la maison, non ? » Pas vraiment. Depuis la voiture, c'était comme regarder la télévision. À la maison il y avait le vent, les odeurs et les disputes des oiseaux.

« Qu'est-ce que tu penses de la vie au sud ? demanda-t-il.

– Oh… c'est bien que les gens ne dévisagent pas, non ? Ça, j'aime bien. Et pour beaucoup de trucs, il suffit de faire semblant, hein ? T'as vu les planches et le métal en bon état qu'ils jettent ? Même les nectarines qui ont une tache molle. C'est comme si on avait grandi à l'opposé de tout ça. Quand quelque chose se cassait ou était mangé, on aurait dit qu'il n'y en aurait plus jamais d'autres, non ? »

L'épaule de Jerry claqua et il la frotta avec regret. « Les gens font comme s'ils n'étaient pas des animaux. Ça les fatigue. Alors ils font encore plus semblant. Ça les fatigue vraiment beaucoup. » Il sourit narquoisement et scruta son bras, intéressé autant par la conversation que par son épaule. « Les plus grands héros sont ceux qui font le mieux semblant. Les acteurs. L'histoire qui fait le plus semblant, c'est cette histoire de tout-finira-bien. » Il grimaça. « Ça s'appelle le paradis.

– Ouais. Dès que je parle de la Kuguruk, les gens veulent savoir comment se ruer là-bas chasser des "griz" et des orignaux de deux mètres cinquante. "Y faut que j'aie mon orignal. Bla, bla, bla." Tout plein de virilité – et ce qu'ils veulent, ce sont les bois ! S'ils abattent un truc avec des gros bois, est-ce que ça veut dire que leur pénis grossit ? Pourquoi ils inventent ce genre de bêtises ? »

Jerry se gratta l'oreille avec son petit doigt. Il fit sauter la cire sous son ongle et ne répondit rien.

« Les gens disent qu'ils aimeraient bien vivre dans une cabane dans la nature, eux aussi. C'est vrai ? Qu'est-ce qui les en empêche ?

– Je dis que je viens de Chicago, murmura-t-il. C'est plus simple. »

Des caravanes s'arrêtaient. Je ralentis. Un gros castor agenouillé sur la route s'équilibrait avec sa queue et montrait les dents aux pneus.

« T'as le poil de garde bien orange, toi, dit Jerry. Vaut mieux rester à l'ombre. »

Je manœuvrai autour des caravanes et accélérai. « Jerry, c'est quoi une girl pom-pom ?

– Une pom-pom girl. Dans ce sens-là. C'est les copines des joueurs de football américain, elles rebondissent pendant les matchs.

– Eh, tu savais qu'Iris essaye de retrouver la trace de notre mère ? »

Il se pencha en avant et fit défiler les stations radio. « Elle nous a laissés, Cutuk. Mais j'imagine que tu t'en souviens pas. Avant, elle chantait et me donnait des jouets, des camions avec des petites portes qui s'ouvraient. Et puis elle est tout simplement… partie. »

Un frisson ruissela le long de la peau de ma tête. Avais-je hérité de ma mère – puis assimilé à Takunak – le gène de la fuite ? Était-ce ce que j'étais en train de faire à ce moment précis, fuir ?

Un lapin bondit au travers de la route. « J'aurais dû le dégommer, croassai-je. Ça fait trop longtemps que j'ai pas mangé de lapin.

– Moi aussi. Tu te souviens quand on les faisait sécher pour les chiens ? Un seul coup pour les dépecer, dix secondes pour les vider, et puis on croisait les pattes pour les accrocher sur le portant à poissons. » Il plissa le front. Abe hantait ses mouvements et les lignes de son front – des sillons pensifs, mouchetés par le soleil. « L'autre jour, je me rappelais nos anciens lits contre le mur du fond, avec au-dessous la boîte-à-tous, pleine de crottes de souris et de poils de caribous mélangés à nos plus beaux magnets, notre peinture et nos règles à calcul. Tu te souviens quand on allait hameçonner des *tiktaaliq* ? Et la première fois qu'on a vu un satellite ? On courait à travers la glace jusqu'à la maison, dans le noir, en pensant même pas à l'eau libre. Iris disait : "Abe, on a vu une étoile voyageuse !"

– Abe répondait : "Fermez la porte !"

– Du lapin frais tout juste sorti du four... Beth aussi me laisserait cuisiner ça. »

Jerry aimait faire la cuisine. Il savait quand un reste de soupe était suffisamment assaisonné pour devenir une bonne sauce au jus de viande, quand une pâte à tarte possédait la juste quantité de graisse d'ours et d'eau glacée. Il ne mesurait pas la levure, ni le sel ou aucun autre ingrédient nécessaire à la préparation des miches de pain. « Cette fille, je l'aime. Je n'ai plus peur de dire ce mot. »

Soudain, je sus que mon frère était heureux. C'était comme regarder le sommet d'une montagne à travers une vallée de brouillard. Sauf que mon frère n'était pas à côté de moi – mais de l'autre côté de la vallée.

La route culbutait sous le camion. « Tous les jours, la ville grouille de monde à qui je voudrais parler, de gens que je voudrais connaître. Comment tu fais ça ?

– Lance-toi. La plupart vont s'enfuir. Certains resteront. » Jerry avait de nouveau l'air d'un patron, ses mots tombaient comme des sachets de poissons gelés.

« Comme les caribous ?

– Je vais t'aider à gagner de l'argent, mais si tu t'attends à des révélations sur les humains, tu t'es trompé de frère. » Il monta le volume. Sa paume rugueuse tapota le tableau de bord.

Abe, en mesure. Abe, en rythme.

Jerry tendit la main pour m'aider à sortir du fossé. « C'est la pause. » Je bondis et essuyai la sueur de mes sourcils, gêné et surpris de toucher ses doigts. Les douze heures de travail par jour nous laissaient peu de temps pour s'entraîner à être frères.

« Dépasse pas », conseilla Jerry. Nous nous éloignâmes du fossé. Il ricana sèchement. « Ici, ils respectent les horaires, et les certifications. Les papiers, c'est le manteau de ta carrière. » Nous avançâmes sur les graviers crissants jusqu'au palier arrière nouvellement construit. Jerry était encore sérieux et protecteur, avec toujours à la main quelque chose de lourd, et il examinait les chiens, les gens, les voitures, comme s'ils avaient l'intention de nous mordre – comme si les arbres complotaient pour déverser de la neige le long de son cou. La cabane qu'il louait sur Wolverine Alley était peu éclairée, avec des ampoules qui pendouillaient, une table encombrée de livres, de batteries Makita et d'appareils photo Nikon. Le fusil était incliné derrière la porte. Chevrotines dans la chambre. Cran de sûreté enclenché. Beth allumait toutes les lampes lorsqu'elle entrait et l'air s'illuminait de sa présence.

De l'avant du chantier montait la rumeur des voix et des rires du reste de l'équipe. Les piles de sapin Douglas sentaient la poix, propre et aiguisée. « Jerry, t'as jamais l'impression de construire plus de maisons pour plus de gens, qui auront besoin de plus de routes ? D'aider les Qui-Veut-Tout ? »

Dans une gerbe d'éclaboussures, il versa le thé de la Thermos. « Tu veux un boulot ou pas, Abe ? »

D'épais pieds d'épicéas poussaient à la lisière de la clairière ; ils me rendaient claustrophobe. J'aurais aimé qu'un caribou ou un ours entre dans le champ de vision – ou juste avoir un champ de vision. Jerry me tendit du thé sucré. Une demi-décennie s'effondrait, dans ces moments-là ; nous avions le même âge.

« Si c'est pas moi qui construis les maisons, quelqu'un d'autre le fera. Sauf que ce sera des Californiens ou des Texans. » Il gratta une croûte au dos de sa grosse main hâlée. « Tu te souviens de ces enzymes qu'on avait étudiées ? Pendant qu'Abe peignait. Peut-être que j'ai plus de chance que toi. Je connaissais certains des détails qu'Abe éludait. Ici, en ville, il y a des petites fentes entre toi et toutes les choses, et pour chaque réaction il faut mettre de l'argent dans ces fentes. Comme pour les enzymes.

– Je sais bien.

– Là-haut, chez nous, l'eau venait de la rivière, la chaleur, du feu, la viande, des animaux. Les gens de la ville ont échangé ça contre une place dans le système monétaire. C'est efficace, Cutuk. » Il mordit dans son sandwich. « Au cas où tu ne le saurais pas, c'est pour ça que les gens bossent tellement, ou angoissent à propos de la retraite. Ici, la place de personne n'est garantie. Et c'est contraire à la loi de sortir de chez soi et d'abattre quelque chose à manger, ou un arbre. Même pisser contre un arbre, c'est illégal ! »

Un sourire se faufila derrière mon visage, comme un éternuement. Jerry et moi étions en train de parler. Comme Abe. Nous pensions être capables d'autre chose. Mais à peine quelques minutes auparavant nous commentions les pignons, le code et la T-111.

Les hommes faisaient le tour de la maison à moitié terminée. Jerry se leva. Son visage se durcit. Peut-être était-il soulagé d'aller par-delà le masque de la distance. « Allez, dit-il. Au boulot. » Les contours de ses mots étaient tachés d'encre – pendant un instant je sus qu'il ressentait le même soulagement que moi, à trébucher sur la piste qui menait à la famille.

L'arrière des mollets bronzés de Jerry me conduisait à travers le campus. Il portait un pied-de-biche ; moi, un sac de glace. La glace, c'était pour cela que nous étions venus. Avec mon nouveau short, je me sentais nu à partir de la taille, les jambes aussi blanches et pressées de se cacher que deux poissons inconnus balancés-hors-de-la-rivière. Des filles de l'université bronzées flânaient en débardeur et mini-short, à couper le souffle, bien en sécurité sous le soleil du style. J'essayais d'imaginer Abe en short. Ou Janet Wolfglove. Les jambes d'Enuk dans un short. Les images étaient aussi risibles que visualiser Barbara Bush en train de dépecer un rat musqué derrière les toilettes extérieures.

Nous arrivions au centre du campus. « Arrêtons-nous là une minute. » Le visage de Jerry se concentra comme celui d'Abe ; il se rappelait tout à coup quelque chose qui l'intéressait et oubliait le pied-de-biche qu'il tenait à la main.

« Y a une anthropologue qui parle de la Kuguruk. » Il me conduisit dans un salon. Une femme d'âge moyen se tenait à côté de grandes photographies luisantes accrochées à un mur.

Je connais ce visage ! Et cette toundra aussi !

« … et mes professeurs inupiaqs ne tuaient jamais d'ours, à moins qu'un ours n'attaque un chasseur, un cueilleur de baies, ou un enfant. » Song Spenholt faisait face à la foule. Sous les lampes elle avait les cheveux noir de jais, le visage hâlé, et des boucles d'oreilles en argent représentant des attrape-rêves. Bizarrement je me souvenais de cheveux châtain clair et d'un visage pâle. « Lorsque mes professeurs inupiaqs devaient tuer un ours, ils se servaient du moindre morceau et invitaient ma famille à un banquet traditionnel. À cet endroit… » – son pointeur se balança jusqu'à une photographie de la berge arborée d'une rivière, avec, derrière, des épicéas et des montagnes bleues – « à cet endroit précis se trouve un site archéologique important, à quatre kilomètres de Takunak, sur la rivière Kuguruk. Bientôt, il sera inscrit au registre des monuments historiques. La datation carbone fait remonter les pointes de chasse, les éclats de poterie et les articles trouvés ici à *onze mille ans !* »

La petite foule s'exclama.

Jerry se grattait la joue, contemplatif, avec la fourche de son pied-de-biche.

En réalité, son pointeur ne désignait pas le célèbre site de la Kuguruk, mais plusieurs kilomètres en amont, sur une île proche de l'igloo de Franklin ; à l'endroit exact où il avait construit son premier trou pourri, trop près des rives concaves. Après la grande Débâcle de 1976, c'étaient ses objets à lui qui avaient été emportés.

Dehors, au soleil, Jerry s'arrêta pour sortir de sa poche une languette de chewing-gum en charpie. Son gros ongle de pouce gratta les lambeaux de l'emballage. Il mordit une moitié et me tendit l'autre.

« T'en veux ?

– Pourquoi on dit jamais rien ? » murmurai-je.

Il mâcha, trop de bruit.

« Les gens chez nous pourchassent les ours à chaque fois qu'ils voient une trace ! Ils laissent la peau. Si l'ours est trop maigre ou mange du poisson, ils laissent tout. Ils font bouillir de l'ours pour le dîner, ensuite ils vont jouer au basket, ils font pas un banquet pour les foutus Blancs. Sauf Tommy – lui, il explose tous les ours et ne garde que la vésicule biliaire pour la vendre aux Coréens. »

Jerry cueillit sur sa langue du papier mouillé. « Adorateurs d'autochtones. Une religion de marque. C'est comme dire qu'on va aller vivre dans une cabane, mais rester dans le rayon d'un supermarché. » Il jeta un regard légèrement surpris au pied-de-biche qu'il tenait à la main. « On est des Blancs, mieux vaut la fermer. Abe n'aime pas le conflit – les Eskimos non plus. Ils se contentent d'encaisser et de s'éloigner. Et de rire. Alors marre-toi, Cutuk.

– Et de se bourrer la gueule, grognai-je. Et tabasser quelqu'un.

– Ça, c'est *après* le banquet traditionnel. »

Nous nous esclaffâmes et bifurquâmes vers le dortoir de huit étages. Je connaissais les pelouses grâce aux histoires qu'Iris avait envoyées à la maison. Les élèves qui lançaient des ballons de football ou des Frisbees auraient pu être les mêmes qu'elle décrivait. Nous passâmes les portes d'entrée ornées de laiton. Je me crispai, m'attendant à être arrêté par un gardien, ou dévisagé par les gens qui remarqueraient instantanément que j'étais bien trop ignorant et troublé pour être un étudiant. Jerry avait accepté de venir, même s'il possédait des choses que la loi pouvait lui confisquer. Une fiancée rieuse, un pick-up japonais, une réputation honnête coulée dans les fondations de nombreux bâtiments. Le sac de glace rafraîchissait mes mains. La courbe de la bouteille de Bacardi apparaissait au travers. Le hall d'accueil était silencieux et désert. Jerry s'arrêta devant un distributeur de confiseries. Sans un mot, il me tendit une barre de granola. Nous n'avions visiblement jamais de temps pour les repas, et désormais Mrs. Spenholt et son anthropologie donnaient à la barre un parfum rance comme du ventre de truite séchée.

Jerry me fit entrer dans un ascenseur. La machine rebondit au sommet, et la nausée graissa mon estomac. Sur la pointe des pieds, nous grimpâmes une demi-volée de marches. Jerry inséra le pied-de-biche dans la fente d'une porte. Il s'arrêta et actionna la poignée. Elle tourna. Il sourit, penaud, et me fit signe de passer l'embrasure en acier. Enthousiastes, nous sortîmes sur le toit noir.

Des vagues de chaleur câlinaient les horizons. Nous jetâmes un œil au bas de la falaise de huit étages au moment précis où s'éloignait un véhicule de sécurité de l'université. Il freina et s'arrêta. Nous nous baissâmes, hors de vue, comme pour épier des bernaches du Canada. Une Ford marron passa sur la route et le véhicule de sécurité bifurqua et la suivit.

Je m'agenouillai et ouvris le rhum.

Jerry but une gorgée et toussa. « Tu bois ce truc ?

– Ça paraît normal, à Takunak. » Je me rendis compte que nous murmurions. « Tiens, j'ai apporté un Coca pour verser dedans quand il y aura de la place. »

Il chassa une feuille de son short, elle passa par-dessus le rebord puis flotta, voltigea vers le sol. Il fit cliqueter le pied-de-biche à côté de lui et se débarrassa de son pull. Nous retirâmes nos chaussures, nous coupâmes les ongles de pieds avec nos couteaux, avant d'aiguiser ces derniers contre la rambarde et de les ranger. Le chant perçant d'un couple d'oiseaux résonnait en bas dans les arbres. « Des bruants à couronne blanche, dit Jerry. Comment on les appelait déjà, des spits ? » Je hochai la tête, et nous les imitâmes. Un ruisseau se répandit hors du sac de glace et l'eau s'écoula vers l'ouest. « L'immeuble est pas droit », fit-il remarquer. Un corbeau se posa sur une Dumpster. Nous croassâmes et il inclina la tête, surpris.

Le soleil, un œil brûlant ; je le fixais jusqu'à ce que le ciel s'assombrisse. Je déchirai le sac et fourrai des poignées de glace dans les mains de Jerry. La moitié avait disparu, fondue, répandue à travers le toit et évaporée. Comme ma vie, pensai-je. Je devenais vite éméché, en colère contre la ville en contrebas qui s'était approprié le beau territoire des animaux pour le transformer en choses ridicules : des parkings et des centres commerciaux, des retraites, des lignes de coupe et des nouvelles coiffures.

Je jetai une poignée de glace. Ensemble, nous lançâmes d'autres poignées, aussi haut que le pouvaient nos bras puissants. De la glace achetée au magasin. Les cubes étincelaient à la lumière du soleil. Ils retombaient et explosaient sur l'asphalte en petites bouffées sèches et décevantes. En regardant en bas, c'était évident – comme la majeure partie du chemin d'Iris, j'avais remonté cette piste trop tard, et à grands frais. J'étais là, mais je n'y étais pas tout entier. Je me précipitais et gagnais de l'argent, j'attendais et je me dépêchais, mais, au bout du compte, sans être tout à fait présent. Mes jambes dépassaient du short, blanches. *Qu'est-ce que je fais à porter ces moitiés de trucs ?* Admettre d'être perdu : un coup à l'intérieur de moi, des mains qui fourragent dans mes entrailles, et la douleur. Tous les orages, toutes les montagnes, les rivières et les collines – pour finir ici, paumé à côté d'une rue qui portait un nom. J'étais moins qu'un carcajou au regard de l'Amérique, et le ciel, le soleil, le jour d'après et tout le reste devenait gris parce que je n'étais rien. *Était-ce cela que Melt Wolfglove avait ramené à la maison ? Était-ce cela que les gens du village ressentaient quand le défilé des jolis travailleurs sociaux débarquait des avions, piétinait la neige pendant une heure pour les pousser vers l'université et les carrières, loin du suicide, du Lysol et du territoire ? Tout mon désir d'être Eskimo – ma peau n'était peut-être pas devenue plus foncée, contrairement aux portions endommagées à l'intérieur ?* Je me penchai, observai la glace se pulvériser. Une attraction puissante – comme un filet à poissons installé sous la glace dans un courant trop fort – plonger, découper le bitume qui attendait, chaud, noir et profond comme l'éternité. Le suicide, de nos jours, était aussi eskimo que la chasse. Je pourrais enfin faire partie du Peuple.

Jerry donna une pichenette dans un grumeau de merde d'oiseau sèche. Nous observâmes le voile blanc tomber lentement vers la terre. « Pourquoi Abe nous a-t-il emmenés Là-Bas ? demandai-je spontanément. Je veux dire… je suis content qu'on ait grandi avec des animaux à la place des prises électriques et de la Little League, mais quelles sont les histoires que personne ne me raconte ? Que s'est-il passé ? Est-ce qu'on avait un bébé porc-épic ?

– C'était la mienne ! Elle adorait la colle. » Jerry sourit, en arrière, vers les souvenirs.

En bas, les oiseaux chantèrent.

« Elle a mangé l'avant de la guitare de Maman, qui n'était pas en épicéa, car ce sont seulement les guitares chères. Celle-ci était en contreplaqué stratifié. Pas de chance, c'était son truc préféré.

– Pas de drames de séries télé ? Abe n'a pas tiré dans la main de Newt Clemens ? Maman ne s'est pas barrée avec January ?

– Newt s'est fait ça tout seul. Bourré. » La lèvre de Jerry se retroussa. « Peut-être parce que Janet s'était mise avec Melt après la naissance de Lumpy. Va savoir. » Jerry détourna le ruisseau avec son orteil. « On est comme tout le monde. La mère d'Abe l'a envoyé à Barrow pour qu'il convainque son père de rentrer. J'imagine qu'elle n'a jamais envisagé qu'elle pourrait perdre son Picasso sur la friche stérile de l'Arctique.

– Il est allé à l'université à Chicago. C'est ce qu'a dit January.

– Oui, oui », Jerry sourit, cynique. « Des années plus tard. Il avait soudainement un avion en rab, qu'il pouvait vendre pour payer ses études. Mais une fois finies, retour vers les gens et l'endroit qu'Abe respectait. Il s'en moquait de ce que faisaient les autres, tant que lui n'était pas dans les parages.

– Tu veux dire qu'Abe a tué son père ? »

Les yeux de Jerry bondirent. « Pas du tout ! Il admirait ce type. Notre grand-père est resté un homme libre jusqu'au bout. Il faisait ce qui lui plaisait. Abe est pareil, mais en plus gentil et plus paisible. »

Il balança le pied-de-biche en un arc indolent. *Nos parents sont à l'intérieur de nous,* se moqua la voix de Dawna. *Faut faire attention à ce qu'on en laisse sortir.* Je dis : « C'était il y a trente ou quarante ans ! Presque de l'histoire de l'Alaska. Qu'est-ce qu'on est censé en penser ?

– C'est quasiment pas nos affaires. »

Tout en parlant, nous nous étions déplacés. Nous avions tous les deux les pieds sur le rebord. J'avais la bouteille dans la main. Le sol attendait. En bas la ville bouillonnait, les McDonald's et les Exxon, tous les autres fragments transplantés des États-Unis, et nous, debout, là, deux étrangers débarqués des peaux de caribous et des pattes de castors bouillies, de la glace dans la bassine et des ours sur le toit. Jerry se rapprocha. « Reste à Fairbanks. C'est plutôt pas mal. Tu vas t'habituer à toutes les règles. » Il fit mine de me tapoter l'épaule. Mon frère n'était pas un acteur. Rien ne l'intéressait moins que le mouvement utilitariste. Sa main était dure et crispée. Je savais qu'il était prêt à m'attraper, à déchirer ma peau avec ses ongles si besoin était. C'était puissant, de savoir cela. Puissant, mais pas suffisant pour rester dans cette ville.

VINGT

Les jappements des P'tits-Minus de Cheryl me rappelèrent les Caplin, ce couple de Blancs qui s'était brièvement installé à Takunak quand j'avais seize ans. Stevie leur avait offert un chiot, pour être gentil et pour l'éloigner des griffes de Lumpy. Le chien était noir. Les Colin étant à la fois des créatures politiques et des gens bien loin de chez eux, ils lui avaient donné le nom de ce qu'ils pensaient être le nom inupiaq pour dire « cadeau » – *Atchiq*. Viens ici, *Atchiq*. Roulade, *Atchiq*. Dès le début la confusion régna, car le terme signifiait seulement « nommer ». Comme ils étaient adultes, et chrétiens, les Caplin n'avaient pas appris, dès le premier jour, le terme pour désigner les parties des femmes – *utchuk*. Je ne savais pas de quelle partie il s'agissait exactement, seulement que les gens se moquaient une fois de plus des Blancs. Stevie n'était pas enchanté. Le chien apprit à s'échapper de son collier. Pire encore, les Caplin surprononçaient les mots inupiaqs et confondaient les i, les a et les u. À travers le village, Tom Caplin criait : « AATCHUUUQ ? AAAATCHIIK ? » Et Lonnie Caplin, à la radio : *click, shhhhh*, « Quelqu'un aurait-il vu mon petit Utchuk noir ? »

Billy Feather abattit finalement le chien, qui faisait aboyer incessamment les siens pendant une rediffusion de *Charlie et ses drôles de dames*. Il le fourra sous une bâche sur son traîneau. Impossible de le déposer à la décharge des chiens. Il finit par l'emmener plus loin, dans les plaines en direction des montagnes Shield, pour l'utiliser comme appât. Il attrapa deux carcajous. Nelta Skuq trouva qu'il n'était pas mauvais chasseur, et il l'attrapa, elle aussi, même si à Takunak ce n'était pas grand-chose comparé aux deux carcajous.

Devant la porte de January fermée à clé, je réalisai que tous ces gens étaient si vivants et bavards à l'intérieur de moi, que je ne m'étais pas demandé comment ils pouvaient bien être en réalité.

Je me faufilai par la fenêtre fissurée. La vaisselle s'amoncelait dans l'évier, consolidée avec de l'œuf et du yaourt-ciment. La table était boisée de publicités du supermarché, de journaux, d'anthologies sur les ovnis, de conserves de jus de tabac en équilibre instable. Sur le comptoir, un tube de dentifrice tortueux et ouvert. Avec les martiens déjà parmi nous, January n'avait pas la patience de s'embêter avec un bouchon de dentifrice. À mes côtés, l'esprit de Jerry emplissait l'espace, de plus en plus ténu et silencieux.

Génial, le retour en stop depuis Fairbanks ; c'était comme apercevoir un trou dans l'armure de la ville, où se glisser et parler à des inconnus. Désormais, les roues sur la rue humide chuintaient d'un air engageant. La caravane bourdonnait – ce son des voyageurs au loin, alors que personne n'arrivait véritablement. La fenêtre de Cheryl était plongée dans l'ombre. Face à elle je sentis la solitude, la conscience de la cruauté du changement. Elle était partie neuf jours auparavant, pour l'Ohio ; au téléphone, elle ne s'était pas vraiment prononcée sur son désir ou non de compagnie. Assistance dentaire. *Sourire éclatant.*

Je m'agenouillai au coin du canapé, sortis délicatement les billets de cent dollars et les mélangeai avec ceux que j'avais ramenés. Neuf mille cinquante-trois dollars. Entre des feuilles d'aluminium, j'aplatis quatre-vingt-dix billets, lissai les plis. Un klaxon retentit. Dehors, des bruits de bottes. La caravane craqua. J'écoutais, passant de fenêtre en fenêtre.

J'errais nerveusement à travers la caravane, fourrais l'argent sous différents objets, le récupérais. Je le dissimulai sous le four puis, finalement, de nouveau sous le canapé. J'appelais Lance. Pas de réponse. Dawna. Son numéro n'était plus attribué. Iris. Le téléphone sonna dans le vide. La morosité monta en moi comme la puanteur de viande avariée. L'argent et le téléphone – je les détestais –, ils vous rendaient pire que seul, connecté à un milliard de personnes sans aucun moyen d'acheter ce que tu désirais vraiment, ni personne à appeler.

Je défis mon sac de couchage de l'armée, tirai sur toutes les nouvelles plumes qui dépassaient et essayai de réfléchir, ici, dans cette ville qui imitait le silence. Qu'est-ce qui comptait vraiment ? J'étais censé être comme Enuk, et le savoir. Pas comme un Californien tout droit sorti d'un fonds fiduciaire et qui avait la difficile tâche de le comprendre. Que voulais-je devenir ? Eskimo ? Ce rêve s'était désintégré. Chasseur ? Drôle, riche, avoir des voitures et des filles ? « Un rêve américain générique, juste après la pub », me moquai-je tout haut. « Devenez riche et achetez une maison. »

Je fis les cent pas. Dehors, par la fenêtre, le voisin après Cheryl fabriquait une mangeoire pour oiseaux dans sa cour ; il portait un casque de sécurité. J'allumai la télévision. Les informations de Dan Rather : des crimes, des accidents, des corps. L'Amérique : quelque chose, quelque part, au sud. Le beau-père et patron de l'Alaska. Qui remarque à quel point elle est jeune et jolie.

« La soupe de caribou, ça compte vraiment. Nourrir les chiens. Les ours. » Soudain l'air ne voulut plus retourner dans mes poumons. Tout cela me manquait ! Les chouettes épervières dans les creux des arbres. Le pastel du ciel du soir au-dessus de la neige. Le passage des caribous. Les corbeaux dans le ciel, tenant l'inventaire de là-haut. Les crépitements du feu le matin. L'odeur le long des berges de la rivière, herbe, toundra et viorne trilobée. Les traces de renards dans la première neige fraîche de l'automne. Les empreintes d'hermines près de la pile de *quaq*. Dehors sur la glace de la rivière, les loutres qui se câlinent à côté des mortelles eaux libres. Le vent qui fait bouger la cime des épicéas.

La caravane était ténébreuse. Je m'affalai et retournai distraitement un journal.

UNE FEMME RETROUVÉE POIGNARDÉE.

Il y avait une photographie – des bâches pendues aux arbres sous les voies ferrées, un canapé en lambeaux, un feu de camp, et un fil à linge. *Une femme eskimo non identifiée a été retrouvée poignardée jeudi près de Fish Creek, selon la police d'Anchorage. Elle a vraisemblablement été agressée sexuellement avant d'être tuée.*

J'attrapai le téléphone, matraquai les numéros. « C'est qui ?

– Salut Cutuk !

– Stevie ? T'fais quoi ?

– J'suis assis dans l'noir. Pas d'électrique. Nippy était bourré, il a *alapit*. Voulaient pas le laisser chanter à l'église, alors il a forcé le local électrique et coupé l'courant. Avant-hier, Tommy Feathers Junior s'est pendu. Des enfants ont vu. Ils pouvaient pas l'soulever. Personne t'as dit ? Quinze ans. » Stevie éternua. « Oh oh.

– Qu'est-ce qui s'est passé d'autre ?

– Passage de caribous. Des vraiment gros. L'musher, c'type, Ted Brown, il a trouvé une défense en ivoire près d'Igisuktuk. Avec Honda. Soixante-deux kilos. Ici les gens se plaignent. C'est pas son territoire. Tiens. Maman veut parler. »

Janet cria, au cas où la ligne téléphonique n'était pas assez volumineuse. « Salut, Cutuk ! Tu r'viens quand à la maison ? Tu nous manques, fiston. *Arii*, Melt est évanoui, maintenant. J'espère qu'il ne va pas *miġiaq*.

– Comment va Abe ?

– Abe a plus d'fils ici ! Il s'fait les ch'veux gris. »

Je nettoyai mes ongles en les grattant le long de la couture intérieure de mon jean.

« Quelqu'un a des nouvelles de Dawna ?

– Dawna est à Uktu, longtemps. Flossie va très mal. Heureusement elle est malade d'puis assez longtemps, j'ai cousu presque tous les cadeaux d'ses funérailles. » Janet pouffa. « Elle laisse écouter à Dawna ses vieilles histoires. C'est bien, tu crois ?

– Janet. Qui est mort à Anchorage ?

– Ah ! Hannah Wana ! C'est une Feathers, adoptée à Uktu. Par Mildred Wana. Il était à Anchorage longtemps. C'était son vrai frère, suicidé par ici, raconta-t-elle en mélangeant de nouveau les pronoms masculins et féminins. *Arii* ! Des jeunes ! Tu d'vrais rentrer à la maison. »

La voix de Stevie s'introduisit sur la ligne. « Dis, Cutuk, quand tu viens, apporte-moi quelqu'bouteilles ! » Le son d'une claque, et puis : « *Arii,* toi ! » « Laisse, j'rigole. »

À contrecœur, je baissai le téléphone et laissai cinq cents kilomètres de montagnes me sauter à la gorge ; je me pris la tête entre les mains, respirai précautionneusement et me mis à croire à l'ironie des mauvaises coïncidences. *S'il y avait un dieu, ceci serait un test. Vais-je me bourrer la gueule ou faire mon sac ?* Iris était probablement en train de préparer une soupe aux os à *patiq* de caribou pour les hommes qui fabriquaient le cercueil dans le bâtiment tribal, et, pendant que le plat mijotait, elle aidait à teindre joliment les planches pour la croix. À Uktu – et dans combien d'autres villages eskimo ? – ils s'occuperaient pareillement de leurs morts. January et Lance ? Tout simplement partis quelque part. Dawna en excursion à la maison. Cheryl faisait ce qu'elle avait à faire dans le « vrai monde ». Et Hannah ? Hannah arrivait au bout de la piste à laquelle nous ne nous autorisions pas vraiment à penser, sans aucune trace au-devant.

January rentrerait d'un instant à l'autre, désormais. Son frein avant gauche accrocherait, son pick-up se soulèverait légèrement sur le côté – je devais toujours réparer ses freins. Il sortirait, cracherait et me ferait signe, bienveillant et heureux de mon retour. Il allumerait la télévision et chercherait dans le congélateur de la viande d'orignal ou de caribou trop longtemps gelée.

Je bondis – ce soir, j'avais envie de quelque chose de moins prévisible que les conversations de caravane – et extirpai l'argent. La pénombre de septembre se condensait au-dehors. L'été rayonnant avait disparu et les étoiles grattaient à travers. Là-haut, après les longues journées d'été du nord, les premières nuits noires et sans neige effrayaient les gens. Janet murmurerait des histoires, Melt et Woodrow, et tous les autres, garderaient leurs fusils chargés. Les esprits et les ours et les *iññuqun* étaient de sortie, l'obscurité noire d'encre bruissait.

Mais qui bernai-je ? Les esprits et les ours et les *iññuqun* n'arpentaient pas l'électrique Anchorage. Les villes étaient pareilles à des télécommandes ; elles éloignaient la mauvaise fortune avec les arbres et les broussailles et les réverbères plantés. Elles pavaient les nuits sombres et les esprits. Je vérifiai que je n'avais pas de boue ou de morve égarée sur mon jean et ma chemise, et m'élançai vers l'avion, jetant un regard en arrière. Mon cœur chancela. La rue au-dessus de la caravane de January portait deux noms. Le gros panneau vert, de ce côté-là de la rue, disait IRIS STREET. Où avais-je eu les yeux ? Et je me considérais comme un chasseur ? Capable de déchiffrer les pistes ? Si j'avais cru aux « signes », je m'en serais bien sorti, après tout ; je flairai une sorte de piste sous la neige, comme le faisait Plato.

Le problème, c'était que je ne croyais pas à tout ça. Les Hawcly dénichaient leur propre nourriture, cousaient leurs propres peaux déchirées, et couvraient tout le reste de plantes malodorantes. Les Hawcly croyaient en eux-mêmes – et en l'inévitabilité de se décevoir – entourés par une nature trop immense et trop imprévisible pour imaginer la contrôler ; ils étaient responsables de leur propre vie, aussi loin de l'aide sociale, des banlieues et des « signes » qu'aucun endroit ne s'était jamais trouvé.

L'avion à ski avait disparu.

Les chaînes n'étaient plus là. Sous les skis, le sol avait fait germer une herbe vigoureuse, qui poussait encore. Je restai immobile un instant, jaugeant les probabilités, et ce que je ne comprenais pas vraiment mais savais déjà – quelque chose en moi était une boussole, aussi fiable que celle des caribous et des bernaches du Canada. Je m'assis sur les talons, examinai mes mains et, au-dessous, mes rêves de piloter l'avion de mon grand-père. Tous les plans de vol pointaient au nord. Planer au-dessus du territoire, jusque dans un passé qui n'existait pas. Chercher, en bas, la minuscule ligne noire de l'attelage d'Enuk, qui n'existait pas non plus.

Les voitures passaient en ronronnant. Le long de la berge, l'eau clapotait et se soulevait doucement. Les souvenirs de Cheryl et du temps vécu ici ensemble tournoyaient dans le noir. J'y étais arrivé ; j'avais trouvé un travail, des amis, une petite amie incroyable, même mon frère, et une liasse de dollars. *Maintenant tu peux rentrer chez toi, le lieu des véritables choses ! Avoir un attelage, chasser, retrouver la piste d'Enuk.*

Je m'arrêtai, me détournai et, un pied devant l'autre, je suivis Spenard Road, pour une dernière chasse au cœur des lumières. La lune était pleine et les nuages défilaient. Il y avait des poches obscures sur la face claire de la lune.

Un homme blond costaud m'interrogea sous le *qanisaq* du Chilkoot Charlie's. « Pas de permis de conduire ? Seulement un provisoire ? Tu viens d'où, de Russie ?

– Pas loin. » Un flash dans mon esprit : Song Spenholt, souriant de tergiversations. « Dans le nord, on a pas de routes.

– Pas de routes ? Pas de gonzesses ? Ils font quoi, les gens ? » Il pouffa. « Allez, entre. »

De la sciure sur le sol. Des filets à poissons accrochés au plafond sombre. Les tabourets faits de bûches tranchées et de fûts de bière, les tables de bobines de câbles en bois. Par la porte arrière, un groupe de country ; à l'intérieur, deux groupes plus bruyants. Les gens étincelaient. Jamais je n'avais vu de femmes si minces, d'hommes si musclés, aux visages si jeunes et aux mains si fragiles.

« Bacardi, s'il vous plaît. »

Le serveur m'ignora. Je levai les yeux, m'attendant presque à voir un panneau PAS DE BLANCS. À côté de moi, sur un tabouret de bar, un homme aux cheveux en brosse siffla. « Pffuit ! Eh ! L'homme ici avec cent taches est si sec et riche qu'il croasse. » Il se tourna dans l'autre sens. « Bobby. Je viens du Texas.

– Cutuk. » Nous nous serrâmes la main en nous criant au visage, comme les préliminaires d'un combat. Bobby haussa les épaules et laissa mon nom déroutant s'envoler dans l'orage du rock and roll. Les shots arrivèrent, accompagnés d'une pile de monnaie. Je fourrai les pièces dans mes poches. Ses yeux étaient amicaux et bruns, des taches de rousseur balancées en dessous. Je reconnus la drogue : dépenser de l'argent et se faire des amis, ne pas rester seul avec ses pensées. Mes cellules accueillirent l'alcool et les angles à l'intérieur de la musique. Je souris, jetai un œil aux femmes – des Aphrodite, partout – et touchai les milliers dans ma poche. Comment pouvais-je me détourner de tout ça, pour retourner dans le silence immense et le froid ? Comment pouvais-je rester, et supporter la manière dont tout avait l'air d'avoir été payé par le territoire ? Je balayai les alentours des yeux, plein de désirs. *Un Qui-Veut-Tout qui a tout !*

Bobby se rapprocha. « J'ai seulement dix-sept ans. Mon père bosse dans le Slope. »

Prudhoe !

Il me posa les questions habituelles sur l'Arctique, puis me parla d'un de ses amis de Matanuska Valley, qui avait quatorze motoneiges et une petite luge qu'il tirait derrière, remplie de caisses de Budweiser. Les shots arrivèrent. Booby regarda ma main sortir l'argent. Il proposa d'aller faire un tour. Je levai les sourcils. Les lumières étaient aiguisées et menaçaient de se mettre à tourner. L'endroit était bondé à présent, les gens serrés comme des poissons tout droits dans un seau. L'espace d'un instant, la panique m'envahit – *où se trouvait la porte ?* « Vas-y, pousse », m'exhorta Bobby. Il pinça les fesses en jupe noire d'une femme, puis sourit malicieusement et prétendit faire signe à un ami. La femme portait une blouse métallique, une sorte de déesse alien, et se pencha suffisamment près de moi pour être embrassée, ses paupières argentées tels des papillons de nuit écrasés. « Fais attention à toi, connard, ou tu vas le regretter.

– Merci du conseil, je le connais déjà. »

Bobby avait une Mazda RX-7 bleue. Je feuilletai les pages des livres de la bibliothèque dans ma mémoire. *Moteur à pistons rotatif Wankel.* Des couples prenaient l'air après avoir dansé, le poignet de Bobby sautilla lorsqu'il tourna. Il avait la main lourde sur le frein et l'accélérateur. « On va se faire la Quatrième. » Nous étions à un feu. La nuit pleuvait désormais. Des néons clignotaient et les taxis s'éloignaient des trottoirs meurtris par la conduite en état d'ivresse. « Y paraît que tu peux échanger une bouteille contre de l'ivoire. Eh, elles sont comment les chattes eskimo ? » Il matraqua le volant. « Elles sont froides, tout ça ? »

Le visage d'Hannah Wana, mâchonné par un chien, monta derrière mes yeux. Ma gorge se souleva. Je respirai, inhalant l'essence de la voiture – le moteur, le plastique du tableau de bord et des sièges, la radio – et laissai cette liberté absurdement chère se répandre sous ma peau. Des hommes traînaient des pieds sur les trottoirs, les poings profondément enfoncés dans les poches, se débattant contre un vent permanent. Les miennes étaient pleines d'argent. Je me retournai ; c'était pas Elvis Jr. ? La pluie avala la silhouette.

« Y a baston ! » fit remarquer Bobby.

Une paume s'abattit sur un visage. Torgnole, en anglais de mécanicien. « Attends un peu ! » Il vira à gauche, puis encore à gauche, pour faire le tour du pâté de maisons. Je m'écroulai sur le siège – mal des transports. La froide poignée de la portière glissait. Nous pouvions passer sans nous arrêter. Mais Bobby baissa sa vitre. Les freins crissèrent. L'air était frais et humide. La nuit de la rue flashait de néons mouillés. L'homme, imposant et baraqué, semblait vaguement familier. Woodrow Jr. ! À côté de lui, la tête de la femme était inclinée. La bruine pailletait sur ses cheveux noirs.

Bobby se courba et se pencha par la fenêtre. « Maintenant vous vous frottez le nez et vous vous réconciliez, tous les deux ! »

Woody tenait une bouteille. Il la balança.

Bobby enfonça la pédale d'accélérateur. La voiture se tortilla et plongea en avant. « Yiihaaa ! » La bouteille vola en éclats dans la rue. Je me recroquevillai contre mes genoux. Woody m'avait-il vu ? La femme n'était pas Dawna, mais elle aurait très bien pu l'être. Une personne l'avait battue, et une autre lui avait jeté une insulte raciste. La douleur qui dégoulinait était une vieille connaissance. *C'est comment, d'avoir de la chance ?* J'essayai de me concentrer pour trouver un moyen de convaincre cet inconnu blanc de la grandeur des Eskimos. De la grandeur du paysage de l'Arctique, lui tout seul, sans Prudhoe, sans routes, sans caisses de Budweiser. Par où commencer ? Par des mots ? Ou par mon couteau ? Soudain tout parut si primaire. Je me penchai vers lui et enfonçai aussi loin que possible mon doigt dans ma gorge. Le levier de vitesse et la radio reçurent la seconde salve.

La bruine brouillait les lumières. L'air était agréable. Du côté sous le vent d'un gratte-ciel, je crachai, m'engouffrai dans une cabine téléphonique et exhumai une poignée de centimes. Tout était si magique ; Iris répondit à la cinquième sonnerie. Elle somnolait mais elle écouta mon histoire, riant encore et encore. Je souris largement dans le noir et l'imaginai faire de même.

« Tu lui as donné de l'argent ?

– Bah non !

– Et Woody, il t'a reconnu ? Tu sais, c'est lui qui me loue ma cabane.

– Je sais pas trop.

– On dirait que tu fais la même chose que moi, et aussi bien : tu enseignes. » Elle bâilla. « Mon Dieu, les devoirs que je dois noter !

– Qu'est-ce qu'y a ? T'en as beaucoup ?

– Aussi, mais le problème, ce sont surtout mes élèves. » Sa voix devint sérieuse. « Ils ont vraiment la vie dure. Nelta Skuq, elle a neuf gamins, tu sais ; elle vient juste de recevoir son chèque de l'assistance sociale et elle s'est encore barrée, va savoir où – Nome ? Anaktuvuk ? Fairbanks ? Sa fille de treize ans, Mary, demande des couches sur la radio communautaire.

– Marie a treize ans ?

– Elle est enceinte ! Et voilà que Miss Hawcly est là, à donner un devoir – écrire une page sur son souvenir préféré. Mary écrit une phrase sans fin sur les Bulls. Les erreurs, dans une langue vernaculaire parfaite. Alors, je demande aux enfants d'écrire sur leur pire souvenir. Mary écrit une autre phrase, cette fois-ci à propos d'une mouche qui s'est noyée dans son Coca, et qu'elle a failli avaler. Elle a été violée, Cutuk ! Par ses frères et ses oncles, et par qui d'autres encore ? Qui sait combien de fois ? Elle a été battue, abandonnée, elle est passée de mains en mains aussi loin qu'elle se souvienne. Et elle raconte l'histoire d'une mouche dans son Coca ? La plupart des enfants n'écrivent rien du tout. Ils balancent des trucs et rebondissent contre les murs, ou décrochent et traînent. Il n'y aucune curiosité intellectuelle. Je devrais pas me plaindre auprès de toi. Mais c'est dur.

– Iris, je m'inquiète pour toi. Mais… depuis que je suis parti, j'ai vécu une sorte d'étrange existence égoïste. Je suis pris dans tous ces… trucs. Je peux t'envoyer quelque chose ? J'ai de l'argent, maintenant.

– Pourquoi pas une pizza et une bière ? » Iris pouffa. « Et si tu rentrais à la maison ? »

Une voiture de police passa devant la cabine téléphonique. La lumière rouge des freins s'alluma puis s'éteignit, et le véhicule continua de descendre la rue. « Peut-être. Je sais pas si je peux habiter à Takunak, où tout le monde te dévisage et se plaint des Blancs.

– Oh, l'histoire ancienne a coulé sous les ponts. Je vois ce que tu veux dire, mais il y a des gens bien partout. Pense à Janet. Elle adorerait que tu reviennes ici. Là-bas, la vie était facile, sous certains aspects. Mais c'était comme si quelque chose manquait. J'imagine que c'est pour ça que je suis là.

– J'ai l'impression d'être emballé dans du plastique. Peut-être à cause de la nourriture.

– Sûrement à cause de la nourriture, acquiesça Iris. Je te ferai de la glace à la neige. Et des os de pattes de caribou rôties. Les bernaches du Canada sont là, à se gaver de myrtilles. Abe m'en a apporté deux. Il est descendu sur son bateau en bois.

– Abe a un bateau ?

– Je lui ai acheté un petit moteur dix-chevaux. Il a scié des planches d'épicéas et fabriqué un bateau pour la rivière. Lui et Franklin ont aussi deux panneaux solaires, maintenant. Et une radio à ondes courtes. Ils écoutent la BBC et Radio Moscou.

– C'est fou !

– Faut le voir pour le croire.

– Peut-être. »

Je m'éloignai des montagnes, vers le tonnerre distant du décollage des avions. Je me rendis compte que je n'avais rien mangé depuis la nuit dernière, à Fairbanks. Le rhum transformait l'histoire en bribes et fragments. Fairbanks se tapissait quatorze heures en arrière, derrière des montagnes grandes comme des années. Des chansons faites maison se mélangeaient dans mon cerveau, les mots banals sonnaient creux là où mon passé s'épluchait des murs de mon crâne.

Bruce Springsteen se serait marré, ou bien il aurait vomi dans sa guitare en épicéa.

Je pensai à Dawna, à Uktu, qui buvait un liquide foncé – bière artisanale d'une nuit – avec des cousins foncés. Dans la rue, j'enfonçai la main dans ma poche et touchai l'ours d'Enuk. Ce vieil objet pouvait-il attirer le mauvais œil ? Un bosquet de saules poussait au bord de la route. Je ramenai le bras en arrière et le balançai. « À mon signal, ouvre-toi », ordonnai-je à ma main. Dans ma paume, l'ours humait la nuit. Peut-être qu'au creux de cet ivoire ancien, l'esprit d'un mammouth disparu braquait un regard noir, toujours en colère contre les humains qui avaient anéanti son espèce. Je balançai de nouveau le bras. Mon épaule se déboîta et ma main s'ouvrit sous la douleur. Je haletai, tremblant et sous le choc. Le tout petit ours scintilla sous le réverbère, craqua contre une branche, ricocha au cœur de l'obscurité et des broussailles.

Aucun corbeau dans le ciel, aucune bourrasque dans les arbres. La planète tourna vers l'est tandis que j'avançais vers l'ouest.

Le temps de trouver la caravane de January, le ciel grisonnait d'aube. À l'intérieur, je frissonnai au-dessus d'une fente en métal par laquelle soufflait la chaleur. *Alappaa.* Couper des arbres morts et les faire brûler dans le poêle me manquait. Je fouillai dans son congélateur, dénichai un morceau de caribou. Je découpai des copeaux sur un carton et mâchai la viande crue gelée. Par la porte ouverte de la chambre, January bâilla. Ses ongles rugueux râpèrent son crâne rugueux.

Il se traîna hors de la chambre, nu, ses yeux noisette gonflés et nébuleux. Lorsque j'additionnais mes amis et arrivais à zéro, je ne comptais pas January. Quelque chose faisait toujours glisser les amis dans la case « pas tout à fait ». *On travaille seulement ensemble. Lui, c'est l'ami d'Abe. Elle, elle ne m'apprécie sûrement pas.* Tout ce temps, j'aurais dû être redevable de la présence de January, bien vivant et avec qui partager la ville. J'aurais dû réparer ses freins.

Il s'appuya contre le plan de travail et se gratta la tête. « Bon sang, mes cheveux me manquent. Et plein d'autres choses ! » Son ventre pendouillait, énorme. Il jeta un regard mélancolique au matin qui poignait au-dessus de la caravane voisine.

Je m'éloignai de la table. « *Aarigaa taikuu.* » Je m'essuyai les mains sur une serviette en papier et extirpai le papier aluminium. Je le dépliai sur la table, comme un brownie.

« Eh bah ! Depuis quand t'entasses tout ça ?

– Depuis que tu m'as parlé de l'IRS.

– Faut que je trouve mon pantalon, je crois.

– C'est pour ton avion. Pour le racheter. Je veux que tu m'apprennes à piloter.

– Bon sang, gamin. Ils me l'ont confisqué. Mon avion n'est plus là du tout. Probablement en Arizona à l'heure qu'il est, piloté par un foutu type de la Fed qui compte les clandestins. » January grimaça. « Bon sang, la vieillesse tient pas ses promesses. Sagesse ? Tu parles ! Plutôt perte de mémoire. Et le gouvernement qui te rackette à l'aveuglette, alors que t'as à peine un pot dans lequel pisser. » Sa voix épaisse gronda. Il frotta les chenilles de ses sourcils gris. « Ce Cub… l'hiver avant la déclaration d'État, ton père et moi on est allés à Barrow. Le bon vieux temps. Ce Super

Cub était *flambant neuf*. Les gens savent plus ce que ça veut dire, de nos jours. Abe et moi on a volé en plein dans un orage. On a bien cru se crasher en descendant sur la Kuguruk. Bong sang de Super Cub flambant neuf ! »

La soufflerie s'enclencha et l'air chaud déferla. Les testicules pendants de January tressaillaient lorsqu'il respirait.

« Les chiens, les mamies, tout le monde est sorti. Je me souviens de deux types blancs, des instituteurs tout maigres avec des barbes, et d'un prédicateur avec un gros cul mais pas de barbe. Wolfglove est sorti, nous a proposé de loger dans sa cabane. Jamais personne de plus généreux que lui n'est né. Il racontait des histoires. Mangeait comme si on y était. Enuk avait un sourire énorme. Je savais où il voulait en venir. Quand la tempête s'est levée, je l'ai emmené là-haut. À l'endroit où on met le manche pour piloter depuis le siège arrière, Wolfglove a mis son doigt et m'a fait plonger dans les montagnes Dog Die. Incroyablement fort, ce type.

Plus tard, quand tu naissais, je suis remonté et j'ai habité avec Abe. Une fois, j'ai vu Wolfglove faire des tractions à un doigt sur un clou enfoncé dans le mât de votre réserve. Incroyablement fort ! Il logeait avec ta famille dans la pièce unique. Y faisait tourner ta mère en bourrique. Ce gars voulait comprendre pourquoi un homme blanc qui pouvait voler choisissait d'habiter Là-Bas, d'une manière dont même les Eskimos ne vivaient plus. Ça, c'était Abe. »

January plaça la bouilloire sur le brûleur à gaz. Il s'appuya contre le poêle et attendit, la main posée sur la poignée sale.

Je m'assis sur son fauteuil à bascule et l'inclinai. Je ne l'avais jamais essayé avant. Avec la télévision allumée, cela devait faire partie de ce qu'ils appelaient « y arriver ».

« Un orage, songeai-je. Bon. On a neuf mille dollars. Qu'est-ce que tu veux faire avec ça, January ?

– Tu vas dépenser ce tas de fric pour ton propre petit trou du cul.

– À vrai dire, j'étais sur le point de le jeter dans les saules, cette nuit. Soit ça, soit le donner à un gamin du Texas.

– Vaut peut-être mieux me le donner à moi. » Un rictus dévoila ses dents mauvaises.

« Est-ce que les gens louent des avions ? Je veux que tu m'emmènes au nord.

– Eh bien… » January se gratta l'entrejambe. Il fit ressortir ses lèvres et hocha la tête, pensif, sans pouvoir retenir un léger sourire à lui-même. Il déplaça la bouilloire. L'eau se mit à chanter.

PARTIE 3

Chez-soi

VINGT ET UN

La brise du nord tombe des montagnes et siffle au creux d'une vallée. Des feuilles courbes remuent dans les bouleaux. Sous les branches des épicéas, les aiguilles mortes relâchent leur étreinte et piquent vers le sol. Des serpents de neige fument le long de la glace, au bord du ruisseau. La neige dérive derrière des touffes herbacées, tournoie entre les roches et les racines. Elle couine sous les pattes des louveteaux, douce et pulvérulente.

Les louveteaux roulent et donnent des coups haut dans les airs, leurs pattes arrière comme des pantalons. Ils mordillent leur première neige, la tailladent du nez de haut en bas, emplissent leurs yeux et mordent leurs frères et leur sœur. L'un après l'autre, ils basculent puis se redressent, se secouent et se suivent, ils glissent, maladroits et prudents, sur la plaque de glace, et puis elle craque et les parachute jusqu'aux épaules dans l'eau lustrée.

Les petits mâles sont déjà aussi gros que leur mère, des géants d'argent, qui braquent leurs longues lèvres pleines d'ivoire inexpérimenté. Ils joueront, se pourchasseront, et n'aideront que très peu lorsque le premier orignal tombera. Ils garderont la queue basse, subordonnés, tout en dévorant d'énormes parts. La femelle est plus petite, ses pattes, sa queue, son museau, et ses poils plus courts, blancs au bout noir sur ses poils de garde.

Désormais les louveteaux creusent, leurs griffes déchirent la mousse et la terre, les grosses pattes jettent la poussière et la neige entre leurs pattes arrière. Ils creusent d'une énergie espiègle. Les vieux os d'un animal se déroulent du sol gelé. Du museau, les louveteaux sondent la carcasse. Les langues roses goûtent la poussière, font rouler les os, les extirpent. Ils déterrent les plus longs. Blancs, verts et roses, peints par la mousse et les lichens, décolorés par le ciel. Les gros louveteaux se débattent, un tir à la corde à trois pour un morceau de vieille peau desséchée, ils grognent et agitent leurs pattes boueuses devant les yeux des uns et des autres. La femelle flaire les os crayeux et ne sent aucune nourriture. Elle se détourne et remonte la pente en trottinant, vers les hautes roches, ses parents et l'odeur d'un bon écureuil.

Le vent souffle là-haut. Des rafales de neige drapent la vaste vallée, tirent les premiers rideaux de l'hiver, la lueur claire et pleine d'espoir du soleil illumine les nuages lourds. La petite louve et sa mère se lèchent l'une l'autre le museau et les oreilles. Elles s'étendent, les pattes avant repliées sous la poitrine, et regardent blanchir le territoire. La toundra s'étire au flanc de la montagne, roule à travers collines et vallées, des kilomètres d'espace, de montagnes et de ciel. De la neige tombe sur l'éboulis d'ardoise, recouvre des feuilles trémulantes, de l'herbe éparse, des crânes d'écureuils, et une autre saison, peignant d'une teinte de beauté ardue le territoire, le chez-soi des loups, précédant de cent mille générations la moindre couleur de l'humain.

VINGT-DEUX

La fraîche glace de l'automne craqua et les cinq chiens s'abritèrent sous une rive concave. Dans la neige et les feuilles de saule courbes sous la berge, l'attelage bondit le long des mottes de boue gelées, évitant les souches et les racines ballantes. Le traîneau se retourna sur la glace. L'étançon arrière céda. « *Gee !* Whoa, Rex ! » Le chien de Lumpy – désormais promu chien de tête – se recroquevilla pour tracter, les pattes arrière incurvées, s'agrippant davantage à la boue. La vieille Plato me manquait. Les mushers se souvenaient toujours de leur chien de tête comme de leaders intrépides pendant les orages, capables de suivre des pistes depuis longtemps enfouies, même si nous avions tous des fusils à la crosse cassée pour les phases où ces chiens légendaires avaient besoin d'encouragements supplémentaires.

Je montais voir Abe et récupérer mes armes. Mes plans de carrière n'allaient pas beaucoup plus loin. Je n'avais jamais parcouru cette portion de la rivière auparavant. January et moi nous étions envolés vers le nord en août, direction Takunak – il lui avait fallu des mois pour mettre son permis à jour. Finalement, à bout de patience, j'avais acheté à Lance et moi des billets pour Phoenix, et nous avions dépensé un mois et huit mille dollars pour passer notre licence de pilote privé, vivre notre meilleure vie, et voler.

Cela motiva January ; il réussit l'examen physique et effectua un vol de vérification à bord d'un Cessna 172. Les pluies du mois d'août avaient alors submergé les bancs de sable près de la cabane d'Abe. Dans le ciel je bifurquai vers l'ouest, pris un virage relevé dans la brise du nord et amorçai mon approche finale vers la nouvelle piste d'atterrissage illuminée de Takunak, avec vent de travers. Et puis je m'éloignai du pilotage, potentiellement pour toujours, comme l'avait fait Abe.

January m'avait laissé là dans la poussière, à côté du vieux sac de voyage. Iris était à Crotch Spit pour le travail, et c'était Elvis Jr. qui m'avait récupéré sur la nouvelle piste. Une croûte scellait son œil gauche. Je montai derrière lui sur son quad Honda ; la poussière bouillonnait après nous. Ses poignets étaient nus, bruns et fins. « J'pensais qu'étais au camp'ment, cria-t-il. T'as rapporté des bières ?

– Nan. Tu t'es fait quoi à l'œil ?

– J'ai *alapit*. Les gars ont dit qu'ma Honda avait bien volé et l'arbre m'a cogné l'visage. Eh *bart*, j'ai un chien-loup à vendre. Quatre-vingt-trois pour cent, mec. T'achètes ? »

Janet me prêta sa carabine de calibre 30-30 ; Iris, un traîneau et l'un de ses chiens, et Lumpy trois chiens supplémentaires. Avaient-ils déjà été hors de leurs chaînes ? Difficile à dire. Tout comme la dernière fois qu'ils avaient été nourris. Le type qui participait à des courses de chiens, Ted Brown, me proposa un chiot de huit mois dont il ne voulait pas. « Il suit pas le rythme rapide de mon attelage de course », murmura-t-il devant le bureau de poste. Il m'expliqua comment il nommait ses chiots, par portée, comme les années chinoises : la portée du climat comportait Givre, Vent, Nuage, Orage ; la portée des séries télévisées… Les feuilles jaunes des trembles flottaient au-dessus de Takunak. Mes yeux vaguèrent sur l'enveloppe de la loterie dans ma main : *Crat Hawker, Vous Pouvez Être Le Perdant De Dix Millions De Dollars.* « Au printemps dernier, j'ai rallié Uktu en cinq heures, dit Ted. L'écorce du printemps est mortelle pour voyager. » Il plissa les yeux avec perspicacité.

Je scrutai au fond de son regard noisette ; à quel moment étais-je devenu quelqu'un qui méritait d'être impressionné ? Un homme imposant descendit lourdement les marches du bureau de poste. Il avait les yeux bleu pâle, sans poils au-dessus, et portait une croix autour du cou. Un prêcheur, quelqu'un chargé de la maintenance de l'aéroport, ou un type qui chassait pour le sport ? Peut-être les trois à la fois.

« Ted ! Je t'ai raconté la fois où j'ai coincé la meute des Dog Die ? » Il avait l'air suffisant. « En avril dernier, j'ai fait un vol de reconnaissance, puis je suis monté à motoneige au sommet d'une crête aiguisée de six cents mètres de haut et j'ai dégringolé d'une corniche. J'avais pas vraiment besoin de survoler, en vrai, je connais la région comme ma poche. Cette chute devait bien faire quinze mètres. Elle m'a vachement surpris. J'ai glissé pile sur ces salopards ! » De la mousse mouchetait les lèvres de l'homme. « J'aurais pu me faire la meute entière avec mon chargeur trente coups FMJ. J'en ai abattu que quatre. Au printemps prochain, je monte mon frère là-haut, qu'il se prenne un loup. » L'homme pivota. « Je t'ai jamais vu. Ça fait des années que je suis là. T'as déjà tué un loup ? »

Je hochai rapidement la tête en guise d'adieu à ces hommes, et à ce vieux concours de bite de l'Alaska – qui était là depuis le plus longtemps. Je m'éloignai, gêné et, d'une certaine manière, vaincu. Ted disait : « … Iris Hawcly, cette petite bombasse d'instit'… un des frères… j'ai tamisé un gramme sous la baraque des Hawcly… en seulement quinze minutes. »

Les Blancs – toutes les pièces étaient décortiquées jusqu'à ce que chacune porte un numéro. *Pris des loups,* aurait dit Enuk, *là-bas dans les montagnes.* Le devoir de compléter l'histoire et l'héroïsme serait revenu à quelqu'un d'autre. Enuk semblait bien loin en arrière, et ils me manquaient, lui et le lieu où il se trouvait. Je remuai les enveloppes dans ma main. *Votre carte American Express préapprouvée, Mr. Crawly.* Derrière le bureau de poste, Elsie Haft était debout sur la chaîne d'un chien recroquevillé qu'elle frappait avec un manche de hache. Son tout jeune petit-fils l'observait en Pampers et bottes en caoutchouc, une sucette dans la bouche.

Avec le Boston Whaler de Melt, Stevie nous fit remonter la rivière, aux chiens, à moi et au traîneau. Les premiers disques de glace de l'automne descendaient le courant en se balançant ; trop de glace pour pouvoir s'arrêter à notre vieux repaire. Stevie lâcha un rictus tandis que les disques grinçaient sous le bateau en fibre de verre de Melt. « J'espère que l'fond va pas percer. » Ses cheveux étaient hérissés, deux centimètres et demi de longueur égalisée. Il avait pris du poids, et les verres de ses nouvelles lunettes devenaient gris sous l'éclat de l'eau et de la glace. Je ne lui avais pas parlé – ni à personne d'autre, à l'exception d'Iris – de mon permis de pilote. Je ne voulais pas que les gens causent, qu'ils essayent de comprendre pourquoi un jeune homme avec un permis ne se faisait pas embaucher comme pilote d'avion postal. Ou ne prenait pas un avion pour chasser.

Stevie m'aida à enchaîner les chiens, à ébrancher de jeunes arbres et à planter ma tente sur la berge au creux des saules. Il rogna bien les branches et me regarda faire les nœuds. Il était pensif ; comme s'il aurait peut-être voulu rester. Enfin, il s'assit à la proue de son bateau, bloqua la brise avec le col de son manteau en nylon, et alluma une cigarette d'adieu. Ses doigts commencèrent à fourrer les cigarettes dans sa poche. Il jeta un œil au paquet Marlboro blanc et me le lança. « Cut, prends mes clopes. T'en auras p't-être besoin. Pas possible d'appeler les urgences par ici. » Il sourit malicieusement et s'éloigna dans le tintement de la banquise, sans dire au revoir.

Sur la rivière, le courant charriait de gros disques givrés qui gémissaient et s'écrasaient contre la glace. Les fissures se précipitaient vers la rive, tordues comme l'écho d'un estomac galactique. Les chiens se recroquevillèrent. Le vent avait poussé des tas de neige dans les creux de glace enchevêtrée ; les chiens ramassaient de pleines bouchées et flairaient les pistes de caribous qui tressaient la berge. Sur la glace, je soulevai le traîneau sur ses patins. Placé juste devant le traîneau, Mike, le chien jaune de Lumpy, geignait et traînait.

« Couché ! »

Le chien ne tirait jamais. Sa fourrure était mince, et s'affinait encore. J'allumai l'une des cigarettes de Stevie, jetai un œil à la rive concave, et fouillai dans mes poches pour trouver de la corde et réparer l'étançon cassé du traîneau.

La magie Marlboro fit tourbillonner Cheryl et Takunak dans l'air froid. La poche sur ma vieille parka en caribou abritait le compost de mon adolescence : des allumettes, de la ficelle, des cartouches de calibre .22 rouillées, une serre de faucon pèlerin, un rectangle pelucheux de barre chocolatée. Les chiens s'allongèrent sur la terre ferme ; leur langue rose et humide dépassait, leurs yeux bruns fixaient avec méfiance la glace infidèle. Dans ma poche intérieure, un paquet de graines de pensées, ma seule idée de cadeau pour Abe.

Une fois le traîneau réparé, j'étudiai notre position ; nous étions coincés à l'extrémité la plus basse d'une longue rive concave, bloqués au-devant par l'eau, et sur la berge par les bosquets de saules qui la bordaient. La rive concave s'étirait en amont et en aval du coude. Les chiens grognaient les uns sur les autres, et leurs yeux doux, emplis d'espoir, lorgnaient l'arrière-train de caribou calé à l'avant du chargement. « Quand il n'y en aura plus, l'un d'entre vous y passe », les prévins-je. Ils avancèrent, s'agitèrent impatiemment. Je donnais des coups dans des pierres, à la recherche de quelque chose à quoi attacher les chiens. Repliée sous la berge, juste au-dessus du niveau de la glace, une bûche recourbée attira mon attention. Je l'agrippai pour vérifier si elle était assez fermement gelée pour y arrimer l'attelage. Elle était aussi lourde qu'une bûche détrempée, mais elle bougeait, et ce n'était pas du bois. Je m'agenouillai et la grattai avec une plaque de glace. De la vivianite bleu foncé s'effrita. Une défense en ivoire ! Je tendis la main, n'en croyant pas mes yeux ; puis je scrutai les alentours, au souvenir de mon dernier ivoire de mammouth.

L'énorme défense courbe alourdissait considérablement le traîneau ; je la fis rouler de nouveau hors du chargement et y attachai les chiens. Je sortis ma hache de son fourreau, grimpai sur la berge et dégageai la piste à travers un kilomètre moite de broussailles, avant de retourner chercher les chiens. Je montai la volumineuse défense sur le traîneau et souris ; j'imaginai Abe questionner mes efforts : lui l'aurait admirée, puis laissée là où elle était. J'essayai d'encourager l'attelage à grimper sur la berge. Rex se démena jusqu'au sommet et le traîneau surchargé se tint presque à la verticale. Mike hésita et l'autre chien situé devant le traîneau le tira de côté.

« Allez ! »

Rex regarda au pied du rivage et se laissa tomber. Le traîneau s'écrasa contre la glace, plongea à l'envers dans l'eau. Je m'enfonçai jusqu'à la taille. En un instant je me débattis et remontai, par-dessus le guidon et le chargement, jusqu'à la rive. Les patins plongèrent dans le fond de la rivière. Je me tenais à un bord effondré, haletant. Je lançai les chiens en haut de la berge, puis tirai fortement l'arceau avant du traîneau, quinze centimètres à la fois. « *Hike* ! ALLEZ ! MONTEZ ! » Le traîneau s'éleva, enfin équilibré, et disparut là-haut dans les saules. « Whoa ! »

Mon cœur battait la chamade. J'agrippai des racines et me hissai au sommet de la boue gelée. Dans les saules, les chiens s'étaient arrêtés. Mes gants étaient détrempés. Je les lâchai au travers de la défense. Ils gelèrent. À mains nues, tremblant, je frottai de la neige sur mon pantalon. L'eau avait à peine pénétré mon nouveau surpantalon en nylon mais emplissait mes bottes Sorel. Je frottai de la neige sur les pattes des chiens pour absorber l'eau avant qu'elle ne gèle. Je défis la bâche qui durcissait, grattai la neige fondante et l'eau, m'assis et essorai mes semelles intérieures avant de changer de chaussettes. La boîte à asticots était mouillée et glacée. En bas, l'eau était limpide désormais, le fond abruptement incliné. Ma respiration ralentit. Je fis rouler la défense jusqu'à ce qu'elle repose, courbe vers le haut, contre un massif de saules, marquai l'emplacement, inspectai mon chargement ; puis j'enfilai de lourdes moufles en carcajou et ordonnai aux chiens d'avancer.

Une heure plus tard nous avions dépassé la rive concave et, de retour sur la glace, remontions en serpentant le long de la vallée alors que les premières planètes scintillaient. Je voyais les traces des quatorze loups que j'avais repérés hier. Ils avaient crié sur mes chiens, fait les cent pas, et s'étaient finalement roulés en boule sur la glace jusqu'à l'après-midi, quand ils avaient tranquillement pénétré dans l'embouchure d'un bourbier. Leur voix s'était estompée dans les saules, et j'avais hurlé à leur intention, soudain bouleversé d'être chez moi, tandis que Janet murmurait dans ma tête, *pourquoi t'les tues jamais ?*

Les oreilles de Rex se dressèrent. Tous les chiens tirèrent de l'avant, en direction d'un petit troupeau de caribous qui trottinait vers nous. Je jetai l'ancre de neige, ramenai le fusil par-dessus mon épaule, vérifiai le canon et abattis un jeune mâle. Les femelles et les petits se ruèrent autour de nous, sentirent les chiens et changèrent de cap vers la glace. Un moment les caribous s'arrêtèrent, les yeux écarquillés, m'entourant presque. Les chiens aboyèrent et les animaux repartirent à toute vitesse de là où ils venaient.

De l'autre côté de la rivière, un *naataq* hulula. L'obscurité tombait. Les chiens s'agitèrent et gémirent. Rapidement je vidai le caribou, le premier depuis deux ans, réalisai-je ; mes mains savaient quoi faire, et j'en fus fier. Je découpai des tranches de foie et les fourrai dans la panse pour qu'elles cuisent et que je puisse les manger tout en travaillant. Les chiens avalèrent tout ce qu'ils purent des gras intestins, tandis que je craquai des saules et allumai un feu. Le café bouillit dans la conserve noircie, et les parties de choix – la langue et le poitrail – mijotèrent. Le ciel devint orange et vert au sud, bleu-noir au-dessus. J'enchaînai les chiens, mangeai la viande et le gras, dormis dans le traîneau avec six oignons.

Nous chargeâmes et avançâmes lentement le lendemain, et le jour suivant, jusqu'à ce que les chiens flairent le feu de bois et accélèrent. À l'extrémité supérieure d'une crête boisée se tapissait une cabane. Il y avait de la neige sur le toit, des stalactites de glace sous l'auvent. Non loin, une réserve dépassait des arbres. Au-delà s'élevaient les triangles blancs et aiguisés des montagnes. C'était puissant et agréable de se trouver près de montagnes sans nom. Les satellites de la CIA qui chassaient le ciel avaient probablement numéroté chacun des milliers de sommets – pour la sûreté nationale – mais c'était près de ces montagnes-là, et de leur absence de noms, que je me sentais en sécurité.

Des chiens donnèrent l'alerte. Mon attelage se précipita et grimpa sur la berge. Abe était dehors sur la glace, Franklin descendait un chemin. Mes chiens les dépassèrent tous les deux, tirèrent fortement le long du verglas vers la pile de nourriture pour chiens, du saumon et du corégone, de l'orignal et du caribou. Je jetai un regard à Abe. Il portait un bonnet en loutre et, entre les rabats pendants, sa barbe était grise. Il n'avait ni moufles, ni manteau, mais un tee-shirt de laine épaisse d'où sortaient les manches longues d'un sous-pull. Une tasse de café était serrée entre ses doigts.

Sa main et son poignet paraissaient énormes, ses épaules épaisses. J'écrasai l'ancre de neige dans une fissure sur la glace, et mes chiens s'allongèrent, les lèvres pointées vers la pile de poissons – sauf Magnum PI, le petit chien de course bouclé, qui, debout, gémissait et tirait pour avancer encore.

Abe et Franklin tinrent la glissière, observèrent le caribou dans mon traîneau. Abe huma l'air du soir comme il l'avait toujours fait, inspectant l'humidité et la température ; il prédisait la météo de la nuit sans même en avoir conscience. Franklin portait un long manteau vert, noir et gras à la poitrine, rafistolé avec du gros scotch.

Je me tournai vers Abe. Ses yeux étincelaient, plus bleus que le ciel gelé. Son visage était escarpé. Ses mains nouèrent mon épaule. Je parvins à garder la tête haute, le sourire aussi, mais pas les yeux. Une partie de moi se sentait libre, à la maison, de retour sur le territoire, à manger des os à *patiq* et des baies ; l'autre était flétrie de trop de café de cowboy et du choc des cultures. Ma peau semblait fine, et je ne voulais pas qu'il voie, au travers, les creux et le doute. Il déglutit et émit un son rauque ; puis il se détourna. « Je vais t'aider à dételer. »

Une énorme chienne arriva pesamment. Une oreille brune pendait de côté comme si le vent soufflait. Elle avait le poitrail large, les hanches raides et la queue de rat d'un vieux chien de travail à la retraite. Elle avança sa gueule dans ma main. « Plato ? » Je m'agenouillai, la gorge soudain serrée, et caressai ses doux yeux. Puis je levai la tête ; je humai le feu, les feuilles gelées et l'air froid qui tombait ; j'entendis les souris bruisser dans l'herbe, les gros-becs craquer les pommes de pin dans l'épicéa et la glace s'empiler dans le canal ; et, loin à travers la toundra, je sentis le soleil descendre bien trop bas.

Ils enchaînèrent les cinq chiens et me conduisirent vers la cabane. Le chemin raide et tortueux passait devant un igloo – celui de Franklin – que surplombaient des bouleaux. La neige devant sa porte était dégagée, mais ne portait d'autres traces que celles des souris. La cabane d'Abe était petite, avec deux lits le long du mur du fond et un établi devant, sous une fenêtre en verre. Je laissai tomber mon sac et mon *qaatchiaq* et observai la vie de mon père. Des peintures, des brosses et des copeaux du rabot se mêlaient sur l'établi. Désormais des câbles noirs sortaient du mur entre les bûches – ceux des deux panneaux solaires dont Iris avait parlé, et d'un petit générateur éolien – jusqu'à une batterie douze volts. Un câble se faufilait le long des poutres du toit vers une petite ampoule fluorescente. Sur le lit d'Abe, deux peaux de caribous étaient empilées, au lieu d'une seule. Les coins creusés, droits maintenant, avaient été égalisés. Au-dessus de son lit, une étagère avec des livres : un atlas, un dictionnaire, *Endurance, L'Iliade, Fleurs sauvages d'Alaska, La Mémoire dans la peau, Lonesome Dove, Journal de Samuel Hearne*. Des feuilles d'aluminium poussiéreuses fixées au mur reflétaient la lumière jusque sur son oreiller. Punaisés à des bûches, une carte postale de la ligne d'horizon de New York City, une feuille de bouleau, un lichen, une de mes lettres, un paquet de manchons de lampes ; des plumes de faucon, des limes de scie à chaîne et des aiguilles à peaux étaient plantées dans les fissures des poutres. Une citation de Henry David Thoreau, imprimée à l'encre noire, était piquée à un clou, et une photographie de calendrier montrait un lynx dans la douce neige bleue.

Abe écarta son chevalet du chemin et débarrassa doucement du pied les tubes de peinture et les conserves de fluidifiant qui occupaient le plancher. Il tapota contre la fenêtre. « Plato, retourne à ta niche. Va manger ton poisson. » Le long du mur, après son lit, un canapé en peau d'ours à proximité du feu. Sur le poêle, un morceau de bois d'animal roulait dans une marmite d'eau bouillante. « Je fais ramollir ça, pour fabriquer un manche de burin. » Abe regarda dans la vapeur. Franklin attrapa, sous le plan de travail, une boîte de crackers. Il était complètement chauve au-dessus désormais, avec des frondes blanches sauvages et pleines d'électricité statique. Il se déplaça en grinçant, puis fit mine de donner des coups de pouce innocents dans le chevalet d'Abe jusqu'à ce que je puisse voir la peinture. Sous ses paupières comme des tentes, il jetait des coups d'œil. De la lumière grise entrait par la fenêtre ; sur le chevalet, le visage d'un loup plongeait dans le mien, fin, affamé, surréel. Abe attisa le feu et les flammes lancèrent une lueur vive. Les lignes sur le nez du loup étaient de minuscules hachures. Dans l'ombre des pommettes, je vis le visage de mon père. Je me rapprochai, et des frissons dévalèrent mes veines. Dans le reflet des orbes dorés – n'étaient-ce pas les lointaines tours de New York ?

Abe frappa le tuyau du poêle. Je sursautai. La créosote s'écoula dans le tuyau. « Plus facile de vivre ici qu'en aval dans le vent, dit-il. En revanche, la neige est profonde. C'est fatigant de parcourir en raquettes nos pistes dans les bois. Moins d'animaux, aussi. » Abe me racontait quelque chose, sans s'appesantir sur le passé.

« Pourquoi tu as déménagé ? lui demandai-je franchement. Tu aimes les animaux. »

Il soupira. Son genou gauche craqua. « Un jour, j'étais près du Jesus Creek… je regardais les loups. Une motoneige est arrivée et leur a tiré dessus avec un fusil semi-automatique ; il en a renversé quelques-uns, blessé d'autres, et finalement il les a tous eus. Ça m'a mis en colère contre les gens. » Abe eut un rictus et se frotta le genou. « C'est pas bien, de ressentir ça. Tu te sens mieux quand tu aimes tout le monde. »

Je me demandai si le chasseur avait été Treason, ou cet homme qui parlait fort au bureau de poste ; il aurait pu s'agir de n'importe qui. Lance éclata dans ma tête : *On a tous envie de quelques loups morts, n'est-ce pas ?*

« Abe travaille là-dessus depuis des mois. » Franklin fit un signe de tête vers le chevalet. Son menton tremblota. Il sortit de sa poche de chemise un bout de fil dentaire usagé et le passa entre les quelques dents qui se touchaient. Il remballa le fil gris dans sa poche.

« Ne le jette pas dans le poêle, celui-là », dis-je.

Abe pivota, suspicieux. « Qu'est-ce que tu ferais avec mon loup ?

– Je l'aime bien. » Je mentais. Moi, j'aurais trouvé une adresse à Chicago ou ailleurs, là où les gens s'intéressent à la peinture ; J'aurais découvert si Abe avait le talent que prétendait January, si les portes s'étaient vraiment ouvertes devant lui et qu'il s'en était tout de même détourné. Ce n'étaient presque pas mes affaires, mais cela avait l'air de compter.

« … peut-être le meilleur que j'ai jamais peint, dit Abe. Iris pense pareil. » Il versa de l'eau chaude sur le marc de café. L'arôme torréfié submergea la cabane ; il s'infiltrait dans la mousse dégoulinante, se mêlait au bois résineux qui se couvrait de blanc et de givre, fondait à côté du poêle.

Abe me tendit une tasse de café et fit glisser la marmite crépitante sur la table. Elle était noire de graisse ; Abe n'était pas du genre à ruiner de la fonte avec du savon. Je fis courir l'ongle de mon pouce sur le rebord ; il cliqueta dans une vieille ébréchure, là où Iris avait heurté la marmite avec ma petite hache bleue, en éminçant du bouillon. La hache se trouvait à côté de la boîte en bois. Je secouai la tête, essayai d'aligner les années, les Taco Bell, les rames de sortie, les renards enragés, et cette vieille marmite.

« Cette fois, j'ai construit une cabane. » Toujours pas assis, Abe. Il fourrageait sur le plan de travail de la cuisine pour dénicher des tasses propres. Le moignon de son doigt était raide et paraissait endolori, il ne se pliait pas avec sa grosse main. « Pas aussi chaude, ni aussi fraîche en été, mais les igloos en tourbe il faut les reconstruire tous les vingt ans, et je ne me voyais pas construire le dernier à quatre-vingts ans. »

Franklin plissa les lèvres en un rictus et fit ramollir un cracker dans son café. « Prends-en, Cutuk. Ce sont nos derniers crackers. »

Je savais qu'à ce moment-là ils devaient être à court de nouvelles lectures, aussi. Je déballai ma cargaison et renversai leur courrier de pacotille, glissant comme une bassine de poissons. Franklin le tria avec cupidité ; la griffe de son pouce agrippa un catalogue Victoria's Secret. « C'est quoi, ce truc ? Les catalogues Sears et Roebuck ont mis une nouvelle belle fille sur leur couverture ? » Il l'ouvrit au milieu et le feuilleta d'avant en arrière dans les deux sens, feignant un intérêt minimal.

« On a un bateau en bois, avec le dix-chevaux d'Iris. » Abe vida nos cafés tièdes dans la marmite et en servit du chaud.

« La turbine s'est usée. J'en ai fabriqué une nouvelle avec un talon de botte, mais je voulais pas être coincé tout l'été cent dix kilomètres en aval si personne n'avait de pièces de rechange. » Lui et Franklin secouèrent la tête. Coincés à Takunak, à regarder les quads et les avions et Oprah – pour eux, bien trop proche de l'enfer pour prendre le risque ; ils pouvaient attendre l'hiver et descendre au village en traîneau.

Franklin baissa le catalogue de lingerie et se passa de nouveau le fil dentaire, pensif. Je piquai du couteau la patte avant d'ours brun rôtie dans la marmite, et trempai la viande dans la sauce de canneberge. Je me sentais mal pour Franklin. Il était vieux, ces femmes aux yeux vaporeux dans le catalogue étaient si engageantes, et rien qui ne leur ressemblait de près ou de loin n'avait une chance de lui arriver encore. Tout le monde pouvait voir, à sa bouche retroussée autour de ses dents, qu'il aurait aimé pouvoir, au moins, en faire la prière.

Enfin, Abe s'assit sur une souche. Il découpa la viande chaude et, avec une cuillère, déposa de la sauce sur un cracker. Ses avant-bras et ses mains étaient lourds, fourchus de veines, presque grotesquement énormes et puissants. « Dernière boîte de crackers. » Il ricana. « On la gardait pour quand on aurait de la compagnie. Mais les musaraignes l'ont grignotée par l'arrière et nous ont presque débordées. » Le cracker qu'il porta à son rictus avait un coin en moins et portait les marques râpées de dents fines ; c'était quelque chose comme de l'amour, de voir l'humour qu'il tirait encore d'avoir été presque battu par une musaraigne. Sa naïveté fit trébucher mes poumons. Je levai les yeux pour sourire à mon père – et tressaillis dans le regard jaune du loup.

Une semaine après mon arrivée, Abe et moi étions dehors, debout sur la crête et sans parka, et pissions. Franklin ne nous accordait pas beaucoup de temps tout seuls, jamais assez pour s'engouffrer dans le passé. Je n'aurais posé aucune question alors que Franklin, un doigt dans le catalogue Victoria's Secret, écoutait, attendant l'occasion d'exercer ses aptitudes parentales atrophiées. Il était présentement en contrebas, en train de fouiller dans son igloo à la recherche de farine pour faire du pain à la poêle. *Tartines de Métal.* L'écho du rire d'Iris me fit sourire.

« C'est bon, d'être à la maison. Même si le passé ressemble à un rêve.

– Quand tu es jeune, les collines sont faciles à gravir, dit Abe. L'avantage de vieillir, c'est qu'elles ne paraissent plus aussi hautes. » Il secoua son pénis et le rentra dans son pantalon. « T'as toujours été mon préféré.

– De quoi tu parles ? »

Ses sourcils tressaillirent sous l'embarras soudain. Ils étaient épais et toujours blonds. Iris avait toujours été sa préférée. Je hochai la tête, non pas que j'avais besoin de changer cela ; mais les mots dégringolèrent. « Tu dois être pas loin d'Alzheimer. Ton préféré, c'était pas moi. C'était Iris. »

Au creux de sa barbe ses lèvres sourirent. « Où est-ce que tu as appris à te rabaisser comme ça ?

– T'étais où ? Les gens m'ont appris qu'être différent, c'est pas bien, et ça a commencé y a longtemps, quand je faisais rien d'autre qu'attendre avec les chiens. » Je m'arrêtai et baissai les yeux. Ce n'était pas une discussion dont j'avais envie de discuter. *J'ai voyagé, Abe. J'ai piloté des avions Boeing, marché dans des rues goudronnées, et embrassé des filles.*

« Eh bien, je suis content que tu sois rentré. Et qu'Iris soit rentrée. En fin de compte, qu'est-ce que tu as aimé, en bas ?

– Aller au cinéma, c'était marrant. Parfois au restaurant, et commander un sandwich BLT. »

Il eut l'air perplexe un instant, puis leva les sourcils – *oui.*

« Mince, plein de choses sont difficiles à détester. Les petits paquets d'amandes sucrées-salées. C'est trop bon ! Les machines à laver. Les lampes efficaces. Les sièges incroyablement confortables qui ne font pas mal au dos. Pas comme s'asseoir sur des bûches. »

Abe regardait ses pouces et écoutait avec un sourire vague ; je me demandais s'il attendait que je me taise.

« C'est marrant. » J'entendis ma voix accélérer. « La vie là-bas, c'est… comme si tu t'épuisais avant qu'elle ne s'épuise. On dirait que les gens créent des fauteuils incroyables et puis… et puis, je sais pas. Ils s'asseyent dedans pour payer leurs factures ? Ils font des chaussures belles et chères, mais qui prennent l'eau. Les scientifiques – qui sait ce qu'ils sont en train d'inventer, ou sur quel pauvre animal ils vont mettre le grappin pour ne pas avoir à sortir et à l'étudier vraiment. Les gens pensent à peine aux animaux. Ils débattent de l'avortement, mais ils s'énervent si tu ne "coupes" pas tes chiens. »

Je touchai la neige du pied. « Abe, tout est bizarre. Dans leurs prêches, les prédicateurs parlent du désastre… et t'as intérêt de donner de l'argent pour une réservation au paradis. Cet endroit est pourri, et tu peux juste t'en aller ?

C'est comme ça que les Étrangers se comportent à Takunak. T'as de la peine pour Jésus. C'était vraiment un type bien, et plein de trucs mauvais sont faits avec son nom collé dessus. Ils parlent des rues en or au paradis. Pour quoi faire ? *Le faire fondre ?* Les gens volent autour du monde et crament du fuel pour apercevoir des moineaux rares. Ils descendent en hélicoptère à ski des montagnes plus hautes que les Dog Die, et s'inquiètent de savoir si la couleur de leurs bottes va bien avec celle de leur surpantalon. Quand j'imagine les humains comme un seul énorme troupeau ? Je vois l'hiver qui arrive et eux qui courent dans tous les sens en pensant au sexe ou en perdant leurs clés. »

Abe fit osciller entre ses dents l'ongle d'un pouce. « Eh bien, sourit-il, malicieux, aux infos ils disent qu'on devient plus gros. C'est ce que font les créatures pour se préparer au froid. Le gras, c'est leur argent à la banque. » Abe portait un pantalon en laine grise rapiécé aux genoux ; à la taille, un couteau fabriqué à partir d'un burin ; son blouson aviateur était déchiré et raccommodé, avec de la graisse, des points, et du sang séché sur l'avant et les manches. « Précoce, le froid de l'automne. » Ses yeux sondaient l'horizon lointain, jouaient avec le ciel pastel. Il avait cinquante-sept ans, moi, vingt-trois. Je pensais à la dernière fois où j'avais touché les commandes de l'avion, et me demandai quand avait eu lieu sa dernière fois à lui. Étrangement, c'était comme si, peu importe ce que je faisais, je zigzaguais le long de son chemin. Peut-être Dawna avait-elle raison, peut-être était-ce la malédiction et la chance des rejetons. La rivière, la glace et la toundra étaient rose et orange, lavande et bleu, comme elles l'avaient toujours été. Une douleur agrippa ma poitrine.

« Franklin et moi avons ramassé deux tonneaux de canneberges. Tu veux nous donner un coup de main pour attraper le reste de la viande ? »

Encore je scrutai au loin le magnifique territoire. « La chose la plus difficile a été de comprendre les gens. Pourquoi tu ne m'as pas appris ça ? »

Il balbutia de surprise. « T'apprendre ça ? Comment j'aurais pu faire ? » Son visage était pensif. « Pour moi, tant de choses sont plus intéressantes que les gens. Je me suis dit que j'allais vous laisser décider par vous-même de ce qui comptait vraiment. »

Notre conversation elliptique et le poids de cette obligation d'une vie entière m'agacèrent. Je crachai par-dessus le promontoire, retenant des jurons. « Où sont mes armes et mes pièges ?

– C'est fini, les bons prix des fourrures. La campagne anti-trappeurs a décollé en Europe.

– Les enfoirés. Qu'est-ce qu'ils y connaissent ?

– Peut-être autant que nous. » Abe avait toujours parlé comme si ses mots étaient des pensées sans filtre. Désormais, le calme dans sa voix était étrange et impérieux. « Nous avons vu plein de pattes de renards broyées et déchiquetées. Des carcajous qui s'arrachent le pied. »

Je regardai le chemin, à l'affût de Franklin. Les savoirs du trappeur s'infiltraient dans mon cerveau : les traces de carcajous sont comme celles des lynx, mais pas aussi soignées ; les renards ont deux doigts qui se touchent presque sur leurs pieds avant, et qui se voient dans leurs empreintes ; par moins cinquante, un carcajou peut rester dans un piège une nuit avant de se libérer, tandis qu'à zéro il peut survivre trois nuits. Les animaux à fourrure se déplacent avant un orage, à la recherche de nourriture. Désormais un chien s'agitait dans l'enclos. Abe observait la rivière, gelée partout où elle coulait. L'air froid faisait se dresser les poils sur ses poignets. Mon cœur s'adoucit. Il était mon père, après tout, l'ancre de ma vie. La bouche d'Abe s'ouvrit tandis qu'il écoutait un corbeau au loin. « Du brouillard, là-bas contre les montagnes, murmura-t-il. Il fait suffisamment froid à présent, la viande pour l'hiver va tenir. Très bien ! Je suis content que tu sois là. Et que tu réfléchisses aux choses. »

Quelque chose chuta avec un bruit sourd dans la maison de Franklin. Nous étions silencieux, nos souffles s'élevaient, gras et orange dans le soleil mourant. Les semelles en peau d'orignal des *mukluks* de Franklin tassaient la neige.

« January dit que tu aurais pu devenir un artiste célèbre.

– January Thompson ? Quel chic type. Non, j'étais juste un étudiant qui dessinait des loups chassant un orignal, plutôt que des femmes nues à la chaîne. Plus tard, à l'université, les gens s'arrêtaient et regardaient. Parfois je peignais des choses qu'ils achetaient pour les poser dans leur garage, en espérant que je devienne célèbre. Je n'aimais pas qu'on place de l'espoir en moi. Linda aimait ça. Pas moi. » Du givre s'était formé sur la poitrine de nos sous-pulls à manches longues. « Rentrons raviver le feu. » Franklin remontait lourdement le chemin, avec sous le bras de la farine dans une conserve Hills Bros.

Je ne parvenais pas à imaginer mon père et un garage dans la même vie. « Tu aurais pu lui donner le monde entier ! » murmurai-je, plein d'admiration.

« Peut-être que tu mélanges les choses, répondit-il doucement. C'est ce que j'ai fait, lui donner le monde entier. »

Un femelle corbeau tournoya et croassa. Je répondis à son cri, et elle nous guida vers le nord. Elle n'était pas mystique ou mystérieuse, simplement affamée et intelligente, et j'aimais à penser que nous appréciions tous les deux partager des sons. La toundra était mouchetée de touffes herbacées et de neige, brune, blanche et jaune dans le soleil pâlissant. Les bosses tachetées remuèrent. Abe et moi nous agenouillâmes pour sonder le vent. Les gros mâles en rut grognaient et engageaient leurs bois dans de rapides duels, retroussaient leurs lèvres et poursuivaient femelles et petits. À cette période, fin octobre, leur sang et leur viande empesteraient d'hormones. Nous avançâmes plus près, épiâmes aux jumelles les adolescents, les mâles de quatre ans, observant lesquels touchaient encore du nez le lichen plutôt que de persécuter des petits épicéas avec leurs bois. La neige fondait à travers mes coudes et mes genoux, puis gelait à nouveau, brûlant et pressant les cercles des engelures. Avec un fusil entre les mains, la douleur était lointaine et je lui faisais de la place. Le corbeau attendait. Derrière le troupeau, des arbres serrés délimitaient un ruisseau. Abe rampa vers l'ouest, en direction des épicéas. Je regardai une fois de plus dans les jumelles, mémorisant les animaux que je voulais. Il hocha la tête doucement, cinquante mètres plus loin, et abaissa la joue sur la crosse de son arme. Le boum fendit à travers la distance, heurta lourdement un caribou. Un autre se dressa sur ses pattes arrière pour avertir le troupeau du danger ; le même mouvement informa ses prédateurs de ses prouesses. Je tirai. L'écho tonna dans les arbres. Le troupeau se scinda et se déversa à l'ouest. Cinquante animaux se précipitèrent vers Abe et virèrent de cap. J'en abattis un autre, et encore un autre, l'instinct de protéger la pile de nourriture prenait le dessus. L'hiver durait longtemps. Tout serait affamé de viande fraîche avant que les caribous ne migrent de nouveau vers au nord. Je réunis mes cartouches en cuivre et plaçai mon fusil à l'épaule. Au loin, le troupeau s'arrêta à l'horizon. Devant nous, quelques animaux blessés donnaient des coups de patte et se débattaient pour se remettre sur pieds. Je tournoyai, et sautai, coinçai les bois d'un mâle et enfonçai mon couteau derrière son cou ; à travers la toundra, Abe faisait la même chose. Le sang dégorgea dans la neige. Je le reniflai pour vérifier le rut. Le caribou frissonna. Le corbeau observait. Contre les montagnes blanches, je vis les points noirs de ses cousins en route.

Il nous fallut quelques heures pour nettoyer onze animaux. Abe les roulait côtes vers le bas pour les égoutter, conserver la viande au chaud et débuter sa maturation. Il était précis et minutieux quant à la manière dont sa viande était traitée. Nous tirâmes de côté les piles de boyaux, coupâmes des branchages pour former des X au-dessus des prises et accrochâmes des bandanas sur une branche pour que les oiseaux restent sur leurs gardes. La voix d'Enuk s'écoula, *Ne tue pas* tulugaq. *Sinon plein vont s'jeter sur toi.* Abe et moi nous hâtâmes vers la maison pour aller chercher les chiens, nos sacs lourds de langues, de foies, de cœurs et d'*itchaurat.*

Dans la cabane, Abe s'agenouilla et tira sur un collier de chien accroché à une trappe dans le sol pour ouvrir son trou froid. « Stevie Wolfglove a amené sa sœur, pendant les hautes eaux de l'automne dernier. » Il se pencha et extirpa un oignon. « Elle nous a parlé d'Anchorage, de prendre je sais pas quelle drogue, dans une chambre noire ? Et de

Flossie, à Uktu, qui lui apprenait à découper la peau de carcajou. Elle a dit qu'un jour elles s'étaient penchées en arrière pour regarder la télévision, et quand elle s'était redressée, Flossie s'en était allée.

– Dawna est venue ici ? » Je balayai les alentours des yeux, gêné qu'elle ait vu les marques de mes modestes racines.

« La raison pour laquelle je suis monté ici, marmonna Franklin au-dessus de son café, c'est qu'au printemps, les motoneiges pourchassaient tellement les caribous que la viande était épuisée. » Ses cheveux étaient sauvages et le sommeil formait encore une écorce dans ses yeux. « Je n'ai jamais apprécié le goût d'un caribou épuisé. »

L'odeur de l'oignon emplit l'air. J'espérais que Dawna n'ait rien raconté me concernant, mais, bien sûr, c'était inconcevable.

« Beaucoup de gens ne savent pas faire la différence, ajouta Franklin, mais je n'ai jamais apprécié ce goût-là. »

Je m'assis sur le plancher et aiguisai mon couteau ; mes pensées vagabondaient là-bas, se demandaient à quel point les corbeaux du coin étaient respectueux, s'ils étaient déjà enfoncés jusqu'au bec dans la graisse dorsale de notre viande. Tout désirait le gras. Le gras vous faisait passer l'hiver. Chaque conversation sur la viande, les poissons, et les oiseaux, évoquait la période où ils étaient le plus gras. Janet aurait été mal à l'aise si je lui avais ramené de la viande maigre.

Abe coupa l'*itchaurat* dans la poêle chaude. Les côtés de ses mains étaient encroûtés de sang séché, son visage rougi et heureux du matin. Il lâcha deux langues dans une marmite pour les faire bouillir. La langue grasse était le morceau que tout le monde préférait. « Bizarrement, Franklin, dit-il, souvent les machines me facilitaient les choses. Les caribous oubliaient ce qu'était un homme en raquettes. Tu te souviens, avant les motoneiges ? L'homme qui parvenait à avoir du caribou pour tout l'hiver était un chef. » Abe et Franklin paraissaient discuter de l'avant-dernière année. L'âge pressait leurs années, les broyait en sagesse. Mon père était un Ancien ! Comment avais-je pu être si crédule, manquer tant de discernement, pour penser qu'un Ancien devait forcément avoir la peau brune ? « ... les motoneiges, pas la télé, ont tué l'ancienne culture. » Il déposa des tranches de foie et de filet dans la poêle. La viande brûlante fumait autour de sa tête. « C'est sûr que c'est exceptionnel, Cutuk, d'avoir un oignon. »

Une fois la viande ramenée en traîneau, nous découpâmes le bas des pattes au niveau des épaules et des genoux, puis empilâmes les caribous dans une réserve en bois basse, la peau toujours sur la viande pour l'isoler et la protéger pendant l'hiver. Le reste des animaux, nous le dépeçâmes, puis étirâmes les peaux et les jambières sur la glace pour qu'elles gèlent, plates et lisses, et les taillâmes afin qu'elles terminent de sécher lentement dans l'air de l'hiver. Durcie par le gel, la peau devenait épaisse et blanche ; à l'intérieur de la maison elle séchait vite, fragile et brune. La graisse dorsale, nous la fîmes fondre dans une marmite ; la graisse plus douce, l'anus, les reins et l'*itchaurat*, dans une seconde. Abe débita la viande et laissa geler rapidement les côtes, le poitrail et les os du dos pour la soupe. Il creusa un trou dans la neige et déposa au fond une peau de caribou fraîche, avant d'empiler par-dessus les quartiers et les filets. Pour les isoler, il les recouvrit avec une autre peau et de la neige moelleuse. Plus tard, les arrière-trains furent gelés à demi, puis râpés finement, et les lamelles accrochées à l'intérieur sur de longues perches pour sécher et faire du *paniqtuq*. Le *paniqtuq* sec était fourré dans des sacs de farine en tissu et stocké dans la réserve – sauf ce que nous réduisions en poudre et en éclats, pour le mélanger avec des canneberges et des myrtilles séchées sur lesquelles nous versions de la graisse dorsale ; nous concoctions ainsi des barres de pemmican. Certains des arrière-trains et des lamelles dorsales, il les tranchait en steak ; quant aux os, ils étaient conservés pour les soupes, les rôtis, ou pour manger la moelle crue.

Après la viande, nous débitâmes des épicéas morts et en ramenâmes des traîneaux entiers. Le premier jour de moins trente, je fendis du bois à côté de la cabane, avec l'idée d'obtenir des bandes naturelles aussi fines que du papier. Le maillet frappait l'extrémité des bûches. Le bois froid volait en éclats. C'était comme si mes muscles étaient nettoyés et assurés, quittant les crampes après tant de temps passé sous des yeux critiques. Abe monta en raquettes, une truite gelée sous le bras. « Viens. Manger du *quaq*. » Sa barbe, ses sourcils et sa collerette de carcajou étaient givrés. Plato déambulait derrière lui, s'arrêtait quand Abe s'arrêtait. Sa queue s'agitait, salutation silencieuse. Abe contempla la pile de bois tranché.

À l'intérieur, une fois qu'il fut suffisamment ramolli pour être découpé, nous plongeâmes le poisson gelé fermenté dans l'huile de phoque et le mangeâmes avant qu'il ne fonde. Abe fit chauffer de l'eau pour le thé, avec du pain et de la confiture. « *Aarigaa taikuu* », dit Abe, s'éloignant de la nourriture. Le crépuscule foncé se fondait en un début de soir, et je fouillai dans mon sac pour en sortir la bouteille de Bacardi que j'avais mise de côté.

Franklin alla chercher sa tasse sur l'étagère. Nous sirotâmes à la lueur des bougies, tandis que le charbon rougeoyait à travers les fissures du poêle. Franklin tritura la radio, et Radio Moscou s'introduisit, ténue et grésillante, dans la cabane.

« Ils jettent des déchets nucléaires dans l'océan Arctique, dit-il en interrompant le présentateur. Nos truites passent parfois l'hiver à travers les rivières de Sibérie. Qui sait ce que nous avalons. Regardez ce que ça a fait à mes cheveux ! »

Je m'allongeai sur le canapé en peau d'ours, les pieds pendants par-dessus l'accoudoir. Les engelures picotaient et grattaient mon visage. Les hommes débattaient à présent, de la rotation globale qui poussait la pollution vers les pôles – les fumées de la vallée de la Ruhr et de la côte est –, de la marée noire de l'*Exxon Valdez*, et des oléoducs qui pompaient chaque jour un million de barils entre les jambes de l'Alaska. Ils suivaient les informations, la radio n'était plus quelque chose de perfide et vain.

« Pourquoi t'as arrêté de fumer, Abe ? »

Il dénoua un sac en tissu d'abricots secs. « Le goût n'était plus bon. » Il mâcha un abricot, se débattant avec le fruit dur. Les rides d'un rictus se courbaient de ses yeux jusqu'à sa barbe. « Tu croyais que c'était à cause de la pollution atmosphérique ?

– Peut-être. »

La mélancolie m'attrapait, enfoncée par les lourds kilomètres d'obscurité dehors ; j'avais intensément conscience que la dernière chose qui avait dormi avec moi était un sac de six oignons. Une idée mijotait dans ma tête. Je réparerai notre vieil igloo de famille. J'utiliserai l'argent de la défense de mammouth pour offrir à Dawna quelque chose de cher et beau. Et puis le rêve s'estompa face aux petits disques ondoyants de la réalité. Qu'est-ce que je pourrai bien acheter ?

« Je pense que je vais descendre à Takunak pour récupérer mon matériel et rendre visite à Iris. Ça me prendra quatre ou cinq jours pour dégager le chemin, surtout si je ramasse cette défense. Peut-être quelques jours, aussi, pour retourner à l'ancienne maison. »

Le fruit sec crissa entre mes dents.

« Des abricots bio d'Hunza, dit Abe. Livrés avec du gravier et des crottes de chameaux. Sucrés, non ? » Sous la flamme je vis du sable collé au fruit sec, des cocons de larves, et un poil noir rêche. Je levai le poil.

« Pakistanais. » Abe sourit malicieusement.

« Ah ouais ? J'espérais que le crottin soit celui du chameau. »

Franklin appuya sur AM. Johnny Horton chantait, « *When it's springtiiime, in Alaska, it's forty beloooow...* » – Au printeeeeemps, en Alaska, il fait moins quaraaaante. Du pied, Abe plaça son surpantalon devant la porte pour empêcher le froid de fumer par l'interstice. « *Alappaa.* Tu seras prudent sur la glace de la rivière », dit-il. Des ombres vacillaient, se courbaient, jetaient des regards sournois dans la cabane. Dehors s'étendait l'Obscurité. Je tendis la main et fouillai dans la poche de ma parka, sortis le paquet de graines de pensées et l'accrochai à une bûche, avec la punaise qui tenait la carte postale de la ville de New York.

VINGT-TROIS

Rex se souvenait du chemin depuis la cabane d'Abe. Un vent glacial soulevait la neige. Il matifiait le poil des chiens, rabattait de côté leur queue et leurs oreilles, gelait leur museau et leur anus. Derrière nous la piste s'envolait, n'existait plus. Takunak n'existait pas encore, les aéroports, les hôtesses et les téléphones sans fil non plus. Seules la rivière gelée, la neige, et la bâche grise du crépuscule. La tempête, et l'hiver lui-même, étaient des géants, puissants, au-delà de tout ce que les humains pouvaient contrôler. Leur force me remplit de joie. Je ressentais les animaux comme jamais auparavant. Les lagopèdes haletaient dans le vent – et je savais déjà qu'ils étaient là. Quelque chose attirait mes yeux de l'autre côté de la rivière : enfouie dans les saules, la figure élancée d'un orignal observant notre passage.

Je localisai la rive concave, et mon triptyque de saules qui marquait la défense ; je l'attachai sur mon traîneau chargé. De nouveau je souris à ma chance. Les chiens tirèrent, et regardèrent en arrière, agacés par le poids. Je cassai la glace sur mon visage, fis fondre mes cils pour les ouvrir, et courus derrière les patins. Des kilomètres plus loin, je jetai tout à coup un regard en arrière. Bas près du sol, hâtif, un carcajou traversait notre piste à la dérive. Je retirai mon bonnet en castor pour écouter contre le vent. Mes oreilles gelèrent, blanches et dures comme des glandes génitales de poisson glacé. Les ailes d'un corbeau haletèrent au-dessus. Je scrutai les alentours, mais ne pus le trouver dans le ciel. Transportai-je à nouveau l'esprit d'un mammouth ? Je me sentais sauvage, sans peur ; mon père était derrière moi, et la maison, hors de vue, plus loin sur le chemin. Dans les poumons de la tempête, j'éprouvais la liberté, indifférent à tous les demains, aux prix en cicatrices que je pourrais payer.

Lorsque l'obscurité grandit et que le ciel et la neige tombèrent en une unique frénésie grise, j'attachai les chiens aux saules, leur débitai du corégone, puis tapai du pied et creusai une grotte de neige. Je rampai à l'intérieur pour échapper au vent, appuyai un bloc contre l'entrée. Le calme, à l'abri des bourrasques. La neige filtrait autour de ma tête. Je mangeai une partie du corégone cru gelé avec des morceaux de graisse d'ours, et dormis sur mon *qaatchiaq*, les oreilles chaudes et palpitantes.

Le lendemain matin la tempête avait forci ; je m'extirpai, déneigeai les chiens, et nous continuâmes le vent dans le dos. Au crépuscule les bourrasques tombèrent et quelques étoiles fraîches scintillèrent. La lueur de la lune apparaissait derrière une berge de nuages en partance. Nous nous arrêtâmes dans le vieil enclos à chiens ; ils se roulèrent et, avec leurs pattes, retirèrent la glace de leur museau. Les arbres jetaient des bras et des doigts d'ombres légères sur la neige. L'igloo était enterré sous une énorme congère. À l'embouchure du Jesus Creek, une noire fente d'eau s'écoulait, la glace aux bords veloutés reposait sur un courant d'au revoir froid et noir. Je nourris les chiens, mangeai, et m'enroulai dans une bâche, mais je me réveillai et ne parvins étrangement pas à me rendormir. La lune était sortie désormais. Je me levai et me dirigeai en raquettes vers la vieille réserve d'Abe. Il y avait laissé nos raquettes d'enfance, petites et cassées, un *tuuq* tordu et un morceau de pelle, des élastiques pour les pièges, des plats à rôtir en émail rongés par la rouille, une conserve Hills Bros avec au fond des cartouches de calibre .30-06 en cuivre corrodé. Je tâtonnai jusqu'à trouver un clou tordu dans le poteau de la réserve, que j'extirpai avec la pelle.

La glace tonnait et grondait, prenant place sous la neige nouvelle. Je contournai largement l'eau. L'air gelait à l'intérieur de mon nez. De l'autre côté, près de la rive sud, je creusai un trou et en retirai la neige fondante à mains nues. Les *tiktaaliq* étaient mes poissons préférés, camouflés, longs, sombres, préhistoriques. Je me rappelais qu'ils portaient toute leur graisse dans le foie, de la sensation des doigts collants après avoir mangé leur chair blanche et friable, et que les renards ne pouvaient résister aux pièges tendus avec pour appât leurs intestins.

Un poisson ferait plaisir à Janet.

De retour sur la rive nord, Figment gémit dans mes souvenirs, et traîna sa chaîne en cercle pour tenir le métal froid à distance de ses testicules gelés. L'eau dans le trou montait et descendait. Peut-être le vent arrivait-il. Je laissai tomber mon clou tordu, attaché à un morceau de ficelle ; en guise d'appât, une lamelle de corégone. Je m'allongeai sur le dos ; une branche de saule servait de canne à pêche. Le vent avait cessé. La nuit était du verre noir, imposante et silencieuse. « Mère Nature, murmurai-je, et si tu me donnais un poisson ? »

La glace épaississait ma ligne, le froid croissait dans mes os, et la palpitation du courant montait des profondeurs. La neige nébuleuse s'étendait noir-gris, le trou d'eau, un trou plus noir encore. Si j'avais bien compté mes nuits, nous étions le 20 novembre. La terre m'entraînait dans sa rotation depuis presque vingt-quatre ans. *C'est même pas grand-chose,* dit Enuk. Je souris malicieusement dans le noir en me rappelant ses histoires, celle sur les *iññuqun*, le loup blanc, et comment il avait perdu sa poêle à frire au creux de la glace. La branche tira et tournoya lourdement. Je remontai la ficelle et un poisson se tortilla dehors sur la neige pulvérulente. Il s'agita et roula, la moitié de la longueur de mon bras, épais autour du corps et de la tête, moucheté de vert sombre.

« Merci, *tiktaaliq* ! »

Je le bâtonnai. L'énorme bouche s'ouvrit, les dents en papier de verre pointées en arrière vers l'œsophage – un chasseur professionnel – prêtes à guider les jeunes poissons vers l'éternité. Le clou avait à peine accroché ; je remis un appât et plongeai ma ligne.

Une heure s'écoula sans autre touche. Enuk connaissait une légende au sujet de tous les différents os de la tête d'un *tiktaaliq*, exactement comme il connaissait tous les bourbiers, tous les lacs, tous les cols à travers les montagnes. Je n'arrivais pas à me souvenir de l'histoire ; elle était complètement mélangée dans ma tête avec les ailerons, le Chef Jospeh, et le nombre de dents d'une transmission à trois vitesses de Dodge. La température chuta. Loin à l'est, les aurores boréales fouettaient et faisaient signes, traits vaporeux verts et roses. Rex aboya, et puis les chiens hurlèrent ; bas dans la distance un loup répondit aux chiens. Plus près, un autre loup hurla, et encore un autre. Quand tous furent silencieux de nouveau, je hurlai à mon tour. Personne autour pour se moquer ; je laissai l'envie se déverser aussi parfaitement que possible. Les cris flottèrent au-dessus des arbres – les loups se rapprochaient. Les poils se hérissèrent sur ma peau. Le calibre 30-30 de Janet était dans son fourreau sur le traîneau. J'étais content de n'avoir pas vidé le poisson – et de laisser cette odeur alléchante s'échapper dans l'air. J'attrapai le *tuuq*. Allaient-ils me dévorer ? Me chier à travers le territoire ? De la merde blanche, dans des endroits battus par le vent, là où les animaux connaissaient des chemins secrets et des parfums, des murmures venus de la terre. J'eus un bref rictus ; dans une version hollywoodienne de ma vie, mon nom indien pourrait être *Merde Blanche*.

J'écoutai. Peut-être les loups en avaient-ils compris davantage aux bruits que je faisais, que ce que j'avais compris dans les leurs. C'était logique ; chaque jour ils confiaient à leurs sens leur vie tout entière. Je me levai et baissai les yeux vers le poisson dans la neige, et puis plus bas encore, à l'intérieur de moi, où la vérité était complètement bousculée et mêlée à l'incertitude, à la honte, et à l'avancée de l'histoire de papier qui faisait semblant, mentait, ou oubliait de raconter l'évidence. Ces kilomètres génétiques entre moi, le *tiktaaliq* et les loups ne signifiaient pas que j'étais tout seul ici. Peut-être qu'un milliard d'années en arrière dans l'évolution, mon arrière-grand-mère méduse s'était-elle enfuie avec un reptile. Les choses, dehors dans l'obscurité, étaient mes cousines.

Mes mains agrippèrent le *tuuq* et le bâton. Les loups passèrent sur la glace. Des pattes qui tassent doucement la neige. Le cliquetis des dents. Des silhouettes sombres qui déambulent, s'arrêtent, s'éparpillent dans le noir. Elles s'estompèrent en aval, la glace de la rivière gronda et résonna, les aurores palpitèrent, et j'agitai ma ligne, suppliant un autre *tiktaaliq* en bas dans son monde ; au sommet de la glace, je levai les yeux et comptai les satellites qui vagabondaient parmi les étoiles anciennes.

Les traces de loups traversaient la congère par-dessus le toit, courant vers le nord. Des moules blancs inversés, dressés sur des flèches chassées par des grains de glace chevauchant le vent, la boule de chaque orteil arrondie là où la patte avait autrefois appuyé. N'importe qui aurait pu les dater de plusieurs mois. Debout sur la congère, j'inhalai l'air à moins vingt degrés, satisfait qu'au cours de la semaine écoulée depuis mon passage, un blizzard du nord ait réarrangé la neige et fait en sorte que les signes des loups paraissent anciens.

J'avais rendu visite à des amis à Takunak, fêté Thanksgiving avec Iris et les Wolfglove, et ce matin j'avais laissé les chiens devant la maison d'Iris et j'étais monté ici rapidement à motoneige avec Treason. Impossible de résister à sa proposition, de voyager avec de la compagnie, de parcourir en une heure ce qui m'avait récemment pris deux jours.

Je regardai au nord à nouveau, de l'autre côté du Lac-Au-Nord, vers la toundra et les montagnes. Cela avait été plus simple, d'une certaine manière, là-haut chez Abe ; ici, maintenant, j'étais obligé de me demander si j'avais véritablement grandi sous toute cette neige. Qui pourrait y croire ? Pas moi.

Des piquets dépassaient des congères : les poutres d'une réserve rendues grises par le vent, des portants à poissons qui tombaient, et le pieu de Plato mâchonné sur le dessus, là où elle plantait les dents comme un animal enragé les jours où je la faisais rester à la maison. Les souvenirs léchaient mon visage. Mon passé semblait fragile. Le territoire pouvait bien m'aimer, mais pas plus qu'un ours brun, qu'un moustique, qu'un flocon de neige. Je pouvais mourir de faim, être écrasé, ou fondre.

Au fond du trou que Treason et moi avions creusé se trouvaient les restes de la fenêtre en verre de notre porte – le cadeau d'Iris pour Abe et moi – percée d'un impact de balle. J'enlevai au couteau un plomb de la poutre patinée. Le deuxième coup.

Treason s'appuya sur sa pelle. Il avait retiré son bonnet en castor et son manteau des Chicago Bulls ; du givre couvrait ses cheveux et son sweat-shirt. Nous étions dans le trou jusqu'à la poitrine, à regarder le haut de la porte et le revêtement en peau de caribou grignoté. « Les gamins, dit-il, ils tirent dans n'import'quoi d'nos jours. » Treason n'était pas aussi imposant que dans ma mémoire. Il parlait de la chasse, de ce qu'il avait abattu, de ce qu'il espérait abattre. Il avait vingt-neuf ans et, comme beaucoup d'hommes de moins de cinquante ans au village, il faisait encore la fête quand il y avait une bouteille, ne s'occupait pas de ses divers rejetons, considérait la prison inévitable. Il savait probablement qui étaient les vandales. Les secrets et les ragots fuyaient toujours.

La corde en nylon vert qui fermait notre porte était nouée en quatre endroits, les fils devenus cassants avec le temps. Quelqu'un avait pris la peine d'attacher la porte. Je plantai la pelle dans la corde pourrie ; la porte crissa mais sans vouloir s'ouvrir. Trop de neige à l'intérieur. « Les choses vieillissent, c'est sûr », dit Treason. Ses joues portaient les cicatrices fraîches et noires du givre, celles d'un chasseur ; ses dents étaient blanches dans son beau visage. Je regardai ma peau, sèche dans l'air privé d'humidité, mes mains d'un rouge humiliant. Mon vieux fusil à verrou pendait à un arbre dix mètres plus loin. Treason haussa les épaules, impassible. « P't-être mieux qu'tu r'commences à zéro.

– J'aimerais bien ! » Je me faufilai plus bas et donnai un coup de pied à travers la fenêtre. La neige couina et céda. Je me laissai tomber à l'intérieur, sur le plancher. L'igloo était sombre et feutré, et une odeur nauséabonde me poussa à scruter nerveusement l'obscurité.

« Passe-moi ton briquet, Treas. » Sa main surgit de la froide lumière du soleil. C'était un briquet en plastique rose, pas son ancien Zippo en inox. Combien de briquets avait-il possédés et perdus depuis mon départ ? Tout disparaissait si rapidement désormais. Combien de motoneiges ? D'armes ? De femmes ? *Dawna ?* Janet avait dit que Dawna allait à l'église ces temps-ci, et qu'elle travaillait à Prudhoe Bay. Peut-être allait-elle me demander ma religion. Mon esprit plaisanta, *Mes dix commandements commencent avec Sois une bonne personne et se terminent par Ne travaille pas pour une compagnie pétrolière.* J'actionnai le briquet, et partis en voyage, de retour dans la cabane de Newt ; je voulais tout recommencer, simplement lui tenir la main.

L'igloo était sombre et fantasmagorique, l'air moisi d'une odeur familière que je ne parvenais pas à identifier. Les poutres au plafond ployaient sous le poids des congères de l'hiver ; le givre pendait, un millier de papillons de nuit glacés. Quelque chose bruissa. La température à l'intérieur était quarante degrés plus élevée qu'à l'extérieur, juste en dessous de zéro, et un frisson effleura mon cou.

« Fais attention aux *iññuqun* », se moqua Treason, même si sa voix portait un soupçon de sérieux. Il y croyait. Le givre qui tomba effila la lumière. Des ongles grattèrent sur une planche. Des dents crissèrent, quelque chose frémit. Gémit. J'entourai la flamme de la main. Sur le lit d'Iris, un œil étincela.

Treason cala son fusil d'assaut AK-47 le long de mon épaule. « Bouche-toi les oreilles. *Qilamik !* »

Le feu disparut ; j'actionnai le briquet, mais il ne s'alluma pas. Je le réchauffai dans mon poing. La flamme brûla puis s'éteignit. « Ne tire pas. Je crois… »

Boum. Boum. Des déflagrations orange ébranlèrent mon visage. Les cartouches chaudes grillèrent mon cou. Dans l'obscurité en lambeaux, le manteau de diamant de l'hiver dégringola dans un tintement, et j'entendis le second des plus vieux sons de la terre, le soupir lent de la mort.

« Meilleur en été. » Treason aspira le bouillon sur une omoplate qu'il posa ensuite sur la table bancale, à trois pieds désormais.

Dans la pièce les poteaux étaient grignotés, les accoudoirs des fauteuils, et le plancher sous le seau à ordures que, petits, nous manquions parfois, éclaboussant le sol d'urine. Les porcs-épics adoraient le sel, comme les lapins ;

nous urinions toujours sur la piste près de nos pièges à lapins, pour les appâter.

J'avais balayé le plafond, déneigé la porte et vérifié que la mousse du toit ne touchait pas le tuyau du poêle, puis j'avais fait flamber un feu pendant que Treason dépeçait et vidait le porc-épic. La lumière et le froid se déversaient par les trous de la fenêtre. Au fond, derrière nos lits, les feuilles de couleur cartonnées de notre boîte-à-tous étaient enduites de monticules de crottes moisies. Une lampe-tempête était accrochée au faîtage. Dans le coin, un bidon de kérosène poussiéreux, à côté d'un pot en verre de gras de caribou rance. J'imaginai Iris trancher de l'*itchaurat* et de la graisse dorsale, les faire fondre, et puis les mélanger à des baies, du sucre et des lamelles de poisson pour concocter de l'*akutuq*.

Treason observa les alentours. « Les gars volent surtout de l'essence, de l'alcool, des armes. Même des CD. Tout c'qu'ils gardent ou vendent. Ça *aaqqaa* vraiment, là-d'dans, hein ? »

Je plongeai mon couteau dans la conserve de café noircie et le plantai dans un morceau d'échine que je sortis de la soupe. Le bouillon avait une odeur âcre et résineuse. Je saupoudrai de sel la viande tendre. Abe avait laissé du sel, des croquis, des bobines raidies de *babiches* faites maison pendues à un clou, des conserves de tabac remplies de pointes tordues, des bouts de charbon, des allumettes. Sur les planches déformées au-dessus du plan de travail de la cuisine, du poivre, un sachet en plastique de ciboulette séchée, un demi-centimètre de sauce Worcestershire dans une bouteille brune. Sur le sol la bouteille de vanille, vide, le bouchon balancé par des intrus assoiffés. Abe – optimiste et curieux – aimait laisser des morceaux de souvenirs flotter derrière lui. Il disait souvent que c'était pour cette raison que les Eskimos répandaient des déchets à travers le pays – pour les souvenirs, pour ne pas se sentir seuls. Vous ne pouviez pas comprendre, ajoutait-il, avant d'avoir été perdus pendant des jours sans apercevoir le moindre signe d'un humain ; alors, voir des déchets pouvait être fichtrement bien.

« Melt a donné un bébé porc-épic à Jerry quand il était enfant, commentai-je.

– Melt ? Il a donné un truc à quelqu'un ? »

Nous ricanâmes, sans lever les yeux de ce que nous mâchions.

« Ce porc-épic a dévoré la guitare de ma mère. J'imagine qu'on est maintenant en train de manger son arrière-petit-fils. » Quelque chose là-dedans était bien trop drôle pour nous ; nous lâchâmes les os et rîmes jusqu'à ce que nos fronts touchent la table. Impossible de se regarder sans s'étouffer ; nous devions dissimuler nos visages l'un à l'autre.

Le poêle craqua, la chaleur se répandit lentement, et la neige granuleuse sur le sol ne fondait pas. Nous avions jeté la peau de porc-épic dans le feu pour brûler les piquants, et sauver les renards d'une mort lente.

« Soupe de guitare. Et moi qui croyais qu'c'était d'l'ours. » Treason balaya la pièce des yeux. Chacun de ses mouvements était précis. Il portait un sweat-shirt, et un jogging sous son pantalon de ski en nylon noir. Il s'inclina en arrière et tira un cure-dent de sa poche. « J'camperai dans une tente. » Il eut un rictus. « Pour l'hiver. Si tu restes ici, tu f'rais mieux d'pas aller au village. Tout le monde va rire d'ton odeur. Ces filles mettent du parfum, Cutuk. À Takunak, tout est t'jours nouveau, d'nos jours.

– Comme dans cette pub – avec la femme qui dit qu'il faut sentir bon sinon "c'est pas la peine" ? T'es déjà allé à Anchorage, non ?

– Oh ouais. Plein d'fois. Trois fois. T'peux jamais rien faire, à part suivre la route. Vraiment bien d'boire d'la bière, par contre. » Il plongea les doigts dans la conserve et en sortit le cœur. Il mordit la moitié. « T'en veux ? » L'air chaud et soupeux traversa la table. Je saisis le cœur entre ses doigts. La viande était noire et pâteuse.

Il scruta la rivière, dehors. Près de la pelle, un couple de geais gris picorait fiévreusement de pleines bouchées de la pile d'intestins du porc-épic. Treason sortit son .22 Magnum de son manteau, l'appuya contre le cadre de la porte et tira. L'oiseau s'effondra, hors de vue, derrière un bloc de neige ; son partenaire s'envola. Treason respira profondément. Des touffes de plumes grises duveteuses flottèrent sur l'air. « Fait beau dehors. Combien d'essence dans ta motoneige ? Viens, on rentre en passant par la toundra. Va p't-être trouver des traces de loup. »

Sur le Jesus Creek, l'eau avait gelé. Nous remontâmes à motoneige la berge enneigée en contrebas. Mon Arctic Cat fonctionnait toujours ; Janet n'avait laissé personne y toucher. Elle n'allait pas droit – depuis l'accident, et encore moins après l'unique aventure de Stevie avec, lorsqu'il l'avait conduite, saoul, le week-end où Janet avait pris l'avion pour Crotch Spit pour une visite de contrôle à l'hôpital. « La même fois où Treason a lavé j'sais pas combien d'loups et renards dans ma machine à laver. » Janet avait ri. « Bref, c'comme ça, vous êtes tous mes garçons. »

Je levai les yeux vers les saules, et plus loin sur le ruisseau. Combien de trous d'eau Jerry, Iris et moi avions-nous repercés pour éviter les remous marron qui remontaient de l'embouchure du ruisseau ? Combien d'orignaux avions-nous observés entre ces saules ? Combien de renards avaient disparu dans ces bosquets ? Iris s'était presque noyée ici. Et maintenant Ted Brown avait, apparemment, trouvé une trace de poussière d'or à l'embouchure, et il allait revenir. Je sentis une bouffée d'infraction et d'inquiétude, en pensant à son retour avec des amis et des gros moteurs.

La neige s'étendait au loin, énorme et ondoyante, les congères écumantes des vagues dures et blanches. Les montagnes s'appuyaient contre le dos du ciel. Les engelures lançaient mon nez, mes joues, mon front, et l'eau s'étirait et gelait le long de mes paupières. Les loups régnaient sur des vallées entières dans ces montagnes, comme prévu. Enlevez le métal, pensai-je, et les humains sont à peine différents des animaux, abstraction faite de toute l'obsession sur les odeurs et les poils corporels ; remplacez la graisse dorsale et les os cachés par les plans d'épargne-retraite, les proies rapides par les fast-foods. Les loups étaient intelligents. Ils s'occupaient de leurs petits. Parfois ils manquaient d'endroit où s'enfuir, commettaient des erreurs, et mouraient.

Et Enuk, quelles erreurs avait-il commises ? Possédait-il des connaissances mystérieuses et puissantes, derniers vestiges de l'ère des chamans ? Les chamans – croyaient les gens en 1969 – avaient pour habitude de marcher sur la lune, alors que les Blancs se contentaient peut-être d'en falsifier des photographies. Enuk avait-il déniché un chemin que la science, l'église, et le reste d'entre nous ne pouvions distinguer ?

Après une demi-heure, Treason arrêta sa Polaris. Je m'immobilisai à côté de lui. Il dégela son visage et resta silencieux une minute, comme il fallait. Il ouvrit précautionneusement un paquet de cigarettes et laissa la Cellophane s'envoler de sa main dans la brise froide ; l'emballage se froissa une fois, se déplia sur la neige. Treason plaça une cigarette entre ses lèvres et actionna son briquet. « Y a quelqu'printemps, j'ai perdu un loup noir dans ces montagnes. T'veux aller jeter un œil ? »

Je m'éloignai pour pisser, un cordon fumant dans des kilomètres de neige ondoyante. Je m'approchai suffisamment pour me pencher et ramasser le plastique. Quelque chose de douloureusement Blanc – je n'avais pas envie d'interférer avec la joie de Treason, et je voulais qu'il ramène le prestige au village, à Janet et aux Anciens. Mais aujourd'hui, je ne souhaitais pas voir des emballages Marlboro sur cette neige.

« Les gars vont travailler à Red Dog, commenta-t-il.

– Aux mines de Red Dog ?

– Ouais, comme Prudhoe, près d'où travaille Dawna, sauf que c'est une mine de cuivre. La plus grosse du monde.

– De cuivre ? Ça te fait pas rapetisser le cerveau ?

– P't-être bien. Y a plein d'gars par ici à qui ça f'ra rien de plus. » Treason exhala et inspecta la toundra. « Woody est rentré pour les congés avec une motoneige toute neuve. Il a un scanner radio. Il a entendu un pilote d'avion postal parler d'environ huit loups en aval du village. Il a sauté sur son Indy six-cinquante, est allé et les a eus comme si c'était rien. »

Je tournai les yeux vers ma motoneige noire. Le vieux siège bionique. « Est-ce que quelqu'un est déjà monté à motoneige au nord, à Barrow ?

– Jamais, en tous cas pas qu'je sache. Trop loin pour emporter l'essence. Enuk et les autres marchaient là-bas, à l'époque, *guuq*. Tu d'vrais affréter un avion si t'veux aller à Prudhoe chercher Dawna. P't-être huit cents kilomètres, pleine nature. L'temps qu't'arrives, elle pourrait être partie.

– Il va me falloir beaucoup d'argent, j'imagine.

– Tu viens juste d'l'apprendre ? » Il eut un rictus. « Ton ivoire, il va t'ach'ter le montant de l'avion, même un aller-retour au pays de Disney. » Son poignet tourna rapidement, tira sur la corde de démarrage.

Il me mena au nord, vers les montagnes Dog Die, haut au sein des collines raides boisées de souvenirs, le long d'une crête rocheuse protégeant le ravin où j'avais trouvé la tanière de loup. Tristement, je me garai et regardai en contrebas. Le bouleau qui avait englouti la corde verte était là quelque part. Tout paraissait différent – le niveau de la glace était plus bas, les grosses congères du vent hivernal n'étaient pas encore arrivées à hauteur, le ruisseau, toujours ouvert par endroits, coulait, noir contre la neige grise. Je me hâtai de revenir vers ma machine et suivis la trace de Treason plus loin dans la toundra. Il vira de bord et se précipita dans un bosquet d'épicéas. Il conduisait comme si les skis étaient sa chair. Ses yeux enregistrèrent des traces de carcajous, sondèrent les broussailles, observèrent les regards camouflés d'un corbeau. Il freina, toucha les empreintes de l'animal, et se rua au loin, plus rapide que jamais ; son engin grondait, dévorait les buissons. Il n'avait peur de rien, ni des arbres, ni des falaises, ni des trous dans la glace.

J'avais oublié – sans réaliser à quel point c'était différent à l'Extérieur – qu'ici la mort était une part acceptée de la vie, et s'inquiéter du futur aussi futile qu'un dictionnaire.

Son AK-47 roumain pendait, lâche, à travers sa poitrine. Ses yeux avaient le regard d'un guépard, l'attention redoutable d'un prédateur. J'avais du mal à le suivre ; tout à coup je me rendis compte qu'il était bien un prédateur, doublé d'un athlète. Le Michael Jordan de la chasse aux loups et aux carcajous, se déplaçant en synchronisation avec dix mille ans de sang eskimo affûté et cent ans de technologie blanche.

J'abandonnai la poursuite et remontai le canyon. Je me débattis avec la machine à travers de nouvelles congères instables. La motoneige bascula dans le ruisseau. Je bombardai à travers l'eau peu profonde, zigzagant d'avant en arrière sur la plateforme glacière. La glace céda, un courant vif fit basculer des disques qui disparurent sous la banquise côtière. Enfin, je freinai sur les rochers couverts de neige. Les murs du canyon masquaient le ciel. Quelques mètres plus loin se trouvait le petit bouleau, et je marchai en cercle, les mains tremblantes, l'accident avec Iris tambourinant dans ma poitrine. J'avais la nausée ; je me demandais si j'allais pouvoir retourner vers la toundra sans couler. De la distance arrivèrent quatre coups ; j'aurais aimé pouvoir crier à travers la toundra comme Treason, et tuer. Si seulement c'était si facile.

La corde verte avait disparu. Une des branches fourchues du bouleau avait craqué dans le vent, et reposait sur le sol, partiellement enfouie. Une grosse cicatrice noire marquait l'endroit où quelqu'un avait creusé un coin. Rapidement je retirai l'écorce, la tavelure et la moelle. Il y avait une étroite cicatrice en forme de diamant dans la fourche de l'arbre, une forme qui rappelait l'attache d'un harnais de chien. *Charley-l'Marcheur ?*

Après un court moment, je me rendis compte que Treason me cherchait peut-être. Je rugis hors du canyon, rejoignis la toundra, et tournoyai au sommet d'un petit promontoire. Son phare avant apparut, clignotant de haut en bas, se rapprochait en bondissant. Il ne portait pas son bonnet en castor. Ses cheveux étaient couverts de givre, ses oreilles et son nez étaient couverts de givre. Son pare-brise avait volé en éclats. Un tronc d'épicéa attaché entre ses skis les maintenait alignés. Une cigarette pendait à ses lèvres et le vent avait brûlé et perforé le papier jusqu'à la faire ressembler à un canon de mitrailleuse miniature. Je pensai au Marlboro Man ; c'était vraiment un mannequin, comparé à un chasseur eskimo. Treason avait un grand sourire.

Le carcajou était noir et paraissait petit, attaché derrière le siège en vinyle ; des stalactites de sang gelé pendouillaient de sa bouche. Nous admirâmes la fourrure épaisse et inspectâmes sa longueur entre nos poings, brossâmes le cercle blanc au-dessus du postérieur. D'une patte arrière à l'autre, un carcajou faisait une collerette pour femme ; d'une patte avant à l'autre, une collerette pour homme ; le reste garnissait une parka. Treason était ravi. Je ne dis rien de la pluie qui tombait à l'intérieur de moi. Il s'inquiéterait ; il penserait que j'avais attrapé L'Amour-de-l'Animal, en ville. Traîtrise.

À mains nues il nettoya la neige de son capot.

Je touchai du pied l'arbre attaché.

« Explosé un côté d'la direction. J'l'ai perdu pendant que je réparais. Cet arbre, balance trop d'neige. » Il eut un rictus, ignorant la tache de graisse qui gelait ses phalanges. « Ça a bien g'lé le carburateur. J'ai dû l'dégeler avec la Thermos. Reste du café, par contre, si t'en veux un coup ? »

Nous bifurquâmes et nous éloignâmes des montagnes, vers l'ouest, tournoyant au-delà de Takunak. La toundra appelait, mille kilomètres carrés accueillants. Des ombres et la neige s'étendaient en teintes de bleu et de gris, et la rivière Kuguruk était un gribouillis mal rasé en bas dans la toundra plate. Nous labourâmes à travers des affluents enfouis, réveillant les orignaux dans les saules. Ils marchèrent pesamment dans la neige profonde, un mur haut d'épaules brunes et de flancs marqués de cicatrices argentées laissées par les loups affamés de l'hiver.

Nous coupâmes les traces fraîches de deux motoneiges. Treason se retourna avec un rictus et souffla, « Traces de *naluaġmius !* » Je les scrutai. Comment pouvait-il savoir ? Comment Treason était-il capable de lire aussi instantanément des empreintes que j'étais censé savoir déchiffrer, sans y parvenir ?

De l'autre côté de la rivière, sur la rive opposée à Takunak, la haute crête de la toundra courait en direction d'Uktu ; Treason accéléra et rugit vers un piquet jaune qui dépassait de la neige. Il se retourna de nouveau. Le pieu en fibre de verre céda sous sa motoneige – et fouetta l'air en se redressant immédiatement. Nous nous arrêtâmes. Mon réservoir d'essence affichait E. Dans la lumière du phare, j'avançai vers le piquet. SERVITUDE DU GOUVERNEMENT. NE PAS QUITTER LA PISTE. Les piquets jaunes réfléchissants traversaient la toundra vers Uktu, dans le lointain pâle, une ligne si droite et perpétuelle.

J'éteignis mon moteur. Treason fit mourir le sien et s'approcha, emmitouflé dans son bonnet en castor, glacé et le visage à nouveau méchamment givré par la neige balancée et l'absence de pare-brise. La lumière avait presque disparu. « Le gouvernement nous a bien payés. Vingt-cinq balles l'heure. Enfin, vingt-quatre et quelques. Vraiment bon boulot, leur mettre ces trucs. Même mieux qu'Exxon Valdez. Ça veut dire quoi, servitude ? » Il cracha et dégela ses joues.

Les yeux malins d'Iris flashèrent dans mon esprit. « C'est un diminutif pour "c'est la route attitude."

– Hein.

– Cette bande de territoire appartient déjà à la route de quelqu'un. Ils vont te payer pour la construire.

– Ah, et ils pensent qu'toi et moi on va rester sur cette ligne toute maigre ? »

Soudain, je compris comment il avait si aisément déchiffré les traces de motoneiges que nous avions coupées – le second conducteur suivait exactement la piste du premier – ils étaient préoccupés, pas dans leur élément, effrayés par le territoire.

À nos pieds le magnifique territoire, enchanté dans le halo faiblissant du soir, froid, silencieux, pris au dépourvu. Tout à coup le passé était terminé. Il ne reviendrait jamais nous protéger. Nous avions aussi bien fait semblant que n'importe quel acteur. Le gouffre entre les légendes autour du feu et le son surround de la télévision, entre les pistes de chiens parcourues en raquettes et les motoneiges Yamaha V-Max, était trop écrasant, et aucune chasse, aucune larme, aucun dollar fédéral ne pourrait nous ramener de l'autre côté. Je ressentis une avalanche de deuils, et crus momentanément que j'avais perdu Abe, et Janet, aussi.

Je tirai sur la corde de démarrage et enfonçai l'accélérateur. Plus d'essence. Impossible de rentrer à la maison. Je bifurquai vers Takunak et frappai les piquets jaunes aussi vite que le voulait ma machine. Progrès contre progrès. Peu importait ce qu'était le progrès. Peut-être était-ce seulement le vent de la rapidité. Les bonnes engelures brûlaient mon visage. À côté de moi fonçait Treason, un meilleur ami. J'eus un renvoi de porc-épic. Quatre-vingt-quinze kilomètres à l'heure. Cent cinq. Cent douze. Des nombres. Derrière, les restes de lavande à l'horizon éclairaient faiblement le territoire. Devant, se tapissait ce qui se rapprochait le plus de mon village natal, à côté d'antennes satellites blanches étincelantes, en Pampers, au Pepsi, bourrés, défoncés, désespérément accros aux dollars. Je cognai un autre piquet jaune. Encore un autre. L'un vola en éclats et manqua mes yeux. Encore un autre. Le reste chancelait, droit, parfaitement droit, fouettant comme des rires.

VINGT-QUATRE

La poignée de la porte de Janet avait disparu et une chaussette était fourrée dans le trou. La rumeur de la télévision dérivait. Je tapai des pieds sur les marches en métal et entrai ; elle se plaindrait si je frappais.

« Cutuk ! » Elle se souleva du linoléum et me serra entre ses bras lourds. Sa joue chaude se pressa contre mon visage. Les lumières éblouissantes m'aveuglaient, après des kilomètres sur la piste glaciale. Par-dessus son épaule, une publicité tapageuse pour les sodas Mountain Dew m'hypnotisa, étincelante de corps sexy et de musique, avec des skis nautiques tirés par un cheval. *Aana* Tessie Washington et *Aana* Mable Feathers étaient assises sur le sol, à côté du canapé, et cousaient des *mukluks* en jeune orignal. Leur visage était profondément ridé, noyé et rayonnant. Les vieilles femmes gloussaient, tendues, en plein milieu d'un épisode de MacGyver.

Janet tint mes joues entre ses paumes tièdes. « Je vais faire de l'eau chaude ! » Tessie et Mable sourirent, édentées. La jeune fille de Stevie, Daisy, écarquillait ses yeux fixes depuis une chaise haute.

Treason tapa des pieds et entra avec le carcajou. Les yeux des vieilles femmes s'illuminèrent, elles se levèrent et tanguèrent sur leurs pieds. Elles se regroupèrent autour de l'animal, attrapèrent les longs poils, conversèrent en inupiaq. Il déposa le carcajou sur du carton derrière le poêle. « Tu d'vrais apprendre à chasser », me dirent-elles avec bienveillance. Je ne répondis rien. Les fenêtres étaient noires – à l'exception de la télévision bruyante, une ouverture brillante vers l'Amérique. MacGyver réapparut avec sa coiffure de porc-épic. Les femmes lâchèrent les pattes du carcajou et s'empressèrent de regagner leur place. MacGyver était stressé, pressé, il élaborait un appareil nucléaire ou une bêtise du genre en branchant une machine à laver et un ouvre-boîte. Je me concentrai sur mon adversaire de la réparation, MacGyver, qui essayait de nous impressionner avec son ingéniosité. Laissez-le quelques décennies sans machine à laver, et c'est *ça* qu'il montrerait à la caméra en déambulant.

Janet nous tendit du café. Une fois la série terminée, elle alluma un brûleur et fit chauffer de la soupe. « J'imagine que Melt est quelqu'part », se dit-elle. Elle posa des bols sur la table. « Allez, mangez. » Une petite fille maigrelette était assise sur le canapé et agrippait une poupée Barbie par les cheveux. « Voilà ma toute nouvelle fille, Whitney-Houston. » Janet l'embrassa. Les yeux de la petite fille étaient des pierres noires. « Sa mère est morte à Crotch Spit. Son frère lui est rentré d'dans à mort avec la Honda. Défoncé. *Arii*. Une grande chance, celle-ci retrouvée bonne santé. » L'enfant ne trembla pas, ne pleura pas, ne cligna même pas des yeux.

La radio communautaire couina. « Réunion au bâtiment tribal. Quelqu'un reçoit ? »

Les haut-parleurs se brouillèrent tandis que les gens du village émettaient les uns par-dessus les autres, le volume si fort qu'il me fit mal aux dents – un micro s'allumait, s'éteignait : un enfant qui s'ennuyait et sabotait le tissu de connectivité électronique du village. « On joue pas avec la radio ! » cria la voix d'un Ancien. Le cliquettement du micro s'intensifia. « J't'emmerde ! » croassa une voix.

Treason remuait dans la cuisine de Janet à la recherche de quelque chose pour craquer un os à *patiq* de caribou qu'il avait pêché dans la marmite de soupe. Il frappa l'os derrière le pied de ma chaise, le plaça à travers mon bol, et en craqua un autre. Janet fourra la moelle dans la bouche de Daisy. « *Aarigaa, patiq, Bun.* Je m'demande quel genre d'réunion ? Vous les enfants, vous devez y aller, expliquer aux Anciens. »

Je restai assis et fixai bêtement les images rapides à la télévision, me rejouant les événements de la journée tout en plantant mon couteau dans l'os sur mon bol ; j'avalai la viande qui, au même moment, aurait pu être des morceaux de valise. Autour de moi, Janet débarrassait déjà la vaisselle, grattait les os et les rebuts de viande dans le seau pour les chiens, et puis Treason rentra après avoir fumé, enveloppé dans un brouillard d'air froid. Il tapa des pieds. « Viens, Cutuk. On va voir cette réunion autochtone ? Y a des prix de présence », sourit-il, malicieux. « Et tu pourras voir la fausse dent de *Taata* Woodrow, avant qu'il parte dans l'pays et doive s'en servir comme tournevis. »

Treason eut de la chance, même s'il était facile d'ignorer le fait que s'il se laissait pousser les cheveux, ils seraient bouclés – pas une bonne chose –, que sa vraie mère était morte et son père un donneur de sperme anonyme ; il gagna cinq boîtes de munitions. *Aana* Hanna Skuq obtint un paquet de six sodas, et sa petite-fille, Elvisetta, en Pampers, remporta le grand prix d'avant-réunion, un bidon d'huile pour le poêle. Hanna saisit le bon de crédit pour le fuel et donna un Coca à Elvisetta. Elles étaient toutes les deux ravies, et souriaient, des dents en moins.

La télévision en couleur, le prix le plus important, fut gardée pour après la réunion. Les Anciens s'asseyaient sur des chaises pliantes sans retirer leur parka. Les hommes avaient la bouche ouverte, sourds après des années de motoneiges et de tirs. Ils se penchaient en avant, donnaient des coups de coude à leur femme pour connaître les informations. Newt Clemens, Tommy Feathers, Woodrow Washington et d'autres me saluèrent et demandèrent des nouvelles d'Abe. Une bonne partie du village et la moitié d'Uktu étaient au gymnase, absorbés par le tournoi de basket-ball Jimmy-Skuq, en mémoire de Jimmy qui s'était écrasé, à motoneige, bourré. Jimmy qui, une nuit, avait libéré la moitié des chiens du village et profité des bagarres en découlant pour s'introduire dans le Native Cache. Jimmy, qui avait volé la tronçonneuse de Janet et l'avait détruite en essayant de scier le coffre-fort du bureau de la ville…

L'intervenant de la corporation babillait à propos des finances prévisionnelles. La corporation développait le territoire autochtone et envoyait des dividendes annuels aux Eskimos. C'était désormais un gros business, d'être Inupiaq. La corporation avait même inventé un terme politiquement correct pour moi : un « non-actionnaire ».

Charley Casket passa la porte en haussant les épaules. Il repéra mes cheveux de non-actionnaire et vint s'asseoir à côté de Treason. Il se pencha et me serra mollement la main. Il me tendit un artéfact, une lame de patin de traîneau en bois d'animal. Des nuées d'enfants se poursuivaient dans tous les sens. « Vous les enfants, dehors pour jouer », cria Hanna. Ils l'ignorèrent. Un autre intervenant prit la place du premier. Il s'appelait Joe Smith. Il avait des lunettes, une nouvelle coupe de cheveux, un jean serré, et une montre en or avec des pépites grumeleuses sur le bracelet. Ses mains étaient grandes et douces. « Drôle d'tête, pour un Eskimo », murmura trop fort Hanna.

« Je fais partie de la branche des projets non lucratifs de la corporation, et je suis là pour vous informer de notre Projet d'édification culturelle. Ce projet, le PEC, a été proposé par l'intermédiaire des Anciens régionaux, et une subvention d'un million de dollars a déjà été accordée. »

Je jetai un œil au bois, un artéfact gris et poreux. Au fil des années, Abe avait exhumé quelques lames de patins en bois ; il les avait sans aucun doute laissées sur un rebord de fenêtre ou sur une étagère. Elles n'y étaient plus, tout à l'heure. La pièce bruissait toujours – au-dessus, les lampes fluorescentes tressaillaient et tourbillonnaient, palpitant d'ombres de perles. Les visages des Anciens portaient la même expression que lors de la réunion où d'étranges rangers leur avaient annoncé que le service des parcs nationaux possédait soudainement des millions d'hectares du meilleur territoire de chasse, dans toutes les directions. Que lorsque des anthropologues, des archéologues, et des escrocs avec des identifiants informatiques venaient, organisaient des réunions, et repartaient. L'expression des Anciens, réunion après réunion, depuis des décennies : « Bon sang, ils racontent quoi ? » et « Bon sang, ils prennent quoi ? »

Une motoneige rugit au-dehors. La porte s'ouvrit brusquement. La condensation et la fumée d'échappement glacée roulèrent sous les chaises. Elvis Jr. entra, penaud, dégelant son visage. Le pistolet 9 mm de Lumpy glissa de la poche de son manteau et tomba sur le sol avec un bruit sourd. Il le fixa une seconde, se pencha et le ramassa. « ... toutes les formes répertoriées du savoir inupiaq seront compilées sur CD. Les connaissances des bibliothèques et des universités – et, bien sûr, ce que vous, le peuple, vous savez. Nous utiliserons ensuite des ressources informationnelles pour organiser une stratégie d'enseignement. » Lumpy ne se hâta pas de remettre le pistolet dans sa poche ; il l'observa une minute, et le pointa au hasard à travers la salle. L'autochtone assis derrière Joe se leva et traduisit aux Anciens. Ils écoutèrent, déconcertés, pressés de rentrer chez eux ou de retourner au tournoi de basket.

Je fixai le bois. Six heures s'étaient écoulées depuis que Treason et moi avions quitté l'igloo. Les souris fileraient sur le sol dans les derniers suintements chauds du poêle, grignoteraient le moindre morceau laissé, soupireraient dans les cartouches usagées. Charley se pencha en avant. « T'as trouvé défense de mastodonte ? »

Je levai les sourcils, lui rendis le bois. « Par hasard. Je cherchai une bûche pour attacher mes chiens. »

La bouche de Charley dessina un sourire rapide. Rien d'autre ne bougea. « En bonne forme ? Grosse comment ?

– Je l'ai pas pesée. Quarante kilos ? En pas mauvaise condition. Seulement la défense, pas de viande de mammouth dessus. J'ai pas trouvé la langue, ou autre chose. » Treason et Lumpy ricanèrent. Je lâchai un rictus et décidai d'aiguillonner Charley. « Aujourd'hui je suis allé voir un vieux bouleau que j'avais trouvé avant. Bien au-dessus du Jesus Creek. Dans les montagnes. Quelqu'un l'avait entaillé. »

L'expression de Charley n'oscilla pas. « J'ai montré à Ted Brown, l'pays. L'a commandé un hydroglisseur, l'même que les gars blancs qui chassent toujours les crocodiles à la télé. Utilise beaucoup d'essence et peut aller partout. C'est un bon ami à moi. Il m'donne toujours des bouteilles. »

Le désarroi me tiraillait la bouche.

De l'autre côté, Lumpy me poussa. Un rictus perplexe traversa prestement son visage. « Bordel mais il raconte quoi, c'type ? »

« Ils vont donner des cours, enseigner à être Eskimo, tu pourras juste apprendre depuis ton ordinateur. Qui sait, le nouveau principal aura peut-être une meilleure note que toi. »

Le visage de Lumpy se raidit. Il était marqué de crevasses qu'il n'avait pas lorsque nous étions enfants – des engelures et des rides de Bacardi. Sa lèvre s'affaissait à l'endroit où s'agrippait sa dent pourrie. Il paraissait hagard, perturbé, et malade – exactement ce que je ressentais. Devant, un *naluaġmiu* recula sa chaise qui racla les sillons dans le sol du bâtiment tribal, et se leva. Tout le monde cessa de murmurer. Tout le monde savait ce qu'étaient ces sillons. Les entailles laissées par des hommes silencieux qui enfonçaient trop profondément leur scie circulaire, lorsqu'ils construisaient des cercueils, après de trop nombreux accidents de quads et de noyades, de morts d'Anciens et de suicides, dans un village de 210 habitants.

« Bonsoir, dit-il. Tout d'abord, je tiens à dire à quel point je suis heureux d'être dans votre petit village, si serein et merveilleux. Je suis également reconnaissant de pouvoir rencontrer autant d'entre vous et d'avoir un aperçu des vies traditionnelles que vous menez. Je suis ici avec Ma-bick – il fit un signe de tête vers Joe – pour vous informer que soixante-quatre milliards de dollars sont disponibles, sous la forme de subventions, pour les communautés comme la vôtre. »

La foule éclata de rire.

Treason marmonna. « Allez, on va faire des étincelles. » Lui, Lumpy et Elvis se levèrent et se dirigèrent vers la sortie ; chacun avait une main dans la poche.

L'homme balaya la salle des yeux, perplexe, puis remua des papiers, et se retira au cœur d'une forêt de mots trop hauts et d'anglais de comptable. La réunion suivit la piste des murmures et des petits cris. Sur les chaises en métal, nous rigolions de la manière dont l'homme avait prononcé le nom eskimo de Joe Smith. Nous avions entendu « ma bite ». Nous riions, non pas car nous étions méchants, mais parce que le rire faisait partie de la tradition, que nous y étions bons, et que, ce soir, nous nous souvenions encore comment faire.

« Qui a gagné la télé ? » demanda Janet.

Lumpy ouvrit son réfrigérateur. Il plissa les yeux devant les pots et les contenants. « Bordel, comment t'fais pour savoir y a quoi là-d'dans ? »

Janet lâcha la peau de martre qu'elle était en train de tanner. « T'veux quoi, mon fils ? Ce poisson – pousse-le de là. Attends ! J'ai acheté du pœuf. J'vais faire d'la soupe. »

Elle mit à bouillir une marmite d'eau, aiguisa son *ulu* et débita, experte, la surlonge en cubes qu'elle fit tomber dans l'eau. Daisy rampa sur mes genoux. Whitney-Houston se pressa contre moi sur le canapé, entourant la Barbie de son bras. Je sentais la petite fille trembler. Je sortis une ficelle de ma poche, nouai les deux extrémités, et fabriquai un caribou. « *Tuttu.* » Je désignai la ficelle. « Ça, c'est un *tuttu.* »

Les grands yeux bruns de Daisy se levèrent sous ma mâchoire. « Car-bou ? » Elle leva un doigt au minuscule ongle verni, imita une détonation de fusil et frappa la ficelle. Je laissai tomber les nœuds sur mes genoux. « Boum. Tu l'as tué, maintenant il faut le dépecer et prendre soin de la viande.

– Encore, gloussa-t-elle. Tue-le encore.

– Maman ! hurla Lumpy. Mon colis Kmart est arrivé ? »

Janet se pencha au-dessus du poêle, goûta la soupe. Elle tendit le doigt. « *Takanna* ! À côté du lit. » Lumpy plongea dans la chambre encombrée de Janet et Melt, et en ressortit avec un carton. « Alors, comment vont ces chiens que j't'ai donné, Cutuk ? Comment va Mike ? »

Janet leva les yeux. « Lumpy t'a pas dit ? Bizarre, c'chien. Quand c'était un chiot, les gamins l'ont mis quarante secondes dans le micro-ondes. »

Lumpy ouvrit la porte, enfila son gant sur ses doigts tordus, attrapa le colis et sortit.

Janet soupira. « J'crois pas qu'il va manger. » Elle sortit du congélateur un Esquimau glacé, le coupa avec son *ulu*, en donna la moitié à Whitney-Houston et la moitié à Daisy. Elle éteignit la télévision et s'assit. « *Arii.* »

La radio communautaire émit un halètement. « À l'aide ! » cria une jeune fille. « À l'aide, v'nez m'aider ! » Sa voix devint sauvage, un cri primal.

« C'est Sara Skuq ! » Janet se pencha en avant. « Elle est allée à Anchorage se blanchir les dents pour la photo à l'école. »

« Sara ! » Quelque part sa mère cria dans une radio, défoncée, la voix rauque. « Sara ? *Tu la fermes !* » La radio se tut.

« La réunion, c'était sur l'enseignement eskimo, dis-je doucement.

– Vous les enfants, vous d'vez parler inupiaq. Mieux que l'dernière réunion, cette femme blanche qui enregistrait sur cassette le travail traditionnel des femmes. » Janet gloussa. « Je lui ai dit : "Les femmes, on travaille trop."

– Pas seulement les mots. Tout ce qui est eskimo. »

Une mouche bourdonnait dans la cuisine, les ailes givrées contre la glace de la fenêtre. Dehors, la température tombait. Daisy était toujours sur mes genoux, le chocolat et la glace coulaient le long de ses bras en grosses gouttes boueuses. D'aussi loin que je me souvienne, je ne m'étais jamais senti si épuisé ; Abe et Anchorage semblaient incroyablement loin ; le territoire, un lieu irréel. J'attrapai un chiffon et essuyai les mains de Daisy, puis j'allai faire fondre la glace pour libérer la mouche. *Profitez, monsieur mouche, de vos capacités à hiberner, et à voler.*

Je bâillai. « Je suis fatigué. Je vais monter chez Iris.

– Cutuk. » Janet me dévisagea d'un air sérieux. « Ce colis. Lumpy a pris d'la laque. Ces garçons la boivent. Melt même, toujours boit ce genre. Tu dois les laisser arrêter. »

Une brise de l'est soufflait de l'air à moins trente le long de la vallée Kuguruk. L'Obscurité était inépuisable. Deux maisons derrière celle d'*Aana* Marble se trouvait celle de Lumpy et Stevie. Trois Polaris et une Arctic Cat étaient garées dans la neige, des machines modernes, élancées et prédatrices. Des silhouettes se hâtaient sous le *qanisaq* brumeux de froid. À l'intérieur, la salle était éviscérée, les visages bleus dans le lessivage de la télévision cabossée, posée sur un bidon de deux cents litres ; à côté s'empilaient des amortisseurs de motoneiges, des pistons rayés et un sabot d'orignal. Des fusils et une carabine étaient inclinés dans un coin. Posée sur le linoléum de la cuisine, une tronçonneuse. L'air sentait l'amidon et les gants en plastique, la viande aigre et les résidus de cigarettes.

Les hommes étaient assis sur des seaux, des souches, et un canapé. Dollie s'appuyait contre un type blanc, John, qui se penchait comme une mouette tentant de s'intégrer parmi des corbeaux sur une pile d'intestins. John était l'un des vendeurs de marijuana que les jeunes filles ramenaient occasionnellement d'Anchorage. Il avait de fins cheveux roux et des gros bras mouchetés. Sa voix était nasale. « Ouais, mec, j'avais cette Ninja 900. » Des motos vrombissaient à la télévision. Dollie souriait, de son sourire de fossettes. Elle avait pris du poids et sa bouche semblait étirée, comme si elle s'était passée du fil dentaire ou qu'elle avait beaucoup crié.

Stevie, à genoux, secouait une bouteille de cinq litres. « Ch'veux-Jaunes ! Le champion de l'Iditarod avec ses six chiens !

– Quatre chiens et quart », répondis-je, ironique. Je m'assis sur un seau.

« Mec, ma Ninja était ouf, mec, dit John. Je… »

Les yeux de Stevie se rétrécirent. Il appuya sur la télécommande. Les motos disparurent et un documentaire prit leur place : des autochtones d'Alaska à la chasse à l'orignal, avec un narrateur qui, dans un murmure, parlait du respect accordé à chacune des parties de l'animal, sans quoi la malchance pourrait s'abattre sur le chasseur. Stevie cracha dans un piston et sourit, narquois. « C'foutu Lumpy f'rait bien de s'occuper d'son *quaq* d'orignal, dehors. » Il appuya de nouveau sur la télécommande et des blondes en maillot de bain apparurent, tourbillonnant et se dandinant autour d'une barre en acier. Stevie me tendit la bouteille en plastique. « Tiens, Grizzly Adams junior. P't-être que t'es l'dernier vierge de la laque. »

Un groupe de filles entra à toute vitesse. « Stevie ! » Elles tirèrent sur sa manche. « Melt arrive ! Il a *alapit*. Trébuche de partout.

– Laissez-le, c'gars sait pas boire. »

Une grosse somme d'argent changea de mains. Un groupe sortit à toute vitesse. Des motoneiges rugirent. Je reconnus une toux – Tommy Feathers, assis sur un bidon d'essence, passait une pipe en ivoire tachée dont s'échappait de la fumée de marijuana tournoyante. Tommy avait la bonne cinquantaine désormais, peut-être soixante ans. La plupart de ce qu'il savait avaient trait à l'alcool, mais il profitait de son statut d'Ancien lors des réunions de Recherches & Sauvetage et pendant les funérailles à l'église. Il expira ; les fentes de ses yeux observaient ma main sur la bouteille.

« Pas obligé », marmonna Treason.

J'étais fatigué. Si seulement je pouvais me poser et faire partie de la foule. Hésitant, je fis passer la bouteille

– et ressentis de la surprise. Mes mains n'avaient jamais laissé filer une occasion de m'intégrer, jamais je ne m'étais volontairement dirigé vers la lisière du troupeau. La décision était venue de quelque part dans ma tête, d'un terrain qui ne m'était pas familier. J'étais solitaire, ici, en lisière de la fête, mais les secondes qui s'écoulaient apportaient une clarté exotique que je sentais pouvoir aimer ; je hochai la tête vers Treason pour le remercier. Il haussa les épaules. « Vais chasser demain, murmura-t-il. P't-être chercher des loups. T'veux *malik* ?

– Commence à faire froid pour les motoneiges, non ?

– Pas grave. J'veux juste chasser. Rien d'autre. »

Les filles blondes tourbillonnaient et balançaient leur entrejambe. Lumpy s'effondra à travers la porte. « Succès à la chasse ? » se moqua Stevie. Ses lèvres étincelaient, bleu métal, à la lueur de la télévision. La main de Lumpy sortit de son manteau en tenant son pistolet semi-automatique, et il le balança, s'appliquant à le pointer sur John.

« Pas ce genre de succès à la chasse », grogna Stevie.

Lumpy plongea dans son autre poche et en tira une liasse de billets et de chèques à double encaissement.

« D'accord, alors ! On va à Las Vegas, Cut, dit Stevie. Boire des vraies bières comme t'as l'habitude. » Il remonta ses lunettes. La branche était rafistolée avec du fil dentaire. « Je suis allé à Point Hope, à Point Lay, à Point Barrow. Jusqu'à quel *point ?* » Il but longuement à la bouteille. « Point Lay, mec, j'étais là quand ils ont abattu six bélugas. *Muktuk* sur le sol, même. Les Recherches & Sauvetage de Point Barrow ont un hélicoptère. Ils ramènent des types, avec des ours polaires et leur motoneige qui pendouille. »

J'attrapai les poignets de Stevie. « Pourquoi t'arrêterais pas de boire cette merde, murmurai-je. Janet s'inquiète pour toi. Mince, moi aussi je m'inquiète pour toi. »

Il inclina son front contre le mien. « Cut, t'aurais dû rester. L'alcool, c'est mon meilleur ami maintenant. J'aime seulement ma fille. J'veux pas que Daisy me voie comme ça. Mes autres enfants, ils m'ont vu faire la fête d'jà, combien de fois. Je veux dire... je t'aime. T'es mon frère. Je suis content que tu sois parti, Cut. T'as d'la chance. »

Je pensai à la douceur du petit visage doré de Daisy. Je m'appuyai contre le mur – une cloison avait été déchirée à cet endroit, et du sang séché avait bavé ; un nez écrasé avait laissé un chemin en biais jusqu'au sol.

« Stevie, on ira, euh... chasser. Mince, je sais pas ce qu'on fera. Ne dis pas que j'ai de la chance. Je ne sais rien du tout.

– Ce *naluaġmiu*, suceur de bites d'Eskimos. » Lumpy cracha dans une canette de soda. Pendant un instant, je me raidis et pivotai, pensant qu'il lisait dans mes pensées et qu'il parlait de moi.

« T'as pas intérêt à parler de moi.

– Les putains de gens de Crotch Spit, ils prennent tout l'argent du gouvernement qu'est pour nous. Ils restent assis dans leur bureau à jouer à l'ordinateur et se font soixante mille balles. Aucun principal d'école ne peut être plus Eskimo que moi. Nous, on sait comment prendre soin du territoire. Pas comme les Blancs. Je peux chasser n'importe quoi, n'importe quand. »

La bouteille fit le tour et revint. La pipe aussi. Les strip-teaseuses dansaient. Personne ne parlait. Je jetai un œil à Stevie, fis un tour de signes de tête, ramassai ma parka et mon bonnet en castor, passai par le *qanisaq* et sortis dans la neige. Immobile, j'expirai la frustration et la fumée de Marlboro de seconde main, j'inspirai l'air pur et froid, et je dévisageai le ciel illimité de la nuit. Si Melt débarquait maintenant en titubant… bon sang, je pourrais bien lui mettre un coup de poing dans la tête, cadeau de Noël en avance pour Dawna.

Mais seule l'aurore boréale était de sortie, et étendait une gaze verte à travers la Voie lactée. Du feu vert flambait bas à l'est, derrière les montagnes, soulignant les sommets d'un éclat surnaturel. Sous l'épicéa ceinturé de chaînes, les deux chiens qui restaient à Lumpy gémissaient. Des ombres noires, aux dos étroits et courbés par la famine. Le plus gros s'accroupit, puis décrivit un cercle raide et avala sa propre merde fumante. Une motoneige cria à l'autre bout du village, les skis grattant la neige de porcelaine. Je n'avais pas envie de rentrer. Je pris la direction de la cabane d'Iris. La brise de l'est faisait ruisseler mon souffle.

Iris enfila ses bottes, son surpantalon et sa parka, et sortit m'aider à nourrir les chiens. La lumière jaillissait des fenêtres de la cabane. Nous tranchâmes du caribou, gelé et dur comme de la stéatite. Mon attelage, et ses cinq autres chiens, aboyèrent et hurlèrent pour être nourris. À chaque fois que la hache s'abattait, des éclats de viande s'éparpillaient et les chiens gémissaient, s'agitaient, gardaient un œil vigilant sur les morceaux les plus proches d'eux. Iris balaya de la poussière de viande, de la neige, ainsi que des éclats et des morceaux vers chaque chien. Lorsque le dernier fut nourri, la cacophonie cessa. Ils avalèrent des bouts de la taille d'un poing et émirent de tonitruants bruits de mastication, en essayant de faire craquer les plus gros bouts.

« Oh, j'adore nourrir les chiens ! » dit Iris. Elle souleva la moitié avant du caribou et la hissa hors du chemin. Je souris. Iris avait toujours de la force. « Tu te souviens quand Ponoc roulait les yeux en arrière pour engloutir la fin du seau pour les chiens ?

– Ponoc... ouais. Celui-là, c'est Mike. Il s'avère que des gamins l'ont passé au micro-ondes. J'arrive pas à le faire grossir. Il tremble, il tremble, mais ne tracte jamais. Je vais devoir l'abattre. »

Au-dessus de nous, l'aurore boréale se développait encore et encore, et le ciel tressaillait de froides braises vertes. Nous penchâmes la tête en arrière aussi loin que possible.

« Mon Dieu ! dit-elle. C'est incroyable. Je parie qu'ils peuvent les voir à Chicago. Ce serait drôle, non, que Maman les regarde en pensant à nous ? »

Des rayons pourpres commencèrent à s'écouler de l'étoile Polaire ; des bandes roses et vertes couraient d'est en ouest. Là-haut croissait un gel rouge, qui occultait les étoiles.

« Est-ce que tu crois en Dieu ? »

Deux P'tits-Minus rebondirent dans le noir, pleins de givre, de jappements, de frissons. Ils filèrent droit vers la graisse dorsale, sous la carcasse, et la mâchonnèrent. Iris s'agenouilla pour caresser les petits chiens. « Oh oui ! » Son rire taquin résonna. « Regarde tout autour ! Dieu est dans ceux qui sont ce qu'ils mangent. »

Je m'appuyai contre le traîneau, réconforté de savoir que je pouvais prononcer des mots insignifiants et qu'Iris comprendrait ; je lui parlais des piquets jaunes, de la réunion, du pistolet de Lumpy, de ses autres chiens, et de l'alcool.

Elle redressa le cou, glissa la hache dans son fourreau. « Miss Hawcly n'a pas le droit de franchir la porte du repaire d'iniquités de Lumpy Wolfglove. Il a une terrible influence sur mes élèves. Je sais même pas combien de collégiennes sont tombées enceintes là-bas, dans cette maison. »

À l'intérieur, Iris ouvrit le four et posa sur la table un lynx rôti et des pommes de terre. Elle était pâle et ses yeux d'un stupéfiant bleu profond. Ses bras étaient agiles et musculeux. « Il faisait si sombre, il était si tard... je commençais à me demander quand tu arriverais. Je pensais qu'il s'était passé quelque chose en amont. » Elle avait dressé la table en contreplaqué, avec une nappe à fleurs. Au milieu, une bouteille de gin bleue avec des têtes de graines de graminées rouges et brunes datant de l'automne.

« Oh oh. Qu'est-ce que c'est que ça, Miss Hawcly, vous vous êtes remise à boire du gin ? »

Elle me pinça le cou. « Treason m'a donné ce lynx. Je l'ai vite vidé et découpé. Ça fait longtemps que t'as pas mangé de lynx ? »

Des images d'Anchorage obstruaient ma tête. « Des siècles. Merci, Iris. » Je tranchai la viande tendre d'une cuisse, celle sombre d'une épaule. Elle était grasse, divinement bonne. En silence, je mangeai jusqu'à être repu.

« Qu'est-ce qui va pas, gloussa-t-elle, le chat t'a pris ta langue ? »

Nous nous étendîmes sur ses canapés pour siroter du décaféiné. Iris ouvrit une boîte de pastilles à la menthe et inséra un CD dans le lecteur. « C'est Lucinda Williams. Tu trouves pas qu'on dirait un nom de Takunak ? Elle sait comment les choses se passent. Peut-être qu'elle vient d'Uktu !

– C'est sympa. J'aime bien ta maison, Iris. C'est vraiment sympa. Ce village, je sais pas… je traîne, et je me sens comme avant, sauf que maintenant il n'y a pas Dawna.

– Oh, c'est l'Obscurité, Cutuk ! Nous passerons bientôt la butte, le soleil sera de retour. Tu devrais appeler Dawna, ou lui écrire une lettre – elle a demandé de tes nouvelles.

– Elle ne voudrait pas vivre Là-Bas. Et moi, je sais vraiment pas si je voudrais vivre Ici. » Le canapé était confortable, et je fermai les yeux. « Je crois que je comprends ce que les gars ressentent. La vraie chasse, c'est fini. Regarde, je porte des bottes Sorel. Les pièges, ça paraît bidon ; les choses coûtent tellement cher, et les fourrures valent si peu. Une carrière de Blanc, avec une assurance ? Et une retraite ? Quelque chose manque en moi – c'est comme être né loup et choisir la vie d'un chien. »

Iris posa sa tasse sur le sol en contreplaqué abîmé. Il faisait froid, des têtes de clous givraient près de la porte. Elle glissa les pieds dans des chaussons en peau de phoque à perles, et surveilla la tourte aux myrtilles dans le four. « Eh bien. J'ai une petite carrière de fille blanche – il y a des problèmes, mais c'est la vie. Ça me plaît, ici. Je suis avec des enfants, j'essaye de changer les choses, j'ai un ordinateur et un téléphone. Si je voulais, je pourrais prendre un avion pour Fairbanks. Je peux monter voir Abe en traîneau. Tant de caribous sont passés à l'automne, ils pouvaient à peine laisser la piste d'atterrissage ouverte. Des ours… » Elle coupa la tourte vivement. « Tu sais, quand les gens disent que Takunak et la nature sauvage sont au milieu de nulle part ? Moi, je pense qu'elles sont au milieu de tout.

– Parfois, j'ai l'impression que j'ai un truc, un peu de potentiel, comme Abe, répondis-je, juste là, sous la peau, pas très clair. Ce que j'aimerais vraiment, c'est faire quelque chose pour le pays. » Je me redressai. Mes mains s'agrippèrent l'une à l'autre. « Je parle pas du drapeau américain et du président. Je parle de ce pays-là. »

Iris leva les yeux, bienveillante.

« Mais je sais pas quoi faire, c'est ça le problème. Je ne vais pas rejoindre le Sara Club ! »

Iris rigola. « On était tellement naïfs. »

Pendant que les parts de tourte refroidissaient, elle versa de l'eau bouillante dans des bassines, une pour laver et une pour rincer. « Tu peux être mon eau courante – demain, cours à mon trou d'eau pour m'en rapporter. J'ai habité si longtemps sans tuyauterie, je suis heureuse comme ça. Je lave quand même mes vêtements à l'école, et j'y prends ma douche. Tu peux faire la même chose, toi aussi, Cutuk. »

Je l'aidai à faire la vaisselle, puis nous mangeâmes la tourte. Il était plus de minuit et Iris devait se lever tôt. Nous nous lavâmes les dents, crachâmes dans le seau à ordures. Je déroulai mon sac de couchage sur le lit, à côté d'elle, mais à chaque fois que nous étions sur le point de nous endormir, l'un de nous chuchotait ou posait une question.

Iris bâilla. « Dawna a l'air d'en avoir marre d'Anchorage. Elle parle tout le temps de toi.

– Et de ton côté ? Tu n'as pas quelqu'un que…

– Cutuk ! murmura-t-elle, la voix pleine d'angoisse.

– Quoi ? Qu'est-ce qui va pas ? » Je trouvai ses mains. Elles tremblaient.

« Une mauvaise chose… ça va se produire.

– Qu'est-ce que tu veux dire ?

– Je sais pas, sanglota-t-elle. C'est cette sensation que j'ai. La première fois, c'était avant que January atterrisse et emporte maman. Maintenant, ça arrive comme ça. Peut-être que c'est juste une intuition, je sais pas. Je le sens. »

J'enlaçai ses épaules et l'étreignis. « C'est l'Obscurité, lui dis-je, rassurant. Elle fait paraître les choses mauvaises. Essaye de dormir. »

Il était vraiment tard ; je respirai profondément et régulièrement, pour faire semblant. Finalement, nous planions tous les deux au bord du sommeil.

Le heurt d'un coup de feu étouffé.

Dans le noir, Iris bougea, puis se tut, écouta. « C'était quoi ? » Elle s'appuya sur un coude, se leva et alla à la fenêtre. « C'était quoi ? On aurait dit une arme. »

Elle ouvrit la porte. La condensation roula autour de ses mollets. L'aurore boréale flambait derrière la ligne noire des épicéas. Nous écoutâmes les sons dans la nuit de cristal. Le claquement des dents d'un chien, le craquement des arbres, la pulsation des générateurs ; dans les restes de silence entre les bruits, des motoneiges soudain crièrent. Et puis la sirène du village gémit. Nous enfilâmes à la hâte nos jeans, nos parkas, nos surpantalons, nos bottes, nos bonnets de fourrure et nos gants. Encore et encore la sirène retentit, un lapin électrique géant gémissant dans l'obscurité gelée, appelant Takunak à se réunir pour être déchirée. Les hurlements de tous les chiens du village. La danse sauvage des aurores boréales. Stevie là-haut sur la crête, se lamentant comme un animal torturé. « *POURQUOI T'ES MORT ? POURQUOI TU DOIS MOURIR ? POURQUOI T'ES MORT ?* » Et Lumpy dans la neige, sous les lampes de poche. Le visage enfoncé. Son chemin se terminait là, dans le froid et la nuit. Rien d'aussi naturel que la mort ou même le meurtre. Suicide. Janet remontait la colline en boitant. Elle passa ses bras autour de nous. De nous tous. C'étaient des bras vieux, et farouches d'amour.

VINGT-CINQ

La neige fraîche est neuve et propre, elle scintille sous les étoiles. Les loutres et les souris, les hiboux et les renards, et tous les animaux se meuvent, ils se déterrent après la chute, se secouent pour chasser la neige et se mettent en quête de nourriture. Leurs sons portent dans l'air gelé, tandis que leurs odeurs et leurs souffles s'accrochent dans les parages.

Des loups voyagent vers l'aval, dispersés ils chassent, démantèlent l'obscurité de leurs sens parfaits. La meute s'arrête et bifurque vers le sud, attrapant le parfum d'une femelle orignale qui traverse la glace. Le grand animal se rapproche de la berge. Ils tournoient, mordent ses flancs et son postérieur. Dans les bosquets de saules sur la berge, l'orignale recule contre une corniche et pendant des heures repousse la terreur de ses sabots noirs. Du brouillard glacé se forme, long et bas nuage au-dessus d'elle. La neige s'accumule, rose, et rouge enfin. Des loups s'allongent et se reposent sur la congère pendant que d'autres se ruent vers les jarrets et le museau de l'orignale. Lorsque l'aube point douloureusement vers le sud, elle se baisse sur les genoux, et dans leurs tranchées les loups s'avancent et arrachent de pleines bouchées. L'orignale se lève de nouveau, et puis retombe, frappant au sol la vie qui s'échappe tandis que les chasseurs fatigués ouvrent leur festin.

La meute est rassasiée et raidie, les cercles que ses membres fondent dans la neige sanguinolents. Les plus vieux loups, les dominants de la meute, haussent la tête et se lèvent lorsqu'un point noir rebondit le long de leur piste. Ils se détournent et s'enfuient au creux des saules. Leurs estomacs gonflés traînent dans la neige. Un loup court vers l'ouest le long de la congère dure. Trois se dispersent vers l'est et dans les saules. Un jeune se lève – et tombe comme s'il avait été matraqué du ciel.

La machine rase la glace, et un deuxième chute, tourne la tête pour mordre. Un troisième s'effondre. La machine dépasse à toute allure l'orignale tuée, le loup mort et ceux en train de mourir. Des loups se vautrent dans la neige profonde et les saules, la machine quelques mètres derrière eux, elle pousse leurs muscles déchirés par la peur, elle noie leurs sens dans sa puanteur grinçante.

Et puis le silence.

Des poumons déchiquetés. Des cœurs tambourinant. Parmi les arbres, les loups qui courent jettent un regard en arrière, la langue pendante. Le chasseur se déploie et se lève sur la machine, il griffe et écaille son bâton marron, sa bouche est petite, l'avant de son visage plat, ses yeux comme ceux d'un hibou. Les arbres se ferment derrière eux. Les loups zigzaguent et se frayent un chemin jusqu'au matin.

VINGT-SIX

Dans l'après-midi ensommeillé du mois de juin, les cris lointains des bernaches du Canada se mêlèrent à un moteur de quad Honda. Sur la toundra, les dernières des bernaches à s'accoupler se turent en désaccord, en extase ou en mauvais œil. J'étais assis sous l'auvent de la maison donnée à Woody par le gouvernement, et j'aiguisais mon couteau. Le morfil s'était formé.

Charley Casket s'approcha nonchalamment, et bâilla. « J'ai cru qu't'étais l'gars blanc. »

Je haussai les épaules à ce discutable compliment.

Le professeur, Delbert, m'avait embauché dès que j'avais mis un pied hors du vieux *qayaq* d'Abe, au milieu des icebergs de la Débâcle empilés devant Takunak. Je devais « surveiller » la maison qu'il louait à Woody, et nourrir le chat. Delbert était dégingandé, en passe de devenir chauve ; il avait radoté à propos du syndrome d'alcoolisation fœtale. « La moitié du village est détraquée », dit-il en faisant tournoyer ses doigts à côté de son oreille. « Une fois sortis de l'école, mes élèves n'y arrivent pas. Même les chiens ici sont cinglés. Certains des Anciens sont vraiment des gens incroyables. » Il secoua la tête. « Ce sont les plus jeunes qui ne se soucient de rien, car le gouvernement arrose tout d'argent. » Sa femme était pâle et jolie, avec des yeux vert bonbon. Elle sourit d'un air désolé.

Iris était à Fairbanks pour rendre visite à Jerry. « Surveiller » signifiait que, pendant deux semaines, j'alternerai entre ici et sa cabane à elle pour empêcher leurs élèves de s'introduire à l'intérieur et saccager les maisons. Delbert et sa femme possédaient un mixeur et un micro-ondes, une machine à laver et un sèche-linge, la télévision par câble, et une trancheuse à légumes. Je rattrapais *Cheers*, et Dan Rather. La toundra était là dehors, les caribous mâles engraissaient ; mais dans cette maison, j'aurais très bien pu être à Sacramento, à trancher des légumes.

J'avais diffusé une annonce et obtenu un travail temporaire. Billy Feathers était le maire actuel, et lorsque Napoleon Skuq Jr. était rentré d'Anaktuvuk il lui avait ramené quatre grammes d'herbe, en plus de sa réserve personnelle, bien sûr. Billy lui avait accordé le poste de flic. Nippy conduisait le fourgon. Il dépassa la route de la décharge et avança loin dans la toundra avec deux bouteilles et deux lycéennes. Il leur montra la taille et l'étendue de la loi ; il coinça aussi le fourgon dans un lac. Je fus payé pour l'extraire au treuil et le remettre en marche, puisque le travail sans le véhicule ne l'intéressait pas.

« *Adii*, trop chaud, hein ? » Charley me tendit une pointe de flèche. « Tom Standle t'cherche. »

La pointe d'obsidienne était parfaite – et brillante de neuf. J'en avais vu une comme celle-ci à Anchorage. Un tailleur de silex de Californie l'avait fabriquée derrière son auvent d'automobile.

« T'as eu ça au supermarché ?

– J'l'ai trouvée », il se tourna pour ne désigner rien de particulier au loin, « en aval. Assez loin, t'vois. » Il paraissait petit désormais, d'une génération antérieure à ces grands écoliers nourris au bœuf sous stéroïdes. Ces derniers temps, Charley était soit sous l'influence de Jésus, soit fidèle à lui-même, un échantillonneur tranquille d'antihistaminiques, de déodorant et de vanille. Il tritura le lac rose d'une cicatrice d'engelure sur sa joue. « T'as vendu c'te défense ?

– Ouais, à un type de Fairbanks.

– Combien ?

– Trente le kilo. »

Charley attendit.

« Deux mille six cents dollars », ajoutai-je.

J'avais fait une liste et commandé des fournitures par la poste : un rouleau de bâche en plastique incliné à l'intérieur, ainsi que des manches de hache, des lampes à pétrole, des sangles de harnais pour chiens, des munitions, une corde, des clous, un filet à corégones de onze centimètres, des abricots secs, du riz, du sel. Du chocolat à monter pour Franklin, des livres, une turbine de pompe à eau de hors-bord pour Abe. Je ne racontais pas à Charley que j'avais passé la Débâcle à observer le retour des caribous et des oiseaux migrateurs, à faire des raquettes entre les portions de terre où la neige fondait et les territoires d'oiseaux chanteurs, seul avec trop de pensées-comme-Abe qui me confortaient dans l'idée que les actes – aussi petits que le chant d'un oiseau, aussi grands que le stockage nucléaire – répandaient l'amour et le désordre, qui ondulaient à travers la terre, à travers toutes les créatures. Je ne lui racontais pas qu'Enuk Wolfglove m'avait un jour donné une sculpture en ivoire de mammouth, ni l'endroit où, avec ses yeux affûtés et sa persévérance, il pourrait probablement la déterrer. Je ne lui racontais pas que je me demandais souvent si je n'aurais pas dû laisser la défense à l'endroit même où je l'avais trouvée, ni que je gardais l'argent pour acheter quelque chose à Dawna Wolfglove – quand j'aurai déterminé quoi.

« … quarante-cinq balles », marmonna Charley, me proposant la pointe de flèche. La marchandise de Charley – toujours un parfait baromètre du marché noir – était aujourd'hui disponible au prix de Takunak pour un gramme de marijuana. Je me dis que j'en aurais voulu cinquante, pour tirer un petit extra de l'affaire. *T'entends tes gènes de face de craie, Cutuk.*

Je fronçai le nez, *non.* « Il veut quoi, Mr. Standle ?

– J'sais pas. »

Je marchai avec Charley en direction du bureau de poste. Le village était désert, presque tout le monde dormait jusqu'à l'après-midi. Au-dessus du gymnase, un panneau électrique disait C EZ LES L UPS DE TAKUN K. Des hirondelles cliquetaient et gloussaient, en se reproduisant sur le câble téléphonique. Nous avancions doucement. Bouger vite – surtout dans la chaleur du jour – était un attribut de non-actionnaire. Nous passâmes devant quatre paraboles satellites amarrées dans la poussière compacte. Elles pointaient un angle bas, il leur fallait longtemps pour soulever leur bras du sol ; les oreilles flambant neuves de Takunak armaient vers le sud, écoutant les spots qui épelaient comment être un village américain générique. Takunak n'écoutait pas très bien. Ne pas écouter amenait plus de subventions gouvernementales, et la plupart des gens voulaient être sans travail lorsque les caribous étaient gras et les baies mûres. La rivière coulait en contrebas, bleue et indolente, et, à travers la nature feuillue, elle verdissait et faisait croître des bébés lagopèdes, orignaux, caribous. Des bébés papillons et des myrtilles.

Il y avait une lettre de Dawna, et une de Cheryl. « Photo, SVP ne pas plier », avait écrit Cheryl sur l'enveloppe.

« J'vais attendre ici aujourd'hui », dit Charley d'un air important. Il s'appuya aux marches du bureau de poste. « Au cas où mon chèque du chômage arrive. » Sa main s'égara dans sa poche.

Le chômage ? Charley a déjà eu un boulot ?

Je lus la lettre de Dawna en continuant de marcher. Elle avait lâché son travail. Elle serait à Uktu en août, puis prévoyait de prendre l'avion pour Takunak. Elle envoyait un pétale de rose sauvage. Apparemment elles étaient en fleur là où elle était, ou avait été.

Sous de jeunes trembles éclatants en lisière du village, Mable Feathers vivait dans sa maison du gouvernement, et les Standle louaient la vieille cabane que son mari avait construite avec vue sur la rivière. Des piles de planches clouées, des épaves de motoneiges, des unités inférieures de moteurs de hors-bord et des paniers de traîneaux cassés jonchaient les cours entre les maisons – un signe de richesse, de longévité, et de prudence. Personne ne savait quand il pourrait avoir besoin d'une machine à laver remplie de ressorts de train d'atterrissage de motoneige explosés. Tom Standle m'introduisit dans leur unique pièce. « J'ai une faveur à te demander », dit-il. Une télévision était allumée. L'air sentait la lessive et la tisane – pomme cannelle, ce genre de trucs qui sentait meilleur qu'une tourte et avait le goût de jus de chaussettes. « Je voudrais que tu emmènes une journaliste du magazine *Alaska* rencontrer Crazy Joe, la semaine prochaine. Avec mon bateau. Tu veux bien ? »

Je levai les sourcils.

De l'aluminium et des couvertures étaient agrafés aux fenêtres, contre l'agaçant soleil de minuit. Au milieu du sol, Sally Standle déposait des vêtements dans une machine à laver Hoover jaune et rectangulaire. Elle me proposa un Coca ou du thé. Je ne me souvenais pas qu'elle était si grosse ; elle avait un triple menton, et un manche de hache en travers son pantalon de jogging. Un grand homme strict croisait les jambes, assis à table.

« Oh, pardon, se renfrogna Tom. Cutuk. James. » Nous nous serrâmes la main. Quelque chose sur le visage de Tom était mécontent, et je me demandai s'il avait dit à l'homme que je n'y étais pas « arrivé ».

Un chat orange entra nonchalamment, se pencha en avant, et se lécha le trou de balle. « La compagnie arrive ! » cria Sally. Elle braillait cela à chaque fois que son chat se léchait le cul. La direction vers laquelle les fesses pointaient avait quelque chose à voir avec la direction d'où venait la compagnie, *guuq*. « Tu as trouvé un travail ? » me demanda-t-elle.

Elle était joviale et appréciait les blagues, alors je lui racontai que j'avais décidé d'aller en Russie pour travailler. « J'ai entendu dire que, là-bas, il est possible de subvenir à ses besoins en vendant des préservatifs. » Je lâchai un rictus et regardai vers mes mains. Elles étaient posées sur une énorme bible. Hâtivement, je les déplaçai. Jésus jetait un regard à travers un cercle, sur la couverture. Des bibles étaient éparpillées sur la table.

James murmura, « Mrs. Standle, souhaitez-vous acheter quelque chose aujourd'hui ? » *Un vendeur de bibles ? À Takunak ?* Cela doit faire des semaines que le chat se lèche les fesses. Les yeux de Sally Standle pétillèrent. « Le vendeur d'aspirateurs Rainbow vous a devancé d'un mois, déclara-t-elle à James. Il a vendu des machines à mille sept cents dollars à la moitié des foyers de Takunak. À crédit, pauvre de lui. Les gens n'ont même pas de tapis ! gémit-elle. Il a tout donné, lors de sa démonstration. Cutuk, ça pourrait être pas mal d'ajouter ça à ton commerce de préservatifs. La compagnie arrive ! »

Le thé était bouillant. Impossible de l'avaler et de s'échapper. Je devais rire, parler de moteurs, et attendre qu'il refroidisse – probablement le secret de Mr. Standle pour garder la raison. Certainement le remède de Takunak pour survivre à l'été.

La soirée était bien avancée, et il faisait soleil en bas, près de la rivière. Des bateaux en bois artisanaux et des récents en aluminium étaient amarrés au rivage. Des mouches bourdonnaient autour de la pile d'inconnus pourrissants. L'eau de la rivière était basse et dégagée, les bancs de sable et les moustiques de sortie. La journaliste, Alice Burne, n'était nulle part en vue. J'appuyai mon fusil et un sac de pommes contre le rocher de jade de Melt. La glace l'avait déplacé de quelques mètres en aval, et le sable l'enterrait à moitié. Je m'assis et relus la lettre de Cheryl. Une photo d'elle y était pliée. Elle portait un pantalon de pluie Helly Hanser jaune dont les bretelles pressaient ses seins l'un contre l'autre, et des bracelets de pêche jaunes ; ses cheveux étaient sauvages et son sourire grand et joyeux. Elle était à Naknek pour la pêche au saumon, enceinte de trois mois, et plus avec le père de son enfant. Elle se sentait extraordinaire avec la grossesse, écrivait-elle, qui déjà rendait sa peau extradouce et ses cheveux épais.

Ma poitrine se serra. *Elle est magnifique, et elle pêche !* Mais elle était blanche et blonde. Je me réprimandai vite pour mon racisme renversé, et pour laisser filer cette femme exceptionnelle. Mes pensées bondissaient d'elle à Dawna, et inversement. Un sourire d'autodépréciation joua à travers ma bouche. Je songeai à l'hôtesse de l'air sur le vol pour Anchorage, à ces amandes sucrées-salées, et pendant quelques minutes je fixai le courant qui défilait, juste pour faire redémarrer le temps et ne pas me noyer sous mes erreurs.

Un nuage de moustiques déboula des saules, enfonça une centaine de piqûres dans mes bras. Des quads passèrent, m'arrosant de poussière. Distraitement, je mis une femelle dans ma bouche, goûtai le doux pollen de la toundra sur son corps, la crachai, en goûtai encore.

« *Aiy*, face de craie ! » Un groupe de gamins déambulait, raillant un garçon noir, le fils du géomètre du bureau de gestion du territoire. L'homme était là pour une partie de l'été, payé par le gouvernement pour examiner les affectations autochtones. Les gamins bousculèrent le petit garçon et le frappèrent. Il se recroquevilla, abasourdi et effrayé, mais ne s'enfuit pas. Je bondis, les poings levés et prêts à écraser des petits crânes. « Eh ! Traitez-le… » je m'interrompis. Ils me dévisagèrent tous.

Le garçon s'épousseta, sourit précautionneusement, et me montra son couteau suisse. Les autres gamins l'entouraient désormais, examinant les ciseaux et la petite scie. « Salut

Cutuk. » Un petit de cinq ans lâcha son vélo, dans une bouffée de poussière. « Eh, tu mâches toujours du tabac ? T'en veux ? » Le garçon me tendit une boîte en fer ronde. « Vas-y, plonge. Y a de la vitamine E – comme Eskimo ! Ça va te rendre résistant. » Je ris fortement, comme le ferait Lance, mais sans avoir aucune idée de quoi répondre.

Alice n'apparaissait toujours pas. Je vaguais jusqu'à la vieille cabane des Wolfglove. Des planches grises et branlantes avaient été forcées et, dans un enchevêtrement de sennes de pêche fabriquées par Janet, une patte de caribou non dépecée avait été coincée à travers la fissure et attaquée par les chiots. La vieille Mr. Coffee était renversée dans la poussière, en morceaux, sans câble électrique. Je repérai le câble ; il faisait partie du fil à linge.

Dans l'entrée de Janet, je m'arrêtai ; pas de viande grasse ni de fourrures à apporter. C'étaient quoi, ces boulots anodins que je faisais ? Je cherchais quoi au juste, dans ce techno-avant-poste en pleine nature ? Je n'étais pas guide touristique. Ni soûlard. Ni un ouvrier d'usine déplacé de l'émission de Dan Rather. J'étais un ex-chasseur, formé à répondre aux besoins, dont on n'avait plus besoin.

Janet rayonna. « Salut, Cutuk ! » Elle portait un *atikłuk* en calicot, et était assise sur le sol à côté d'un ventilateur électrique. Elle fendait un saule pour le pourtour d'un panier en écorce de bouleau. Whitney-Houston était assise à côté d'elle. Sur une conserve de café dans le coin du fond, Tony, le fils de quatre ans de Stevie, tirait, les épaules crispées, sur des tueurs karatékas de jeu vidéo. Il se précipita vers moi et me frappa la jambe, me montra ses muscles, et retourna à toute vitesse à ses manettes. Daisy était debout, la main sur l'épaule de Janet, nue, à l'exception d'une Pampers rose et propre, une bande d'écorce humide dans la bouche. Le ventilateur faisait voler en arrière ses cheveux noirs et plissait ses petits yeux. Janet poussa de côté ses rouleaux d'écorce, grogna, et se hissa sur ses pieds. « T'as mangé aujourd'hui ? »

Je fronçai le nez.

« Prends dans le froid. »

Le réfrigérateur contenait du fromage plastique, une boîte de poulet pané, et un bloc de corégone séché dans un sac congélation. Je sortis le poisson séché. « Tu veux *uqsruq* ? me demanda-t-elle. Vous les garçons, faut dev'nir plus gras. » Janet fouilla dans le congélateur. « Eh toi ! » Elle s'empressa de revenir sur ses pas pour retirer son *ulu* des mains minuscules de Daisy. « Tu vas couper, p'tit amour. »

Melt sortit de la chambre en plissant les yeux et en se grattant les bras.

« Bonjour, Cutuk. »

Les doigts de sa main droite avaient disparu. Ses phalanges se terminaient comme une spatule rose boursouflée. La plupart de ses orteils ne se trouvaient pas dans ses bottes Wellingtons, mais l'avaient devancé au paradis ou sur la Terre de la Chasse Heureuse. L'hiver dernier, dans une alliance inexplicable, Lumpy et Iris lui avaient sauvé la vie. Cette nuit-là, alors que nous nous blottissions en cercle près du corps de Lumpy, Iris, les yeux désemparés, scruta les visages. « C'est pas ça ! » chuchota-t-elle, affligée. « Quelque chose d'autre ne va pas ! » Doucement les murmures s'élevèrent – *Melt ! Où est Melt ?* Melt, évanoui derrière la raide congère contre l'Église des Amis, était en cours de transformation d'un liquide à un solide lorsque les agissements de Lumpy éveillèrent le village et lui permirent d'être trouvé et évacué par les airs.

Il se pencha sur la table. Je hochai la tête, enlevai la peau du corégone séché et trempai les morceaux dans l'huile de phoque. Melt bâilla et se gratta. Il saisit un corégone et mordit une lamelle. « Jeune homme, ta mère toujours jamais rentrée ? »

Ses yeux étaient sincères. Melt ne s'était pas bourré la gueule depuis la mort de Lumpy. Les médecins des engelures du centre médical Providence à Anchorage avaient fait de leur mieux pour le faire dégeler fidèle à lui-même, mais ils n'y étaient pas entièrement parvenus. Le nouveau Melt restait à la maison pour les repas, lisait attentivement *National Geographic*, et préparait du café à Janet.

Je secouai la tête. « Iris essaye de la retrouver, *guuq*.

– *Yuay*. C'bien. » La voix de Melt résonna comme l'avait fait celle d'Enuk.

Nous mâchâmes en silence. Je jetai un œil par la fenêtre pour surveiller l'arrivée de la journaliste et observer le courant faciliter le passage de la rivière. Difficile de croire que nos vies étaient les mêmes que celles avec lesquelles nous avions commencé. Les vieilles histoires eskimo comportaient une vérité intrinsèque, après tout ; elles débutaient au milieu des choses et s'interrompaient lorsque le raconteur se fatiguait. La cuisine de Janet était lumineuse et confortable. C'était la maison, ici aussi. Certains de mes rêves étaient morts juste là, à cette table. Cutuk, toujours accroché à la croyance qu'il avait assez payé sa différence, persuadé qu'il était destiné à être unique. Mêlée aux poings et aux railleries, peut-être y avait-il eu cette attente que, puisque ma peau était blanche, je pouvais oblitérer mon passé et avancer. *Cutuk sait chasser et faire des maths* ; il va « y arriver ». Mais j'étais venu de plus loin, et j'étais allé plus loin. Comment avais-je pu me duper moi-même ? Je n'étais pas moins blessé que les autres. Et, au bout du compte, peut-être était-ce tout ce que j'avais besoin de savoir. Pas besoin d'être Eskimo. Pas besoin de loups morts ou d'argent, d'avion ou de choses qui brillent.

Le téléphone sonna. Je saisis un autre poisson séché et mordis une lamelle. Avec une cuillère, Melt retirait le marc de café. Tony transpirait contre le ninja électrique qui hurlait. Je fixai la télévision. L'écran était penché, le volume bas. Oprah, enregistrée plus tôt, était inclinée, mais je pouvais voir son expression que quelque chose rendait sérieuse. Un nouveau problème en bas, aux États-Unis. Quelque chose en rapport avec le sexe, sans aucun doute. Des adolescentes qui couchaient avec le psy du chien du petit-copain de leur mère ?

« Cutuk ! C'te femme descend à la rivière, *guuq*. » Janet raccrocha. Elle sourit de son grand et joyeux sourire. « P't-être que tu vas la laisser être ta p'tite amie, hein ? »

L'odeur de l'huile était cinglante et poissonneuse sur mes mains. Janet ne connaissait pas le monde dans lequel cette femme vivait. À moins qu'elle ne le connaisse. Janet était une cueilleuse depuis bien longtemps. Janet savait tout.

Woodrow et Tessie Washington se tenaient à côté d'une bassine contenant corégones, brochets, surgeons et ombres. Ils étaient vieux, avec les jambes arquées. L'un des brochets tomba. La journaliste, Alice, franchit agilement le bordé en aluminium du bateau de Mr. Standle et plongea dans son sac à dos à la recherche de son appareil photo. Elle portait un long Levi's impeccable et une chemise blanche. « Attends ! Je veux une photo de toi avec les pêcheurs traditionnels, et ces portants à poissons en arrière-plan. » Alice avait vingt-sept ans et une cargaison de cheveux bruns bouclés qu'elle avait jetés d'avant en arrière pendant ses quatre jours au village. Tous les enfants de Takunak connaissaient son nom, tous les hommes étaient sous le charme, toutes les femmes se méfiaient.

Elle s'agenouilla et prit une photo. Je lançai un sourire d'excuse à *Aana* Tessie. Alice remonta dans le bateau. Autour du cou, elle portait un bois de caribou à trois pointes accroché à une lanière de cuir, et il se lovait dans son col déboutonné. De cette humeur émancipée dans laquelle je me trouvais, j'avais envie de le jeter dans la rivière et de l'embrasser elle.

« Fille de catalogue, hein ? » Woodrow regarda à travers la rivière, ses vieux yeux injectés de sang et rendus opaques par la cataracte. « Y a longtemps, Tommy a commandé une du genre. Mais y avait seulement les habits dans l'carton. À payer. Ha ! Ha ! »

Aana Tessie secoua la tête. « *Arii* ! Cutuk, tu d'vrais la laisser r'tirer cette corne de caribou. Avant qu'elle blante un trou dans ses *milluks*. »

Je haussai les épaules, souris malicieusement à Woodrow, poussai le bateau dans le courant.

C'était une belle nuit ensoleillée sur l'eau. Alice était en extase devant la nature sauvage qu'elle avait découverte et la culture eskimo, entrelacée en paisible harmonie avec les saisons et les montagnes et le vent, et toutes les histoires qu'elle pourrait écrire pour le magazine. L'air tiède soufflait autour de nos visages. De temps en temps, nous traversions des poches d'air froid, près des rives concaves ombragées. Le coton des peupliers flottait sur l'eau. Le territoire était sec et la rhubarbe sauvage commençait déjà à devenir graines le long de la rive ; cela voulait dire que les oignons sauvages auraient bientôt disparu, eux aussi, que les cornes des caribous mâles seraient sombres et veloutées, qu'ils engraisseraient tout en conservant le goût de la viande d'été, nourrie de verdure ; que les saumons envahiraient l'amont pour frayer, et que les truites les suivraient, bleu argenté et lourdes d'huile. Tout cela, en effet, était véritablement merveilleux, mais quelque chose m'agaçait dans la manière dont cette jolie femme – qui ne verrait peut-être jamais le territoire que nous appelions l'hiver – débarquait et récoltait notre monde avec son appareil photo et ses mots, avant d'en ressortir des cuillerées comme si elle seule comprenait sa profondeur.

Dawna avait toujours adoré les photographies. Mes pensées bourdonnaient avec le moteur. Un appareil photo ! J'achèterai à Dawna un appareil photo ! Le genre de ceux à deux mille six cents dollars. Je réparerai la vieille maison comme je le souhaite et, au moins, je lui montrerai mes racines. Peut-être qu'entre ses mains un appareil photo pourrait raconter les histoires qui attendaient d'être racontées. Ce serait une façon de commencer à prendre soin de l'endroit, plutôt que de faire – comme le faisaient les autres – comme si les Blancs allaient s'en emparer demain.

Lorsque nous arrivâmes en bateau à moteur, Crazy Joe était agenouillé sur des rochers alignés devant sa tente en toile, en train de trancher des filets de saumon. Il se tourna vers nous et nous dévisagea. De la fumée d'aulne fuyait de son fumoir en contreplaqué. Crazy Joe était petit et trapu, avec une farouche barbe noir et gris, et des boucles noires autour de son crâne hâlé. Il était venu d'Idaho quatre décennies auparavant et n'y était jamais retourné. Son pantalon était noué. L'entrejambe déchiré laissait voir ses testicules pendants. La matière était toute visqueuse et sanguinolente là où il avait anéanti des moustiques. Il jeta les lamelles de saumon dans un seau de saumure et courut vers nous.

« T'as amené une *femme !* » Il brandit son couteau à filets ensanglanté. Je lui tendis le sac de pommes, et inhalai le nuage de sa célèbre eau de Cologne. Il renifla les fruits. « Va manger, Hawcly. On a eu du saumon tôt, ces deux derniers jours. Y a des têtes prêtes, dans la marmite. Laisse-moi tranquille avec la dame. » Alice sourit nerveusement. Il l'attira plus loin, lui montra comment il fumait le saumon, tout en parlant tout bas d'une conserve à café de poudre d'or qu'il avait dissimulée en haut d'un bourbier – les foutus autochtones la cherchent, les foutues mouettes veulent son poisson, les foutus moustiques…

« … gaspille pas ton souffle à demander quoi que ce soit à ce jeune gars. Abe Hawcly a élevé ces gamins-là avec la tête au Moyen Âge. »

Alice se retourna et agita les doigts.

Je m'assis sur un rocher et mangeai une tête de saumon bouillie. C'était lumineux et paisible, ici, après minuit ; je jetai les rebuts de poisson à des ombres qui perçaient des cercles dans le courant.

Il faudrait appeler Jerry, lui demander quel genre d'appareil photo commander. Peut-être Alice pourrait-elle m'aider aussi. « Joe ! » Je plongeai les doigts dans la rivière pour les nettoyer. « Il me faut cette conserve d'or !

– Mon garçon, me fais pas de blague en présence d'une femme. C'est mon rendez-vous galant de l'hiver. »

Je flânais le long des rochers. Ici et là, des briquets Bic et des bidons d'huile Yamaha, et les spaghettis bleus de bâches pourries, détritus qui, deux décennies plus tôt, auraient presque été des signes d'aliens.

Lorsqu'ils revinrent, Crazy Joe palabrait toujours ; il parlait d'un hélicoptère. « … une capsule pendait sous les suspensions… souterrains. C'est probablement notre gouverneur, avec de la merde à la place du cerveau, qui a un nouveau plan maintenant que quelqu'un l'a informé qu'il ne pouvait pas exploiter le cosmos. »

Je m'essuyai les mains sur le pantalon et avançai vers eux sans bruit, à travers les rochers. « Tu penses que les hélicoptères cherchent quoi ? »

Joe pivota. Il réfléchit, trempant dans l'attention venue de deux directions. « Je ne sais pas vraiment, admit-il. Quelque chose de valeur, et d'empoisonné. L'uranium vient évidemment à l'esprit, ces derniers temps. » Il se redressa. « Probablement du zinc ou du plomb, c'est ce que c'est. »

Il s'agenouilla près de son feu de camp et souffla sur les braises. Je sentis le vide creuser le long de mes artères, et me demandai pourquoi cela ne suffisait jamais – un homme et son feu de camp. Personne ne voulait que le « développement économique » possède un rebord sur lequel marcher pour observer ce que la terre avait si parfaitement développé ? Les gens ne regardaient-ils pas l'Amérique et reprenaient leur souffle en pensant : « Mon Dieu, ce devait être un pays tellement incroyable ! » Les charbons rougeoyaient, et il empila des brindilles par-dessus, avant de se retourner et de remplir une marmite d'eau de la rivière. « Je vais vous faire un coup de café, les jeunes. J'ai oublié mes bonnes manières. »

La tablette d'Alice était sortie. « Exploiter à si grande échelle ne changerait-il pas la saveur de cette vallée ?

– La *saveur ?* » Toujours agenouillé, le vieil homme plaça son menton dans sa main et soupira. « T'es journaliste... c'est vrai. La saveur de l'eau ? La saveur du poisson ? » Joe se tourna vers moi. « Hawcly le savait bien. Il a construit *au-dessus* du ruisseau Jesus Creek. Il fait peut-être comme si c'étaient pas ses affaires, mais il n'allait pas boire de l'eau contaminée.

– De l'eau contaminée ? » soufflai-je.

Le regard d'Alice s'égara vers la rivière et revint à la marmite. Joe jeta un coup d'œil à ses fesses. Il se redressa. « Les montagnes Dog Die, Chien Meurt – tu crois que c'est juste un nom, qu'il n'y a pas d'histoire derrière ? Tu t'es jamais dit que quelque chose là-bas pouvait être mauvais pour les canidés ? Les chiens mangent je sais pas quels minerais, et ils se mettent à mousser de la bouche. Les poils de garde tombent. Allez, Hawcly, tu sais bien de quelle couleur est un loup gris sous les poils de garde. Blanc. Sors ta foutue tête du sable.

– Je ne bois pas de café, dit Alice.

– Quand un tas de sénateurs renifleurs de culs seront de retour là-bas à mettre leur pelle dorée dans une mine à ciel ouvert, alors tout le monde dira que Joe avait raison depuis le début. »

Je souris faiblement à Alice.

Elle mit son stylo dans sa poche et pointa son appareil photo coûteux sur la rive éloignée. Dans la lumière du soir tardif, comme des pétales d'iris le long de l'horizon, les montagnes Shield étaient bleu velours.

VINGT-SEPT

Sous les feuilles lumineuses de l'automne, je déblayais l'igloo, brûlais les chaises et les tables grignotées, et nettoyais au désinfectant la moisissure des murs en dalles préfabriquées. Il fallait aussi ajouter de la mousse à celle qui isolait le toit, reboucher les parties effondrées et les tunnels de martres et de souris. Les poutres affaissées devaient être renforcées par des poteaux en épicéa ; les fenêtres, fabriquées avec la bâche en plastique, installées et teintées.

Les doux jours d'automne sentaient la viorne trilobée, les feuilles et l'odeur intense des bûches fraîchement écorcées. Mon filet le long de la berge attrapait des saumons et des brochets, des corégones, des surgeons, des ombres et des truites. Parfois, un énorme inconnu emmêlait ses lèvres carrées dans le petit maillage. Sur la rive, j'attachais des piquets les uns aux autres pour construire des portants à sécher le poisson. Les chiens enchaînés bâillaient et s'étiraient, ils me regardaient découper les prises, cuisiner leur nourriture avec les têtes et les intestins, et étaler les truites et les inconnus sur l'herbe, pour obtenir la « puanteur » du *quaq*. Ils dormaient et s'éveillaient pour aboyer, alertant les troupeaux de caribous qui se déplaçaient à travers la toundra. Les animaux étaient sombres dans leur robe de fin d'été. J'en abattais quelques-uns pour la viande et les parkas en peaux. Lorsqu'ils descendaient parmi les bouleaux nains ils étaient difficiles à localiser, doux avec leurs poils courts et leurs bois de velours sombre.

Les jours d'automne raccourcirent, les nuits rafraîchirent, et rapidement la crinière blanche des caribous poussa, leurs bois gigantesques s'écaillèrent, ensanglantés, rouges et obscurcis comme du bois dur et bruni.

Les après-midi, quand le soleil était agréable, il y avait les myrtilles à ramasser, et, après les premiers givres majeurs, les canneberges mûrirent ; je remplis des tonneaux de baies rouges et dodues. Lorsque je cueillais des baies, Iris et Jerry me manquaient. Jerry portait toujours le fusil Enfield .30-06 de la Première Guerre mondiale. Iris, une baie pas mûre sous la langue pour s'empêcher d'en manger d'autres, portait le rire.

Je creusais un nouveau trou pour les toilettes extérieures, rebouchais l'ancien. Derrière la maison – là où la berge descendait jusqu'au Lac-Au-Nord – je formais une fosse et construisis un nouveau *sigḷuaq* avec des bûches dans le sol, pour stocker des tonneaux de baies, des pots de graisse, du beurre, un seau de *quaġaq* de la part de Janet, de l'huile de phoque, et un baril de ventres de saumon salés.

Tous les matins, je bondissais de mon *qaatchiaq*, préparais du café et du porridge et réchauffais des restes de viande. Je m'étirais les mains pour chasser la douleur et me dépêchais de sortir et travailler. Le ciel était bleu venteux, effilé de nuages griffés par les chats. L'air, propre ; l'odeur des feuilles, agréable. Les animaux et les oiseaux étaient occupés à s'apprêter pour l'hiver. Je tenais un journal et écrivais ce que le territoire et les créatures étaient en train de faire. Je me disais que je devais apprendre, si je prétendais en prendre soin, si j'envisageais d'aider. Je me demandais si c'était vrai ou juste si ça sonnait bien.

Des bateaux passaient de temps en temps. Stevie était monté me rendre visite, m'apporter mon courrier et l'appareil photo commandé. Une autre fois, une embarcation en aluminium avait cogné contre les rochers devant l'enclos des chiens. « OÙ EST LE CHENAL ? » Les hommes semblaient frigorifiés et impatients. Ils se rapprochèrent. « Beaucoup de caribous dans le coin ?

– Ça devrait être mieux quatre coudes plus bas.

– Et des orignaux ? On a pas notre orignal. »

Le pilote avait le coude posé sur un puissant projecteur. Ils dérivaient, entrant au ralenti dans le courant. De sympathiques hommes de Crotch Spit, qui mouraient d'envie de tuer leur orignal, leur caribou, leur ours ou leurs loups.

Un jour, un hélicoptère Black Hawk de la Garde nationale survola la vallée. Pendant une minute, je me demandai si c'était l'un des supposés hélicoptères de Crazy Joe, qui cartographiait les minerais souterrains. D'énormes bois avaient poussé sur l'orignal que j'avais observé tout l'été, replié dans les saules à l'embouchure du Jesus Creek, et le flash de ces bois attrapa le regard du pilote de l'hélicoptère. La tonitruante machine de guerre ralentit, bifurqua, et fit s'élever des feuilles jaunes jusque dans le ciel. Elle s'immobilisa en vol stationnaire au-dessus des saules du ruisseau.

Dans mes jumelles, je vis l'homme aux commandes ; il scruta le sol, puis les boutons de son tableau de bord, notant ce coude de la Kuguruk ou inscrivant l'orignal sur le GPS.

Peut-être Billy était-il avec lui, ou Nippy, ou Dollie – la moitié de Takunak faisait partie de la Garde. L'hélicoptère retourna vers Crotch Spit. Mes chiens hurlèrent. Pensif, j'accrochai les jumelles sur une branche devant l'igloo. Une grive à collier râtelait les feuilles. Cela me fit sourire, d'imaginer que les oiseaux devaient feindre de découvrir des vers dans ce pergélisol, prétendre un tel succès parmi les feuilles cliquetantes.

Une minute plus tard, le point d'un avion apparut dans le ciel d'automne.

Qu'est-ce qui se passe ? Ça doit être le jour du Travail ! Pourquoi ils ne l'appellent pas tout simplement le jour du Fais-une-pause-et-tue-des-animaux ?

L'avion tournoyait. Il ne prêtait pas attention à mon igloo, ma fumée, mon fil à linge tendu de vêtements éclatants qui séchaient. Il volait au-dessus de l'orignal. Le Super Cub prit un virage relevé et atterrit sur le sol en dessous du ruisseau. À cet endroit, le sable était souple et mouvant. Tout à coup l'avion piqua du nez.

Je me frottai le front, souris malicieusement ; des pensées méchantes en affrontaient des généreuses. Et puis, je mis le *qayaq* à l'eau et descendis en pagayant. L'eau avait un calme de verre.

« On a un problème ! » cria le pilote.

L'homme était imposant, un dentiste d'Anchorage, me dit-il. « Trouve-moi un téléphone et je te fais un canal radiculaire gratuit ! » Il courait en cercles anxieux, sous la queue démesurée. Une photographie pour Dawna : *Dentiste à l'avion*. Image parfaite de l'Alaska. Nous tirâmes la queue vers le bas jusqu'à ce que l'avion repose sur trois roues. L'hélice était tordue, mais pas d'autres dégâts apparents.

Je sentis l'huile chaude du moteur à quatre temps et eus envie de jouer le mécanicien sur ce puissant engin. L'homme portait un pantalon camouflage et un sous-pull à manches longues du même motif. Je pensais à l'ours polaire derrière du verre, à l'aéroport d'Anchorage. Abattu par un orthodontiste.

« Les plus gros bois d'ici à Talketna ! » Il exultait. « Un mètre soixante-quinze, facile. Mon pote, il est juste derrière, parmi ces saules. »

Il me fallut toute la soirée et le matin suivant pour descendre en *qayaq* à Takunak. Des caribous nageaient dans la rivière. Le ciel parlait de vent, parsemé de nuages lenticulaires ; les saules, les bouleaux, la toundra, étaient pourpres et or à côté de l'eau ; l'herbe jaune et courbée ; les colverts et les canards siffleurs pointaient leur bec le long des berges ; tout était aussi ensorcelant et magnifique que dix mille ans avant l'apparition de la chasse sportive.

À Takunak, de l'agitation dans l'air. Tommy Feathers s'éloignait de la berge, son bateau relevé et plein de matériaux de construction à décharger plus bas, à son affectation autochtone. Trois frères Washington grimpaient dans un bateau, transportant des Thermos, des fusils SKS, et une paire de lunettes russes pour voir dans la nuit. Deux garçons assis sur un tape-cul me regardèrent débarquer sur la plage. Ils avaient l'air de gros durs de la rue, avec leurs vêtements larges et leur tête rasée. « T'es un flotteur ? » me demandèrent-ils, apathiques. Un « flotteur », le long de la rivière Kuguruk, était l'une de deux choses : un pâle saumon pourri et frayé qui passait en flottant vers l'aval, ou un Étranger couvert de nylon fluorescent venu pour flotter sur la rivière.

J'espérais n'être ni l'un ni l'autre. J'étais gêné d'être Blanc, d'avoir besoin d'une catégorie ; je fronçai le nez, *non*.

Ils ne m'entendirent pas. « T'as pas de la cocaïne ? » Je secouai la tête. Le plus âgé cracha. « T'as trop de chance. Ce village, c'est l'endroit le plus ennuyeux sur terre. Pas de routes. Pas de meufs bien. Tout est autochtone. Trop gênant. On attend juste que les vieux meurent pour pouvoir y aller.

– Aller où ?

– Là d'où tu viens. Les États-Unis. La France – sauf s'ils construisent une raffinerie. De l'essence pas chère, ça serait bien, tu vois. »

Un Power Ranger en plastique était à moitié enterré dans la boue, appuyé sur les mains et les genoux, tas de muscles suppliant. Je lui marchai sur le bas du dos et entrai lourdement chez Janet, désemparé, comme elle me connaissait le mieux.

De son téléphone, j'appelai les gardes et l'ami du pilote. Les deux numéros étaient occupés. « P't-être la saison de l'heure de pointe, là-bas », dit Janet. Elle portait des bottes en caoutchouc, un pantalon de jogging, et un *atikłuk*. « *Arii*. Main'nant c'est sûr que Georges Push veut combattre Saddam Hussein. » Elle secoua la tête. « J'veux pas que vous les garçons alliez essayer d'aider. » L'air sentait comme les fraises. Du moignon de sa main, Melt désigna fièrement la prise parfumée. « Cutuk, des fraises électriques ! »

Janet déposa sur la table des côtes bouillies et de l'huile de phoque, du pain et de la confiture de mûres de Boysen, des myrtilles et du sucre. Il y avait de nouvelles photographies de Lumpy à côté de la bible, au-dessus de la télévision. « Lumpy a cinq enfants, dit-elle avec fierté. À Uktu. » Elle repoussa ses cheveux gris. « Cutuk ! Dawna est à Uktu ! La fille de Flossie a eu un bébé fille et ils lui ont donné le nom eskimo de Dawna. P't-être bien qu'elle rentrera jamais à la maison maint'nant. »

Le Super Cub sur le banc de sable apparut en un flash dans ma tête. Whitney-Houston était assise en silence, une main sur ma jambe, l'autre triturant les boutons matelassés du canapé comme des nombrils pelucheux. Je passai le bras autour de ses épaules et tortillai deux doigts, imitant des oreilles de lapin. Je pensai au colis à la maison, où le nouvel appareil photo noir et les objectifs reposaient sur du pop-corn en polystyrène. Je pensai à Dawna une décennie plus tôt, qui scrutait avec désir les paquets marron jetés hors du ventre du Twin Otter. Du jargon d'aviation siffla à travers ma tête : « Remous d'hélice », « Magnéto droit retardé », « Graisse-moi ces conduits ! »

Mon *qayaq* et moi rentrâmes à la maison parmi une flottille de trois bateaux et sept hommes. Ces derniers jubilaient face aux perspectives : chasser des animaux, brûler l'essence des Recherches & Sauvetage, sauver un stupide type blanc. Nous vrombîmes jusqu'au banc de sable.

L'hélice ne se trouvait plus sur l'avion rouge et blanc, une tente arrondie était plantée, et l'énorme tête de l'orignal, les bois à l'envers, séchait dans le sable. Je haletais de tristesse. Ce mâle était resté dans les parages l'hiver dernier, à la recherche de compagnie pendant cette saison solitaire, comme les orignaux le faisaient souvent. Pendant l'été, je lui avais dit bonjour à chaque fois que nous passions le long de la berge du Lac-Au-Nord. Désormais un harem l'attendait, des femelles amoureuses de cet étalon. L'abattre avait dû être aussi ardu et sportif qu'abattre un canapé. Je soulevai mon *qayaq* hors du bateau de Tommy Feathers et avançai jusqu'au crâne. Les yeux et les dents dépouillés grimaçaient. Seul le rabat de peau de la tête pendait des bois, aucun des milliers de kilos de viande en vue. Et je restai immobile sur le sable, à espérer, à espérer seulement que ce putain de dentiste puisse ressentir les 364 jours de l'année pendant lesquels cet orignal avait dû se battre pour vivre. Ce que cela faisait de survivre à une naissance parmi les saules pendant que les ours bruns attendaient ; passer l'hiver pressé près de sa mère contre les loups ; vivre des années seul, à patauger dans la neige profonde, les saules enterrés, le vent hurlant de la toundra ; à la croûte du printemps qui faisait tomber les orignaux sur les côtes et se rangeait du côté des énormes ours affamés ; et à l'insanité estivale des moustiques qui le forçait à plonger dans l'eau jusqu'aux globes oculaires. Tout cela pour le doux et agréable automne et la possibilité de s'accoupler. Pendant que ce dentiste dormait dans de la flanelle, s'accouplait dès qu'il en ressentait l'envie, achetait des sacs de nourriture au supermarché, et vivait avec quatre-vingt-dix-neuf pour cent de certitude que ses enfants ne seraient jamais dévorés. Tout en planifiant sa prochaine aventure pour aller tuer un animal.

Les hommes participaient joyeusement à installer l'hélice que l'ami de l'homme avait expédiée au nord.

« C'est une hélice plate, une quatre-vingt-deux quarante et un, expliqua-t-il. Cent quatre centimètres à chaque révolution. Une hélice rapide comme celle que j'ai pliée coûte deux mille balles. » Il serra les écrous de façon experte.

« Je vais prendre des précautions avec la tête de Mr. Big. Il m'a déjà coûté assez cher ! Parce que je suis pas sûr que le vilebrequin soit intact… je vais avoir besoin que l'un d'entre vous me fasse expédier cette tête à Anchorage. »

Les hommes le dévisagèrent.

Woodrow Washington Sr. était assis au bord de son bateau et pointait ses jumelles en amont, à la recherche d'animaux, évitant la discussion. Je m'assis sur son bordé. Le pilote faisait les cent pas, creusant des trous de bottes dans le sable meuble. Woodrow baissa ses jumelles et me donna un Tupperware de *muktuk*, accompagnée de côtes de *paniqtuq*. Nous mangeâmes avec nos couteaux, laissant les jeunes asticots dans les parties les plus épaisses des côtes de caribou à demi séchées. C'était reposant, de se trouver dans les parages d'un Ancien tranquille. La *muktuk* noire était fraîche. Woodrow tendit son couteau vers un gadget électronique posé sur sa bâche. Il mâcha, les lèvres lâches, et avala enfin. « C'est à mon fils, un Ancien-dans-une-boîte. »

J'examinai le GPS. « Ce truc peut indiquer Uktu ? »

Woodrow tourna la tête et regarda instinctivement en direction d'Uktu. Il pointa son couteau. « P't-être bien. Si Woody l'ouvrait par là. Vas-y, allume-le. P't-être bien qu'tu s'ras berdu demain. »

La voix du pilote s'éleva. « Mon vilebrequin a pris un coup. Cette tête est lourde à accrocher aux supports. Je vais vous dire. Je comptais revenir pour la viande, mais si vous expédiez cette tête pour moi, vous pouvez tout garder. »

Je me levai, avant qu'il ne se mette à proposer des billets de cent dollars ou des couronnes en porcelaine dans mon jardin. Ma voix était plus dure que je le pensais. « Le problème, ce sont les gardes. Aucun d'entre nous ne possède de permis de chasse. » *Permis* et *chasse* – les deux mots n'allaient pas ensemble. L'un était du papier, et concernait les lointaines règles des Étrangers. L'autre était la viande dont nous étions faits. « Vous devez y aller avec eux et l'envoyer vous-même. »

Les hommes hochèrent la tête.

« J't'emmène. » Woodrow se leva. « Tu m'achètes soixante-quinze litres. » Il sourit de ses belles dents fausses. « P't-être de l'huile Evinrude aussi, hein ? »

L'homme imposant était sidéré. « Pas de permis ? Vous *braconnez* tout ? » Les hommes regardèrent la rivière, mal à l'aise. Il fixa sa montre. « D'accord. D'accord. J'apprécie, Cut – comment tu dis ton nom ? – tout ce que tu as fait pour aider. C'était vraiment pas rien. Vous tous. Tenez, vous n'êtes pas obligés de manger ce truc. » Il fouilla dans sa boîte et distribua des saucisses, de la moutarde, du jambon en conserve, du combustible Coleman, un roman de science-fiction de poche. Il s'agenouilla et commença à saler méticuleusement et à emballer la tête de l'orignal.

Nippy Sr. eut faim de côtes de caribou.

Nous suivîmes le chemin ensanglanté jusque sous les saules. Nous entendîmes le moteur de l'avion bégayer lorsque les hommes l'essayèrent. L'animal allongé était gros et brun comme un tas de bois, un emballage jaune de pellicule Kodak abandonné à côté de ses entrailles, et pas de tête. La carcasse était tailladée et salie de feuilles et de sable, les intestins éclaboussaient la viande, des mouches bourdonnaient. Les hommes reniflèrent le sang âcre et secouèrent la tête. « Bon. Voilà d'la nourriture pour tes chiens, Cutuk ! » Ils rirent et retournèrent à grands pas allumer leurs moteurs.

Le pilote remplissait des sacs de sable pour amarrer l'avion. Quand les bateaux se laissèrent porter par le courant, il cria encore à travers l'eau, m'ordonnant de faire pivoter la queue dans l'autre sens si un vent d'est se levait pendant la nuit. Les bateaux rugirent vers l'amont.

Je m'assis, sifflotai de soulagement, et lançai des cailloux dans le ruisseau, pensif. Le soulagement se transforma en rage. La célébrité des Eskimos, la caractéristique qu'ils préféraient à propos d'eux-mêmes – mis à part leur talent pour la chasse – avait toujours été la générosité. Sans générosité, qui étiez-vous ? Personne. Chaque jour, cette générosité était pillée par les Étrangers, pour beaucoup de pâles imitations de chasseurs, la plupart d'une prospérité obscène, jusqu'à ce que cela soit devenu de plus en plus difficile d'en garder suffisamment pour être simplement nous-mêmes.

« Pas étonnant qu'Abe ait donné son avion. »

Le soleil était doux sur mon cou. Peu à peu, je me sentis comme Cutuk à nouveau, le petit garçon au milieu de la nature démesurée. Avant cette soif constante cachée entre le café et l'alcool, le sucre et le sexe. Je me demandai si j'avais toujours eu peur. Toute ma vie, il y avait eu un pouvoir, là-bas, qui prenait les décisions. Cela ne sautait pas aux yeux lorsque personne ne possédait le territoire et que nous pouvions rire au nez des orages et chasser plus fort. Mais, désormais, tout était carré et électrique, tout sortait des avions. Et nous vivions ici sans vraiment savoir à quoi ressemblait le pouvoir, qui il écoutait, ou comment il tenait sa fourchette.

J'étais fatigué de tout ça. Je n'y croyais pas. Je me levai et brossai le sable pour le chasser de mes fesses. « Je ne vais pas être un chien. Je vais accepter le pacte du loup. »

Le *qayaq* d'Abe était toujours couché dans le sable, à côté de l'avion rouge et blanc. Uktu se trouvait à cent dix-neuf kilomètres au sud-ouest. GPS *guuq*. Je tirai la queue de l'avion pour la faire tourner. Je pagayai jusqu'à la maison pour récupérer l'appareil photo et détacher mes chiens, puis retournai sur mes pas et grimpai dans le cockpit.

Interrupteur principal. Mixture richesse complète. Magnéto allumé. Bouton de démarrage. Le moteur hoqueta et démarra. Le sable soufflait sous les ailes. La fourrure de mes chiens fut balayée en arrière et ils reculèrent. *Mag droit allumé.* L'odeur, le rugissement et le vent me ramenèrent à Anchorage : January décollait, moi j'étais sur le siège arrière, les mains sur le manche et l'accélérateur, les pieds sous le siège, sur les pédales. Désormais le banc de sable s'étendait devant moi. Il se terminait dans l'eau noire à l'embouchure du Jesus Creek. La puissance fit frissonner le fuselage étroit. *Suis toujours ta piste,* disait January. Ce sable était la terre de ma vie. Je l'avais amplement parcouru. J'appuyai à fond sur l'accélérateur. Le moteur mugit. L'avion se prépara. De plus en plus rapide. Je poussai le manche vers l'avant. La queue se souleva du sable. Le ciel et l'eau se ruèrent vers moi à travers le cercle ombreux de l'hélice. Le soleil scintilla sur la rivière. Droit devant, l'endroit où Iris s'était presque noyée. J'actionnai les volets hypersustentateurs. Le Super Cub s'arracha dans les airs.

L'eau se précipita sous son ventre. Tout au fond, les poissons s'enfuyaient au-dessus du fond sablonneux. Je tirai le manche vers l'arrière et l'avion grimpa. Puis je l'inclinai en direction d'Uktu et enfonçai la pédale de droite ; l'aile vira de bord et l'avion répondit, pivota vers le sud, s'éleva avec grâce.

Loin de l'autre côté, sur la rive nord, se trouvaient l'igloo et le plaisir des réserves, des portants à poissons et des tas de bois, avec, derrière, les lacs et la toundra. Pas de bateau en vue sur la rivière. Au-dessous, la toundra brune, les épicéas et les bouleaux, minuscules et hérissés, taches jaunes. Devant, les montagnes Shield, à peine des montagnes désormais, seulement des collines barbues avec des affleurements rocheux, et, au-delà, une étendue infinie de toundra. Des traces de caribous anciennes et nouvelles coupaient les flancs des collines, bifurquaient à travers les marais et gravissaient les montagnes, veines sur le territoire.

Je jetai un œil aux compteurs. Deux mille neuf cents pieds. *La mixture !* Je l'appauvris jusqu'à ce le régime moteur augmente puis commence à baisser de nouveau. Loin en bas, un troupeau de caribous s'éparpillait, comme des centaines de minuscules grains de riz fonçant à travers la toundra, et je réalisai à quel point j'aimais la terre ferme.

Sur la rive nord, après la confluence des rivières Uktu et Kutny, Uktu se tapissait comme une moucheture dans la vaste nature sauvage. Des maisons du gouvernement s'alignaient sur leurs jambes de métal en rangées ordonnées. La décharge se trouvait derrière le village et le vent avait soufflé sacs en plastique et ordures sur de grandes distances à travers la toundra. Le cimetière était perché sur un monticule à un demi-kilomètre de la décharge. La piste d'atterrissage se situait sur une île bulldozée devant le village. Un pont enjambait l'étroit chenal, entre l'île et la berge.

Je survolais Uktu en venant du nord. Des chiens levèrent le museau et hurlèrent. Je posai l'aile, planai, et relâchai l'accélérateur. À deux mille cent tours par minute l'avion flottait. Je jouai avec les volets pour relever la queue. Je ne connaissais pas ce village – où serait Dawna ? Des hommes, des femmes et des enfants se tenaient sous des auvents, au milieu de rues caillouteuses, et sur des bateaux.

Garde le nez baissé, dit January. *La puissance est ton amie.*

À toute vitesse je passai au-dessus des tuyaux des poêles. Des maisons, des câbles et des visages se déchiraient sous les roues. Rien n'avait jamais paru si fatal et si vivant. Je bourdonnais le long du village. Je pourrais bien devenir accro, là-haut, descendre en flèche et plonger jusqu'à ce que le carburant du dentiste se volatilise.

Je m'alignai avec la piste. L'assurance faisait bouger mes mains. Elles sortirent les volets, relâchèrent l'accélérateur. Des saules passèrent comme un flash sous le nez de l'avion qui trembla et fit une embardée ; les pneus touchèrent le sol, rebondirent. L'avion vira, puis la queue s'abaissa et le pneu arrière glissa. Le capot me bloquait la vue. Je conduisis prudemment sur la rampe en gravier et appauvris la mixture jusqu'à ce que le moteur bégaye et s'éteigne.

Dans le silence soudain, le sol et mes pensées semblèrent éloignés et flous. J'imaginai January et Abe atterrir sur la glace devant Takunak, rencontrer Enuk, trente-cinq ans plus tôt, et apporter le futur, qu'ils le veuillent ou non.

Des quads approchaient. Je sautai sur le gravier. Des gens me reconnaissaient, me serraient la main. Un garçon potelé sourit malicieusement, version miniature du visage de Lumpy. Dawna se fraya un chemin à travers le cercle. Ses cheveux étaient courts et à la mode, teints avec une touche de cuivre. Ses joues s'étaient arrondies. Il lui manquait la moitié d'une dent de devant. « Je… je t'ai vu piloter un avion comme un cinglé ! » Des larmes inondèrent ses yeux.

« Je pensais que t'allais te crasher et que je te verrais plus jamais. »

Je commençai à lui tendre la boîte, mais je me ravisai et l'étreignis en la soulevant du sol. « Salut ! » Nous rîmes dans le visage l'un de l'autre. « Tu me manques. Qu'est-ce que tu fais dans ce village ? » Je ramassai le carton de l'appareil photo et lui fourrai entre les mains. « Tiens. »

Ses yeux se plissèrent comme ceux d'Enuk. Elle avait toujours été capable de déchiffrer les secrets sur mon visage. « Dis donc, Ch'veux-Jaunes ! On dirait que ta peau te va mieux, ou un truc du genre. » Elle portait le carton comme s'il s'agissait d'un vulgaire paquet que je lui avais demandé de tenir. « Tu repars quand ?

– Tout de suite. Je dois rendre cet avion. » Je grimpai sur le siège avant. Les gens s'éloignèrent de l'hélice. Je m'arrêtai ; je ne voulais pas la quitter. « Qu'est-ce qui est arrivé à ta dent ?

– C'est ma cousine. » Elle toucha sa dent avec l'extrémité rose de sa langue, haussa les épaules et eut un rictus. « Cette *utchuk* débile ! On était en train de chasser des canards et elle a laissé partir son calibre .410 dans ma dent. Faut que je la fasse réparer.

– Je dois ramener cet avion. Je l'ai volé pour venir te voir. »

La surprise inonda son visage. « Je vais *malik* ! Attends, je vais chercher mon sac. »

Atterrir avec Dawna n'était pas quelque chose que j'avais envisagé – j'imaginai l'épave rouge et blanc éparpillée sur le sable. *La bêtise à l'origine d'un double meurtre.* Je secouai la tête. « Je n'ai pas l'intention de hanter Janet, à essayer d'expliquer pourquoi je t'ai tuée. »

Elle fronça le nez et plaça un pied sur la marche pour observer les commandes, les compteurs et le toit en Plexiglas vert. « Je rêve de piloter ce genre-là. » Nos regards se cadenassèrent une longue seconde.

J'appuyai sur le démarreur. Une bourrasque dans ses cheveux. Doucement, elle descendit ; je me penchai et tins le bord de sa main. « On se voit à Takunak, après le Gel. Salut, Dawna.

– Peut-être que c'est moi qui volerai un avion et viendrai te voir ! »

Je repliai la porte de l'avion. Dawna agita la main et fit la moue, souriante.

Une brise de l'est faisait ondoyer la rivière Kuguruk. Je voulais atterrir par l'ouest, pour laisser moins de traces – la logique illogique d'un gars de la terre ferme sur le point de s'écraser. La brise m'aiderait, probablement plus que mes mains inexpérimentées. Si j'atterrissais sans rien détruire, je pourrais toujours effacer toutes les marques avec une branche feuillue.

Je positionnai les volets et arrivai bas au-dessus de l'eau, accélérant et décélérant ; je sentis l'avion s'immobiliser et les commandes devenir molles. J'effectuai un nouveau tour. Mes bras étaient durs. Le long de la rive une bourrasque roula les feuilles des saules, leur côté pâle visible. Un filet de fumée s'étirait du tuyau du poêle de l'igloo. Je virai de bord de nouveau, le manche moite dans ma main, et l'eau se précipita sous l'hélice. Et puis le sable. Un quart de la bande de terre avait déjà défilé. Je lâchai l'accélérateur. Les pneus cognèrent le sol et l'avion fit une embardée dans l'air. L'embouchure brune du Jesus Creek se rapprochait à toute vitesse. Un pneu cogna. Nous rebondîmes puis roulâmes sur les deux pneus. La voix de January commanda : *Bon sang, bascule pas ! En arrière !* Les roues rayèrent le sable. Une énorme main souleva la queue tandis que j'enfonçai l'accélérateur et tirai sur le manche. L'hélice rugit. Le nez plongea – et se redressa. Je relâchai rapidement l'accélérateur et roulai, au milieu de secousses et de soubresauts, jusqu'à l'endroit où l'avion s'était tenu trois heures auparavant.

Je dépliai la porte et sortis.

La brise emplit mes poumons. Les chiens m'entourèrent, pattes et bajoues sanguinolentes, heureux et repus de viande d'orignal. Je retirai mes chaussures. Le sable monta entre mes orteils.

« Et voilà, January. Regardez. Abe. Maman. Tout le monde. Je vole. »

VINGT-HUIT

Un brin de soleil dilué se fragmentait en arcs-en-ciel dans mes cils. J'avais rêvé – Stevie et moi dérivions vers l'aval sur une plaque de contreplaqué, en buvant de la laque goût gin-tonic à l'aide de toutes petites pailles rouges à double canon.

Dehors par la fenêtre, les arbres, les branches et les épilobes morts scintillaient dans l'épais givre matinal. À travers la distance arrivait le rugissement sporadique de la glace qui se broyait le long du courant. C'était le quatrième matin du Gel, les chasseurs s'étaient tous enfuis, de retour dans leur village, dans leur ville plus ou moins grande, et les animaux avaient quelques courtes journées de répit pour renifler le sang de leurs blessés et de leurs morts avant que l'hiver ne remplace froidement la saison. L'automne, avec ses feuilles et ses insectes, ses rouges-gorges et son eau liquide, hibernait. Le territoire repliait ses bâches, vidait ses seaux pour l'hiver.

Allongé sur le dos, je fixais les poutres vieillies et les piliers d'épicéa du plafond – un gamin de nouveau, Ch'veux-Jaunes, qui se frottait les yeux, réfléchissait à tous ces rêves qu'il avait faits. Le territoire n'avait pas changé, il n'avait pas même cligné des yeux, énorme, infini et sauvage. Les orages attendaient d'enterrer la maison. Un orignal tentait de monter sur le toit à la recherche de compagnie. Des renards roux criaient, rauques. Des belettes et des musaraignes creusaient dans le tas de nourriture pour humains. Peut-être Enuk se faufilerait-il des confins de la toundra aujourd'hui sur son attelage, apportant de la confiture et les histoires des lieux où il était allé.

Je me levai, taillai des branchages, allumai un feu et préparai du café. Je laissai tomber des myrtilles dans un bol de levain, puis enclenchai le gril. « Pourquoi ne pas mettre des *suvaks* dans tes pancakes ? me demandai-je tout haut. À moins de les garder pour l'*ittukpalak* ? »

Après le petit déjeuner, j'empaquetai du poisson séché, des crackers et des barres chocolatées, des chaussettes de rechange, des allumettes et mon sac de couchage de l'armée. Je posai mon fusil par-dessus le chargement. Des disques de glace tourbillonnaient le long du chenal. Des geais gris ricanaient et transportaient de pleines bouchées de ma réserve de caribous. Un renard avait laissé une piste sinueuse sur le givre de la côte glacée. Des traces de vison sautillaient le long de la berge entre un tas de broussailles et le portant à poissons. Un lynx, aussi, était passé pendant la nuit, ses empreintes aussi grosses et rondes que des conserves de confiture.

Les chiens se levèrent, s'étirèrent et humèrent l'air, inquiets d'être laissés à la maison encore aujourd'hui. Je détachai leur collier et ils se démenèrent d'avant en arrière, fous de joie, libres de leurs chaînes, de leur harnais, et du traîneau. Nous nous laissâmes tomber sur la rive et traversèrent la glace tonnante du Lac-Au-Nord.

Le ruisseau Jesus Creek était gelé dans ses coudes les plus larges et les plus lents. Sur le ventre, je glissai au travers et agrippai un jeune arbre pour me sécuriser. Les chiens se précipitaient au-devant, dérapaient et tombaient, sans peur ni inquiétude. Nous nous hissâmes dans les broussailles entremêlées et grimpâmes vers la haute toundra. Les touffes de végétation étaient des têtes gelées, glissantes de cheveux herbacés, séparées par des flaques dures. Les montagnes Dog Die luisaient, poussiéreuses dans le soleil pâle.

La toundra s'élevait pour aller à la rencontre des montagnes. Des troupeaux de caribous paissaient, lignes infinies d'animaux qui s'étiraient jusque dans le nord lointain. Ils serpentaient vers le sud et leur piste profonde bifurquait, sombre, à travers la toundra mouchetée de brun et blanc.

Six heures plus tard, je m'arrêtai là où Abe et moi avions campé. Les piquets de notre tente étaient toujours inclinés dans le creux d'un bouleau. L'arbre portait des callosités usées à l'endroit où ils frottaient dans le vent. En silence, je m'excusai auprès de l'arbre, soulevai les piquets et les posai sur le sol. Le rocher plat sur lequel nous avions cuisiné était griffé et craquelé. Je fouillai le terrain dans l'espoir de trouver une cuillère tombée là, une cartouche de calibre .30-06, un pastel Artista. Il n'y avait que des pommes de pin soufflées par le vent, des brindilles, de la neige, et des tas de sciure de vieilles crottes d'orignal.

Les chiens et moi avançâmes. À nos côtés, la toundra de lichens, de buissons et d'épicéas solitaires et rabougris se tenait immobile et silencieuse. Nous tombâmes sur de grosses traces d'ours bruns, qui voyageaient dans la même direction que nous. Nous grimpâmes la première crête de la montagne. Les murs du canyon chutaient jusqu'à des saules, un ruisseau partiellement gelé sinuait à travers les bosquets. Un orignal dépassait en contrebas dans les broussailles, le cou penché de côté, curieux, attentif ; je cherchai un sentier au milieu des rochers pour descendre jusqu'au ruisseau.

Le long de la berge, la neige s'était amoncelée dans les creux et les rochers. Des aulnes se penchaient au-dessus de la glace, griffaient mes cheveux, laissaient tomber des amas de graines dans mon col. Cet autre soir de printemps, je m'étais trouvé un mètre cinquante plus haut ; j'avais remonté les congères et les débordements de glace vert pâle, les cicatrices des engelures ne commençaient même pas à parsemer mon visage.

Le ruisseau sinuait. Sur la droite, il coulait tout près des hautes falaises d'ardoise. L'ours avait laissé des cercles sous les rochers. L'air froid dévalait des pics ombreux. La tanière sombre apparut au-dessus d'un bosquet d'aulnes ; un chemin serpentait autour de roches et d'éboulis d'ardoises pour monter jusqu'à l'entrée.

Des caribous descendaient la vallée ; ils s'arrêtèrent en voyant les chiens et contournèrent les rochers plus haut pour les éviter. Je sortis mon fusil et l'appuyai contre une roche. Les chiens le reniflèrent, et Mike commença à lever la patte. « Argh ! Non ! » Il s'éloigna en sautillant, recroquevillé, puis s'agita nerveusement. Je me tournai, déterminé à chercher. Les rochers étaient plats et schisteux – ils s'amoncelaient partout, pulvérisés en éclats, et, de l'autre côté du ruisseau étroit, près du bouleau cassé, un bâton plein de lichen dépassait du sol.

Les chiens avaient disparu à la poursuite des caribous. L'eau bouillonnait et remontait par les trouées dans la glace. J'avançai et descendis vers un endroit plus lent, plus profond, pour traverser et continuer mes recherches. La glace craqua et se fissura. Je m'allongeai à plat ventre et glissai vers la rive opposée. L'eau était claire comme du verre, l'air se taisait, et je levai les yeux vers les murs du canyon et mon fusil sur la berge – si quelque chose voulait me manger, me dis-je, qu'il en soit ainsi, je ne compte rien faire de plus utile que devenir un repas. Haut sur la montagne, des cailloux cliquetèrent. Je mis mes mains de chaque côté de mon visage pour voir à travers la glace, loin dans l'eau et jusqu'aux pierres lumineuses. De toutes petites bulles blanches et grises étaient prises au piège. Les élégants rochers du lit du ruisseau se trouvaient trente centimètres plus bas.

Derrière une souche, le courant faisait tourbillonner la vase en ovale. J'ébréchai la glace avec mon couteau, retirai mes gants et ratissai la neige fondante pour la retirer du trou. J'ôtai mon blouson, remontai mes manches, plongeai le bras dans l'eau brûlante. Par les côtés, avec le grossissement de l'eau, j'observai de gros doigts effleurer la vase. Un nuage obscurcit l'eau. Le courant l'emporta en tourbillons. Deux os recourbés, de la couleur de la boue, étaient inclinés au-dessus du sédiment. Je forçai et tirai, parvins à soulever le crâne de deux centimètres. Le courant tapota mes doigts rouges contre les pommettes très, très vieilles de quelqu'un.

Le sentier qui menait à la tanière était périlleux et raide. Rex bondissait devant moi, les autres chiens se pressaient sur mes talons, impatients, mais sans parvenir à se glisser au-delà. Un petit épicéa noueux, près de l'entrée, avait été grignoté à mort par les porcs-épics, et des piquants jonchaient le seuil de la tanière. Un porc-épic avait mâchonné les racines, creusé une sortie de secours, semé des tas de crottes de bois. Les loups étaient morts, partis, ou avaient été expulsés.

L'odeur rappelait la puanteur laissée par le porc-épic chez moi, et, dégoûté, je rappelai les chiens et nous retournâmes près du ruisseau. Des caribous descendaient ta toundra dans un bruit de sabot ; ils s'immobilisèrent, regroupés derrière les femelles de tête. J'abattis une jeune, la vidai, nourris les chiens et préparai un feu. En ramassant du bois, je donnai un coup de pied dans un bâton à moitié enterré. Une carabine de calibre 8 mm pourrie et moisie roula à la surface. L'air inonda mes poumons. *Ton arme ! Je t'ai retrouvé, Enuk !* Je fixai la glace au loin, vers le crâne enterré, et m'agenouillai dans la neige ; je me sentais curieusement seul, soudain à une éternité de chez moi – comme si je m'étais aventuré loin dans le territoire du mammouth laineux. Je serrai dans mes bras la relique abîmée. Le cran était grippé. Les chiens accoururent, un cercle curieux qui donnait des petits coups dans mes oreilles et mon visage avec leur nez taché de sang. « Eh, vous avez une haleine d'entrailles de caribous, dégagez ! » La crosse humide du fusil glissa de mes mains. « Argh ! Attrape ! » Je creusai les feuilles gelées, fouillai sous les racines et les pierres – dans un bosquet d'aulnes, une conserve en acier rouillé entailla ma main. Je pressai quelques gouttes de sang sur la neige. Le ciel s'assombrit. J'écoutais. Des pas légers écrasaient la glace en amont. Les chiens aboyèrent et scrutèrent derrière moi, dans les broussailles. Je retournai près du feu, mangeai la graisse, la viande et la moitié d'une barre chocolatée, puis finis par dormir sporadiquement avec les chiens tout près.

L'après-midi suivant, je grimpais de nouveau à la décourageante tanière. J'entrai et tâtai les alentours. Des piquants se coinçaient dans mes poignets et dans les pieds sautillants des chiens. Ils gémirent, se précipitèrent en bas vers le ruisseau, se nourrir de la carcasse de caribou, grognèrent et se disputèrent, puis disparurent à la poursuite d'un troupeau.

Le bout de mes doigts parvint à toucher le premier creux à l'intérieur de la tanière, et je remuai de pleins gants, écartant les branches, les crottes et les poils. Des éclats de vieux os et des cailloux lourds filaient entre mes doigts. Les yeux d'un énorme porc-épic observaient depuis les profondeurs de la tanière. Je scrutai une poignée. Dans ma paume, deux pépites d'or ternes. Plus vite, je passai les tas au crible et repoussai les pierres et les os. Mes mains saignaient, brûlées par les piquants, mais ni peau d'orignal, ni jade, ni ivoire, ni or supplémentaire n'apparurent.

Enfin, je m'agenouillai sur l'affleurement rocheux, écartai la neige pour pouvoir m'asseoir. Je tenais les pierres dorées entre mes mains. « Eh bien, Enuk. » J'appuyai l'or contre mes lèvres. Il était glacial et puait le porc-épic. Mes joues raides levèrent un sourire. « Tu m'as manqué un moment. Je ne savais pas comment être tout seul. »

Des caribous passèrent en contrebas. Je restai assis longtemps. Au loin je crus voir des loups, mais ce n'étaient que les chiens qui rentraient bredouilles d'une autre poursuite, imperturbables. Rapidement, je pressai de nouveau les pierres, comme si je ne voulais même pas que mes chiens voient leur couleur, et les jetai dans le tunnel sale. « Tiens, porc-épic. Prends soin du pays, toi aussi. Mange l'arbre en entier pour changer, pas juste les bords. »

D'en bas, les chiens me fixaient. Ils se ruèrent le long du chemin étroit, haletants et joyeux, reniflèrent mes mains, se demandant ce que j'avais déniché. Je fouillai dans mon chargement et sortis du *siulik* séché pour leur en couper chacun un morceau. Ils avalèrent leur part, agitèrent la queue et penchèrent la tête pour en avoir d'autres. Je mâchai, et m'arrêtai, pour écouter. Un hurlement résonnait dans le canyon. « Ssst. » Les chiens retinrent leur souffle. Je pointai avec mon couteau l'autre côté du canyon. Haut dans les rochers, un loup. Un second hurlement perça le canyon, rebondit contre les parois, s'éleva puis s'évanouit. Le loup fit les cent pas sur l'affleurement, huma, et remonta nonchalamment le schiste, de plus en plus haut ; puis il passa par-dessus la ligne d'horizon et disparut au creux d'un repli de la montagne.

Loin à travers la toundra, une ligne sombre d'épicéas délimitait un coude sur le Jesus Creek, près de chez moi. Le soleil refroidissait à l'ouest, tombant dans une rive de nuages d'acier. Nous allions nous en éloigner. La nuit viendrait et nous dormirions quelque part. Le jour suivant nous serions à l'igloo, et les herbes hautes et les épilobes murmureraient dans le soir, et la neige s'écraserait sous nos pieds. L'air de l'automne serait dense et frais, la lumière des fenêtres exiguë et jaune dans l'obscurité colossale. Je lancerais du *quaq* de poisson aux chiens. Ils feraient émerger leur nez de l'ombre et déchireraient le poisson. À l'intérieur, la lumière de la lampe serait chaleureuse, pendant que le poêle étincellerait et que la bouilloire à thé chanterait. Peut-être que Dawna verrait tout cela, qu'elle l'entendrait, et l'adorerait. Peut-être qu'elle irait aussi loin que les avions pourraient voler.

Je tendis à Magnum PI la peau de poisson que je n'avais pas mangée, fourrai un emballage de Snickers dans mon chargement, et attachai l'arrière-train de la femelle caribou. Je ramassai le fusil et nous nous mîmes en route à travers la toundra.

VINGT-NEUF

Un hurlement s'élève le long de la montagne, résonne parmi les rochers, retombe, flotte le long de la pente, puis s'estompe à travers la toundra. Le territoire s'étire, vastes pâtures pourpres, au sud, jusqu'à la rivière et au-delà. À l'est et à l'ouest le territoire court jusqu'aux terrasses boisées des montagnes. Les caribous parsèment la toundra comme des lignes de quartz érodé. Une ourse brune et ses petits, boutons noirs dans la distance, mangent des myrtilles. Ils s'arrêtent pour lutter, se couchent en arrière sur des buissons dans un simulacre de combat, leurs lèvres et leur langue mauves. Les caribous attendent, anxieux, puis se séparent en petits troupeaux et s'éparpillent. Des corbeaux croassent dans le lointain. Un aigle royal solitaire tournoie dans le vent, patrouille les auvents de gravier des écureuils. Dans les saules d'un ruisseau, une femelle orignal et ses deux petits rompent la fraîche croissance de l'été et avalent des branches vert pâle. Loin sur le haut horizon de pierre, découpée contre le bleu vertigineux, une louve déverse son hurlement au-dessus de la vallée.

L'air est frais et immobile. Une ligne de gris à l'ouest annonce la neige, l'hiver en chemin. Les caribous sont trop loin sur la toundra pour entendre la louve. Les petits orignaux touchent du museau le cou de leur mère. La louve se lève, plomb dans l'épaule, crocs brisés dans la mâchoire. Le vieil âge a fait tomber ses poils de garde, la laissant blanche comme un ours polaire, et ses yeux jaunes fixent sa progéniture dispersée en contrebas, et, plus bas encore, l'humain et ses compagnons qui se retirent au creux du territoire.

REMERCIEMENTS

Les écrivains, pour beaucoup, sont des gens qui auraient pu être des vieux Iñupiat – ils possèdent une générosité qui, parfois, n'est pas logique. Ils m'ont aidé, et je ne me souviens pas de la moitié de leur nom. Peggy Shumaker était une jolie professeure de l'université d'Alaska, qui venait juste de terminer d'enseigner à des détenus en Arizona, je crois, lorsqu'elle a complimenté mes piètres histoires et m'a dirigé vers le Montana. Là-bas, à l'université du Montana, Kate Gadbow, Bill Kittridge, Peter Stark, et d'autres, me proposèrent leur aide. À l'école de journalisme de cette université, je fus aidé par des professeurs impitoyables et excellents, prêts à faire plonger la note d'un pauvre étudiant dyslexique qui avait simplement mal placé une virgule. Dennis Swibold, Sharon Barret, Nathaniel Blumberg, et tous les autres – des écrivains à l'éthique farouche, qu'importe ce que le monde pense des journalistes. Je vous remercie aujourd'hui pour le rouge sur mes phrases. Et merci, Adina, d'avoir suivi ce chemin à mes côtés.

Merci à John Weston et aux microbrasseries – dans cet ordre – de m'avoir permis de survivre à l'Oregon. Frank Soos et Leonard Kamerling à Fairbanks... et bien d'autres dont je devrais être capable de me souvenir. Merci à Mary Williams pour sa compréhension lorsque, chaque saison, j'arrivais avec moins de viande grasse et plus de questions, à Chris Todd d'avoir lu le manuscrit alors qu'il aurait pu faire courir son attelage, et à Jim Dau et Cynthia Meyers d'avoir gardé pendant des années mes disquettes dans leur tiroir à chaussettes.

Merci à Ruthie Sampson et à Harriet Blair pour leurs compétences linguistiques et leur expertise des traductions de l'inupiaq. Si erreurs il y a, intentionnelles ou non, elles sont les miennes uniquement.

Et, enfin, ceux qui viennent en premier. Merci à ma femme, Stacey, bibliothécaire extraordinaire et celle qui révise mes textes, qui, même lorsque notre tente était froide pendant les frais étés et que nous brûlions des romans de poche, n'a pas une fois demandé que le manuscrit soit jeté dans le poêle, où il aurait pu être utile. Merci à Emilie Buchwald, mon éditrice, l'unique personne véritablement responsable d'avoir sauvé cette histoire du tiroir à chaussettes et du poêle. Emilie est arrivée de quelque part au moment où j'avais le plus besoin d'elle, avec le don de composer la juste recette entre encouragements et révisions magistrales. Et merci à Sydelle Krame et à l'agence littéraire Frances Goldin. Sydelle, mon agente inébranlable, sage et toujours présente, qui ne m'a même pas rencontré. Elle est ce que j'ai en tête lorsque je parle de générosité, de soutien et d'encouragements.

GLOSSAIRE INUPIAQ

aachikaaŋ	attention ! danger !
aana	grand-mère
aaqqaa	quelque chose empeste, sent mauvais
aarigaa	une expression de satisfaction
aatchuq	donner
adii	une expression de douleur, de déception (prononciation moderne)
aiy	argh
akutuq	glace eskimo, graisse fouettée avec des baies et du poisson
alapit	s'évanouir, être saoul, être inconscient, comme dans un délire
alappaa	il fait froid, avoir froid
arii	une expression de douleur, de déception (prononciation des Anciens)
atchiq	nommer
atchit	prêter quelque chose à quelqu'un
atikłuk	pull-over traditionnel

babiche	bande de cuir [français]
bart	pote, ami
bun	fille [argot] (mot inupiaq : « panik »)
guuq	on dit, quelqu'un a dit un jour (en fin de phrase)
ichuun	gratteur de peau, outil de dépeçage
igamaaqłuk	poisson, ou viande, à demi séché
iġitchaq	déplumer
iŋaluat	cæcum intestin aveugle
iññuqun	rôdeur ou bûcheron inconnu, souvent confondu avec « iñugaqałłigauraq »
iñugaqałłigauraq	hommes mythiques petits et forts, semblables aux trolls
iqsi	avoir peur
itchaurat	graisse intestinale dentelée
ittukpalak	pudding d'œufs de poisson fouettés et canneberges
kaŋiqsivich	tu comprends ?
katak	lâcher, tomber
kinnaq	un idiot, un fou
kuukukiaq	bécassine du marais
maatnugun	bientôt, dans un petit moment
malik	suivre, accompagner
mamillak	mukluks étanches (usage moderne, pluriel : « mamillaks »)
masru	racine, pomme de terre eskimo

miġiaq	vomir
milluk	poitrine (usage moderne, pluriel : « milluks »)
mukluks	bottes en peau [argot] (mot inupiaq : « kammak »)
muktuk	peau et graisse de baleine (mot inupiaq : « maktak »)
naataq	grand-duc d'Amérique
nallaq	aller se coucher
naluaġmiu	personne blanche (usage moderne, pluriel : « naluaġmius »)
niqipiaq	nourriture eskimo
nulik	avoir une relation sexuelle, se reproduire
pakik	saccager, fouiller dans les affaires de quelqu'un
paniqtuq	viande séchée, poisson séché
patiq	moelle
qaatchiaq	matelas en peau, traditionnellement en caribou (usage moderne, pluriel : « qaatchiaqs »)
qanisaq	entrée, abris contre les orages
qayaq	petit bateau de chasse eskimo (mot français : « kayak »)
qilamik	vite ! dépêche-toi !
quaġaq	levain fermenté
quaq	viande ou poisson gelé, souvent affiné ou fermenté
qusrimmaq	petite bardane
siġḷuaq	réserve froide construite dans le sol

siulik	brochet
suvak	œufs de poisson (usage moderne, pluriel : « suvaks »)
taaqsipak	personne noire
taata	grand-père
taikuu	merci
takanna	en bas
tiktaaliq	roussette
tinnik	raisin d'ours
tulugaq	corbeau
tupak	faire peur, être effrayé
tuttu	caribou
tuuq	ciseaux à glace
ugruk	phoque barbu
ukpik	harfang des neiges
ulu	couteau courbé de femmes
uqsruq	huile de phoque
usruk	pénis (usage commun : os de pénis de morse)
utchuk	vagin
uvlaalluataq	bonjour !
yuay	chanceux

COMPOSITION ET MISE EN PAGES
NORD COMPO À VILLENEUVE-D'ASCQ

ACHEVÉ D'IMPRIMER
PAR NORMANDIE ROTO IMPRESSION S.A.S.
61250 LONRAI
EN DÉCEMBRE 2024

N° d'imprimeur : 2404931
Dépôt légal : janvier 2025
Imprimé en France